龍淵

中卷

鬼母冰魈

驃騎／著
變種水母／繪

目錄

楔子

一九三九年中國西藏地域。

雅魯藏布江如同一條銀色的哈達（註1）圍繞著岡底斯山脈緩緩流淌，三架裝備了供氧裝置的容克Ju52/3M編號為D-3901到3903的運輸機穿越層層迷霧，飛機上原有的所有識別標誌全部被清除，但是依然留有一些痕跡。

忽然一陣白霧襲過，一架滿是白霜編號D-3902的運輸機機頭主發動機停轉，運輸機進入了尾旋狀態。隨即，編號D-3901的運輸機也失去動力開始俯衝下墜。

僅餘的一架運輸機急忙下降高度，經過雙翼副發動機相繼停轉，憑藉著機頭主發動機，最後迫降在了一塊算是平坦的雪地上。

十幾名身穿灰色呢子軍服，頭戴呢子桶帽的男子從機艙中走出，每個人的帽子上都別著一朵「雪絨花」！小隊向著岡底斯山脈的深處前進，很快消失在濃濃的迷霧中。

第一章　利劍出鞘

雲霧繚繞，終年積雪，萬古不融！阿爾金山巍峨挺立，北坡終年被濃霧籠罩！

一幅不知名畫家的油畫與一本老舊殘破的日記，擺在紐約華爾街的一家會員制拍賣所的貴賓包廂內。

「二十萬美元第一次！各位尊敬的貴賓，這幅油畫與日記來自尼泊爾一側的雪山六千三百高度，一架墜毀的不明國籍二戰運輸機。」美女拍賣師臉上帶著職業笑容環顧眾人。

一位滿身金飾的西非暴發戶得意洋洋的望著陳可兒，陳可兒微微皺了皺眉頭，看了看父親與穩坐在一旁的馮．霍斯曼．鮑勃，馮．霍斯曼家族是古老的日耳曼家族，雖然經過了二次世界大戰的沉重打擊，依然憑藉著深厚的底蘊活躍在國際金融界。

馮．霍斯曼．鮑勃微微一抬手示意：「兩百萬美元！」

「兩百萬美元？」現場所有的場外投標電話全部陷入沉默，一九八六年的兩百萬美元可以用天文數字來形容，買一幅完全不知名油畫家的畫作？

這人是個瘋子？幾乎所有的記者都湧現電話亭，爭先恐後的第一時間報導這個爆炸消息。

西非的暴發戶面部的肌肉連續抽動了幾下，起身懊惱的離開。

「兩百萬美元第一次！」拍賣師的聲音中充滿了激動，更將無數的媚眼拋向馮．霍斯曼．鮑勃。

馮．霍斯曼．鮑勃如同一位勝利者一般起身接受全場的矚目與仰視。

「兩百萬美元第二次！」

「兩百萬美元第三次！成交！恭喜這位先生！」

馮・霍斯曼・鮑勃對陳可兒的父親陳國斌微微欠身行禮道：「陳先生，這個榮譽屬於您，如果不是您的研究發現證明了這批遺物，我會抱憾終生。」

陳國斌走上拍賣台，拍賣師微笑道：「先生，現在這幅畫與日記都屬於您了。」陳國斌接過日記，殘破的封皮上燙印著一個雄獅盾牌的圖案，一旁的ＰＪ是馮・霍斯曼・西伯的簽名，正是馮・霍斯曼・鮑勃的曾祖父。

貴賓廳的門口，一雙如炬般的目光注視著馮・霍斯曼・鮑勃與陳國斌。一旁的陳可兒望著父親洋溢著笑容的臉上卻充滿了擔憂……

三個月後，正在西非某處挖掘一座本不應該存在於歷史中的教堂遺跡的陳可兒，意外的收到了一封電報，電報的內容十分簡單，陳國斌先生率領的科考隊與營地失聯超過一周。

落款署名：馮・霍斯曼・鮑勃。

與此同時！中國西部高原山區某地隨著一陣劇烈的地動山搖，一名采藥人從冰川上滾落卡在冰架的裂縫上，被同伴救起的采藥人發現了一具掛在冰崖上的外國人屍體？更為令人震驚的是還有一架被凍在冰層中的飛機？

電波在雲層中飛速傳遞，航管中心與空軍方面密集的溝通讓氣氛頓時緊張起來，冰川的冰層中竟然凍著一架看不清型號的飛機？

從被救回的采藥人回憶形容該飛機體積似乎不小？我國境內一側冰川中出現不明國籍飛機？

奔著國際救援精神，上級機關決定派遣救援分隊前往事發地域進行相關搜救，由於該地域位於海拔五千五百米以上區域，地形山勢極為複雜，氣候多變，在缺乏高原特種直升機的條件下，派遣徒步分隊前往事發地域實施搜救。但派遣哪支徒步分隊也難壞了與會的部隊領導，是就近派出還是抽調？

冰層中凍著一架不明國籍、不明型號的飛機原本就透露著詭異。

◊

新營區，新氣象，政治部、後勤保障諸多部門幾乎全部到位，但是作為七九六一部隊需要抽調的骨幹卻一個都沒有到位。

作為七九六一部隊長的李建業也清楚自己這是抽人家兄弟部隊的脊樑，給人家釜底抽薪，前幾天的團拜會自己差點被一群老戰友給圍毆了，原因非常簡單，李建業抽調的都各個部隊絕對的骨幹。

李建業心底有苦說不出，七九六一部隊那是一般尋常意義的野戰軍嗎？有能力處理得了各種匪夷所思的任務，就算看見玉皇大帝和閻王爺都敢坐著面不改色心不跳地喝上幾杯閒聊的傢伙，正常人裡的神經病、神經病裡的正常人，這是李建業自己給下的定義，除此之外還要一專多能，一身上天入地的本領。

李建業更清楚，自己不是玉皇大帝，沒那麼多天兵天將！除了一個秦濤等於是白手起家，郝簡仁這小子也不錯，但是一提調動就提到舒楠楠，各種條件，兩人八字還沒一撇就敢管自己要二房一廳，還要自帶廁所的婚房？想想自己還住在大隔間裡面，李建業殺了郝簡仁的心都有。

一陣寒風吹過，白山事件已經被淡忘，但是對於倖存下來的親歷者來說無疑是場噩夢，七九六一部隊新營地的作戰室內瀰漫著濃濃的煙霧，李建業用力推開窗戶，作戰室頓時猶如失火了一般，冒出滾滾濃煙。幾名政治處的幹事駐足抬頭看了看離開，這對七九六一部隊已經是司空見慣的事情了，幾杆大煙槍聚在一起一定又發生了什麼大事。

窗外開始飛舞的雪花讓李建業想起了去年那個令人不安、恐懼的冬天，白山幾乎成了參加過行動倖存下來幹部戰士的噩夢。

一年過去了，逝者已逝，多少熟悉的面孔還能浮現在自己眼前？

李建業轉身瞪了徐建軍一眼，指揮部裡散布著濃濃煙霧。李建業又點了一根煙呵斥徐建軍道：「老徐，你說說怎麼去趟白山，秦連長就淪落成這樣了？天天閉門不出的，待字閨中的大姑娘嗎？不就是到那兒遇到點怪事犧牲些同志嗎？打仗哪有不死人的？國家養兵千日用在一時，平時說我們是最可愛的人，人民群眾愛戴擁護我們給我們供著吃喝，真需要的時候就是犧牲自己為國家人民服務的嘛！這才是人民解放軍。他這叫懦弱、這叫怯戰，我要是彙報呂長空，別說立功受獎的事，就是能不能保留軍籍都難說，怎麼那麼胡鬧沒有覺悟呢？」

說完李建業氣沖沖的轉過頭看軍事地圖，徐建軍也點了根煙，狠狠抽兩口眨吧眨吧眼睛道：「政委，這次行動我們有責任，沒指揮好部隊，我老徐是挺窩囊的沒太明白，但是這次我們真的就是盡力了，尤其秦連長和那些同志們。誰知道這事件太詭異了，你見過死了多年都不爛的怪物嗎？那些進化失敗的怪物，鋒利的爪子連汽車的鐵皮都能撓開，要不是秦連長我現在能不能和你在這說話都難說，秦連長據衛生隊徐欣怡同志說的好像有什麼抑鬱症傾向。」

李建業皺了皺眉頭：「白山事件我是清楚的，我們是犧牲了很多戰友，秦連長、你和那些犧牲的同志都沒有錯誤，責任由我們領導機關來承擔，情報不明、指揮失誤，但這些都不是一蹶不振的理由，你們是什麼人？軍人，軍人是幹什麼的？保家衛國義不容辭！秦濤的事情徐連長你去解決，你們兩個是搭檔，秦濤的晉升命令就在我辦公室的桌子上，只要他恢復狀態，我即刻簽發。」

被李建業訓斥得面紅耳赤的徐建軍突然猛的一拍桌子：「我解決？我能解決什麼？那麼多戰友全犧牲在核心遺跡了，之前那麼多艱難險阻都闖過來了，哪一個不是在我們眼前犧牲的？我們只能束手無策，當兵不是為了當官，我不是，老秦更不是，政委你想想自從探險結束，陳可兒一聲不響失聯快一年，老秦心裡也難受啊！」

李建業微微一愣，白山事件他是親歷者，最終呂長空也沒有給自己一個合理的解釋，現在的七九六一部隊裡還摻雜進了十幾個八處的人，名義上是聯合協同情報共用，實際上李建業有一種感覺，八處如果是大腦，七九六一部隊就是四肢。

自己能給那些犧牲和活著的戰士一個解釋嗎？

李建業狠狠的將煙頭擰滅，換了口氣道：「上級賦予我們任務是對我們的信任，你們這次任務是非常危險，之前很多困難都是沒預料到的，很多情況也在核實中，但是不能危言聳聽，不能擴散也不能洩露，還有……」

這時桌子上的紅色上級加密電話鈴忽然急促的響起，李建業眉頭不由自主的皺了皺，這些天就沒收到什麼好消息，作為自己挑選負責七九六一部隊行動隊隊長秦濤的情緒一直不穩定，八處的人又大多是坐辦公室的，讓自己這個部隊長空有一身力沒處發洩。

李建業接起電話揮手讓徐建軍出去，捂著電話對徐建軍小聲道：「下午我再找你，記得回去做好小秦思想工作，記住思想工作先行，做通小秦的思想工作我給你年底記功。」

「政委我不行啊！你是瞭解秦濤的，況且你才團政委……」一聽讓自己去做秦濤的思想工作徐建軍開口叫苦，發覺李建業在瞪著自己，徐建軍說話的聲音越來越小。

李建業眼睛一瞪不耐煩的揮了揮手：「你該幹什麼，幹什麼去，你不去幹？等著我去嗎？」

徐建軍長吁短歎走出李建業的辦公室，對於做秦濤思想工作也是頭疼不已，自己怎麼成了指導員？幹起了政工幹部的工作了？心底嘀咕秦濤那傢伙能聽自己的嗎？徐建軍一點底也沒有。

「哐」一聲，跟著又一聲「啪嘰」，送飯的小李連人帶飯盒飛出屋裡，摔得七葷八素，小李捂著屁股正呻吟，只見一隻手伸到他面前將他拉起。當他看到拉起他的人，他立即敬禮道：「徐連長。」

徐建軍皺眉道：「又被丟出來了？」

小李訕訕的道：「才拿飯讓秦連長吃，他說不吃一揮手，我就和飯盒一起飛出來了，這勁兒也太大了吧？」

徐建軍努嘴道：「你收拾一下回去吧，到衛生隊看看摔壞沒。」說完徐建軍咳嗽一聲邁步進屋，屋裡漆黑一片，但是一雙明亮的目光如電般的向徐建軍射來。

徐建軍不免一愣，退後邊一步高聲道：「秦濤別嚇唬我，你這不吃不喝的給自己關禁閉，李政委都知道了，說要處分你，我這才從李政委那兒回來。」

徐建軍對著目光投來的地方絮叨，突然覺得肩部讓人一拍差點沒跪下來。他轉頭驚訝的看到頭髮又長又淩亂，鬍子拉喳的秦濤竟然到了他的身後。

徐建軍頓時被嚇出了一身白毛汗，他壓抑顫抖的聲音道：「你到底怎麼了老秦。」

秦濤開口，聲音嘶啞猶如金石：「我也不知道，上次任務後，好多事我想不明白，尤其被感染後我覺得我變了，我變了？」秦濤看著自己的雙手，彷彿這雙手不是他自己的一樣。

徐建軍打開了燈，望著一臉迷茫的秦濤道：「老秦，人家衛生隊的徐大夫都說你沒被感染，你就別胡亂猜忌了，至於上次任務中你們遇到的諸多科學無法解釋的事情，專家們也解釋過了，很多都是你們受到特定電磁波干擾了腦電波導致的幻覺，革命軍人天不怕地不怕，有什麼心結我們開個民主生活會好好討論一下，沒有解決不了的問題。老秦，你要相信辦法總比問題多。」

徐建軍發現秦濤的眼神愣愣的看著自己那麼的冷漠，然後秦濤道：「我沒變嗎？你和我解釋一下這是怎麼回事？」說完只見他探身一晃，徐建軍恍惚間只見眼前秦濤突然手裡握著屋裡窗戶的防護欄鐵條，徐建軍眼睛都瞪圓了，看著窗戶的鐵條真被折掉一根，那可是拇指粗細的鋼筋啊？

徐建軍一臉茫然道：「老秦這是你剛折斷的嗎？真的有那麼大勁兒？有那麼快的速度？我剛才眼睛一花都沒看清。」徐建軍的言語都有些不順暢了，因為這一切已經脫離人力的範圍，天生神力？

徐建軍用力拍了拍自己的腦袋，窗戶的護欄上少了一根鋼筋，而這根鋼筋正拿在秦濤手中，也許是年久失修，焊接的部位開焊了？徐建軍成功的進行了自我安慰，但是下一秒，他的嘴完全合不攏了。因為，秦濤握著鋼筋大拇指一壓，鋼筋如麵條般給壓彎，然後一揮手彎曲的鋼筋竟穿過屋頂飛出，露出一個孔透著一束陽光入室。

徐建軍張大了嘴巴過了好一會才合上道：「老秦，你確定你自己沒事？」

秦濤聳了聳肩膀一臉茫然：「我也不知道這算不算是有問題？但是你跟我說這很正常，我會信嗎？」

徐建軍長長的呼了口氣，秦濤的速度和力量只能用變態兩個字來形容，如果找那些自己都不相信的藉口安慰秦濤，難保自己不會被秦濤丟出房間。

無奈之下，徐建軍拍了拍秦濤的肩膀：「老秦，不論什麼事情都是要面對的，逃避得了一時，還能逃避得了一世？」

「逃避得了一時，還能逃避得了一世？」徐建軍人雖然離開了，但話還在秦濤耳旁迴盪，白山的一幕幕記憶如同電影一般在秦濤眼前閃現。

讓自己面對現實？秦濤從來沒想也沒打算逃避現實，他的困惑是自己的身體到底怎麼了？陳可兒為什麼不告而別？

福無雙至，禍不單行，李建業從來不信什麼鬼神之說，但是今天有點信了，還想找點什麼東西測算一下。上級下達新命令，一隊國際科考隊在冰川墜機地域失蹤，國際科考組織請求我方協助搜尋。

李建業現在只要一聽到科考隊三個字就過敏，尤其還加上了「國際」兩個字。但是讓他感到萬分意外的是這支科考隊是由陳國斌教授帶領的，而陳國斌則是陳可兒的父親？

國際科考隊是由一個名叫馮·霍斯曼·鮑勃的傢伙贊助的，我方暫無這個傢伙的具體情報，只有一些模

棱兩可的推測和報導。

陳可兒的父親失蹤，李建業略微鬆了口氣還有些得意，秦濤啊秦濤，這次丟的可是你岳父大人，看你還出什麼差錯？連同郝簡仁一同一鍋燴了，李建業開始摩拳擦掌。

第二天一早，李建業臉上洋溢著標準的笑容，幾乎所有的官兵都躲著李建業，因為快一年的相處大家都清楚這位部隊長大人的脾氣秉性，肯定是準備使壞呢，就不知道倒楣的是誰。

一輛墨綠色路虎越野車駛進營區，李建業滿臉笑容親自迎接正在下車的陳可兒。

陳可兒穿著米色風衣飄然而下，李建業看到戴著墨鏡內著黑色蕾絲露出大半酥胸的陳可兒不禁臉上一紅，然後尷尬笑道：「陳小姐原來是妳啊？上級領導說有重要人物來見秦連長，沒想到是熟人。」

面對明知故問的李建業，陳可兒伸出纖手與李建業輕輕一握道：「時間緊迫，帶我去見他吧。」

李建業這才想起來，陳可兒的父親失蹤了，自己笑容滿面去接人家似乎有些不對。於是，引導著陳可兒疾步進入秦濤的宿舍房間，陳可兒回頭看看李建業道：「能不能讓我和他單獨待會？」李建業一臉我瞭解的表情點頭出門。

陳可兒看著幽暗的屋內歎口氣道：「是不是我不來見你，你這輩子就不打算見我了？」

站在窗口前的秦濤連頭也沒回：「我們是兩個世界的人，妳何必為難自己接受我？那是感激，那是施捨，唯獨不是愛情。」

陳可兒走到秦濤身後，玉手輕輕搭在他的肩上，悠悠道：「就是愛情，你在白山的表現最英勇，你是個真正的英雄，再多的困難也沒有你的意志堅定，你為什麼不相信自己的意志？」

秦濤輕撫陳可兒的手：「陳可兒妳知道上次我被感染，不能這麼說，我也不知道那是賦予還是感染後，我在改變，我變得越來越難以控制，有一天我真的會傷到妳，難道妳忘記了那些進化失敗的傢伙了嗎？」

陳可兒面泛溫柔，掏出貼身白鋼小酒壺在酒盅倒上一杯威士忌遞給秦濤。

秦濤接過倒在口中品嘗道：「三十年的傑克丹尼，滿滿煙泥香醇，陳可兒妳不喝六九牌了？」

陳可兒瞪著晶瑩的雙眸看著秦濤道：「你忘記我也被感染了嗎？還是你救了我，我清晰的記得一切，當時我的頭腦接收了大量的資訊一片混亂，回到英國還接受了半年的精神治療才康復，直到後來我自己明白了一切，我才明白了整個探險行動的最終意義所在。」

秦濤微微一愣：「我是救了妳，但是那麼多人都犧牲了，是我的責任，這一點我絲毫不逃避。」秦濤忽然停頓，驚訝的望著陳可兒：「妳說白山行動的最終意義所在？」

陳可兒點了點頭道：「人類的進化實際上很有意思，大自然物競天擇的進化過程非常緩慢，但是人類卻不同，經歷了幾季文明毀滅與生存，人類依然能夠快速的進化，其中極少數人還留有上季文明的記憶烙印。我的所謂進化是繼承了很多關於墨氏和史前文明的記憶片段，如果不是我意志比較堅強，我可能就會精神崩潰成為一個神經病。我父親曾經說過古人要是悟道成佛成仙會懂得好多未知的道理，其實不過是種另類的記憶傳承方式罷了，沒那麼神乎其神。」

秦濤髮長鬍蓬的咧嘴一下道：「妳相信我嗎？」

陳可兒忽然眼泛淚光道：「我父親在貢嘎山出事了，活不見人，死不見屍，我來就是希望你能和我一起去找他，為了我也是為了國家，因為這事涉及很大的國家甚至華夏文明起源的祕密。但是你這個情況你能去嗎？你都不相信自己，你讓我相信你？」

秦濤不由得愣了，呆呆看著陳可兒我見猶憐的樣子，忽然他的腦海中開始飄忽無數畫面浮現在面前，恍惚一下，他猛然看到面前陳可兒已經變成一朵綠蓮花，青翠剔透讓人憐愛，他搖頭晃腦企圖清醒，半天那朵蓮花仍在面前。不經意一道白光驟然透頂，那種渾身欲仙欲死的感覺又來到，秦濤剎那間進入了自我意識，彷彿又回到了遺跡的核心，那些逝去的戰友似乎都在微笑望著他，一切是那麼的真實。

陳可兒看著秦濤一臉疑惑，忽見秦濤雙目炯炯有神，似乎又恢復了之前的風采神色。

秦濤深深的呼了口氣對著門外大吼一聲：「老子要吃飯！」

站在門外吸煙的李建業無奈的對徐建軍笑了笑：「這就是愛情的力量？」

徐建軍微微一愣：「政委別害我，我可是有家有孩子的人，咱們哪說哪了，別讓嫂子知道。」

李建業狠狠的瞪了徐建軍一眼：「挺好的一句話，怎麼讓你一解釋就這麼不堪了？」李建業丟掉煙頭對走廊盡頭大喊道：「讓炊事班趕快給秦連長和客人下麵條。」

徐建軍隨即補充一句：「多下點，我和政委也沒吃呢。」

房間內陳可兒吁了一口氣緩緩道：「我通過科學院提議你帶隊去營救我父親，但是部隊方面需要對你進行綜合測試，你不會忘記自己的看家本事吧？」

秦濤展顏一笑道：「身為軍人就有時刻準備著的覺悟，但是鬍子和頭髮也長了，收拾一下再去。」

陳可兒也笑道：「要不要我給你理髮刮臉？試試我的手藝如何？」

秦濤微微一笑：「悉聽尊便！」

食堂內，目瞪口呆的陳可兒、徐建軍和李建業坐在秦濤對面，大蒜配麵條，秦濤在吃第二十九碗的時候被陳可兒按住了手，秦濤瞪著眼睛不解的望著陳可兒，陳可兒也呆呆的望著二十九碗麵條都吃哪裡去了？

李建業看了看自己面前半盆沒吃完的麵條，無奈的起身離開，走到門口丟下了一句飯桶。

「砰、砰、砰、砰、砰」面部乾淨剪成帥氣側分瀏海的秦濤，竟然能無視五四手槍的射程，採用吊射擊中百米距離的胸環靶，連續三個彈夾二十一發子彈全部上靶，平均八點七環！

聽說秦濤恢復了狀態，特意百忙之中抽時間趕來的呂長空見狀不禁鼓掌道：「這小子原來就是咱們部隊軍事五項第一，沒想到出個任務回來長能耐了。看來這回由七九六一部隊組建特別救援隊的隊長非他莫屬了。」

李建業政委給呂長空遞根煙點上道：「呂主任你也知道，秦濤連長是優秀，但是最近精神狀態有點不太穩定，能不能讓他加入搜索救援隊，但是不擔任主要負責職務呢？我怕他狀態不穩定影響任務。」

呂長空回頭看了一眼，再轉頭秦濤已經縱身一按翻過四米的障礙，跟著俐落的將一捆集束手榴彈的訓練彈丟出近一百米，呂長空根本沒聽到李建業說話，嘴上的煙逕自掉落在地。

接著秦濤一路匍匐側翻，眼花繚亂的騰躍來到試驗碉堡前，操起地上七四式火焰噴射器不用輔助竟能獨立精準操作，一道百米火焰噴出將碉堡全部覆蓋湮沒。

呂長空見狀一拍桌子道：「這樣素質的幹部不帶隊誰帶隊，李建業你的那點小九九我清楚得很，我現在就宣佈命令，七九六一搜索救援隊正式成立，隊長秦濤同志。介於七九六一部隊人員尚未到齊，救援隊人選讓秦連長同志自己挑人，至於任務佈置和具體參與由曹參謀和你負責，上次白山事件沈教授的問題已經讓上級很惱火了，這次貢嘎山陳教授失蹤事件再沒個水落石出，我們的臉還要不要了？無能還是失職都是可恥的。」說完呂長空看了一眼秦濤方向離開，剩下一身書卷氣的曹博參謀一臉惶恐的東張西望。

巨大的沙盤顯得十分的粗糙，一旁幾名戰術參謀還在不停的根據軍事地圖和部分航拍照片在進行局部的調整。李建業看著眼前繞來繞去的人影心煩，一揮手：「都閃一邊去，把地圖和航拍照片都給秦連長，你們做得這是什麼沙盤？幼稚園三歲的小孩撒尿和泥都捏得好。」

幾名戰術參謀十分委屈，秦濤也清楚沙盤的製作並非憑藉著地圖和航拍照片就能製作好，更需要測量隊親自測量，其不比繪製地圖容易多少，而且時間如此緊迫，能做出個大致輪廓已經實屬不易了。

秦濤坐在會議室角落裡面，望著參謀曹博意氣風發的在指著貢嘎山地形侃侃而談，根據這位元軍校新分配來的高材生曹參謀認為，開進貢嘎山必須大部隊有強大後援隨行，至少部署兩個團以上的兵力在主峰正面搜索，畢其功於一役。

曹參謀見秦濤一副心不在焉的模樣，於是詢問道：「秦連長你作為隊長有什麼打算？」

秦濤早已神遊天外，曹參謀的一聲呼喚將秦濤驚醒，秦濤皺眉道：「我同意曹同志的方案，白山當時受到地形地勢限制我們只能展開小部隊，結果損兵折將，得不償失。」

李建業皺著眉頭盯著秦濤，他知道秦濤在準備使壞，所有人都知道雪山的地圖不能當做地圖來看，冰川地帶今天一個樣，明天又一個樣，經驗最豐富的嚮導也都是摸索著前行。

最讓李建業心底疑惑的是，陳可兒的父親陳國斌去杳無人煙的地方幹什麼？白山事件就吃了這個虧，什麼都沒搞清楚就一頭紮了進去，結果犧牲了很多同志，保護的科考隊則全軍覆沒。

秦濤一指地圖：「現在這個季節大雪封山，貢嘎山是喜馬拉雅餘脈雪山極端氣候，比白山地域更是兇險，真要是深入搜索區域，飛機和科考隊都需要大面積的搜索工作，至少要投入十個團的兵力！」

曹參謀臉色有些難堪勉強點頭道：「十個團？那補給問題怎麼辦？那你說要怎麼辦呢？秦連長。」

秦濤點上一根煙笑道：「當年東北極寒天氣，我民主聯軍小分隊能奇襲乳頭山，誘捕座山雕，靠的就是精兵強將。所以我覺得我們應該採用這樣的優良傳統。通過精兵銳劍直擊，曹參謀既然說了不是人越多越好，我們就採取精幹分隊的模式。」

秦濤話音剛落，就聽會議室後邊有鼓掌聲，呂長空在李建業政委陪同下走了出來，秦濤臉色一紅，他想難為一下這個所謂的天之驕子，沒想到把呂主任難為出來了。

呂長空親切地對秦濤道：「小秦你要組建小分隊？我很贊同，那是我軍的優良傳統，就不知道隊員要怎麼選拔？」

秦濤正色起立敬禮道：「首長，我希望是我特務營和各個所有軍事比賽精英，而且在軍事五項優秀的情況下必須得有自己特長，人數以七個為限，加上曹參謀和我正好是三個三三制！」

李建業控制住了向秦濤伸大拇指的衝動，這是自己想幹沒幹成的事情，這次有呂長空和上級撐腰，任務時效性極強，看誰還敢不給人？

呂長空若有所思點頭道：「這次任務不亞於白城任務的重要性，是關係到我們對於中華神祕文明的認識和拓展。所有條件都滿足你，希望你能取得成功，至於白城任務你們表現的非常不錯，英勇頑強，小秦同志，國家培養了你，你的一切都要以為人民服務為基礎，所以無論李政委說的你有些小恙或者困惑，也要以大局為重。」

秦濤又向呂長空一次敬禮道：「忠誠國家，為人民服務。」

黎明時分，連報晨的公雞都還在打盹的時候，操場上七名戰士背著行李一身戎裝嚴陣以待。

中國的不管任何團體的特點就是好取外號，尤其是團隊裡最厲害和最窩囊的往往難以倖免，而這七位戰士就是屬於前者。

那個精幹的瘦高挑叫李健，因為擅長攀登懸崖峭壁，綽號「玩命」，由於沿途都是險峰叢林，大多數參加比武的幹部戰士都選擇中途退出，只有他一人抵達終點。

身材魁梧黑面膛的叫吳迪，外號也叫「無敵」，他是全師有名的格鬥高手，沙包大的拳頭和超出三個人的飯量，讓他打架和吃飯這兩項在師裡從沒吃過虧，不過這次似乎也碰到了對手，那就是秦濤。

胡一明，外號「賽虎」，取個電影裡狗的外號，是由於他異於常人的跟蹤查找本領。據說有回為了改善班裡伙食，他竟然能在一晚上連掏三個兔子窩抓住十五隻兔子，預警尋找蹤跡的能耐比狗都強。

胡一明狠狠的瞪了一眼介紹自己的曹參謀，總感覺曹參謀好像是在罵自己？

鄧子愛有著一雙滴溜轉的大眼睛，他的外號叫「千里眼」，他最擅長監視、放哨、觀測，而且過目不忘，曾被借調過參加重大活動的保衛工作，對嫌疑人和備案特務甄別有過目不忘的本領。

孫峰，外號「瓦西里」，因為他的槍法特準，戰友認為他能和蘇聯王牌狙擊手比肩取得。別看他平常老瞇縫個眼特懶散的樣子，但是端起八五式七點六二毫米口徑狙擊槍，那雙眼睛卻是精光四射，不但百發百中，而且能在惡劣地帶長期潛伏不動尋找機會，所以戰友和領導對他平常愛瞌睡懶散的態度不聞不問，知道他在養精蓄銳呢。

張大發，身材矮小敦實，可家學淵源是形意門世家出身，從小練武，尤其擅長使一對短刀，舞起來梨花片片、白光閃耀，只見刀光不見人影。喜歡在兩腿各別一把家傳特製短刀。由於酷似電影《雙旗鎮刀客》裡的孩哥，所以人送外號「刀客」。

最後是一位外號「炮王」王雙江，中等身材，臉色黝黑，擅長爆破，喜歡擺弄炸藥，是爆破方面絕對的專家，由於身上老是有股硝煙味兒，戰友們老笑稱老王的臉是炸藥熏黑的。

看到這幾位曾經都參加過大比武的老對手、老熟人，秦濤的臉上不禁泛出笑容，心裡也知道師裡對此次任務的重視。因為這七個人都是各部隊裡拔尖的精英，不到關鍵時刻上級是不會這麼捨得的。

而這七位對秦濤今天的滿面春風反而很納悶，因為他們眼中秦濤一直都是一臉堅毅、不苟言笑，站著如杆旗，坐下像座山，意志堅定的軍人，看他笑倒是難得的記憶，秦濤對自己笑肯定不是好事。

看到秦濤走近，排頭的李健大喊一聲：「立正」，跟著七人行持槍禮，李健大聲道：「報告秦連長，小分隊七名成員全部到齊，請領導指示。」

秦濤微笑道：「稍息，和我去會議室開準備會佈置任務。」

準備會是由李政委和曹參謀主持，陳可兒、秦濤九人參加。

李政委先說了一番為國家要敢於犧牲、為人民要奮不顧身、做軍人要服從命令，如嶽臨淵，令行禁止的大道理。然後李政委話鋒一轉道：「這次成立小分隊是要救援陳博士的國際科考小組，但是由於已經過去一周時間，出事地點在雪山主峰，困難重重。」

與會人員都明白李政委刻意強調的「國際」兩個字的含義，但凡與國際有關就不是小事。

李政委轉頭看看陳可兒有些低落的神情心有不忍，咳嗽一聲正色道：「盡一切努力救回國際科考隊，同時保證他們取得的資料要安全運回，遇險的情況要查清。這就是你們這次的任務。」

秦濤看到陳可兒明眸含淚不禁心軟，用手輕輕拍拍她的腿稍作安慰。

曹參謀接著發言，語氣中看出他書呆子勁兒的不情願，強調這次任務是絕密任務，因為白城事件都是搜索保密工作不嚴，也都出現損兵折將造成猜測影響的後果。所以此次任務按上級指示，實行精兵戰略組成精銳小分隊由秦濤帶隊，曹參謀任副隊長，陳可兒博士做顧問，一切行動儘量不驚動當地政府和群眾。

小分隊給養由總部提前運達貢嘎山西鎮，個人裝備武器說明型號、彈藥量，隨給養一起運到。小分隊路上便裝可以攜帶貼身防身冷兵器，至於醫療救護，由於小分隊戰士都是團內各項目骨幹，也都熟稔急救知識，所以不配備專門隨軍軍醫，一切傷病自行處理解決。

曹參謀說完後李政委環顧在座小分隊隊員道：「還有沒有問題？能不能完成任務？」

以秦濤為首的小分隊隊員都正襟挺胸道：「沒有問題，堅決完成任務。」

李政委點頭道：「希望你們馬到成功、凱旋歸來，今晚早點休息，明天一早出發。」

由呂長空主持的會餐後，秦濤與陳可兒、曹參謀被叫走單獨開會，呂長空通報了上級傳來的最新情況，陳國斌教授分隊遇險附近有一架被凍在冰層內的飛機，冰層今天上午崩塌，偵察機傳回的照片分析，是一架屬於二戰時期納粹德國的運輸機，而且附近還發現了另外一架墜機的痕跡。

納粹德國運輸機在高原冰川墜毀？秦濤第一個想到的就是希特勒尋找地球軸心那荒誕不經的故事，不過現在秦濤可不敢一口斷定那是荒誕不經的故事，因為他自己同樣遇到了更加荒誕不經的事件。

秦濤看了一眼陳可兒開玩笑道：「希特勒想找地球軸心，墜落在冰川，你父親的科考隊前往冰川尋找遇難人員資料，還是接替他們尋找地球軸心去了？」

陳可兒無奈的把之前馮·霍斯曼·鮑勃一次祕密拍賣會的情況給眾人介紹了一下，自己父親確實受雇於這個馮・霍斯曼・鮑勃，而墜機的殘物中確實有馮・霍斯曼・鮑勃家族的人員，最開始應該是想趁著冰川考察尋回遺骸。

曹參謀昨天挨了秦濤的悶虧，回去做了大量工作，隨即疑惑道：「陳國斌教授是野外經驗非常豐富的人，他為什麼會選擇在這個大雪已經封山的季節進山？」

陳可兒無奈的歎了口氣：「我父親一輩子追尋神話和傳說，希特勒去西藏尋找地球軸心香格里拉純屬無稽之談，希特勒在全世界搜尋聖物已經不是什麼祕密了，當年根據被蘇聯獲得的德國尚未銷毀的絕密顯示，西藏某地可能藏有中國特有的聖物！」

「聖物？」在場眾人基本都是無神論者，李建業好奇道：「約櫃？聖杯？所羅門王的寶藏？這類的東西？」陳可兒為難的搖了搖頭，據說希特勒當年已經找到了很多所謂的聖物，都是徒有其表，所羅門王的寶藏是一堆玻璃渣子，因為那個時代通透的琉璃才是代表真正的財富。

陳可兒無意中透露給搜索隊一個新的情報，這也是秦濤所要瞭解的關鍵所在，呂長空離開會議室，顯然是去彙報情況。

◊

第二天一早，小分隊成員在秦濤的率領下穿著特製的防寒軍服、防寒鞋，每個人背著一個大帆布包，也就陳可兒皮質風衣和皮靴算是一道風景，鑽進解放汽車帆布的後車箱祕密開赴軍事機場。再坐上三叉戟飛機趕赴雪域軍用機場，到達軍用機場稍事休息換乘剛剛進口性能良好的黑鷹直升機直抵貢嘎山所轄的西鎮。

怕驚動當地百姓，飛機離西鎮五公里緩緩降落在一塊空地，眾人步行趕赴西鎮，快到西鎮漸漸看到寥落行人。

秦濤詢問曹博道：「曹參謀，我們的後期補給由誰具體負責？」

曹博面帶疑惑搖頭道：「上面說是秦連長你的一個熟人，具體情況我也不太清楚？」秦濤微微皺了皺眉頭，救援小分隊已經出發，而負責聯絡工作的曹參謀卻一問三不知？這也正是秦濤最為擔心的事情。

這時，身強體壯走在前面的吳迪扭頭道：「這下可熱鬧了，人都快抵達了，負責後勤補給的同志還沒露面。」

秦濤無奈道：「看來我們只能先進入城鎮等負責同志主動聯繫我們了，跟大家聲明一點，我們現在身處藏區，要尊重當地的風俗和民族習慣。」

西鎮的情況讓秦濤等人略微有些吃驚，原因非常簡單，整個城鎮如同荒廢了一般，鎮政府院內的草長得比人還高？

詢問當地幾個坐在電線杆旁曬太陽的老人才得知，原來因為地質危害的原因，西鎮八年前就已經廢棄了，只留下為數不多故土難離的老人。

秦濤意味深長的看了一眼正在查看地圖的曹參謀，顯然在地圖資料室做了充足準備的曹參謀並不知道這個發生在八年前的「新」情況。

一個身影在不遠處窺視秦濤等人，當身影正準備起身被一支衝鋒槍頂住了後腦勺，胡一明微微一笑，「千萬不要輕舉妄動，別給我立功的機會呦！」

神祕人臉上塗著雜七雜八的顏色還混雜著塵土，一身破爛的袍子散發著刺鼻的異味。

秦濤只看了一眼：「郝簡仁你想幹什麼？上級該不會是派你來保障救援小分隊的後勤吧？」

郝簡仁一臉驚訝道：「我都化妝成這樣了你還能認出我來？」

秦濤一把將郝簡仁提起來道：「沒事你搞成這副鬼模樣幹什麼？博取同情嗎？」

郝簡仁捂著屁股苦著臉道：「博取屁個同情！你們不瞭解情況。」

秦濤微微皺了皺眉頭，把手按在了衝鋒槍上，拇指搭在保險的位置上，郝簡仁的表情當即凝固住了，不知道什麼時候小分隊悄然被幾十個手持刀槍棒叉的人慢慢圍攏，不但如此，附近房上也滿是手持磚頭瓦礫的鎮民？不是說小鎮荒廢了嗎？怎麼突然冒出了這麼多並不友好的鎮民？

敵情不明，秦濤將手背在身後對王雙江、孫峰、鄧子愛、郝簡仁等人擺了擺手，示意眾人退出小廣場的空地。默契十足的眾人開始緩緩行動，吳迪、張大發、胡一明、李健等人保護陳可兒、曹參謀迅速後退。

救援分隊成員都脫下帆布包手持當盾牌，由於秦濤沒下命令，眾人只能亮出攜帶的三棱刺刀和軍用工兵鍬，只有張大發脫掉背包，雙腕一抖，雙刀出鞘擺個「探龍出海」的架勢，在眾人之中顯得十分怪異？

秦濤環顧周圍環境朗聲道：「同志們，鄉親們，我們是執行任務的部隊，有什麼誤會請派人與我們進行溝通，請不要妨礙我們執行任務。」

郝簡仁站在秦濤身旁幾乎貼到了自己身上，不遠處陳可兒用怪異的眼神望著自己，秦濤不滿的看了郝簡仁一眼：「你幹嘛？」

郝簡仁露出一個為難的笑容：「你身邊最安全。」

不知誰喊了一聲：「打死他們！」跟著漫天的磚頭瓦礫向救援分隊飛來，救援分隊成員立即舉起帆布包，遮住自己和前排戰友頭頂。

前排胡一明、吳迪等人立起帆布包擋住正面拋來的石塊。

磚頭石塊雖然密不透風也不能傷到救援分隊分毫，而秦濤右手揮起裝滿沉重物資的帆布包宛如拿稻草般舉重若輕，不急不緩輕鬆撥開襲來的磚頭瓦礫，令得眾人驚訝不已。

圍攻人群見亂磚飛瓦無效，似乎有人大喊一聲「衝啊！」於是呼的一下，周邊手持各種砍刀、鐵叉的人流如潮水般湧來。

秦濤皺眉吩咐道：「邊抵抗邊撤，保護自身安全，不要傷及群眾。」秦濤知道自己的命令會導致救援分隊陷入被動，但是鳴槍示警和開槍都不是正確的選擇。

秦濤面對直刺過來的兩根長矛側身從中間穿過，舉起持矛兩個人遠遠拋出。

救援分隊邊抵抗邊撤，秦濤轉眼間已將二十多人拋上草堆或者房頂了，但是看著這群人似乎並沒有半點想要撤退的意思，不由得也開始緊張起來，因為這群不分青紅皂白的傢伙根本就是來拼命的，一旦情況失控容易導致嚴重事故。

忽然，一聲呼哨之後，一個沙啞的嗓音高喊道：「豈曰無衣與子同袍，吾土吾鄉殉命也饗。」然後這群人丟下器械，彙集一起，手臂相勾，步履整齊的向救援分隊走來。

秦濤連忙指揮救援分隊撤退，不和人群再進行正面對抗，如果要撤退勢必還要發生激烈的衝突，猶豫之際，一群手持竹杖的白色麻衣的人快步而至，他們插入人群中各有分工，很快幾個人利用竹杖，便連鎖帶別控制住一大堆群眾，如法泡製，不一會鬧事的上百人被分割成幾大塊不能動彈和聯繫。

秦濤和救援分隊的隊員們不禁一愣，郝簡仁急切道：「都愣著幹什麼，趁機快撤啊，還等著挨磚頭啊？」

曹參謀還在堅持道：「這事不弄清就走？公然襲擊執行任務的部隊性質很嚴重，事件的前因後果一定要調查清楚。」曹參謀一回頭只見秦濤一揮手，救援分隊的眾人一溜煙的撤退了，至於他則被吳迪夾在腰間健步如飛，很快跑在了撤退隊伍的最前面。

夜半時分，夜風襲人寒意十足，救援分隊眾人圍繞著篝火正在準備晚飯，望著不遠處的城鎮，眾人頗為心有餘悸。

晚飯是胡一明和鄧子愛抓來的兩隻兔子和三隻野雞，主食是當地的番薯，喝的也是當地的小燒。原本部隊在執行任務中是嚴禁飲酒的，但是此番執行的任務和人員情況特殊，秦濤也就睜一眼閉一眼的默許了。

秦濤嚴肅看了李健一眼道：「酒給錢了嗎？」
李健起身報告道：「報告秦連長，付錢了，一共六元，四瓶豐穀酒比標價多給五毛錢。」
秦濤笑著點頭道：「那就好，群眾是被誰蠱惑了我們暫時不清楚，但是我們是人民子弟兵，我們的宗旨是全心全意為人民服務。」
陳可兒用手招呼著秦濤，秦濤來到陳可兒身旁，招呼他靠近些貼著他耳語道：「今天的事情有些詭異，城鎮明明已經荒廢了，為何還有那麼多人留在鎮上？這些人為什麼會襲擊我們，我猜測這裡面恐怕不是簡單的誤會能夠激發的。」
秦濤點了點頭，實際上陳可兒說的這些都是他心底的疑惑，包括後來出現的一夥身穿麻衣的人，顯然這夥人在西鎮有一定的威望。
陳可兒望著烤得焦黃的野雞：「你們可真會享受。」
秦濤微微一愣，掰下一隻野雞腿遞給陳可兒笑道：「這可不是什麼享受。」
陳可兒一臉迷惑，秦濤猛然長身站起道：「故智將務食於敵，食敵一鐘，當吾二十鐘，萁秆一石，當吾二十石。故殺敵者，怒也，取敵之利者，貨也。這是孫子兵法說的，今天敵我情況不明，後勤補給保障困難，只好利用一下大自然饋贈了。」
秦濤望著郝簡仁道：「郝簡仁同志，上級讓你負責我們的後勤補給保障，陳可兒同志對吃野味有意見，請你談談咱們的後勤補給到底出了什麼問題？要不要我向李建業政委彙報一下你的工作情況？」
郝簡仁當即臉色一變道：「別這樣啊！親哥，你是我親哥，別鬧，有些重要情況我還沒來得及向你報告呢。」
秦濤正色道：「我和我的部下之間沒有祕密，你就照實說。」
郝簡仁一臉無奈道：「這事得從三天之前說起。」

原來，郝簡仁是被公安部門派去西鎮接收部隊運抵的給養保障物資的，因為部隊是將物資空運到機場由卡車運來，然後由郝簡仁和部隊當地的軍代表一起在西鎮與救援分隊交接。西鎮原本已經荒廢掉了，但是這個荒廢僅僅是在行政權力和地域範圍上的合併與廢棄。

西鎮位處偏遠山區，當地只有一個排的民兵編制，當地只有派出所是最大的執法部門，而且早就沒有人駐守了，因為所長還是郝簡仁在警校同期不同班的同學，所以才抽調了十幾名警察返回西鎮協同郝簡仁工作，讓郝簡仁著實的感動了一番。

當郝簡仁到西鎮的時候，同學的那個派出所所長是熱情的來接他，但是就是沒見到運送物資的軍代表。然後就安排吃飯喝酒，席間郝簡仁不住打聽得知給養已經送到，但是具體在哪？軍代表在哪？

那個同學卻在這些問題上顧左右而言他。

郝簡仁看情況不妙，裝作喝多去上廁所，然後趁人不備翻身回到剛才房間門外偷聽，就聽他同學道：「那傻子喝多了，待會按龍頭的囑咐綁了。」

旁邊一個公安湊過來道：「所長，咱是公安能這麼幹嗎？這可是犯錯誤的。」

所長猛乾一杯道：「袍哥（註2）這裡只有袍哥，難道讓這幫下江人來毀了這裡的一切嗎？一切聽龍頭的，小黑，等他回來，我們就動手，綁了和那兩個送物資的押一起。」

郝簡仁來的時候槍也只帶了一個彈夾，朗朗乾坤，太平盛世，哪裡想到自己的老同學竟然會對自己下手？沒敢來硬的只能悄悄的借尿遁跑了。

那天晚上得有半個城鎮的人和三十多條狗追他，還好他是老刑偵，利用小溪掩蓋氣味在樹上躲一晚，躲過一劫。擔心秦濤他們自投羅網，於是喬裝成個拜山的叫花子，天天混跡在鎮上等救援分隊來，這期間他也漸漸打探了不少關於鎮上的消息。

那天看到秦濤他們漸漸進入鎮裡，鎮民暗暗集結的埋伏圈於是心中焦急。由於鎮上全民皆兵，他也不敢貿然現身，只能暗暗跟蹤，結果還是讓目光如炬善於反跟蹤的救援分隊發現了，就是如此。

秦濤聽完努努嘴，吳迪撕下一條烤熟冒著油脂帶一大塊肉的大兔腿遞給郝簡仁，秦濤也從包裡掏出一罐特供大聽一公升裝的青島啤酒遞給郝簡仁，自己也拿出一罐和他一碰一飲而盡道：「辛苦你了兄弟，今天對不住了，當哥的給你賠罪。」

郝簡仁感動的反而來勁了，一把鼻涕一把淚道：「我容易嗎？那幫傢伙真放狗啊！藏獒啊！那麼大的狗追了我幾個小時，下次讓我遇到直接狗肉火鍋。」

秦濤勸郝簡仁吃喝平復些，接著問道：「老郝，你知道為什麼鎮上人對我們有這麼樣的抵觸情緒嗎？甚至敢扣押我們物資？他們到底想幹什麼？」

郝簡仁唉了一聲道：「你知道陳小姐父親出事那天，鎮上出什麼事兒了？」

秦濤茫然的搖了搖頭，郝簡仁故作誇張道：「說出來嚇死你們，遮天蔽日的狐蝠如吸血鬼般飛來差點把整個鎮絕戶了，死了好幾百人。要不是鎮上哥老會龍頭拿出什麼法王的法螺驅散狐蝠，還有今天那幫白麻衣的傢伙驅趕，這個鎮就消亡了。於是整個鎮的人都把仇恨算在陳博士他們探險惹怒雪山魔女身上了，你們這繼續運送物資來準備上山，他們能不怕、能不恨嗎？」

王雙江接話道：「我也三十多歲的人了，別騙人小孩子？會道門幫派組織早就在建國後被鏟滅了，還有什麼哥老會，你怎麼不說一貫道呢？」

郝簡仁苦笑道：「我不來我也不信，誰信有狐蝠吸血鬼啊？吹個喇叭就能消滅這不是西遊記嗎？但是我在白山見過更誇張的，山高皇帝遠，留個哥老會餘孽意外嗎？」

秦濤擺手打住郝簡仁繼續申辯，然後拍拍他肩膀道：「辛苦了兄弟，多吃點好好休息。」說完掏出一包大重九香煙給他。

正準備要去休息的秦濤忽然轉頭道：「你知道今天幫我們的白衣人們是誰嗎？」

郝簡仁搖頭道：「就知道他們幫助鎮民收拾狐蝠，但是真不知道他們是什麼人，就知道這個鎮裡龍頭在鎮西邊三溝裡住。也許他能知道，但是你可別去他那兒，他可是土霸王。」

秦濤不置可否的坐在樹下休憩，望著漫天的星斗，忽然，一顆紅色的流星劃過夜空，秦濤不由自主的皺了皺眉頭，赤火流星似乎並不是什麼祥兆，對於這趟雪域冰川任務，秦濤有一種十分不好的預感。

清晨的晨霧打濕了哨兵王雙江的衣服，王雙江依然一動不動的趴在草叢中警惕的觀察附近的情況。

秦濤坐在樹杈上用望遠鏡觀察西鎮，竟然沒有炊煙？也沒有人影閃動，幾個詭異的老人似乎還坐在路口，一切似乎與昨天沒什麼區別？

日出東方，救援分隊的隊員開始整理行囊，遠處白雪皚皚的貢嘎雪山聳立雲端。

一邊吃著簡單的乾糧，秦濤一邊分配任務：「我們的主要任務是去找郝簡仁說的哥老會頭目尋回物資，由於時間緊迫我們儘量不要節外生枝，最好不要發生衝突，一旦出現問題要果斷處置，大家明白嗎？」

郝簡仁咬著壓縮乾糧道：「說實話，我覺得有點難辦，這地方雖然行政撤銷成了荒鎮，但是還有這麼多人聚集在這裡生活，本身就說明了問題所在，哥老會殘餘的凝聚力不可小視。」

秦濤點頭道：「就是龍潭虎穴我們也得闖上一闖，否則等下一批物資運抵唯恐錯過了進山的時機，他有他的張良計，我有我的過牆梯。」說完秦濤拍拍郝簡仁的肩膀道：「前邊帶路我們去找他。」

◊

小溪春深處，沿途碧柳蔭，竹林沙沙，雞鳴狗叫。

在郝簡仁的帶領下，他們來到西鎮一里外一個幽靜安謐去處。只見一個矮土房籬笆庭院，門前臥著一隻懶黃犬，幾隻雌雄雞院內啄食。庭前擺著一張桐油顏色的竹桌上擺著茶壺茶盅，一副悠然田園景象。

郝簡仁來到院門停步道：「就在這裡。」於是李健快步竄入，瞭望一圈一擺手，吳迪就要跟進，但突然覺得肩部一沉，秦濤按住他的肩膀示意他等會兒。

秦濤側身環顧院內覺得是沒有危險，對吳迪等人擺了下手，眾人成扇面搜索進院，曹參謀帶著陳可兒站在院外等候。

進入院子後秦濤高聲道：「客人來了難道連杯熱茶都不捧出嗎？」

只見門口那隻老狗一驚，站起來夾著尾巴溜進屋。然後就聽屋裡一聲咳嗽，一個頭戴武侯巾、身材魁梧高大，但是瘦骨嶙峋宛如病獅的漢子，左手拿著水煙袋右手捏著紙撚，幾步來到竹桌前一屁股坐下。只見他捏著紙撚點燃水煙呼嚕呼嚕抽著，然後一擺手道：「小傻瓜，幾個小魚小蝦就給你嚇到了？快來阿爹這兒。」只見那隻老黃狗慢慢躊躇的走出門，快步跑到老漢腳下「撲通」臥倒。

秦濤明顯覺得老頭在煙霧中一雙眼睛射出銳利的鋒芒，老者咧嘴似笑不笑道：「客人來了才有茶，你們算得上客人嗎？就算是客人也是惡客。」

老者用眼角的餘光掃了掃眾人手中打開保險的武器，秦濤微微一笑道：「老人家，我叫秦濤，今日叨擾了。」老者點頭：「老漢姓王！」

王老漢深深的呼了口氣身形一拔，精神抖擻彷彿換了一個人，接著將竹桌上茶壺嘴對平列三滿杯，道：「請茶。」

秦濤見狀皺了下眉頭，他曾經在徐建軍那裡聽說過鬥茶陣（註3）的規矩，沒想到今天竟然碰到了？略微猶豫端起杯連乾三杯茶。

王老漢沉臉皺眉半晌，兩手一動兩根蠟燭不知從何處來到手裡。王老漢將蠟燭外置兩個茶杯外面然後斟滿茶，再用拇指、中指、小指從水煙袋裡掏出帶著火星的煙絲點燃蠟燭。

秦濤嚴肅點頭將兩根蠟燭移開，再將兩杯茶擺齊，然後取飲之，跟著吟詩道：「雙龍戲水喜洋洋，好比韓信訪張良。今日來相會，暫把此茶做商量。」

王老漢面露親切道：「三十年了很少看到有這麼懂規矩的年輕人了，敢問兄弟什麼袍哥堂口的？」

秦濤笑道：「老人家，我不過是聽人講過，今日也是冒然一試，只要您歸還我們的物資，我可以當這件事沒發生過。」

那王老漢搖搖頭道：「難怪你敢連喝三杯，後生可畏啊！小夥子，我是生於斯長於斯的，只要不涉及貢嘎山的邪靈，什麼都好說，但是邪靈一旦下山就會生靈塗炭。」

秦濤不解道：「難道說這個雪山，我們就不能上嗎？有人上去，就是惹怒邪靈嗎？那邪靈到底是什麼？」

王老漢眯著眼睛看著秦濤一邊摸著老狗的皮毛道：「娃啊！你不是本地人也不是上江人，不知道雪山魔教的厲害。」

秦濤一臉茫然的看看王老漢道：「雪山魔教？為什麼不能上貢嘎山？」

王老漢抬頭看了一眼站在秦濤身後的陳可兒。

原來貢嘎山位於四川境內，是雪域藏區眾多的高峰之一，而傳說中貢嘎神山就是雪域魔女的終結之地，傳說沒有人能夠徹底殺死她，每過一千年就會翻生復活。而藏族人據傳說是雪山魔女和雪山雪猴交媾的結晶，是雪域最神祕的地域，傳說被牛魔王、暗黑天、屍陀林統治的黑暗地帶，直到密宗佛法傳入雪域，蓮花生大師降服群魔，才使得雪域得以變成佛教淨土。

貢嘎雪山作為雪域傳說的源頭之一，屬於雪山魔女的長髮。它的半春半冬形態說明雪山魔女半白半黑的歲月年紀。由於靠近六陽之首的頭部，所以是藏地南疆最活躍的魔性地帶。

據說蓮花生大師為了鎮壓雪山魔女，在西藏雪山魔女的各個要害部位建立寺廟壓制魔性，譬如「大小昭寺」、「布達拉宮」等等。而貢嘎雪山海拔太高，只能建普賢金剛浮屠寶塔壓住魔女長髮，再加上如唐東傑布法王的歷代高僧持續加持，所以貢嘎雪山下的邪靈一直沒有死灰復燃。但是探險隊進入貢嘎山好像打開了千年魔咒封印，西鎮上空遮天蔽日的狐蝠就是傳說中吸血的雪山魔女麾下妖魅。

王老漢意味深長的看了一眼秦濤繼續道：「現在被激怒的邪靈被暫時壓制住了，我讓人劫了你們物資就是怕你們再去喚醒那邪靈。年輕人你要是聽我老漢一句勸，就在這歇個把月，然後回去說沒搜索到，這裡的所有人都會給你們作證的，而且現在大雪封山你們此行九死一生。」

秦濤深深的呼了口氣，看了眼滿臉擔憂的陳可兒對王老漢道：「即便是九生一死，我們也要闖上一闖，完成上級交付我們的任務。」

王老漢低沉聲音充滿威懾道：「當年左宗棠行軍途中，忽然發現軍心浮動，麾下士兵大多數聚集江口。左宗棠不解以為是什麼達官顯貴要來。一問才知道是哥老會的龍頭要過江渡碼頭，而左宗棠手底下士兵竟然暗地都是哥老會袍哥，所以成群結隊到江邊碼頭迎接龍頭。左宗棠深受幫派勢力震動，後來竟然投身哥老會也做了龍頭，這才能指揮這只洪門隊伍征戰南北。一個封疆大吏軍機中堂都不敢和我哥老會對抗，何況你們幾個人？這次你們應該是祕密行動，我也不願意看到雪山再平添冤魂，不要那麼執著了。」

見王老漢如此氣焰囂張，救援分隊其餘幾位隊員走步上前，將王老漢圍在當中。

秦濤兩眼射出寒光道：「老爺子你真的以為我們不能把你變成一個祕密？」

王老漢將水煙袋往桌上一拍，房前屋後突然走出幾個身形矯健，手持兵刃，和王老漢一般頭戴武侯巾的蒙面人。王老漢咳嗽半晌道：「我是上歲數不中用了，召集幾個堂主這個面子還是有的。這幾位身手正是要得，要不讓他們陪你們幾位過幾招？」

秦濤微微一笑：「既然文不成，只好武相鬥了！」

忽然一人高頌道：「煉得身形似鶴形，千株松下兩函經。我來問道無餘說，雲在青天水在瓶。」

吟詩人中氣十足，最讓人詫異的是，他由遠及近但聲音卻如同就在耳邊一般，不高亢也不虛遙，就是一般音量的聲聲入耳。

眾人扭頭一看，只見一個身穿白麻衣，鶴髮童顏的清矍老者款步推門進院。

那老者步伐穩健，只見他左一繞右一拐輕巧閃過救援分隊諸人，從容來到桌前，拉過一張椅子舒服坐在秦濤和王老漢中間。

王老漢虎目一睜，原本無神懶散的眼睛射出兩道精光對來人道：「你個仙人板板（註4）的，老墨你是要為他們出頭嗎？」

清矍老者點點頭道：「老王你別一錯再錯了，不但應該將人家的東西還人家，而且你的寶貝也留不住了，一起給人家成就個人情可好？就當你賠個禮。」

王老漢哈哈大笑道：「我連你的命都賠給他們豈不是更好。」說完坐在椅子上甩手連續三下擊打在清矍老者胸前，王老漢所坐的椅子頓時四分五裂。

清矍老者既不閃也不格擋，任由那勢大力沉的三掌打在身上，打得他身形一晃「哇」一聲嘔出一口血來。

王老漢三掌打完也不由得愣住道：「老墨你怎麼不躲？你這身手不至於硬扛我三掌？」突然王老漢恍然大悟道：「你是怕傷著我？」

秦濤皺著眉頭站在一旁，眼下的情況如同一場鬧劇，顯然昨天維護救援小隊的墨姓老者與王老漢是老熟人了。

秦濤對於墨字有些過敏，過敏的源頭就在白山，而且姓墨的老者腳穿麻片鞋，身穿粗麻長衫，幾乎每個人都背著皮質的行囊，如同一群苦行僧一般？

秦濤暗暗猜想這夥人該不會是墨氏流派的遺族吧？

那姓墨的老者展顏一笑贊道：「老哥你威風還是不減當年，我是真沒躲過去。看在三掌的情分下給我個面子好嗎？老哥，你不但應該把物資還給這位同志，而且唐東傑布法王的法螺是不是也該拿出來了，法具且須有緣之人才行。」

王老漢一臉慚愧從懷裡掏出個小瓷瓶遞給墨姓老者道：「修人先修心，老嘍老嘍，老墨先把內傷藥吃了。」

墨姓老者一臉慈和道：「老哥你這雪蓮蟲草丸自己留著調養吧，上次吹動法螺身體受傷不輕，為西鎮百姓你是把命都要搭上了。我這是小傷自己有藥不用擔心。」

王老漢感慨道：「撤鎮的事情你知道的，我怕越來越多的遊客和探險隊、尋寶人上山，雪山魔女的祕密早晚守不住，萬一有人啟動了邪靈怎麼辦？上次探險隊要不是老哥你說情我能讓他們上山？現在出了事情政府派了軍隊過來，唉！」

上次狐蝠突襲西鎮，要不是王老漢吹動法螺驅散，那西鎮就會闔鎮遭殃。但是要吹響唐東傑布法王的法螺，需要一定的氣力才行，而且會反震五臟六腑受到嚴重內傷，重者有生命危險。

當天由於時態緊急，王老漢憑藉著幾十年練功的底子吹響法螺，結果身受嚴重內傷。今天他打出三掌，墨姓老者要是接招會反震身體已經到了強弩之末的王老漢；要是躲避會讓王老漢力量落空閃身受傷，所以才硬挨三掌，使得王老漢發力有著點，不會導致傷勢嚴重。

王老漢知道墨姓老者保全他的深意，但是救鎮民心切還是咬緊牙道：「老墨你我相交多年，我的臭脾氣也謝謝你容忍。可他們上貢嘎雪山，萬一雪山魔女魔下邪靈復甦，到時候群魔亂舞誰能降服它們？所以物資不但不能給他們，更要阻止他們上山。至於法螺給他們又有什麼用？他們誰能吹得響？」說完再也壓制不住內傷連連咳嗽。

墨姓老者握著王老漢的手道：「老哥，我們墨氏一派守護這個千年魔咒已經不知多少代人了，結果越來越感覺到力不從心了，自從一九四一年老首領帶著流派內精英進山一去不返，我墨氏一派還能維持多久連我都不知道，有果有因，總要有一個解決的辦法。」

姓墨的老者提到了墨氏，讓秦濤與陳可兒對視一眼，白山之下巨大的墨塚不知埋葬了多少代墨氏門人弟子，出於那份堅守和犧牲的敬意，秦濤心懷敬意的望著老者。

郝簡仁也還記得遺跡中發生的那些事情，對於他來說最想忘記的也是這些事情，可是今天偏偏又遇到以墨氏弟子自居的老者和什麼唐東傑布法王的法螺？郝簡仁有一種不祥的預感，事情可能又要向另外一個極端發展了。

郝簡仁望著秦濤，想告訴秦濤自己能不能不去？自己想回家見舒楠楠，憋了半天，自認為講義氣的郝簡仁還是沒把話說出口。

王老漢拿起水煙「吧嗒吧嗒」抽著思索半天，點點頭道：「墨七星，你墨氏雖然深居簡出，隱遁山林，我也知道你們墨氏一族的高風亮節。既然你都這麼說了我就相信你，大不了真要是群魔殺來，我和他們同歸於盡。上次事之後我也沒有那個精力再護佑城鎮了，希望按你說的能幫西鎮渡過這場劫難數，千年的魔咒也該解決了。」

說完他轉身對身後蒙面人道：「去把物資和人都交給部隊，咱們犯的錯國法怎麼懲治我們認了，秦連長對不起了，要不是為了西鎮守護雪山的祕密，我也沒有那個膽子辦這事。就是希望你們真跟老墨說的一樣，能化解這次災難。」

秦濤起身點頭道：「王老爺子，我們人民軍隊的宗旨就是為人民服務，剛才墨老前輩和你說的什麼牛鬼蛇神，對於我們唯物主義者來說都是不存在的，我們有信心保護人民群眾的安全。」

王老漢抬頭看了一下墨七星，墨七星點頭笑道：「今晚我和他們聊聊，辦法總會有的。」王老漢聽言歎了一口氣，向諸人長鞠一躬，起身放下強挺身軀佝僂著蹣跚進屋，那隻老狗亦步亦趨的在身後搖尾跟隨。

王老漢進屋後，只見屋內飛出一物快如閃電。

墨七星伸出竹杖一搭一黏一拐伸手接住。見是個黃綢緞包裹，打開後鑲著八寶、黝黑色的唐東傑布活佛法螺赫然入眼。

屋內王老漢滄桑聲音傳來：「你們好自為之。」

陳可兒接過法螺仔細的看了看微微一笑：「難怪了！」

秦濤好奇：「妳看出什麼端倪？」

陳可兒將法螺對準秦濤道：「這東西的原理與我們在白山墨氏遺跡遇到的岩洞風管發出的音訊令人產生幻覺一樣，只不過鑄造十分精密，所用的金屬應該屬於一種青銅合金，可能與墨氏有關，根據不同的頻率發出共振產生不同效果，你看這些細鱗一般的銘文，與墨氏符文很相似，只不過簡單了一點，音訊通過符文產生的這種共振的頻率應該是極高的，所以音訊反彈非常容易傷及人體內臟。」

秦濤驚訝道：「音波能夠傷及人體內臟？」

陳可兒眉頭一皺：「你吹都會傷及臟器，只不過根據你身體的強弱程度傷及的程度不同。」

秦濤與陳可兒的這番交談可謂是說者無心，聽者有意，墨氏遺跡四個字驚得墨七星的步伐都微微有點踉蹌了。

◊

救援分隊在幾個蒙面人帶領下，在鎮東南偏遠處，找到了被扣押照顧得很好的軍代表以及物資，秦濤驗收無誤後對墨七星表示感謝。

墨七星笑道：「秦連長不用客氣，你沒追究老王他們奪取物資的過錯，我們就非常感激了。」

秦濤道：「王老漢不是為了自己私利而是為了鎮民，無心為惡，雖惡不究，我們也講究群眾政策的。但是墨前輩你們今天說的事，我們並不瞭解，我希望多瞭解一下情況。」

墨七星手捋長髯點頭道：「今天晚上，老朽在家裡備下薄酒和晚宴希望諸位光臨，到時候我們再詳談。你們先去派出所休息一下，晚上我讓人請諸位光臨。」說完墨七星告辭，瀟灑飄然離去。

來到派出所郝簡仁頓時威風八面，準備先是給自己同學一頓革命覺悟的提高式拳腳，結果他那胖同學看到情況，設宴道歉，把派出所最好的房間給救援分隊下榻。

郝簡仁耀武揚威道：「要不是秦連長高風亮節，既往不咎，換我非好好修理你們一頓不可。」

秦濤忙著清點物資，沒空搭理狐假虎威的郝簡仁，救援分隊查驗完所有登山裝備物資給養完畢，開始檢查自己的武器。

孫峰第一個從槍械箱中，拿出自己要的包著防潮油紙的八五式狙擊步槍，愛不釋手的拉動機柄看了看槍膛，然後插上十發容量的彈匣，將瞄準鏡盒打開拿出了瞄準鏡，又檢查了一下瞄準鏡的紅外線電池。

秦濤拿起自己的八一式衝鋒槍，將子彈袋塞滿彈匣。然後撿起一把八零式衝鋒手槍掛在腰側，帶上相應的匕首刺刀，猶豫了一下又掛上了幾枚手榴彈。

秦濤在槍械中拿出一把七七式手槍給陳可兒道：「拿著防身，有危險能自救，有備無患嘛。」

陳可兒笑一下道：「估計是用不上，要是你們都不能保護我，要這麼把小手槍能有什麼用？」

秦濤也笑道：「防患於未然，最可怕的不是鬼神，而是人！」

這時王雙江發聲道：「報告連長！我裝備的火箭筒沒找到，是不是被這些人給拿走了？」秦濤轉眼看王雙江手中帆布袋裡塞滿了炸藥、雷管、引線，一臉氣憤的看著秦濤。

秦濤笑道：「王雙江，不是他們拿的，是壓根就沒帶，發射火箭彈需要注意尾噴，我們去的地方，你帶些炸藥就可以了，希望不會用到。」

王雙江點了點頭道：「聽秦連長的。」

除了胡一明和張大發念舊，覺得五六式半自動步槍好用，剩下的人都裝備了嶄新的八一式步槍，大家紛紛拿走裝備，就剩下曹參謀拿著一支八一式步槍發呆。

見狀，吳迪上前道：「曹參謀，看你小體格擺弄這玩意兒費勁，要不咱倆換換？」

曹參謀眼睛裡露出了感激的目光。

秦濤在旁笑道：「吳迪你還真會對號入座，這挺機槍就是給你準備的，你天生就是個機槍手的料。」

吳迪嘿嘿一笑道：「在連長面前，俺以後不耍小聰明了。」

曹參謀狠狠的瞪了吳迪一眼，雪域高原連走路都要氣短，更別說扛上一挺機槍了。

看到救援分隊員們都分配完長短槍彈藥和手榴彈，秦濤命令大家先在安排好的房間內修整。

這時曹參謀對秦濤說：「秦連長有些事我想和你談談，是關於我們下一步行動和眼前所處狀況的分析。」秦濤看著曹參謀一本正經的臉色，點點頭和曹參謀來到派出所會議室。

一進會議室，曹參謀就將帽子脫了扔在桌子上：「秦濤同志，我要對你提出批評，我們是革命軍人，王老漢的事情怎麼能說不追究就不追究了？我認為必須要追究。」

秦濤皺了皺眉頭：「有什麼責任我擔著，你去向上級彙報吧！」

曹參謀臉色有些潮紅激動道：「你這是無組織無紀律，喪失原則！」曹參謀摔門離去，張大發站在門口望著秦濤無奈道：「秦連長，無線電還是聯絡不上，鄧子愛他們幾個檢查了幾遍，鎮上的電話線也斷了。」

秦濤微微一愣道：「那就是說我們與上級失去了聯繫？」

張大發點了點頭：「曹參謀想告你狀恐怕只能等電臺恢復正常了。」

墨氏遺族在西鎮守護什麼？聯想到白山神祕的墨塚守護的祕密，秦濤有一種不寒而慄的感覺，因為在秦濤的印象中，但凡出現墨氏一派的地方一定會有大事情發生，墨氏流派其實就是史前文明遺留下的人類安全守護者。

秦濤若有所思的望著桌面上的電話疑惑道：「找一下派出所的同志問一下，電話線是什麼時候斷的？」

突然，窗外響起一陣密集的槍聲！

槍聲紛亂不堪，對武器十分瞭解的秦濤也為之一愣，因為這些武器的射擊聲十分陌生？

伴隨著陣陣槍聲，秦濤提著八零式衝鋒手槍詢問道：「什麼情況？」

隱蔽在派出所二樓陽臺上的鄧子愛，只聞其聲不見其人的報告道：「秦連長，剛才郝簡仁同志要出門查看情況，門外衝過來一批手拿老式步槍的黑衣人正在迂迴包圍我們的駐地，雙方在近距離內交火，郝簡仁同志安全撤回來了，現在黑衣暴徒暫時無法估計人數，他們手裡都有老式步槍，好像英式恩菲爾德步槍、毛瑟步槍，還有叉槍，都是老古董。」

噠、噠噠，機槍點射聲響起，經驗豐富的射手聽聲音就知道這是經驗老道的機槍射手，輕快的短點射配上七十五發的彈鼓簡直是老式單發栓動步槍的噩夢。

吳迪站在派出所院門旁的梯子上，已經用八一式班用輕機槍和對方交上火了。

秦濤隨手提起兩個一百斤重防汛的沙袋，幾步跨上吳迪的梯子，隔著吳迪將沙袋越過他頭頂放在牆上，跟著道：「拿沙袋做掩護吸引敵人火力。」

吳迪將機槍架在掩體沙袋上，一邊扣動扳機點射，一邊道：「明白連長。」只見吳迪一臉猙獰的大呼小叫道：「來啊！請你們嘗嘗過癮的。」

秦濤擺手讓李健和胡一明以吳迪為中心，掩護吳迪的兩翼。

狙擊槍沉悶的射擊聲不斷響起，孫峰不斷射擊，在如此近的距離內幾乎是一彈一命，被擊中的黑衣人揚起一陣血霧翻滾倒斃在地。

就聽正門外一陣慌亂，吳迪大喊道：「孫峰注意大門，別讓外面的人給炸了。」

秦濤看了一眼似乎心有餘悸的郝簡仁道：「沒事吧？」

郝簡仁臉色蒼白點了點頭：「差一點回不來了，這幫傢伙一聲不響的就摸了上來，一見面就開槍。」

秦濤點了點頭：「前門受阻，其餘人員在後門佈防，把他們放進來以優勢火力給予殺傷，只有給予敵人有效的殺傷才能迅速擊潰他們。」

果然，大批的黑衣人一見移動到了派出所的後門，秦濤將兩枚手榴彈順著牆頭丟了出去，把毫無準備的黑衣人炸得雞飛狗跳。

頭戴遮臉黑鷲頭盔的大祭司不由咬牙道：「沒想到他們竟然早有準備。」

接著就聽一陣喊殺聲，黑衣人隊伍身後，王老漢帶著哥老會堂主和西鎮的民兵以及壯勞力，拿著長矛兵刃和各類農具掩殺過來。

黑衣人大祭司口中發出一陣呼嘯，聲音如夜梟嚎叫般道：「撤退！屍體全部融掉，一具都不要留下。」

大祭司撥馬帶著部下迅速撤退，秦濤阻止了郝簡仁的追擊，因為黑衣人隊伍撤退得絲毫不亂有序，撤退時在同伴屍體和帶不走的傷者身上灑下些藥沫，隨著黑衣人撤退屍體都冒氣化成一灘血水，這夥黑衣人突然出現又突然退去，遁去的方向竟然是貢嘎山？

連屍體都被融化掉了，除了一些老舊的二戰步槍和長矛、大刀。這夥人為什麼要攻擊救援分隊？蹊蹺到了令人無比費解的地步？

王老漢看著秦濤，拄著手裡大刀頹然道：「我也不知道這些黑衣人是什麼來路，看他們竟然向貢嘎山撤去，顯然他們的老巢和主力就在貢嘎山，我在這多年也沒察覺山上有這樣的勢力啊？他們要是外來的，到底是什麼時候來的？我們竟然沒有絲毫察覺？」

王老漢似乎有些氣短：「這夥人來者不善，秦連長你們可要多加小心啊！」

秦濤送走王老漢，帶著救援分隊打掃戰場。可除了被拋棄的槍械外沒有任何屍體保留下來，只剩下一灘灘觸目驚心的血水。

救援分隊所有人統計戰果大致消滅了幾十個黑衣人，除了吳迪頭盔被子彈擦出了一道口子，脖子有點扭傷，其餘人都安然無恙。

貢嘎山就是神鬼莫測的感覺，現在又冒出一夥武裝分子，一夥就連撤退都要將同夥的屍體用藥劑化成血水的傢伙，連常年駐守在西鎮的王老漢也不清楚底細，科考隊的遇險失蹤會不會與這些人有關係？

秦濤決定向上級彙報西鎮的情況，但是電臺一如既往的絲毫不給面子，只好派人與派出所的幾個留守的警察去修復被人為切斷的有線電話。

陳可兒一臉擔憂的找到秦濤，顯然黑衣人的來襲讓陳可兒意識到了她父親所在的科考隊的失蹤並非簡單的遇險，很有可能是人為造成，一夥無法無天連部隊都敢襲擊的傢伙。

秦濤安撫陳可兒道：「我認為救援分隊還應該繼續行動。因為妳父親生死未卜，黑衣人來此的目的可能與陳教授搜尋的目標是一致的，這夥黑衣人應該是近期在貢嘎雪山活動，王老漢和墨七星肯定會有所察覺的，我們拖的時間越長就越不利。」

陳可兒猶豫一下道：「我們立即登山？」

這時院外有人敲門，秦濤指著院門道：「等墨七星請我們吃完這頓飯，我們聽完他掌握的情況就即刻出發，有備無患，多一份情報就多一份準備。」

墨七星住在西鎮南面的一個小山坳裡，幾個大院落，草房竹屋看著很是簡樸，裡面豢養著很多家畜。墨七星帶著手下家眷和弟子十幾個人在山坳口迎接救援分隊。

墨七星熱情將救援分隊眾人讓進大院，院內早就準備好村釀白酒、雞鴨魚肉、時蔬鮮果擺滿一大桌。墨七星讓秦濤坐上首，自己旁邊作陪。

墨七星端起一杯酒一撩長髯起身敬酒道：「今天有幸邀請秦同志來墨氏做客，這是我墨氏光榮。墨氏幾千年來都韜光養晦，默默守護我中華龍脈圖騰。如今風雲際會，機緣相逢，更是我墨氏榮幸，所以請秦同志和救援分隊同志滿飲此杯，此壯行酒祝你們馬到成功。」

墨七星一番話讓秦濤微微一愣，面對墨七星的杯子碰了一下隨後一飲而盡。

秦濤可以斷定墨七星所言的墨氏就是白山巨大墨塚那個墨氏其中一個分支，作為守護者一脈的墨氏一直在默默的堅守千百年傳承下來的信仰，僅僅就是這份堅持就值得敬重。

隨後墨七星殷勤布菜勸酒，不一會救援分隊成員和墨氏子弟就喝的火熱。

秦濤看酒過三巡，貼近墨七星道：「老人家，晚輩有點事想請教您，看看能不能借一步說話？」

墨七星會意，起身一邊招呼救援分隊隊員繼續暢飲，一邊前邊帶路將秦濤引進一間竹堂。

竹堂佈置清雅，正對面牆上供奉一幅畫，畫上一麻衣人手持竹杖，肌肉筋節看著十分有力，而畫上人的面目卻充滿悲天憫人般透著聖潔光輝。

畫下一几一桌，墨七星拿起茶几上茶壺給秦濤斟滿清茶，看秦濤看著畫像解釋道：「這是我們墨氏老祖墨翟。」秦濤連忙對畫三鞠躬，墨七星也在旁邊還禮。

秦濤擺手道：「我是真心敬仰老祖『兼愛非攻』的大境界，也崇尚他老人家為了幫助其它弱者弱國『赴火蹈刃，死不旋踵』的俠義精神。」

墨七星捋髯笑道：「難得秦連長如此看重我們墨氏，但是今天你我就說些實在話。秦連長，我們墨氏自從春秋後就名聲不顯，之前卻又很有聲望，有楊朱墨子各半天的說法你知道吧？」秦濤搖搖頭。

秦濤與陳可兒其實對這些都心知肚明，他們兩個所知道的更是墨七星所不知道的那段早已被湮沒的歷史，既然已經被歷史所湮沒，後人還記得先人的榮光也是未嘗不可的。

墨七星長長的舒了口氣，接著說道：「我們墨氏為什麼在聲名顯赫的時候，突然消失在歷史中？又為什麼會在此地居住，又在此刻和你們救援分隊相會呢？這一切都是冥冥中註定的機緣。」

墨七星微微一笑：「我心中也有疑惑想請秦連長幫我解惑。」

秦濤微微一愣：「什麼疑惑？」

墨七星深深的呼了口氣：「白山，墨塚！」

第二章　墨氏傳承

白山事件是高度保密的，墨七星是不可能知道的，至於墨塚的存在更是絕密。

墨氏一派是否是史前文明的遺族還有待定論，唯一能夠確定的是墨塚不是為了保護，而是封印。

墨七星見秦濤眉頭緊鎖似乎在沉思，於是開口道：「當年寒風肆意，大雪飄灑，天地間彷彿都被皚皚白雪覆蓋。墨氏先祖墨翟為解救狼災不惜犧牲自己感動了神龍，神龍助他屠滅狼群之後龍吟乘風而去。」

墨七星頗為自豪的講完這個典故後對秦濤道：「這就是我們墨氏的起源，你也可以說是傳說或者神話。但是我墨氏人一直堅信，這就是老祖真實的經歷。」

墨七星無疑給秦濤和陳可兒講了一個神話版的墨氏傳說，秦濤環顧墨七星的宅中可謂到處都是古董物件，只有頭頂的電燈算是與現代文明有點關係。陳可兒表情十分自然，顯然墨氏清淡的食物相比部隊的油膩重口味要更對她的胃口，陳可兒也在考慮要不要將白山墨塚和墨藏一事告訴墨七星，或許多一事不如少一事，深山之中清苦堅守祖輩的傳承，卻不知道這傳承中多少是事實、多少是虛構、多少是故事。

墨七星以為自己的故事打動了秦濤和陳可兒等人，於是興高采烈的介紹道：「後來墨翟老祖跟神龍修習了道術，並根據神龍傳下的典籍內容和精神撰寫了《墨子》一書，留下了『兼愛、非攻、尚賢、尚同、明鬼、非樂、非命』的思想。無奈後來世態炎涼，人心淡薄，漸漸世人被功名利祿蒙蔽雙眼和精神。於是老祖便命令自己兒子和八位『鉅子』分佈到華夏九州，守護由三條龍脈演變成的九脈。而每條龍脈上據說都有一尊寶鼎鎮護著，每條龍脈都關係著華夏億兆生民的安危和華夏精神的命脈，這也是我為什麼在貢嘎山定居的原因。」

秦濤看了一眼陳可兒猶豫道：「按照前輩你這麼說，這貢嘎山不但是雪山魔女的長髮演變，還是我華夏的一條龍脈所在，那這座雪山承載的神話傳說實在太多了。」

郝簡仁在一旁吃著幾乎沒有味道並且數量不多的牛肉，秦濤、陳可兒與墨七星之間的對話他聽得無味，九州？華夏？鼎器？無非是神話傳說，為了追尋這些虛無縹緲的神話死過多少人？恐怕沒人統計過。

白山留給郝簡仁的是難以磨滅的記憶，如果運氣好真的遇到了與歷史故事不符的神話傳說？恐怕又是另外一場災難的開始。

墨七星提到了龍脈，提到了鼎器？陳可兒的臉色卻忽然一變，白山最終遺跡中那些令人不知用途的巨大三角凹槽似乎鑲嵌的不就是三足鼎器嗎？或許自己的猜測是錯誤的？

陳可兒馬上否定了自己的設想，如果是真的那就太瘋狂了，陳可兒陷入沉思，開始回憶墨典中是否有關於龍脈與鼎器的記載。

秦濤在遺跡中對墨典記載的內容有一些瞭解，留意了龍脈之說，不過後來忙於逃命就沒再關注。

墨七星微笑道：「造物鐘神秀，陰陽割分曉。每個人傑地靈的寶地都會吸引很多的能量聚集。至於是龍脈還是魔山，就像人的善惡一樣往往在於一念之差。想來這次你們要搜救的探險隊，就是來尋找龍脈或者寶鼎的吧？」

寶鼎兩字讓陳可兒身體微微一抖動，在她記憶中果然墨典記載了九龍九鎮的說法，九龍就是九條龍脈，而九鎮鼎器是什麼？難道是傳說中的華夏九鼎？如果父親真的是去尋鼎的，那恐怕真的是要九死一生了，九鼎是天下之所在集大成，非大運大道者不能觸及之物。

九鼎不過是一個傳說，一個被傳說得出現了無數個版本和故事的傳說，沒人會認真，世人連九鼎的制式和大小都是靠猜測，甚至連九鼎是一個鼎還是九個鼎依然在爭論不停，別人都是坐在竹林中品茶爭論，唯有父親卻因一個又一個所謂信誓旦旦的傳聞和傳說不斷的踏上征途，陳可兒有些黯然。

在陳可兒心中，父親的那份堅持與面前的墨七星是何等的相似？兩個教育程度不同，生活環境不同的人卻有著同樣的堅持，難能可貴，或許自己正是缺少了什麼？為了事業？為了榮譽？為了財富？自己不斷的在證明自己，或許自己真的錯了，父親選擇的路才是正確的。

墨七星看到秦濤欲言又止，擺手道：「你閉口不言我也掛起不問，但是我卻知道貢嘎山的龍脈要移動了，所以你們的到來，也許真就是為了促成此事。」

看到秦濤要問。墨七星又擺手道：「其中有很多的變數不是猜測的，所以還需要你們真實的面對。我再多說就是揣測天機了，與你與我都有損。對了秦連長，我感覺你身體和常人迥異，能不能讓老朽給你把把脈？」

秦濤一臉無奈道：「我是軍人，軍人以服從命令為天職，您說的情況我確實不瞭解，我奉命前往冰川地帶營救失聯的國際科考隊、查證墜落的飛機、搜尋證據，僅此而已，我是無神論者，也是唯物主義者，我不信什麼龍脈，更不信什麼傳說故事。」

墨七星微笑：「論道你不及我十之一，講大道理我不及你十之一，大雪封山，秦連長不會以為真憑你這個小隊就能進得去？現在進山就是等於自殺，你們隨行需要大量挑夫，只有我墨氏子弟能陪你走這一程了。」

秦濤道：「那就有勞您給我們安排了。」

陳可兒低聲道：「墨七星似乎太過熱心，恐怕他們也是要借助我們一同進山，有另外的目的。」

秦濤也意識到了陳可兒所說的問題，從墨七星的言談可以斷定他並不完全清楚白山墨塚之事，他們器物上少量簡潔的符文恐怕已經不知簡化了多少代。

秦濤並不相信墨七星所謂的理論和說法，要是真的有分散在外的墨氏，還用得著每代的鉅子都延續一個共同的名字嗎？說得天花亂墜，實際上很難自圓其說。

墨七星心底也有一個巨大的疑問，那就是之前秦濤與陳可兒兩人之間的那番對話，顯然兩人掌握著不為人知的墨氏流派的祕密，為了這個祕密墨七星甘願搭上一切，甚至陪秦濤走一遭鬼門關。

人生七十古來稀，墨七星已經八十有七了，再不壯懷激烈一次就只能等徒子徒孫哭自己了，秦濤的脈象確實有異常人，沒有對比就沒有確認和說明，作為一名不太合格的醫生，墨七星和老王都是半吊子，他之前將雪山誇張得如同地獄之門一般，就是要讓秦濤重視墨氏，並且帶墨氏的人一同進山，去驗證那個千百年來傳說的真偽。

之後，墨七星又怕秦濤知難而退或者等待天氣轉好再行動，又誇秦濤堪比陸地仙人，人老精，馬老滑，墨七星已經是成精的老狐狸，秦濤眉頭緊鎖，陳可兒一言不發，或許自己還要加大投入。

墨七星捋鬍欣喜對秦濤打量半晌，然後道：「秦連長，我這有一件寶貝兵器想要贈予你，希望秦連長萬勿推辭。」秦濤聽到要給自己武器不由好奇點點頭。

只見墨七星對著墨翟畫像深鞠三躬，然後輕輕掀起畫像，只見畫像背後竟然有個空洞，墨七星畢恭畢敬從空洞中，捧出一件由黃緞子包裹好的長條物件遞給秦濤。

秦濤小心翼翼打開黃緞子，只見裡面包著一條黝黑帶有稜角的金屬？

陳可兒有些好奇詢問道：「這是什麼？」

秦濤皺了皺眉頭道：「鐧，中國古代的一種特殊兵器。」秦濤將鐧托在手中，見鐧分四棱開刃，鐧身上陰雕著九條栩栩如生、張牙舞爪的神龍，以往看龍秦濤沒什麼特別感覺，白山看到的龍都是帶著嗜血充滿殺氣的，而銀鐧上的九龍卻缺少一股殺氣？

墨七星看著秦濤笑道：「秦連長，這是我墨氏祖傳的『護龍鐧』，它重九十九斤九兩九錢九毫，是按照墨氏武錄上的配料和尺寸重量打造而成，由龍火加岡底斯精鋼純銀鍛造而成，可謂無堅不摧，而且還有這樣功能。」

只見兩名墨氏弟子抬著護龍鐧，墨七星拿過護龍鐧用手一按鐧柄機簧，護龍鐧「啪」一聲迸開，竟然變成一把寬刃一尺長劍。

墨七星道：「當需要銳利武器削砍敵人，或者需要盾牌保護面門時候，鐧就可以當寬劍用。當你需要攀爬或者擒拿敵人時候可以這樣用。」

只見墨七星一翻腕鐧轉沖上按綳簧，只見鐧轉尖頭開花成鉤，帶著一條鋼鏈銀索激射而出，釘在橫樑上。墨七星抖下銀索一按一收銀索回鐧，寬刃劍身變回四棱。

秦濤不由鼓掌喝彩道：「這武器真是巧奪天工。」

一旁陳可兒鄙視的看了秦濤一眼，秦濤無奈壓低聲音道：「妳能不能有點同情心，妳看老爺子揮舞了幾下，累得大汗淋漓的，一百斤的玩意兒啊！」

陳可兒微微歎了口氣：「那玩意兒哪裡是給正常人用的？你不嫌沉就收著唄。」

墨七星將護龍鐧遞給秦濤道：「專研機械技巧構造本就是墨氏所長，秦連長也不用過獎。秦連長，寶劍贈烈士，紅粉酬佳人。接下這把護龍鐧，為龍脈延續，為華夏護鼎。」

部隊是有部隊紀律的，三大紀律八項注意，不拿群眾一針一線，郝簡仁曾經拿一針一線開玩笑說不拿群眾一針一線，只把一針一線留給群眾，多虧改口改得快，那些都是反動派幹的，差點被秦濤暴揍一頓。

秦濤猶豫之下選了一個折中的辦法，只好半推辭道：「多謝老人家，這次任務完成後一定完璧奉還。」

墨七星搖頭道：「秦連長，這把護龍鐧與你有緣，你就拿著防身不用歸還。老朽還有個不情之請希望秦連長成全！」

秦濤心底十分無奈，同時也猜到了墨七星肯定有求自己，微笑道：「墨老前輩請說。」

墨七星也不客氣：「老朽有十八個不成器的徒弟想讓他們追隨秦連長完成此次救援，你看可好？」

秦濤高興道：「太好了，我正愁沒有嚮導上山，這也算是老前輩成全我們此次任務了。」

墨七星哈哈笑道：「彼此信任、彼此成全，來！秦連長我們再去痛飲幾杯，明天老夫送你們啟程。」說完攜著秦濤的手一起來到院裡。

院裡曹參謀正在被一位墨氏弟子勸酒，他連連擺手道：「我們部隊有規定不許喝酒的。」曹參謀剛剛說完，一轉頭就看見秦濤與墨七星對飲一碗。

墨七星放下酒碗對秦濤做了一個請的手勢道：「請秦連長試鐧！」

秦濤掂量了一下護龍鐧，隨手舞動了幾下，做了幾個劈砍的動作，然後猛的揮舞砸向了一旁的一塊大石頭，石頭當即在火花四濺中崩裂。

眾人紛紛瞠目結舌，墨七星震驚之餘也笑道：「這把護龍鐧留在墨氏也沒人用得了，秦連長能讓護龍鐧發揮它應有的作用，就是我們最大的慰藉，所以不必客氣。墨龍你明天率領十七名精幹的師兄弟隨秦連長他們上山，記得帶路和保護他們安全是你們的任務。」

剛才向曹參謀敬酒的就是墨龍，他立即點齊另外十七名墨氏高手弟子，然後一起躬身向墨七星施禮道：「赴火蹈刃，死不旋踵。」

墨七星滿意點頭轉身對秦濤道：「秦連長今日歡聚都已盡興，明天部隊還要出發，老朽也就不深留你們了，希望諸位馬到成功。」

秦濤和救援分隊向墨七星告辭，然後帶領墨龍等十八人回到派出所駐地。

回到派出所秦濤先和曹參謀、陳可兒和救援分隊成員開會。秦濤又和救援分隊成員分析一下當前形勢，秦濤認為現在最大的難題就是上山的路線，因為那些來歷不明的黑衣人有可能會在上山路上設伏，救援分隊與他們糾纏勢必就會耽誤救援時間，所以和墨龍他們溝通找一條隱祕上山路線是當務之急。

跟著秦濤叫墨龍和墨氏子弟進屋與會，由陳可兒向救援分隊的隊員發放貢嘎山需要佩戴的爬雪山裝備，如保暖雪山服、雪地露營燈、頭燈、冰鎬、金屬質地的防滑釘鞋、專業雪鏡、保溫杯等物品，以及展示如何使用。

秦濤對墨龍說：「我們這回爬山物資有備用的完全夠裝備你們。現在就是有一個問題，我們要快速上山救援遇險人員，但是怕和黑衣人糾纏耽誤時間，墨龍你看你們能不能找個捷徑，讓我們甩開黑衣人直接上山？」

墨龍笑道：「你們昨天和黑衣人交火，有沒有奇怪，為什麼我們墨氏沒有出手幫你們？」

秦濤毫不在意：「幫是情誼，不幫是本分。」

墨龍點頭道：「這個我明白，其實我們有更重要的任務，那就是在製作如何讓你們更快爬上雪山的工具。」

秦濤奇怪道：「那是什麼工具呢？」

墨龍笑道：「佛曰：『不可說不可說。』明天準備什麼時候出發？秦連長。」

秦濤說：「今天時間差不多了，大家都早點休息。明天半夜我們出發，免得打草驚蛇。」

墨龍道：「去貢嘎雪山，旅人常走的西北麓需要渡過大渡河天塹，如果繞到北山那就相當於走了個之字形，而且北山斜度在七十多度，還全是冰川所以攀爬艱難。我的意思是我們仍然走西北麓，但是我會想辦法避開黑衣人的襲擾。」

秦濤點頭道：「一切拜託了，這次要不是有你們墨氏協助，我們還真是一籌莫展，事情的發展和我們設想的幾乎被全盤推翻了。」

墨龍笑道：「這就是你我的職責，魔高一尺，道高一丈，這就是我們墨氏存在的道理。」

與墨龍商量完秦濤準備休息，這時陳可兒喊住了他。

陳可兒望著秦濤道：「謝謝你，無論搜救結果如何，我都十分感激你。」

秦濤知道這些天來陳可兒一直在擔憂自己的父親，雪山氣候多變，科考隊失聯已經多日，生還的機率很低，陳可兒也是在強顏歡笑，努力保持樂觀的精神。

兩人之間的距離似乎越來越近，秦濤正要準備安慰陳可兒，郝簡仁從一旁冒了出來，不管不顧的拉著秦濤要彙報工作。

陳可兒無奈的笑了笑轉回房間，秦濤看著近乎厚顏無恥的郝簡仁道：「這都幾點了？有什麼事不能白天說非得大晚上的？」秦濤趁勢準備回房間關門。

郝簡仁一邊嬉皮笑臉一邊硬擠進門道：「咱作為革命同志要一視同仁，我確實有事找你，刻不容緩。」

秦濤踢了郝簡仁屁股一腳道：「你這破嘴吐不出象牙來，我和可兒正大光明的聊天讓你說成什麼了？有事快說，有屁就放。」

郝簡仁進屋先掏煙給秦濤，然後殷勤的給點上道：「老秦，明天我想和你們一起去雪山。」

秦濤頓時一愣，郝簡仁竟然主動請求參加行動？難道是太陽打西邊出來了？秦濤略微猶豫道：「這趟任務不亞於白山的危險，而且是軍事救援，你的任務已經完成了。」

郝簡仁一副大義凜然的表情道：「咱們可是一起經歷了白山事件，我還不至於拖你後腿，出發前李政委的諄諄教導讓我懂得了什麼是先人後己，什麼是捨己為人。」

秦濤笑道：「你這個小算盤打得比誰都精，有什麼事情直接說吧，別繞圈子了。」郝簡仁立刻起身立正敬禮道：「一切聽秦領導的。」

郝簡仁厚著臉皮道：「見困難和危險就躲不是我的風格，越是困難越要上前，困難就是用來克服的。」

秦濤皺了皺眉頭，他不相信郝簡仁突然變得大公無私有了覺悟，但是郝簡仁這番義正言辭的請戰也令他無法拒絕，畢竟是從白山一同死裡逃生的兄弟，有他幫忙也能多一份勝算。

於是，秦濤點了點頭：「那你回去準備一下。」

郝簡仁又正襟敬禮道：「服從領導命令。」

郝簡仁鄭重其事的從口袋裡面掏出一個紙卷道：「之前李政委跟我談過回部隊的事情，我當時要考慮一下，這次我是下了決心回部隊的，不過嘛我這不是要結婚了嘛，也請領導看在我出生入死的情分上高抬貴手幫幫忙。」

郝簡仁把紙卷交給秦濤一溜煙推門跑了，剩下感覺又無奈又好笑的秦濤打開紙卷，長長的紙卷竟然直接掉落在地，接近三米長的紙卷上密密麻麻的寫滿了大到房子還有細緻的標準，比如紅木地板、熱水瓶、洗衣機、電冰箱？電烤箱？電視劇？冷氣？冷氣是什麼玩意兒？腳踏車？還要什麼腳踏車啊？

如果郝簡仁剛才不跑，秦濤現在能掐死他，一個燙手山芋！

◊

星空漫天，眾人已經吃過熱湯和乾糧，大家都非常清楚一旦進了雪山，熱湯就成了奢侈的享受了，所以都趁這機會灌了一肚子。

秦濤起來集合救援分隊和墨氏子弟開了啟程前最後一次動員會。然後所有人檢查三遍隨身攜帶的武器、給養和物資，剩餘物資由墨氏子弟主動要求背負。分配完物資任務後，秦濤讓鄧子愛不間斷嘗試與總部取得聯繫，將西鎮的情況彙報給總部基地

夜半十一點救援分隊全體集合，冒著滿天星斗和皎潔月光，踏著夜色開啟這段奇異而又艱險的旅程。

救援分隊披星帶月連夜出發，為了隱蔽行動，夜間行車關閉了車燈，在崎嶇的盤山公路上，幾乎每個人都懸在心上，車程大概兩個小時就聽到了咆哮的江水聲。

車輛緩緩停在盤山公路旁，墨龍下車來到秦濤身旁道：「秦連長，到大渡河我們下車吧。」秦濤命令所

有人下車集合後，按有序佇列隱蔽，派鄧子愛和胡一明偵查大渡河鐵索橋附近情況。

過了半個小時鄧子愛和胡一明回來報告，在渡河的鐵索橋對岸發現似乎有早已守候在附近的黑衣人。

據鄧子愛黑夜目測橋對岸大概有五個黑衣人在渡口橋頭附近徘徊，並沒有攜帶武器。

秦濤知道情況後對墨龍道：「和我們預料的一樣，這夥黑衣人來則聚，分則散，似乎非常熟悉當地的環境和情況，對於他們我們所知甚少，要嘛直接打掉他們的眼線抓活口審訊，一舉摧毀這個非法武裝團夥；要嘛不要打草驚蛇，讓上級派人專項解決這個問題。」

秦濤知道陳可兒是最耽誤不起時間的，如果強行過橋渡河，萬一黑衣人狗急跳牆破壞橋樑，問題就嚴重了，於是轉向墨龍道：「有沒有不打草驚蛇的辦法過去？」

墨龍跟秦濤道：「秦連長，帶著你的人跟我們走！」

一名墨氏子弟在前帶路，引領救援分隊爬上一座高山，那高山頂有一小塊平坦的空地，只見上面停著一架帶翼的飛行器，飛行器彷彿鳶形由木頭與鋁合金製成，牛皮帆布為翼，下面附有躺板供人俯臥，躺板上有操縱器用於駕駛。

救援分隊成員對墨氏鳶形飛行器感到驚訝，曹博臉色有些蒼白道：「我們該不是要坐這玩意兒飛過大渡河吧？軍區有直升機，秦連長我們能不能調直升機啊？」

墨龍點點頭道：「這是根據我們墨翟老祖發明的鳥鳶改造的，當年老祖宗的能在天上飛一整天，現在經過幾千年的改造和借鑑現在飛機的原理，你們看到的這個飛行器可以借風勢，連續飛行幾個小時，所以渡過大渡河是沒問題的。今天正好是南風天，我們四個人乘一架飛渡大渡河，另外架起一座滑索過河。」

老祖宗當年能飛一天，現在經過現代化改進能飛幾個小時？秦濤的疑惑讓墨龍不禁老臉一紅。

一架三無品牌的滑翔機罷了，只不過這玩意兒到底能不能行，秦濤心底還是充滿疑惑的。

望著消失在夜幕中的鳶形飛行器，很快地面上的細鋼絲索開始繃緊，一會兒工夫，對面紅色手電筒閃動了幾下，秦濤一擺手：「逐一過江，物資設備最後。」

人員與裝備很快過江，秦濤最後一個抵達岸邊，這時只見遠處火把和手電筒搖曳，看來黑衣人似乎已經察覺了他們的行動。

秦濤立即指揮大家載著輜重轉移，但是由於帶的輜重太多，漸漸被後邊跟進的黑衣人追上。

郝簡仁氣憤道：「這算是什麼事？我們竟然要躲著這群不法之徒？要我說直接一個伏擊料理了他們算了。」秦濤瞪了郝簡仁一眼：「就你話多，我們是為了救陳教授爭取時間，這夥人出現的十分蹊蹺，大家提高警惕。」

秦濤喊了一聲：「王雙江、李健、張大發，還有吳迪和我留下阻擊，其他人帶著物資先走。」

王雙江開始在路上設絆雷、防步兵地雷，還有兩枚定向地雷，他咬著遙控器背著衝鋒槍隱蔽在一棵大樹上，吳迪將八一式班用輕機槍架設在路中有巨石在前掩護的樹上，李健和張大發拿著衝鋒槍側面迂迴在黑衣人側翼。秦濤躲在吳迪樹下的巨石後，靜靜的等待著黑衣人進入伏擊範圍，不一會四十多個武裝黑衣人分成三隊沿著稜線追趕過來，顯然黑衣人中有追蹤痕跡的高手，所以才能在夜間如此迅速的鎖定小分隊的撤退路線進行追擊。

等待黑衣人全部進入伏擊圈，秦濤鳴槍的同時，王雙江引爆預設炸點，將驚慌失措的黑衣人趕進了雷區，一時間，悶啞的爆炸聲不絕於耳，黑衣人人仰馬翻被炸倒一地。尤其是一千五百粒鋼珠的六五式定向地雷更是橫掃一片，滿地的屍體與慘嚎的傷患，情景猶如地獄一般。

黑衣人的首領將一排銀色刻有魔猴圖案的子彈緩緩的壓入槍膛，推彈上膛，消失在黑暗之中。後續的黑衣人見狀就想逃跑，先轉身的被後邊督戰的頭目兩槍撂倒。

這幫黑衣人見狀又一聲呼喊衝了上來，結果又被王雙江的防步兵地雷炸死炸傷十多個，吳迪用短點射完全壓制住了黑衣人的火力，剩下的黑衣人悄無聲息的退去了。

救援分隊剛剛要準備休整，擔任後衛警戒的孫峰和胡一明又與黑衣人發生了交火。

墨龍找到秦濤道：「秦連長，我們攜帶這麼多物資早晚會被追上的，我們在速度上不可能快得過輕裝追擊的對方。」

秦濤點了點頭道：「這裡的地形地勢並不適合伏擊，而且剛剛已經伏擊了對方一次，黑衣人一定警覺了起來。」

墨龍不動聲色道：「大雪封山，進山的隘口所剩不多，我建議我們利用隘口阻擊黑衣人，為救援分隊進山爭取時間，必要時候還可以炸毀隘口，徹底阻斷黑衣人的追擊贏得時間。」

秦濤猶豫了一下點頭道：「好，就按你的方案行動。」

救援分隊連同墨氏子弟在星夜之下，與為數眾多來歷不明的黑衣人展開了一場山地生死競速。

果然，不遠處的一處山谷隘口與墨龍形容的非常相似，望山近則路遠，近在眼前的隘口足足用了一個小時才抵達。

剛剛通過只能容納一人側身而過的一線天，只見墨龍帶著眾人反而開始加速，秦濤不明白墨龍為何要放棄有利地形之際，一聲巨響，一線天兩側的山崖被炸得坍塌下來，亂石滾滾，煙塵激蕩，山谷縫隙完全垮塌。

王雙江目瞪口呆的站在一旁喘著粗氣，秦濤發現王雙江的背包竟然被解開了？裡面的炸藥幾乎所剩無幾？是丟了還是被人拿走了？

秦濤數了一下墨氏弟子的人數頓時明白了一切，秦濤嚴肅的望著墨龍道：「你這是幹什麼？」

墨龍深深呼了口氣：「到了魔鬼冰川上才是你的責任，這裡我和我的人來死，後面的你帶你的人去填！」墨龍的話乾脆直接，秦濤聽著十分感動，卻非常難聽刺耳，幾乎每句話都離不開一個死字？

郝簡仁嘛著嘴：「這是想鬧什麼啊？」

突然，聽見灰煙四起的亂石那一頭，有兩個人歌聲在迴盪：「愛人不外己，己在所愛之中。己在所愛，愛加於己。倫列之愛己，愛人也。」

然後墨龍咧嘴一笑，哭腔唱答道：「可無也，已給。則當給，不得無也。」身後十五位墨氏子弟合唱道：「久有窮而窮。」唱完墨龍和墨氏十五子對亂石一鞠躬，然後起身大步離去。

秦濤用眼示意救援分隊集合對殘石莊嚴敬禮，轉身快步跟上墨氏子弟。

不一會黑衣人摸到第一道隘口，前面兩個排頭兵看到山路狹窄只能並成一排，他們正一列前行，石旁猛然竄出一人，一矛當胸刺去貫穿二人。

後邊黑衣人剛要開槍只見又閃出一麻衣人擲出長矛貫透其頭顱。

嚇得後邊黑衣人一陣混亂，一個站在陰影中的身影緩緩踱步而出道：「沒用的東西都給我退後。」只見身影領縱起身，踩著黑衣人屍體，輕盈掠向隘口亂石墨氏子弟藏身處。一個墨氏弟子見對方身手了得，立即撲出，用全身力氣要將其抱住口裡喊道：「阿華，快按引爆器啊！」

那身影突然抽出一支金色鑲金錯銀還鑲嵌著寶石的毛瑟手槍，將迎面撲來準備抱住他的墨氏子弟擊斃。跟著腳一點石壁，身體借力改變方向射擊拿著引爆器的阿華。

阿華被子彈打得右邊身子如篩子一般，但見他口裡吐血，臉帶笑意按下了引爆器。一聲巨響，第一道關隘的石崖冒著濃煙倒塌。

黑衣人大祭司越過幾十名自己的手下，臥倒匍匐在地。等爆炸聲和煙霧消散後，他看到的只有兩道崖隘的坍塌堵塞和甬道上黑衣人的累累屍體。

黑衣大祭司不由咬牙切齒道：「該死的墨氏，老子不把你們扒皮抽筋絕不善罷干休。」

這時一個不知趣的黑衣人小頭目湊上來道：「法王，貢嘎寺還被我們的人圍著呢，這路要是斷了被他們會合了，會壞我們的大事。」

黑衣大祭司一聽頓時眉頭緊鎖，揮手將那黑衣人小頭目擊落山梁，陰沉著臉對剩下為數不多的手下道：「讓聖壇護法分兵三路進山，你們現在就給我挖，哪怕是用牙咬用嘴啃，天明之前也要把路給我開通。」

◊

黎明之前的黑暗可謂伸手不見五指，前行艱難，不時有人跌倒在崎嶇的山路上，一陣山風吹來頗有些草木皆兵的意味。

兩名墨氏子弟用生命為救援分隊爭取了寶貴的時間，這讓秦濤心中很是過意不去，可以說救援分隊抵達西鎮之後電臺失聯，遭到不明來歷的黑衣人的襲擊，唯一的好消息是電臺竟然有了信號。

秦濤立即命令鄧子愛與基地進行聯繫，把西鎮發生的事件詳細的向基地指揮部進行報告，請協調空軍方面派遣偵察機查明敵情，同時請基地指揮部提供相關黑衣人的情報。

日出東方，黑衣人受阻於山口，救援分隊也得到了寶貴的喘息之際，墨龍在秦濤的五千分之一的軍用地圖上畫出了一條根本沒有路的行進路線。

郝簡仁望著冰河期遺存的冰阪地帶歎了口氣：「陳可兒，妳父親到底來這鳥不拉屎的地方找什麼？」

陳可兒茫然的搖了搖頭：「出發前只說是一次例行的科考任務，但是與馮·霍斯曼·鮑勃拍回的一本二戰德國空軍老日記有關。」

天明時分，迎著第一縷朝陽，墨龍指著前面的山峰道：「秦連長，翻過這座山我們就到貢嘎寺了，那裡是當年由唐東傑布主持建造的，防範雪山魔女復活的最後一道鎮魔防線。法螺分為上中下三個部分，每個部分由六十四塊組成，旋轉法螺對應的密咒符文，才能夠發揮法螺真正的效用。」說完墨龍從自己隨身後袋裡，掏出唐東傑布的法螺交給秦濤。

秦濤推辭道：「還是由你來保管比較好。」

墨龍搖頭道：「出發前師祖讓我在抵達貢嘎寺之前將法螺交給秦連長，法螺是開啟貢嘎神山的鑰匙。」

秦濤一臉疑惑的接過法螺，陳可兒對秦濤點了點頭道：「確實有這種可能，因為法螺能夠發出多種超低音訊和次聲波，也許能夠開啟或者關閉某種特定設施。」

秦濤嘗試轉動了一下法螺的上下兩端，法螺上的圖文隨著轉動開始變換，好像是重新構成了一種符文組合模式，而且這種組合模式的符文竟然與白山墨塚之中的符文完全相同？更令人驚訝的是隨即法螺竟然緩緩的自動復位？

秦濤與陳可兒交換了一下目光，顯然這個法螺年代比他們想像的要更加久遠，墨氏符文的重新組合破譯工作還尚無頭緒。

秦濤原以為大雪封山行進會無比艱難，沒想到貢嘎寺所在的山峰卻是一派新綠盎然，尤其是一種紫色的小花，顏色非常絢麗惹人喜歡。

陳可兒停住腳步剛想摘下一朵，墨龍一聲大吼：「住手！」

被嚇了一跳的陳可兒不解的望著墨龍，墨龍鬆了口氣用自己的銅棍輕輕碰觸紫色小花，結果紫色小花肉眼可見的枯萎，銅棍上與紫色小花碰觸的位置黑了一片。

墨龍心有餘悸道：「這是勾魂花，這種花相傳是冤死雪山的人靈魂所變，夜開晝謝，含有一種非常特殊的酸性物質，能夠把人的骨頭都溶化掉。」

秦濤忽然想起了那些在西鎮被融掉的黑衣人屍體，陳可兒臉色蒼白，幾乎所有人都下意識的連蹦帶跳的躲開紫色小花前行。

墨龍無奈搖頭道：「只要皮膚別接觸就好，橡膠的鞋底那麼厚你們怕什麼？」

救援分隊和墨氏子弟攀到山頂，從山頂上隱隱能看到山坳一隅裡的貢嘎寺。

秦濤示意眾人休息，然後派出李健和鄧子愛先偵察一下貢嘎寺的情況。

時間不長，李健氣喘吁吁的快速跑回山頂，見到秦濤立即報告道：「秦連長，貢嘎寺被二、三十名黑衣人包圍了，寺廟周圍有些屍體，看樣子廟裡的喇嘛和黑衣人搏鬥過，雙方都有死傷，黑衣人似乎有什麼顧忌？雙方似乎都使用的冷兵器？並沒有交火的痕跡。」

秦濤詢問墨龍道：「黑衣人為什麼不開槍呢？」

墨龍沉吟片刻道：「有可能是忌憚廟裡的雪山法獅子貢噶呼圖克圖神威，不敢開槍驚動，所以只能用冷兵器去脅迫廟裡僧人。」

秦濤皺了下眉頭，他並不相信什麼雪山法獅子貢噶呼圖克圖神威能讓黑衣人不開槍，猶豫一下道：「敵人數量不多，我們分成三個組，曹參謀負責陳可兒的安全，其餘人員上刺刀做好戰鬥準備。」

張大發抽出雙刀嘿嘿一笑道：「我還是用這個順手。」

救援分隊與墨氏弟子快速移動到寺門附近，潛伏在附近的鄧子愛報告道：「黑衣人好像要走，正在集結撤退。」秦濤觀察一下道：「不能放走這夥黑衣人，他們會洩露我們的行蹤。」

撤退途中的黑衣人突然遭到了救援分隊和墨氏子弟的襲擊，頓時陷入了混亂，槍聲、喊殺聲過後，最後一個試圖逃走的黑衣人被吳迪用工兵鏟削去了半個腦袋。

黑衣人不開槍，秦濤沒義務陪他們近身肉搏，救援分隊與墨氏弟子迅速從被撞破的大門進入寺內，陳可兒、郝簡仁也緊隨其後。

院內大多寶臺階前，滿地七扭八歪的躺著黑衣人和護寺鐵棒喇嘛的屍體，但是屍體僅限於院子裡，沒有讓血玷汙佛堂，看來在這裡護寺的鐵棒喇嘛與入侵的黑衣人進行了一場慘烈的廝殺，最終黑衣人不敢試圖退去，被秦濤指揮的救援分隊殲滅。

貢嘎寺實際上並不大，吳迪等人很快就來到後院，眼見幾間房間都開著門不見人影，只有一間房門似乎緊關，吳迪莽撞的一腳踢開房門，只見屋裡一道白光掠下劈向他腦門。

吳迪來不及防備，電光石火間，秦濤手中護龍鐗快捷遞出橫在吳迪腦頂，白光劈在鐗上迸出火光。秦濤一把拉出了踏入閻羅殿一步的吳迪，而屋內的刀光快速又起，「刷刷刷」連續三刀逼開秦濤，只見一個身穿褐色時髦登山服旅行者打扮，留著修飾講究小鬍子的中年人手持武士刀連續對秦濤發起攻擊。

秦濤閃身用護龍鐗壓住武士刀，順手抽出手槍頂在了手持武士刀的男子太陽穴上，厲聲道：「別動，放下武器！」

手持武士刀的男子盯著秦濤似乎在尋找機會，手中的刀看似下垂，實際上做好了反戈一擊的準備。

房間內還有兩名藏在陰影中的人見自己人被秦濤用槍頂住，也提著武士刀緩步走出陰影，就在這時，聽屋內忽然傳來渾厚聲音道：「各位施主住手，不要再戰了。」

如同洪鐘一般的聲音讓所有人心神一蕩，只見一個身材高大的黃衣喇嘛背負一個雙眼已盲的年老喇嘛走了出來，來到院內盲眼喇嘛拍拍背負他的黃衣喇嘛，然後被放了下來攙扶。

盲眼老喇嘛撚著手裡佛珠道：「魔女的詭異髮辮，打不散驅魔的金剛。遠方來的客人使法螺再次嘹亮，吹得貢嘎雪山頂神龍翱翔。」

那個高大的喇嘛對盲眼喇嘛耳語，盲眼老喇嘛點頭道：「來的是客人。」秦濤將手槍緩緩撤回關閉保險，手持武士刀的男子也退到一旁。

秦濤道：「上師你好，我是七九六一部隊負責救援分隊的秦濤，我們來貢嘎山執行上級賦予的救援任務，這位是墨氏的墨龍，想必你們早已熟識了。」

墨龍上前施禮道：「您就是貢嘎寺的上師首座索刺仁波切吧？」

老喇嘛笑道：「我就是索刺，歡迎歡迎，可惜寺裡被魔教的殘餘弄得一塌糊塗，時不我待，那些魔教的餘孽很快會追上來，你們還是從速離去完成你們的任務吧。這位是日本來貢嘎山登山的花田慶宗先生，另兩位先生叫橋本寬和高田一合，剛才魔教餘孽來襲多虧三位保護我的安危。」

花田慶宗三人對秦濤他們鞠躬行禮，用流利漢語道：「很高興認識諸位，剛剛誤以為你們是來襲的魔教餘孽，多有得罪。」

旁邊胡一明不屑道：「媽的日本人，大雪封山還要上貢嘎山，肯定沒安什麼好心。」

花田慶宗面不改色微笑道：「您這是刻板偏見。」

索剌喇嘛氣度祥和笑道：「在佛的眼裡一切萬物都一般無二，善惡也不過是一念之間。秦連長，從此地往貢嘎山只有一條路，你們目的地一致，希望你在進山途中能照顧幫襯一下這三個日本友人。」

秦濤想來後邊追兵不會放過這三個日本人，作為中國軍人不能見死不救，於是點頭道：「索剌喇嘛請放心，我們一定會保證他們安全。」一提到日本人，秦濤的第一個反應就想起白山事件，還真是一夥攪屎棍，到哪裡都能碰得上？出門沒看黃曆？

站在一旁的郝簡仁的想法可謂單純天真，走出十里挖個坑把日本人埋了！

索剌喇嘛雙手合十低首對秦濤表示感謝，然後對秦濤道：「秦連長跟我進屋，我有事單獨和你說。」

秦濤看著一室虹光，合計一下邁步進屋。

只見索剌喇嘛在虹光中身影如幻，他看到秦濤進來笑道：「一切恩怨會，無常難長久。秦同志，這法螺原本是上古之物，法螺復位後下轉八格，中轉五格，上轉一周退二格，這是法螺的基本密咒了，法螺原本不是我等所能參透之物，後續你能否參悟就要看緣分了，希望能助你此途化險為夷，一路平安。速去、速去。」說完老喇嘛合上雙眼，秦濤向索剌喇嘛合掌行禮轉身出屋。

索剌喇嘛的所謂參悟對於秦濤來說就是不斷測試法螺三段旋轉的任何一種可能，三組六十四符文旋轉對應有上億種可能。

秦濤命令救援分隊準備集合出發，孫峰作為尖兵先行出發，鄧子愛與總部再次進行聯繫，然後對花田慶宗三人道：「你們和我們先走，避開後邊魔教餘孽再安排你們下山。」

花田慶宗點頭答應，和橋本、高田背上自己行囊跟隨救援分隊從後院後門一起出發。

一行人急匆匆的沿路前進，卻不知道兇險就在眉睫。

貢嘎寺已經被黑衣人佔領，帶著鷲盔的大祭司看著後院屋中已經虹化留下舍利子的索刺喇嘛遺骸，氣呼呼走出屋門，一腳踩在被按倒在地的黃衣喇嘛頭上道：「他們到底有沒有得到使用法螺的密咒？」

黃衣喇嘛頭痛欲裂但是堅忍道：「我不會告訴你任何事的，你們魔教荼害生靈，蓮花生大師和諸佛菩薩不會讓你們為非作歹的。」

大祭司獰笑一聲腳下一用力，喇嘛的頭顱被踏碎，然後他陰冷對手下人道：「放火把寺燒了。」

手下一個黑衣人勸阻道：「大祭司，燒寺毀廟是要受到天譴的，這貢嘎寺不能燒啊！」

那大祭司反手給那多嘴黑衣人一個耳光道：「我們是雪山魔女和雪山魔猴的後代，是魔女庇護保佑的魔教。若不是歷代大藏王近千年來壓制我們的邪神，就是我們魔教恢復往日輝煌的時候了，給我燒。」說完他轉身出門，身後不久就燃起熊熊火焰將貢嘎寺湮滅在火海中。

大祭司陰冷的盯著火海中的貢嘎寺仰天大笑道：「諸佛菩薩我倒要看看你們怎麼能壓制魔女的髮辮再次擺動，我要看看他們是不是真的得到了密咒。」

說完大祭司摘下鷲盔，周圍的黑衣人一看到他的真面目都驚恐的低下頭。只見大祭司從懷裡掏出一個人皮鼓不斷敲著狀若癲狂，手舞足蹈跳著詭異的魔舞，大祭司手裡人皮鼓敲打得更急。

詭異的鼓聲在山間迴盪，秦濤停住腳步疑惑的望著墨龍，墨龍眉頭緊鎖注視著遠方。陳可兒拿出音訊測試器調整了一下摘下耳機道：「這鼓聲中蘊含著三種以上的次聲波，所以傳播距離較遠。」

隨著鼓聲越來越急促，只見漫天狐蝠在人皮鼓的催動下從山間蜂擁飛出，盤旋幾圈，然後呼啦一下遮天蔽日的向東方飛去。

救援分隊眾人正沿著山間的小徑疾馳，就聽身後天空密集的翅膀劃空聲和狐蝠喧囂的尖叫。回頭看到浩大一團如同黑雲的東西快速飛來。墨龍一驚道：「不好！狐蝠群又來了，秦連長趕緊拿法螺出來。」

秦濤急忙拿出法螺跟著喊道：「環形抵禦，將陳可兒和墨氏子弟還有三名日本人圍在中間。」

話音未落，狐蝠已經成群飛至，發著尖銳呼嘯、瞪著血紅的眼睛、露著利齒流著白涎向眾人咬去。救援分隊員立即構成環形防禦隊形，密集的彈雨中狐蝠大片哀鳴墜地。

但是這些狐蝠似乎不同於一般的蝙蝠科，體型碩大，翅展足有一點五米之多，速度奇快，不斷有人受傷，只要被狐蝠掠過就是幾道血槽一樣的傷口。

狐蝠隨著鼓聲似乎也開始調整攻擊的頻率，救援小隊和墨氏弟子開始收縮防禦圈，用登山繩相互固定，不給狐蝠將人拖拽出防禦圈的機會，即便如此還是有一名墨氏弟子被狐蝠拖了出去，瞬間被分屍，導致陳可兒被拽到，千鈞一髮之際，花田慶宗揮刀斬落兩隻狐蝠將陳可兒救了回來。

墨龍見狀急切呼喊：「秦連長，快、快吹響法螺啊！」

秦濤憑藉著記憶開始旋轉法螺的符文，然後深深的呼了一口氣，用力猛吹法螺。

一陣雄音嘹亮直沖天際，狐蝠群彷彿炸鍋了一樣轟然飛起就要逃跑，距離較近的狐蝠都已墜落在地上抽搐。秦濤見有效再次鼓氣吹響法螺，螺音聲高亢有如獅吼聲震四方，只有少數狐蝠逃出。

法螺的三段符文自動緩緩轉動復位，秦濤忽然臉色一白，胸口如同被大錘重擊一般的壓抑和憋悶，嘔出了一口鮮血才舒緩過來。

陳可兒急忙扶起秦濤，秦濤手按胸口凝視手中的法螺無奈的搖了搖頭：「這玩意兒的副作用是不是太大了？簡直是殺敵三千，自損三千的同歸於盡戰術，或者說法螺根本不是用於驅逐狐蝠的。」

墨龍撿起一隻狐蝠抖動了一下道：「或許吧！不過今晚可有好吃的了。」墨龍晃動了一下手中的狐蝠，陳可兒差一點反胃吐了出來。

墨龍一本正經道：「這就是傳說中的食材——龍肉，亞種狐蝠的肉就是龍肉，因為這些畜生只喝活物的鮮血，所以肉質非常鮮美異常，在山外早已絕跡多年。」

郝簡仁用腳踢了踢狐蝠的屍體撇了下嘴：「我還是吃壓縮乾糧吧！」

山口的大祭司滿臉疑惑的拼命敲擊著手中的人皮鼓，突然就聽「砰」一聲，他手中的人皮鼓竟莫名碎成齏粉。他詭異快速的身姿猝然而停，跟著像被重擊般噴了一口黑血萎靡伏地。

大祭司用手捏著浸入自己鮮血的泥土，惡狠狠道：「竟然敢用唐東傑布法螺屠我魔狐蝠，我一定要報此屈辱，不把你們碎屍萬段絕不干休。」然後萎靡在地。

許久，手下人才敢靠近，發現大祭司已經暈了過去。

救援分隊重創消滅狐蝠立即撤離，太陽西落，前面引路的墨龍找到秦濤道：「秦連長，再翻過這座山我們就到了海螺溝了，我建議我們加快行進速度，在海螺溝宿營如何？」

秦濤同意並讓孫峰和另一位墨氏子弟設為明暗兩哨，然後所有人都原地吃飯休息。

海螺溝顧名思義，應該是狀如海螺或者是地質化石帶，實際上不過是一處低窪的山谷佈滿嶙峋怪石別無特點，秦濤讓孫峰設置警戒哨，其餘人員抓緊時間進行修整。

郝簡仁望著一本正經烤狐蝠的墨龍一陣惡寒，陳可兒一樣連看都不敢看，狐蝠的襲擊將她的背囊差點抓穿，多虧了花田慶宗及時救援。

陳可兒對花田慶宗表示了感謝，秦濤在一旁若有所思，如何處理這三名來歷不明的日本人成為了一個棘手問題。

花田慶宗見秦濤望著自己，於是正襟危坐，深揖一躬道：「既然秦連長對我這麼感興趣，在下一定知無不言，言無不盡。」

秦濤面帶笑意眼含銳利道：「為什麼來中國？來貢嘎山是什麼企圖？你的身手那麼好是怎麼學的？」

花田慶宗誠懇道：「我來貢嘎山是有緣由的，在下家族在戰國時原依附前田利家，家族先輩去過朝鮮，機緣巧合得到一本邪馬台讖書，我們想到先祖父輩曾經來過的地方祭拜，拜託大家了。」說完花田慶宗向三人鞠躬致禮。

包括秦濤在內的所有人都眉頭緊鎖，沉默半晌秦濤道：「如果不是索剌喇嘛說要帶你們一程，說實話我並不想與你們有太多的交集，我必須聲明這是一次軍事救援行動，你們的一切行動必須聽我指揮，在適當的時候我會派人護送你們下山，明白嗎？」

花田慶宗又跪著深鞠躬道：「只要能讓我登上貢嘎神山祭拜先父，這是鄙人一生夙願。」

曹博望著花田慶宗道：「那麼其餘兩個人的目的是什麼？」

花田慶宗微笑道：「他們是我的朋友，名義上也是我家族的家臣，同樣也是家族株式會社的雇員。」

秦濤意味深長的看了花田慶宗一眼道：「這裡是雪域，任何事情都可能發生，希望你們好自為之。」

花田慶宗謙卑的點頭：「如你所願！」

秦濤隨即吩咐道：「大家抓緊時間休息，鄧子愛，總部回電了嗎？」

鄧子愛對秦濤搖了搖頭道：「信號時斷時續，附近有強磁場干擾電臺的信號，這個信號源在西鎮的時候最強，現在反而因為距離的關係有所開始減弱。」

郝簡仁湊了過來道：「這幾個小日本態度好的離譜，肯定打著壞主意，要不還是我的辦法挖坑埋了。」

秦濤點了點頭：「我看行，你去挖坑吧！」

郝簡仁興奮的轉身就走，沒走幾步停住了腳步道：「就我一個人？」

秦濤嗯了一聲：「你出的主意當然要身體力行了，人家是大喇嘛託付給我們登山祭拜的遊客，說埋就埋了？現在是法制社會，你盯住三個日本人，一旦他們有不軌行為輕舉妄動再處理也不遲。」

郝簡仁無奈離開，秦濤裹著羊皮大衣背靠一塊青石上閉目休息。

一輪明月悄悄升起，整個海螺溝寂靜得出奇。從空中俯瞰海螺溝，在月光的映襯下海螺溝宛如一個巨大的骷髏頭一般，而眾人的宿營地恰巧就在骷髏頭張開的口中，那些不規律的嶙峋巨石正是骷髏的牙齒。

月光之下在山谷的另外一端，戴著猙獰面具的大祭司緩緩甦醒，蒼白的臉色見不到一絲的血色，猛的睜開眼睛露出一雙銀色的雙眼？

◊

清晨，眾人才見到海螺溝的真面目，海螺溝宛如落入凡間的銀河鋪陳在兩道山巒間。白雲冰川下面河水冒著蓬勃寒氣奔騰，彷彿瑤池寒水九天奔流，一派人間仙境。

一行人看到如此怪石嶙峋和冰雪溫泉相互交融奇景不由得心曠神怡，花田慶宗忽然掏出一個索尼立可拍相機提議道：「各位我們在這合個影吧？過了海螺溝就正式開始登貢嘎山了。」說完花田慶宗用期盼的眼光看著秦濤，秦濤看到陳可兒也是一副躍躍欲試的表情點頭道：「大家一起合個影吧。」

大家排好隊分好次序，花田慶宗掏出三腳架支住相機然後按下延時快門，邊跑邊喊：「樂一下快拍了。」然後熟練的插在隊伍裡，閃光燈亮。

郝簡仁望著雲中的雪山布滿，嘟囔道：「敢情這才是萬里長征第一步啊！」

旭日東昇，陽光照射下周圍數十座雪峰拱衛著貢嘎神山，貢嘎山上霞光湧起宛如佛光，那金光萬丈映在海螺溝中如同燃燈一般。三個日本人和墨氏子弟都不由得跪拜祈禱，救援分隊的眾人也被這奇景所吸引，大自然產生的光譜效應確實能夠帶給人視覺上巨大的衝擊。

海螺溝氣溫經過測溫表測量不過五、六度，由於體感溫度低於零度，秦濤命令全體隊員換上雪山服，戴著棉帽，然後沿著海螺溝中的冰河前行。

花田慶宗刻意與秦濤並肩前行，秦濤疑惑的看了花田慶宗一眼，花田慶宗則悄悄把手中照片遞給秦濤壓低聲音道：「秦連長，照片裡的人數不對啊？」

秦濤不動聲色道：「怎麼不對？」

花田慶宗壓低聲音道：「陳小姐說你們救援分隊是九人，加上她和郝簡仁是十一個人，墨氏十八人死了三個剩下十五個，算上我們三個那就是一共二十九人，你查查照片上是三十一人。」

秦濤眼光如炬看了一下照片，人數果然是三十一個，於是暗中詢問道：「哪兩個人影是多出來的？」

花田慶宗道：「都穿著雪地服戴著厚帽子一時看不清，但是我剛剛查兩回，有一次是三十一個，有一次是三十個人。」秦濤又看一眼照片，前排的人面目還算清晰，但是後排的有點模糊。

秦濤點了下頭：「花田，你確認你的兩個人沒問題後卡在隊伍的最後，我和墨龍負責把兩個影子揪出來。」

花田慶宗迅速離開，秦濤來到隊伍中間不時的呼喊隊員跟上，走到吳迪身邊故意道：「你要是身體不舒服就讓李健扛機槍。」吳迪一臉迷惑，秦濤確認吳迪沒有問題，拍了拍吳迪肩膀示意其繼續前進，搞得吳迪有些莫名其妙。

秦濤在挨個確認自己的隊員，墨龍也似乎察覺到了什麼來到秦濤身旁，兩人十分默契的相互交換了一下眼神。

救援分隊包括陳可兒和郝簡仁都沒有問題，那麼秦濤可以完全肯定多出來的兩個人一定隱藏在墨氏子弟中。秦濤陪著墨龍看似幫墨氏子弟檢查行裝，實際上墨龍在逐一確認他的人。

忽然，一個非常熟悉的面孔出現在墨龍眼前，一瞬間大壯的臉色竟然沒有五官，只有一張蒼白的臉皮？大壯就是前不久被狐蝠分屍的那個墨氏子弟，沒等墨龍出手，那兩個人影似乎察覺到了危險，竟毫不猶豫跳進冰河。

秦濤手中的護龍鐧鋃索驟然飛出，跟著釘住一個目標，然後用手一提一掄那人影被甩在灘上。就看那人影落地用力一拽險些踉蹌一下，一具空皮囊？

秦濤看著花田慶宗來到自己面前道：「這到底是怎麼回事？」

花田慶宗看看圍過來的眾人，把手裡的如同皮革似的皮囊一抖，神情緊張道：「如果是真的，我們遇到大麻煩了！」

墨龍接過來摩挲一下道：「最好不是那玩意兒。」

郝簡仁和陳可兒看著都一驚，郝簡仁不覺道：「這是什麼玩意兒？」

花田慶宗熟視著郝簡仁眼中饒有興趣，這時墨龍開口道：「花田慶宗先生你知道這個東西的來歷嗎？」

花田慶宗疑惑道：「我只看過古籍記載，並未見到過實物？墨龍先生你能確定是那玩意兒嘛？」

花田慶宗與墨龍兩個人似乎在打啞謎，兩個人好像都不願意將那個玩意兒的名字說出口，秦濤敏銳的意識到了，救援分隊可能在海螺溝遇到了大麻煩。

墨龍見秦濤有些不耐煩，深深呼了口氣道：「這玩意兒一般稱呼它們為屍解仙，狡猾多端，擅於模仿，雪域的搜魂使者。」

秦濤皺了皺眉頭看了一眼陳可兒，陳可兒無奈的搖了搖頭表示自己也不瞭解，秦濤鄭重道：「我們不相信封建迷信！」

花田慶宗用腳踢了一下皮囊道：「傳說中不能擺脫前世的罪孽，所以只能做屍解仙，與晉朝嵇康之類被砍頭的兵解相差不多，皮囊就成為它們的工具，可以偽裝成人。實際上與傳入日本發展成為的鬼弒很相似，特殊經過訓練的猿類，配合古法魔術、偽裝之術加上令人致幻的藥劑，在日本鬼弑多被用來偷盜。」

秦濤滿意的點了點頭：「花田這解釋大家都聽到了吧，不過是訓練過的特殊異種猿類配合古法魔術和致幻藥物，讓我們產生幻覺而已。」

墨龍歎道：「婆娑世界就是不圓滿充滿遺憾的世界，所以生命中的痛苦我們只有去適應承受，屍解仙比起雪域藏區的屍陀林是小巫見大巫。」

秦濤望著一臉擔憂的墨龍道：「那你們墨氏相信屍解仙和佛家道家的說法嗎？」

墨龍謹慎道：「我們墨典《明鬼》就是相信有這個能量場的存在，至於幻化成什麼樣子是我們如何看待和想像它而已。」

陳可兒為秦濤解釋道：「簡單的說，大腦皮層有記憶功能，特殊的磁場或者紊亂的磁場會干擾我們的大腦，讓我們產生恐懼、幻想等等。」

陳可兒掏出了電子羅盤，果然裡面的數位胡亂翻動，機械指南針則飛快的亂轉，陳可兒提醒眾人道，「這裡的磁場確實有問題，大家要多注意安全，有情報馬上報告。」

救援分隊在一處易守難攻的高點小歇，花田慶宗來到秦濤身旁席地而坐，秦濤望著遠方的雪山道：「我從民族感情上講，我很討厭你。」

花田慶宗起身恭恭敬敬地給秦濤行禮：「我清楚戰爭中的罪孽，我來神山祭祀也是希望洗清父輩的罪孽，讓他們得以超度，總比在九段坂（註5）日日夜夜受煎熬要好。」

秦濤點了點頭：「這是你的覺悟，也是中日友好的基礎，但我勸你別留小心思，這裡是雪山，沒有人是安全的。」

花田慶宗十分尷尬道：「多謝秦連長的提醒，我不會留小心思的，還請多多關照。」說完花田慶宗掏出酒壺遞給秦濤道：「好酒需要慢慢的品嘗。」

秦濤恍惚的看著花田慶宗，然後接過酒壺小心翼翼喝一口暢快道：「你既然知道這麼多，我想問問你，追我們的黑衣人到底是些什麼人？」

花田慶宗幽幽道：「一群想重新回到蠻荒原始的魔教徒，他們以各種怪獸和魔鬼為圖騰，他們殘忍好殺，每次血祭都會屍骨成山。相傳歷代格薩爾大藏王都在不遺餘力的剷除魔教，一些魔教餘孽隱藏起來，這回遇到貢嘎山崩坍出現異情，這些魔教餘孽又死灰復燃開始蠢蠢欲動起來，他們目的就是讓雪山魔女的邪靈復甦，重建他們的魔域雪原。你們救援的科考隊很可能觸及了他們要守護的祕密而失蹤。」

秦濤皺了皺眉道：「你為什麼會瞭解這麼多？」

花田慶宗歎了口氣道：「收藏和閱讀古籍，我知道的也僅僅是一個概況，在大千世界之中，你我的認知不過是滄海一粟，不要用自己的懵懂來猜測未知世界。」

花田慶宗的言語還是觸動了秦濤敏感神經的另外一面，畢竟白山事件仍然歷歷在目，未知的渴望和探索對於秦濤來說，他關注更多的是安全。

秦濤把救援分隊成員包括陳可兒和郝簡仁召集起來，秦濤望著似乎有些心不在焉的墨龍道：「事情太過詭異，我們大家集思廣益分析一下，不然救援搜索隊自身出現較大的情緒波動會影響我們下一步的行動，墨龍，請讓你的墨氏子弟擔任一下警戒。」墨龍面無表情點頭表示理解。

秦濤和救援分隊們圍成一圈席地而坐，秦濤環顧眾人道：「事情就是這個事情，情況就是這個情況你們都切身經歷，親眼所見，現在大家說說你們的看法和想法吧？我知道這些突發事件都顯得十分匪夷所思，但是同志們，我們是革命戰士，堅定的唯物主義者，就如同陳可兒同志說過的那樣，一切都可以用科學來解釋，現今無法解釋的不久的未來也能夠解釋。」

吳迪忽一下舉手，秦濤示意他說，曹博推了推眼鏡道：「那我就先說說我個人的看法。」吳迪不滿的一撇嘴，秦濤瞪了吳迪一眼道：「那就請咱們曹參謀談一下。」

陳可兒則自顧翻看記錄，郝簡仁一副神遊天外的模樣，顯然兩人經歷了白山事件之後，對於很多匪夷所思的突發事件也有了一定的心理承受能力。

曹博站起身略微有些激動道：「同志們，國際歌（註6）中唱到，從來就沒有什麼救世主，也沒有神仙皇帝。狐蝠能被法螺產生的次聲波消滅，屍解仙不過就是人為訓練過的猴子，秦連長和陳可兒博士給了大家一個合理的科學解釋，對於徹底破除封建迷信十分有幫助，我們是堅定的唯物主義者！」

曹博一吐為快之後坐回了地面上，吳迪賤兮兮的湊了過來打趣道：「是什麼都不要緊，咱們這有子彈，子彈解決不了有手榴彈，還有火箭筒怕什麼啊！你曹參謀可是軍校畢業的高材生。」

孫峰在一旁嘿嘿一笑道：「我表個態，我就認秦連長一個人，只要他還需要我這只槍，我保證人在槍在，時刻準備著！」

張大發掏出一把刀剃著指甲道：「我父親縱橫西北的時候就遇到不少怪事，我這能跟上秦連長出任務是秦連長看得起俺，只要一聲令下，無論什麼妖魔鬼怪照打不誤。」

秦濤微微皺了皺眉頭，刀客本名張大發，他的刀是一個特殊的例外存在，因為有表演任務特批他持有的，否則按照部隊的紀律早就被沒收了，但是張大發將表演視為對他刀法的褻瀆。

一向大大咧咧的胡一明和鄧子愛互相看了一眼，然後望著秦濤道：「大家都聽你命令，說東不往西，咱們身為軍人服從命令，令行禁止。」

王雙江拍拍自己的胸脯，沖秦濤豎了一下大拇指。

郝簡仁撇嘴道：「我聲明一下，我可是主動要求參加行動的，秦哥可以給我證明。」

秦濤非常清楚，自己給不了這些淳樸的士兵什麼，地方搞活經濟大發展的年代，萬元戶已經比比皆是了，自己這些人還守著不到一百塊的工資，而士兵的津貼則更少，以張大發這個超期服役兩年的老兵為例，不過是二十七塊半，此番出任務每天八塊錢的高原補助讓張大發高興了一下午。

陳可兒環視一下救援分隊隊員，站起來對大家鞠躬一圈道：「感謝你們冒著九死一生的危險來救家父，你們對秦連長的信心就是對我父親的一種負責，以後路途艱險還懇請各位堅持。因為這不但是我的家事也是國家的事。」

就剩李健了，所有人的眼光都集中在他身上，李健憨厚的一笑道：「服從命令，聽從指揮，還有啥好說的？」

這時候曹博道：「我就是覺得那三個日本人有問題，感覺他們和我們一起肯定抱著不可告人的目的。我覺得適當時候應該甩下他們，或者把他們在哪兒監管起來。」

吳迪連連點頭道：「小日本能有什麼好心眼，我同意曹參謀的建議。」

秦濤對救援分隊隊員道：「現在甩下他們，他們要是跟還是會跟上來的。人家就是來貢嘎山攀頂的，要是看押住他們，一是得抽調人手分散物資；二是魔教的餘孽很快就會追上來，不但這三個日本人，就是看押的同志安全都無法保證。而且這三個日本人身手都不錯，剛才識破屍解仙也是靠花田慶宗，所以我覺得，與其對到現在為止還沒對我們有威脅的三人下手，不如帶上他們加以利用。這樣一方面我們節約了人力物力，另一方面我們也多了三個幫手，在路上如果他們有陰謀想異動，我們人數優勢在呢，控制他們相對容易一些。」

清晨時分，由墨龍和吳迪擔任先導尖兵，曹博和花田慶宗他們走在中間，秦濤斷後，救援分隊開始翻越冰阪地帶。

冰川流面有寬有窄，時而水流湍急，夾著冰塊「叮咚」撞擊傾瀉而下，氣勢磅礴；時而蜿蜒細小，宛如一條小溪潺潺流走。走著走著不覺間到黃昏，轉過一道山隘，眼前忽現一片翠色鳥語花香。

讓秦濤驚訝的是在冰阪地帶的盡頭竟然是「樹木叢生、百草豐茂」的原始森林，千年樹木百年植被在這裡生長的鬱鬱蔥蔥。

松鼠、野兔、飛鳥、野雞不時在林中竄出、在枝頭飛翔鳴叫，氣候宜人、環境優美，使一路上風塵僕僕的救援分隊覺得這裡就是倚著雪山的一處桃花源。

墨龍帶領眾人走到一個大岩洞下，只見岩洞口擺放著很多祭品哈達。墨龍指著大岩洞道：「這就是唐東傑布活佛當年打坐修煉之處，我們和活佛頗有淵源，現在天色漸暗，今天就在這裡休息好嗎？秦連長。」

秦濤點頭答應，佈置完崗哨令所有人埋鍋造飯準備吃飯休息。

大家正要做飯，花田慶宗走了過來對秦濤道：「秦連長你能不能再吹一段法螺試試？我有一種感覺說不定會有意外發現？」

秦濤不知道花田慶宗為什麼這麼說，答道：「花田，你為什麼讓我吹法螺？上回吹完之後，我身體也受到了次聲波的反震盪，墨龍知道事情原委，所以法螺不是輕易就能用的。」

陳可兒在旁道：「我覺得是法螺的次聲波威力太大了所以會震傷人，而狐蝠的聽覺更是敏銳，所以法螺發出的超強次聲波能消滅牠們。花田慶宗你就別慫恿秦濤吹了，再說在這裡吹法螺有什麼意義嗎？」

墨龍也走過來，他故作深沉的聽花田慶宗和秦濤他們說完，然後也笑道：「秦濤就聽花田慶宗的，你吹一下試試，不用上回撲滅狐蝠那麼長時間，吹響即可，說不定真像花田慶宗說的，有什麼驚喜呢。」

秦濤看墨龍和花田慶宗兩人都這麼說，將信將疑的從行囊中掏出法螺，猶豫了一下，緩緩擰動法螺放在嘴邊輕聲吹起。

秦濤沒有注意到，上段法螺的符文並未對齊，而且他少擰了五格，隨著法螺的緩緩復位，法螺上的符文似乎又變成了另外一種組合？

法螺的聲音變得不再如同洪鐘，悠揚婉轉，空靈的發出天籟之音。但是那種悠揚動聽賽過一切的凡塵俗曲，讓人聽著心神俱醉，感覺世間一切的存在都是虛妄，唯有心性在寰宇間自由飄蕩，沉浸在這種無比的愜意、祥和、離生喜樂的世界裡。

眾人聽得心醉，不知不覺間就聽到周圍的草叢沙沙作響。樹林中的獼猴、麞鹿、牛羚、野兔、紅腹角雉等動物都紛紛的出現，圍在大岩洞周圍靜靜聆聽法螺仙音。

墨龍驚訝道：「原來唐東傑布活佛壁畫上吹奏法螺聚攏飛禽走獸的事蹟是真的？」

一臉震驚神情的秦濤停止吹響法螺，動物們紛紛返身遠走。

郝簡仁驚訝道：「太神奇了，我剛剛開始聽就是螺聲，後來不由自主的聽出了點別的味道和記憶？」

秦濤摩挲著法螺感歎道：「我真的十分好奇這個神奇的法螺是如何到了唐東傑布法王手中的？以當年的工藝能夠準確的製作出吹響後產生數種高頻率次聲波的法螺堪稱奇跡。」

陳可兒微微點頭：「我記得白山墨氏史前遺跡中的設施有與其功能相似的，那個會讓人產生幻覺的風管，非常可惜被你用火箭筒給炸掉了。」

花田慶宗推推眼鏡道：「據說當年『瀘定橋』架鐵索就是唐東傑布法王指點的，他讓工匠用竹索穿短節竹筒，筒上用竹繩系上鐵索慢溜吊渡。工匠們照他的辦法將長四十餘丈、重兩千多斤的鐵索懸空溜吊，唐東傑布法王見工匠拉不動鐵索時，就取出身上法螺吹三聲，法螺聲鬼使神差的讓工匠們得以將筒溜索走，安全的渡完十三根鐵索鏈。如此大功德標榜千秋啊。」

秦濤望著遠處的雪山微微歎了口氣道：「我們人類一直說自己是地球的主人，實際上我們這些主人似乎並不瞭解自己的家，世界上有太多的未解之謎了，好奇是人類的本性，但是探索未知付出的代價實在太大了。」

花田慶宗聽了秦濤的話，皺了皺眉頭欲言又止……

第三章　溶洞遇險

冰阪地帶內廣布石臼、壺穴等怪石嶙峋，屬於典型的冰川遺跡地貌，穿行其中令人有一種莫名的壓迫感。

在墨龍的指引下眾人來到了一處溫泉所在，只見每個泉眼水汽升騰、湯湯川流泛著硫磺的氣息。一群獼猴正在溫泉中浸泡玩耍，看到救援分隊到來，領頭的猴王毫不在意秦濤等人的到來，依舊在溫泉中嬉戲打鬧。

陳可兒微笑道：「這是動物純真的本性，我們人類為了發展和無限的私欲膨脹，不停的破壞自然，最終我們人類會飽食惡果的。」

秦濤看了看時間道：「今晚就在溫泉邊宿營吧！胡一明、孫峰擔任警戒任務，其餘人員自行休整。」得到命令之後，張大發、吳迪與三個日本人爭先恐後的穿著短褲跳入溫泉中與猴子搶地盤，陳可兒則找了塊石頭坐在溫泉邊泡腳。

花田慶宗從水裡抬起頭來愜意道：「真舒服，和我們的甲斐溫泉一樣。」

秦濤坐在制高點附近警惕的觀察著附近的環境，黑衣人如同他們突然出現一般又消失得無影無蹤？沒有了黑衣人追擊的壓力，救援小隊的眾人也輕鬆了起來。

陳可兒合上手中的筆記本，這本筆記正是馮·霍斯曼·鮑勃重金拍賣回來的，一直被父親珍藏，父親失蹤後這本筆記被神祕的郵寄到自己手中，是開始還是結束？無論如何陳可兒要給自己一個答案。

由於第二天準備開始攀登雪山，墨龍帶著墨氏子弟忙到深夜做各種準備工作。

穿過原始森林，秦濤他們一路上就覺得地勢越來越高，剛換下來的雪地服因為氣溫的下降每個人又都穿回身上。跟著路上積雪冰川開始增多，後來救援分隊眾人開始裝備冰鎬，換上鋼釘鞋套。

陳可兒有一定的極寒高峰的攀登經驗，讓所有人都牽著一根繩索前行。前邊的墨龍拿著長槍探地以免陷進雪坑，其他人都小心翼翼的緩慢跟隨，這樣行進速度便被大大拖慢了。

墨龍等秦濤走近道：「秦連長，現在有兩條路線，第一條就是我們翻過五座雪山然後開始攀岩貢嘎山的旅程，但這條山峰稜線會消耗很多體力，耗時估計需要五天；二就是我們穿過海螺溝冰川溶洞，估計一天半就能趕到。」

氣喘吁吁的郝簡仁一聽有近路還好走，當即停了下來道：「老墨同志啊！當然是走好走的近路啊！」

墨龍有些為難道：「近路是近路，祖師爺曾經提起過，傳說溶洞裡面有雪域妖魔駐守，很多人進去就再也沒有出來過，秦連長我們到底走哪條路？」

秦濤看著陳可兒期待的眼神道：「我們的任務是救援，早一分鐘到就多一份希望，我們走溶洞近路趕到貢嘎雪山。」

墨龍點頭會意道：「秦連長，貢嘎山我只到過溶洞口，既然你決定了，我也捨命陪君子了。」墨龍繼續頂風冒雪在前引路，一行人冒著積雪厚冰蹣跚前行，跟著上山走到半山腰。

前行的墨龍揮手示意眾人停下，然後指著山坡下道：「下去我們就到溶洞口了。」

眾人看到深不見底的深淵，陡峭的崖壁上有一個黑漆漆的洞口，不由心裡一驚。

這是洞口？郝簡仁覺得他這次真不應該逞英雄，為了二房一廳的婚房似乎有點不值。

墨龍看著底下也心悸道：「好多年沒來了，下面的情況我也不清楚。」

秦濤又確認的問了一下墨龍道：「這條確實是近路？」

墨龍點頭道：「當年我來這裡祭奠過雪龍，洞口是沒錯的，還有就是那些走過溶洞的人也說，這是最近上頁嘎山頂峰的路線，就是地貌現在改變了。」

秦濤抽出護龍鐧道：「我先下去，等有靠地落腳的地方再接應你們。」秦濤接過陳可兒遞過來的攀岩繩索，望著眾人微微一笑，一躍而起跳下雪崖，利用八字扣緩降，不斷用腳蹬岩壁蕩開岩壁上凸起的石棱，接近洞口小平臺的一瞬間，秦濤一按掌中護龍鐧的按鈕，銀索飛出纏中一棵枯樹，穩穩的站在溶洞邊一塊巨石上。秦濤固定好繩索後，小心翼翼的用護龍鐧敲擊被冰雪覆蓋的溶洞口平臺，突然護龍鐧一輕，秦濤順勢飛撲進溶洞，原本不大的小平臺五分之三全部垮塌下深淵了，秦濤心有餘悸的望著斷裂的冰雪拽了拽繩索。

眾人沿著秦濤固定好的繩索滑到小平臺上，秦濤見大家都安全抵達，劃燃一支燃燒棒丟入溶洞中。

墨龍深深的呼了口氣，用手中長槍的尾端狠擊地面，地面的冰層破裂露出刻有模糊花紋的石階。

眾人跟在墨龍身後進入黑漆漆的溶洞，頓時感覺到洞中奇寒刺骨，拿著手電筒一照，原來溶洞裡都是歷經千年形成的冰筍冰柱，如同一個暗黑冰雪森林一般。多年形成的冰柱和冰塊就如同一個個冷冷的墓碑，吸收著熱量消弭著生氣。火光將冰柱冰面一晃，反射出人影顯得鬼氣森森。

墨龍邊走邊低吟唱道：「陡峭冰川，中有洞遊。隙穀多風，寒雪沾衣。我今為義，策杖前行。魑魅魍魎，何敢隨行。」

墨龍駐足道：「這些年估計死在洞中的人也有數百人了，福兮禍之所伏，禍兮福之所倚，一切就看我們堅定的信心和造化吧！」

溶洞內的地面凹凸不平，地質情況十分複雜，翻高坡、跨冰溝、攀岩壁。救援分隊很快出現了體力透支，很多人開始氣喘吁吁，途中一名墨氏弟子不經意間發現面前冰柱上自己的影子不對，冰柱上他自己的影子竟然是站立的。

墨氏弟子駭得連忙回頭，但是身後哪有人影？他再定睛看面前冰柱，冰柱上自己的影子竟然消失了？一股熏人的屍臭翻滾。

正要呼救，這時側面撲來一團黑影將他撲倒。

秦濤似乎察覺到了異動？那個墨氏弟子悄然的返回隊伍中，彷彿剛剛一切什麼都沒有發生一樣？

默默前行的隊伍忽然覺得腳下的踏雪步冰聲音在變化，「喀嚓喀嚓」的堅硬鉻腳處處呈現。然後就覺得眼前忽然明亮了起來，一處處綠色的幽幻光亮在眼前漂浮，有的甚至都飛舞在半空如同碧蝶般在眼前轉瞬即逝的飄蕩。

陳可兒看的心曠神怡道：「太美了，簡直像夢境一般！」

眾人望著陳可兒所指的那一片綠光白光交替閃耀的雪坡，如同翠綠寶山般的晶瑩剔透，白雪夾著綠色看著那麼的純潔素麗。

秦濤用手中的燃燒棒照亮腳下的綠色，臉色不禁一變，然後快步上前摟住了陳可兒，呼喊墨龍道：「墨龍，這是哪裡？」

眾人收拾一下被碧綠如同幽冥地獄影響的心神，再看看前面墨龍的火炬已經消失了。

秦濤走到隊前只見前面一片黑暗，他問最前的李健和胡一明道：「你們看到墨龍去哪兒了嗎？」這哥倆口風一致的就是看碧綠山坡了，轉眼也就不知道墨龍怎麼消失了。

曹參謀轉身用手電筒搜尋，發現在累累白骨上有兩個穿著雪地服滿是鮮血的身影？

還沒等曹參謀驚呼，王雙江在山丘上點燃了兩枚照明棒，在照明棒燃燒發出的詭異綠光下，眾人震驚的發現王雙江所站的山坡竟然是累累骸骨堆成，他身邊甚至都有兩副血肉沒褪乾淨的模糊骷髏骨架在他兩旁屹立，宛如他的護衛。大家都愣呆了，王雙江嚇得連滾帶爬在白骨堆上摔了下來。

「把大功率燈架起來，拆掉燈罩！」秦濤的命令被迅速執行，在大功率充電燈的照明下，環顧四周骸骨遍地。

秦濤等人所在的甬道裡至少上萬具各種骸骨，秦濤面無表情道：「所有人相互檢查，確認每個人的身份。」

墨龍的徒弟墨襄有些疑惑道：「秦連長，墨刀和墨虎不在。」

這時，墨刀與墨虎神情麻木的從黑暗之中走出來，墨襄有些不滿道：「墨刀和墨虎，你們兩個剛剛去哪裡了？」秦濤攔住了墨襄：「他們恐怕不是你認識的墨刀和墨虎了！」

果然，墨刀與墨虎兩人神情怪異，垂手低頭。

秦濤推開突擊步槍的保險示意眾人後退，一名墨氏子弟似乎並不相信墨刀與墨虎有問題，逕自走上前去呼喚：「你們兩個怎麼了？」

墨刀突然一揮手將這名墨氏子弟抽飛，接著與墨虎兩人仰天長嘯，秦濤這次注意到，兩人的面部佈滿了紫色的血管？兩隻眼睛變成了慘澹的白色？

兩人突然發力直撲秦濤而來，秦濤立即採用抵近射擊，子彈打在兩人身上發出了空洞的穿透聲，擊穿兩人身體的子彈產生的跳彈差一點傷到郝簡仁，見此情況秦濤當即放下槍，抽出背後的護龍鐧抵擋。

三人碰撞在一起，一股巨大的衝擊力讓秦濤連連後退了數步才穩住，兩人漆黑的指甲與護龍鐧迸發出絲絲火花。

秦濤深深的呼了口氣，藉機將身體一沉，揮動護龍鐧逕自抽打在兩人的背部，兩人的後背頓時被砸成了U形，即便身體被砸變了形，但是兩人仍然以一種異樣姿態死死的盯著秦濤？

秦濤緩緩移動身體，兩個人慘白的雙眼也隨之轉動，秦濤眉頭緊鎖十分疑惑，這兩個玩意兒怎麼就偏偏盯上自己了？

顯然，墨刀與墨虎此刻的狀態已經不能被稱之為人了，陳可兒見狀急忙提醒秦濤道：「砸他們的頭部，那裡應該就是要害。」

陳可兒的提醒似乎激怒了墨刀與墨虎，他們雙雙轉向了陳可兒，秦濤見狀不妙急忙撲了上去，一旁幾名墨氏子弟用繩索結陣攔住了兩人，秦濤趁機用護龍鐧猛擊兩人的頭部，如擊敗革一般發出兩聲悶響，墨刀與墨虎兩具皮囊癱落在原地。

秦濤小心翼翼的靠近兩具皮囊，正準備挑起檢查，忽然，兩個白色的身影從皮囊中竄出，直奔大型的照明燈而去，秦濤眼疾手快擋在了燈具前扣動扳機，子彈打在鐘乳石上擦起一陣火花，白影急忙轉向。

眾人迅速開槍，兩個白色身影速度雖然很快，但是依然快不過子彈，在一陣陣哀嚎聲中其中一隻被擊中墜落在地；另外一隻則在哀嚎聲中遁入黑暗，望著體型不大的猿類屍體，尤其口中鋒利的牙齒讓秦濤等人不寒而慄。

郝簡仁皺著眉頭踢了踢這頭猿類的屍體疑惑道：「這就是所謂的屍解仙？裝神弄鬼，還不是一梭子就解決了！」

陳可兒查看了一下猿類的屍體道：「雪猿，異變的雪猿，而且似乎有人工飼養的痕跡？」

「人工飼養的痕跡？」秦濤皺了皺眉頭，如果陳可兒的猜測是對的，那麼事情就不是解決逃跑的另一隻雪猿那麼簡單了。

沿著洞穴前行，由於墨龍失蹤，墨襄對洞穴內的情況根本不瞭解，退回去太過浪費時間，救援小隊只能摸著石頭過河。

在一處溶洞內的斷崖前，秦濤檢查了一下尖兵李健鋪設好的繩索之後，向斷崖下丟了一個照明棒，很快照明棒就消失在黑暗之中，秦濤看了看手錶正好七秒鐘，這意味著這個斷崖最少有上百米深，而且斷崖邊緣有大量乾枯的青苔，表明斷崖下很有可能有一條間歇性的地下水系。

秦濤拽了拽繩索環顧眾人道：「現在情況不明，大家要多加小心，我不希望再看到有人犧牲。」秦濤與胡一明先後沿著繩索下降了三十多米遇到了一個突出的平臺，平臺上放著李健的背包，秦濤帶著胡一明剛剛轉出發現前方有光亮，突然聽到上方似乎有人在呼喚？

兩人急忙返回，只見繃直的繩子像蛇般癱軟落地，秦濤看了一眼斷開的登山繩，顯然繩子已經被利器齊根割斷。

秦濤聽到一陣陣流水聲，於是讓胡一明留下重新部署繩索，聽到一陣陣的溪流水聲，自己向前搜索尋找李健。

走出一段狹窄的洞穴，秦濤眼前豁然一亮，原來自己站在山腰絕壁的一個瀑布泉眼洞口，忽然，秦濤聽到下面有聲響，急忙拉動槍機推彈上膛，就聽底下李健的聲音道：「誰在上面？我是李健啊！」

秦濤探身看了一眼，原來李健卡在絕壁的石縫中，好奇道：「你下去幹什麼？」他一臉無奈道：「秦連長，這裡崖壁上有石縫暗藏石階可以通往底下一個甬道山洞，我準備先探探路，誰知道剛下到一半繩子突然斷了，秦連長你要小心啊。」

秦濤剛準備轉身尋找備用繩索，突然覺得身旁不妥，一個瘦小的黑影竟然在秦濤毫無察覺的情況下出現在背後？

秦濤臨危不亂，左手抓住一塊凸起的岩石用力一拽，整個人向左快速平行移動一米，擺脫背後襲來的利刃。來不及抽出護龍鐧，用槍托橫向打擊，但是對方的身體似乎異常的靈活和柔軟，幾乎是貼著槍托纏繞過去，給秦濤的肩膀留下兩道傷痕。

秦濤瞬間扣動扳機，沒想到那個瘦小的身影竟然一轉身跳下了絕壁，等秦濤探身查看早已不見了蹤影，位於絕壁石縫裡的李健也沒發現瘦小身影的行蹤。

對於秦濤來說他根本不相信有什麼屍解仙，無非是那些古法的魔術和自欺欺人的幻術罷了，就如同道符丟上空中自燃上升，就是在道符上塗抹了大量的磷粉用蛇油密封，需要時抹去蛇油一角，拋灑道符，磷粉與空氣接觸發生燃燒。

秦濤一轉身發現胡一明、花田、郝簡仁、陳可兒等人也進入了洞穴，於是詢問道：「你們怎麼下來了？」

陳可兒一臉擔憂道：「我們聽到了槍聲擔心你們出問題，就下來了。」秦濤查了一下人數，包括墨裏在內的墨氏子弟和救援分隊可謂是一個不少？

秦濤瞪著眼睛看向郝簡仁道：「誰留在上面了？」

郝簡仁環顧左右無奈的搖了搖頭：「好像沒人！」

秦濤迅速返回發現，果然，繩索被切斷了，幾十米高向外斜度超過七十度的懸崖，基本沒有任何徒手攀登的可能性，秦濤見眾人有些情緒低落鼓舞道：「既然退路沒有了，那麼我們就只能一往無前了，就算是龍潭虎穴也是要闖上一闖了。」

秦濤指揮張大發和胡一明接應李健，將另一條繩子上面系上十幾個照明棒，吊下去用於照明。秦濤率先順著繩子借著光亮帶來到李健所說的臺階處，果然在厚厚的青苔下有幾乎被流水沖刷平的臺階，但是山體上還留有斧鑿的痕跡，只不過這些痕跡都相當的工整有序，可見當年建造者十分細心，到底什麼人會在山體縫隙裡面建造這些臺階？當年修建如此浩大的工程難度自然可想而知。

秦濤跟著李健進入下行的甬道，甬道不寬但能並排兩個人同行，李健指著前面道：「連長，前邊好像有流水聲還有些花香，要不然我先過去看一下情況，你在後面接應我。」

秦濤拍拍李健的肩膀擰亮一支冷光照明棒，等著墨裏下來，秦濤命令墨裏與李健跟著自己，小心翼翼的走在前面，秦濤能夠感覺到空氣中的濕度越來越大，流水聲也越來越清晰。

秦濤在甬道的盡頭發現一塊帶有人工痕跡的大石壁攔路，面前有左右兩個通道，秦濤示意李健留在原地等候，他與墨裏一人一邊，沒走多遠秦濤與墨裏碰面，兩人面前出現了一個地下溶洞瀑布水潭。

對面出口是一個垮塌了大半的巨大祭壇，一尊上古牛頭神手持長矛面目猙獰的矗立在祭壇上。

長明燈有幾十盞光線充沛，能看得出祭壇上擺著經年的酥油和腐爛的水果貢品，還有盛血的嘎巴拉碗，以及看起來像是木乃伊化的人祭。一道溪水順著牛頭神的右手邊石壁緩緩流下注入到地上一個池中。

秦濤一躍而下，落到刻著花鳥人物的地磚上，跟著審視一圈沒有什麼異常。他轉頭對李健道：「讓大家都下來吧。」說完繼續審視環境尋找出口，墨裏也躍下甬道，警惕的盯著那尊牛魔像。

雪域早已沒人祭拜牛魔大神，此處的祭壇有古老的通道和乾屍，還有近期腐爛的水果祭品，說明此處經常有人前來祭拜。

郝簡仁突然發現祭壇上擺的盛祭品碗好像是黃金的還鑲嵌著寶石，頓時心裡開始盤算著這玩意兒在潘家園（註7）能不能換一套二房一廳？

秦濤環顧陰森的祭壇大廳道：「大家先原地休息一下，胡一明檢驗一下水潭的水質，無論水質合不合格都不許喝，明白嗎？」胡一明點了點頭，掏出水質檢驗盒開始檢驗水質。

一臉擔憂神情的墨裏對秦濤道：「秦連長，此處有些怪異，祭壇的擺設與尋常祭拜牛魔大神不同。」墨裏從自己懷裡掏出把蓍草然後自顧自的在地上擺著卦象，跟著又掏出個烏龜殼用火燒了一下，然後抬頭皺眉看著秦濤道：「秦連長不好，此處是絕陽九陰的大凶之地，我們還是不要停留的好，大家趕快尋找出口。」陳可兒聽墨裏提到大凶之地，於是掏出電子羅盤，發現電子羅盤好像被什麼干擾了一般，毫無規律地瘋狂的亂轉。

一陣風吹過，長明燈的火苗開始跳躍搖曳，秦濤微微皺了下眉頭，有風就證明一定有出口，但是出口到底在哪裡？剛剛秦濤已經把整個祭壇大廳轉了一遍，最開始認為是出口的地方實際上是存放祭祀禮器的。

陳可兒的電子羅盤和機械指南針徹底出了問題，電臺再一次沒有讓秦濤失望，之前斷斷續續恢復了部分通訊，現在徹底沒有了信號。

眾人尋找出口之際，墨裏爬到了一塊石頭頂端，驚呼一聲道：「秦連長，地面上有圖案！」

七九六一部隊基地，李建業在會議室內一根接著一根抽煙，站在一旁的電訊科長臉色蒼白，欲言又止，徐建軍則望著李建業鐵青的臉色，按這個速度抽下去，怕是沒等秦濤完成任務，李建業就會死於某種呼吸系統疾病。

李建業來回踱步，丟掉手中的煙頭怒氣衝衝道：「你們電訊科是幹什麼吃的？」

徐建軍非常不厚道的用手指了指電訊科長道：「政委，張科長在門口呢！」

李建業這才意識到自己氣暈了頭，瞪著電訊科的張科長大吼道：「聯絡不上？聯絡不上？你們是吃白飯的？為什麼聯絡不上？今晚午夜之前必須給我取得聯絡，否則老子要一架飛機把你們都丟到雪山裡面，無能！廢物！」

十分委屈的電訊科長在走廊裡唉聲歎氣，見徐建軍走出政委辦公室急忙迎上來道：「老徐，我這真有難度，咱們的設備雖然說是最新更新的，但是這玩意兒是七十年代的技術，別說雪山地域情況複雜，就是有座鐵礦都可能會干擾到正常的信號通訊，聯繫不上我有什麼辦法？」

徐建軍也略微有些擔憂道：「盡力，現在我們在後方基地，只能盡力而為了，政委也是著急與救援分隊失去聯繫。」

◊

祭壇大殿之中，眾人按照墨裏的提示，果然發現地面前六十四塊石板刻著不同的花紋和圖案，這些圖案與花紋看局部似乎組成了一個完整的故事？而整體的圖案卻又形成一個巨大的徽章一樣的標誌。

陳可兒一邊翻開日記一邊道：「從這供奉的神像還有地磚上的圖案可以看出來，供奉的是所謂的聖教大魔神贊普朗達瑪。傳說這個贊普是牛魔轉世，在唐朝吐蕃時期他因為信奉雪山魔女的魔教所以荼毒眾生，當時不但殘殺僧侶、勒令出家僧人還俗，還毀寺滅佛，在大小昭寺豢養牧牛，他的死還帶來了吐蕃政權的崩潰。據說他舌黑，頭上有角，所以現在很多人還保留伸舌頭展示自己不是惡人的傳統習俗。」

秦濤望著牛魔的塑像道：「很多傳說故事都是臆造的，被壓迫的人渴望有一個頂天立地的英雄來拯救，而暴君則被妖魔化。」

一旁的花田慶宗略有所思道：「我發現地磚和壁畫以及祭品器皿，應該斷定大概是秦漢時期建造的這個祭壇，只不過這個祭壇似乎並不是一次建成的，從工藝建築方式到疊層差不多經歷了近千年的歷史。」

陳可兒滿意的點了點頭：「這個與我之前的判斷很相似，這個世界沒有那麼多的漫天神佛，大多數的神話不過是被以訛傳訛誇大失真了而已。」

秦濤盯著花田慶宗道：「花田先生為了進山祭拜似乎準備的十分充足，你還知道些什麼？」

花田慶宗棕色墨鏡後的眼眸深邃似水道：「秦連長，人不是平面的而是立體的，非黑即白是你們的意識形態，但是不代表這個世界的所有人都是如此。至於我的目的，就是完成父親的心願祭拜神山而已，或許沒有你們想的那麼複雜。」

秦濤眼神依然銳利道：「那就希望以後你們也別給我們添麻煩，如果你要是有什麼癡心妄想的想法，或者是不可告人的目的要完成，我警告你，你們一定會後悔遇到我。」

花田慶宗不卑不亢的鞠躬道：「那一切拜託了。」秦濤不屑的「哼」了一聲。

秦濤轉身對陳可兒道：「這個祭壇很是詭異，我們需要儘快找到出口繼續前行。我剛才觀察可能有兩條路，一條就是我好像看到牛魔雕像後邊隱約有一個洞口，還有就是承載溪水的池子一直沒滿溢，好像通過池子也能通到外邊去。」

墨裏點頭道：「我覺得這個牛魔邪像很是詭異，而且太栩栩如生，我們最好離那玩意兒遠一點。」他看到秦濤看他的眼神又嚴厲起來，緊接著道：「不信你看我這個防魔辟邪鏡顯示。」

墨襄從懷裡掏出一個八寸銅圓鏡，圓鏡一面磨的光可鑒人，背面鑲著一整塊黑曜石。對著牛魔像反復照，結果鏡中只有一片模糊的影子。墨襄一陣懊惱，秦濤無奈的搖了搖頭吩咐眾人整理物資和器材，他準備先探探水下那條通路，實際上秦濤也感到那尊牛魔像非常詭異，有一種讓人想用火箭筒轟了的衝動。

沒有人注意到，牛魔像的眼睛竟然微微開合，巨大身軀輕輕晃動，兩隻牛耳徐微擺動，握矛大手也筋骨凸出、與其說是雕像不如說是在裝模作樣的隱藏自己行跡的活魔神。

秦濤皺著眉頭望著牛魔像，牛魔像一動不動的豎立在原地，是自己眼花？秦濤敢發誓他剛剛看到一尊活的牛魔像，一眨眼的功夫又一動不動了？

秦濤沒有冒然說出來怕嚇壞原本就草木皆兵的大家。

墨襄讓一名靠近水潭的墨氏子弟探探水池深淺和暗流方向，墨氏子弟來到池旁，用力旋轉銅棒中間的機簧，用熟銅製成仿製竹子的齊眉竹杖竟然彈出隱藏部分，變成兩米多的長槍。

墨氏子弟將手中竹杖不斷探進池水中，只見竹杖很快就沒入池中，他手裡感覺好像能觸到潭底，而且潭底似乎沒有意想的暗流，因為沒有暗流就意味著沒有流動的水流通道，不由得探身繼續插入。

突然，水潭中的水緩緩的分出一道微波，墨氏子弟好奇的望著水潭中的微波緩緩的靠近自己，突然，綠色獠牙怪物從水中探出一個巨大且奇醜無比的頭，除了尖利的牙齒之外，頭上有一排紅色的複眼，兩側上有鰓，一口將墨氏子弟頭顱整個咬掉，跟著調轉身，露出半截魚尾游進池中。

墨氏子弟無頭的脖頸噴出一股血雨，撲通一聲栽倒入池，最靠近水潭的秦濤端起八一式突擊步槍對著水中開始掃射。

水面上激起了一片水柱，空倉掛機聲傳來，秦濤也清楚自己剛剛的舉動有些失態，水的密度是空氣密度的八百倍，子彈打入水中遠沒有影視劇中那樣臆想的效果，七點六二毫米三九彈射入兩米深的水下射程不足十米，子彈動能成倍縮減，所以根本不可能對剛剛水中長著血紅複眼帶鰓相似兩栖生物的怪物實際的傷害。

秦濤換了一個彈夾示意眾人遠離水潭，誰也不能確定水潭裡的那玩意兒會不會撲上岸來。

有些驚魂不定的陳可兒指著地面上一幅刻圖道：「這個水潭才是真正的祭壇！」

眾人圍了過來發現石刻的圖案竟然是一排無頭之人跪在水潭邊，一條怪魚躍起？

秦濤疑惑的環顧眾人道：「你們剛剛誰看到過這塊石刻了？」

眾人紛紛搖頭表示之前都沒看到過，陳可兒用考古工具撬動了一下石刻的邊緣疑惑道：「這塊石刻十分清晰，與其他的石刻出現程度不一的磨損不同，而且之前我看過每一塊石刻，我確信沒有這組圖案。」

忽然，郝簡仁用力抓著秦濤的肩膀聲音顫抖道：「老秦，這回攤上大事了。」

秦濤轉頭一看頓時一愣，水潭內墨氏子弟的鮮血似乎全部被什麼吸引一般，竟然彙聚成流違反了水往低處流的自然定律，反向注入滲透進了牛魔像的身體中？

眾人急忙轉身順著郝簡仁的手指望去，只見那潺潺流入池中的溪水竟然倒流。染血溪水回流入牛魔像右掌，就像是雕像在喝血一般，牛魔雕像在眾人眼中似乎微微的晃動了一下？

而趁著眾人注意力轉移到牛魔雕像身上的時候，就聽身後「嘩啦」一聲，再回頭發現水潭中漂浮的墨氏子弟的屍體已經被池中怪物給拖進水裡。

眾人急忙後退盡可能的遠離水潭和牛魔雕像範圍，秦濤見狀讓胡一明掩護陳可兒等人先行撤退，自己與墨裏幾個人留在這裡監視情況發展，必要時刻採取爆破徹底封堵通道或者摧毀祭壇。

有些不甘心的墨裏試圖接近水潭一探究竟，被秦濤阻攔住，秦濤將一個冷光棒投入水中，只見冷光棒下沉了大概一米之後就被暗流沖的旋轉不已，墨裏見狀也搖頭道：「水潭裡如此急的暗流，恐怕我們暫時拿這怪物沒什麼辦法了。」

秦濤深深的呼了口氣道：「怪物好解決，用炸魚的辦法給那玩意兒來個狠的，但是這麼急的暗流，恐怕就算幹掉了怪物我們也無法從水下通過，另外我們無法確定那玩意兒是否只有一條，地下水系到底通往哪裡。」

一直不肯離開的花田慶宗和陳可兒站在甬道的入口處不停的張望，牛魔像已經幾乎把水中的血水都吸光了。陳可兒抱著日記不停翻開，疑惑道：「這本日記上記載著進山的三條道路，我們現在走的應該就是幽冥地宮這條路線。」

秦濤轉身詢問道：「那本日記有沒有記載怎麼通過這裡？」

陳可兒搖了搖頭：「日記的主人是乘坐飛機直接降落在半山腰的冰阪地帶，他們其實並沒有經過這三條路線其中的任何一條，這裡的記載大多帶有神話傳說的成分，應該是日記的主人聽說記錄下來的。」

花田慶宗來到水潭旁用武士刀輕輕攪動了一下潭水，從水中挑出一個佈滿咬痕的頭骨退了回來，略微有些遲疑道：「那個池子裡應該就是人鮫，人鮫提煉出的油脂是長明燈最好的燃料。」

陳可兒望了一眼滿是咬痕的頭骨道：「這裡遍佈長明燈，以活人祭祀人鮫，再以人鮫煉油作為長明燈的燃料。」

郝簡仁瞪大了眼睛發呆道：「要不搞一個水下爆破？把人鮫炸出來？」

秦濤點了點頭：「王雙江立即組織爆破，順便把那個牛魔像一起炸了！」

花田慶宗急忙阻攔道：「秦連長，這裡是地下溶洞地質結構，如果進行大規模的爆破很容易引起坍塌，牛魔像後面的通道應該就是出口。」

擅長爆破號稱爆破大王的王雙江對秦濤點頭確認道：「秦連長，確實有極大的風險，溶洞的形成是石灰岩地區地下水長期溶蝕形成的，由於石灰岩層各部分含石灰質多少不同，密度也不盡相同，被侵蝕的程度也不同，一般稱為舊喀斯特地貌，如果爆破不當引起大規模的垮塌我們就出不去了。」

曹博聽說爆破危險性極大，也勸說道：「秦連長，安全第一，我認為我們還是要注意自身安全，如果我們連自己的人身安全都無法保障，怎麼能夠順利的救援遇險的陳教授他們。」

秦濤猶豫了一下詢問陳可兒道：「那尊牛魔像之前開始緩緩活動了，大家剛剛都看到了，牛魔身後的洞口比較狹窄，牛魔手中的武器長度正好能封堵住洞口，在不爆破的前提下有沒有什麼辦法能夠安全通過？」

陳可兒翻看了一下日記，又對照了一下地面上的石刻圖案道：「祭祀！」

「祭祀？」秦濤微微一愣，環顧四周道：「如果按地面上的圖案來看，每次祭祀都需要人命鮮血作為祭品，我們拿什麼當祭品。」

陳可兒望著水潭道：「這裡面不就有一條祭品嗎？」

那條怪魚？人鮫？

對於如何捕魚，郝簡仁與花田慶宗發生了爭執，郝簡仁想炸魚，花田慶宗的方法畢竟瘋狂，讓秦濤與其聯手站在水中給怪魚致命一擊。

秦濤猶豫了一下同意了花田慶宗看似瘋狂的建議，孫峰、李健、鄧子愛等人手持武器在水潭旁尋找射擊位置，秦濤與花田慶宗輕裝進入水潭邊緣，水深齊腰之後秦濤發覺水下暗流湧動根本無法察覺怪魚出沒。

秦濤與花田慶宗對視一眼，花田慶宗顯然也沒有料到水下暗流竟然如此湍急，而且他們根本無法進入水潭中央，充其量只能在水潭的邊緣徘徊，花田慶宗手持武士刀站在墨氏子弟遇害的位置緩緩劃破手掌，將鮮血滴在水潭之中。

秦濤手握護龍鐧警惕的盯著水面，誰能想到看似平靜的水潭下方竟然暗藏著如此湍急的暗流。

忽然，花田慶宗將武士刀豎立擋在自己身前，水花激起，花田慶宗竟然整個人被撞上了岸。

秦濤察覺不妙，一道水箭直奔秦濤而來，秦濤用盡全力揮舞護龍鐧徑自砸在了水面之上，激起了數米高的水浪。

由於水的消減作用，秦濤這一鐧並未給人鮫帶來重創，反而讓人鮫變得更加兇殘起來，翻動了一下身子再次重現，秦濤見狀側身接著人鮫的衝擊力用護龍鐧順勢用力一挑，近三米長的人鮫被秦濤掀上了岸。

這時眾人才見到了這怪物的全貌，巨大鋒利的牙齒，如同強壯利爪一般的魚鰭，一排血紅的複眼，頭頂的骨骼堅硬突出一排骨刺。

一名試圖刺殺人鮫的墨氏子弟被人鮫用尾巴抽飛，郝簡仁瞬間高呼道：「開火啊！」

七、八支自動武器連續開火，人鮫掙扎了好一會兒才奄奄一息，秦濤按下了郝簡仁手中八一式突擊步槍冒著青煙的槍口，遍地的彈殼讓眾人心有餘悸，如果在水中根本拿這玩意兒毫無辦法。

花田慶宗揮刀在人鮫身上砍出幾條大口子，任魚血流淌，眾人合力將人鮫的屍體拖到牛魔像前。

接下來詭異的場景出現了，就看牛魔像持矛的右手極其緩慢的伸出來，慢動作般用長矛來紮取面前的人鮫屍體。

花田慶宗點頭道：「原來人血是用來祭祀人鮫的，而真正的祭品則是飽食的人鮫。」

牛魔像手中的長槍如同注血一般從人鮫的屍體裡面將血液引出，隨著人鮫體內的血液進入牛魔像體內，牛魔像動作頻率逐漸加快，面部也顯出表情變化，身上的浮塵、油、色彩也隨著身體活動而褪見肌膚皮毛本色，彷彿真正的復活了一般。

牛魔像的胸前有一個巨大三層羅盤一樣的裝置，隨著人鮫的屍體開始乾癟，羅盤一樣的裝置開始緩緩轉動。陳可兒見狀急切道：「那個羅盤是倒計時裝置，趁牛魔像的機能恢復之前我們趕快離開。」

牛魔像好似鏽蝕了一般，每一處關節輕微的動作都會發出喀嚓、喀嚓的機械構造響動，郝簡仁、陳可兒等人迅速通過牛魔像背後的山洞。

秦濤也發現牛魔像活動的尺度似乎越來越大，範圍也越來越大，等秦濤最後一個通過的時候，牛魔像已經橫槍擋在了洞口前，洞內陳可兒焦急的望著秦濤。

秦濤兩次嘗試全部被牛魔像巨大的長槍擋了回來，秦濤發覺這個牛魔像的行動似乎有規律可尋？

連續幾次嘗試，秦濤掌握了牛魔像的基本規律，就在秦濤十拿九穩準備突破牛魔像的防禦之際，牛魔像原本應該橫掃的長槍卻突然橫生異變。

秦濤在空中完全無法借力的情況下，被牛魔像狠狠的淩空抽飛，好在護龍鐧背在後背，不過秦濤也算因禍得福，被順勢抽進了山洞。

◊

救援分隊沿著溶洞向上延伸前行，李健擰開幾支燃燒棒照亮洞外環境，確定安全之後發出信號。眾人逃出生天，回想在祭壇發生的事件恍如隔世的感覺。只見墨襄帶著墨氏子弟走到秦濤面前深鞠一躬施禮以示欽佩。

墨襄衷心道：「秦連長，多謝援手殿後之情，原本是咱們幫你殿後，反而要你替我們冒險。」

秦濤微微一笑：「我們算得上是同甘共苦了，何必分得那麼清楚，我們的任務是救援陳教授一行科考隊，我也清楚你們也有自己的任務，如果有需要幫助知會一下即可。」

吳迪將機槍放在一旁對張大發道：「關鍵時刻還得咱秦頭兒。」

張大發頷首道：「如果換了任何人，估計挨了牛魔一下最少也是重傷，看咱們秦連長活蹦亂跳沒事人一般。」

郝簡仁一邊捶著腿一邊道：「多虧老秦給咱們殿後了，那個牛魔到底是個什麼玩意兒？我之前聽到了機械齒輪轉動聲，我這忙著保護陳小姐和物資，要是給我騰出手來直接把牛毛扯光清燉加紅燒，馬鈴薯燉牛肉才是真正社會主義。」沒等郝簡仁嘮叨完，就聽黑暗中「轟隆」一聲，嚇得郝簡仁一趔趄向後仰倒，眾人照亮一看，原來是一塊石壁懸冰墜落在郝簡仁身前。

鄧子愛幸災樂禍道：「胡說八道，小心遭報應！」

郝簡仁悻悻還嘴道：「呸！你小子就是烏鴉嘴，老子命硬克死牛魔，在哪兒都能逢凶化吉。」

花田慶宗用手電筒環顧四周，發現冰層出現了諸多裂縫，急切對秦濤道：「秦連長，這裡的冰架結構非常不穩定，我建議我們儘快離開，一旦發生冰崩後果很難預料。」

秦濤點頭道：「所有人關閉武器保險，沒有命令不准射擊。」

救援分隊快速前行，秦濤無意中看了一眼手錶，走了大概一個小時，不過秦濤有一種異樣的感覺，那就是他覺得自己的手錶時間似乎走的有點慢？因為自己身體的疲勞程度顯然不是一個小時強行軍造成的。

郝簡仁從隊伍後方快步趕上來，氣喘吁吁道：「老秦，咱們歇一會吧！大家都走不動了。」

秦濤見眾人都是一臉疲憊神情，下命令原地休息，秦濤趁眾人歇息，拿著手電筒開始巡視周圍環境，胡一明和李健見狀要起來跟隨秦濤，秦濤揮手示意他們繼續休息，然後獨自走在黑暗裡。

在疲憊的人眼中，秦濤手裡手電筒的光亮，就像螢光般閃爍縹緲，不久就消失在黑暗中。

秦濤走在黑暗裡手中的燃燒棒晃動，他才發現自己其實是置身在一處冰雪雕琢的石林中。千年的冰刀雪劍刻畫在萬年的石壁上，形成一個個屹立高聳的水晶棒。

厚厚的冰面沒有受到外界的汙濁，根根冰雕玉器的純潔泛著光亮，水晶般的在光亮下耀眼。

透明純潔的冰棱讓秦濤有一種恍然隔世的感覺？白山時間大多能夠用科學知識進行解釋，暫時無法解釋的他相信不久的未來也能夠被科學所解釋，身為一名堅定的唯物主義者，秦濤有自己的原則底線。

墨龍的失蹤令得秦濤頓失助力，秦濤也不相信墨龍會無緣無故失蹤？墨龍身上背負著墨氏重任，不會輕易離開隊伍。而且進入溶洞的路線是墨龍帶領的，與其說是近路其實是艱險無比，但是墨氏從墨七星、墨龍和墨裏等人幾乎是捨生忘死的鼎力支持救援分隊，秦濤寧願相信墨龍真的遇險了？

人心不古這四個字也讓秦濤猶豫不決，畢竟白山事件最終問題就出在了科考隊內部。

花田慶宗這個所謂的遊客看著一身謙卑，行事卻又出人意料，秦濤很難完全信任花田慶宗會與救援分隊共渡難關，或者是合縱連橫的攫取利益呢？畢竟這些來歷不明的日本人讓人覺得確實不踏實。

秦濤吩咐鄧子愛用電臺與基地總部取得聯繫，對花田慶宗幾個人的身份進行查證，無奈電臺不爭氣，只能等抵達高地再嘗試聯絡了。

走著走著，秦濤忽然一愣站在原地，掏出指北針發現指北針依舊瘋狂的亂轉，身旁周圍滿是冰晶成林，秦濤劃燃一支照明棒，身旁的冰晶上出現了無數個自己的身影？

秦濤緩步走了幾個方向，都被相似的冰柱和前方無盡的黑暗包圍，再選擇還是一樣，他不免急躁，秦濤多次嘗試之後眉頭開始緊皺起來。

忽然，一個遊蕩的聲音道：「你扮成我，到隊伍裡嗎？」

其中一個冰棱上正準備退走的秦濤詭異笑道：「只要他們信我一回就讓他們萬劫不復。」

秦濤舉著燃燒棒尋找聲音來源的方向以確定位置，但是在燃燒棒的照射下反射無數水晶柱的光影裡都是秦濤自己的身影。

一個飄忽不定的聲音桀桀慘笑道：「你走不了的，留在這裡慢慢變成一具屍體，一具白骨，看你慢慢的發瘋死掉對我來說是種享受。」

秦濤微微一笑：「到底是誰中計了？」

那個聲音停頓了一下，急切厲聲道：「該死的傢伙！」秦濤微笑道：「你的同夥在崖縫裡被我砸成了肉泥，進海螺溝開始這一路你們一直在裝神弄鬼，屍解仙？我從來不相信有什麼神仙鬼怪。」

那個化成秦濤的屍解仙不免慌張道：「這裡是我的天下，沒人能抓得住我。」說完他步履驚慌的發出些聲響，再看冰柱秦濤的影子竟然消失了。

屍解仙徹底崩潰了，正在他茫然不知所措的時候，突然一股勁風由頭襲來，秦濤從空而降，緊握護龍鐧猛擊在白色身影背後，一大一小兩個身影重重摔在了地上。

屍解仙？

秦濤看著手中抓的侏儒和地上被打得血肉模糊的雪猿，該死的傢伙，秦濤記得雪猿是一級保護動物，這侏儒假借雪猿發音，藏身於雪猿身前的一個雪猿皮袋內，所謂的屍解仙竟然如此可笑？

秦濤拎著侏儒猶豫了一下，看到了一個巨大的石縫，又提起了雪猿走了過去，侏儒顯然害怕了，急忙大叫道：「我是魔教殿前護法，你不能殺我！」

秦濤微微一愣：「這算什麼道理，只許你殺我，不許我殺你？你大爺的，信魔教信傻了吧？」秦濤將侏儒舉起來威脅道：「交換明白嗎？你有什麼我不知道可以用來贖命的情報嗎？」

侏儒似乎猶豫了一下道：「你想知道什麼？」

秦濤微微一笑：「全部！」

侏儒竹筒倒豆子一般交待了他所知道的全部，真真假假讓秦濤難以辨別，最終秦濤還是舉起侏儒，侏儒大驚失色道：「你說話不算話？」

秦濤微笑道：「我騙了你，對不起！」秦濤將侏儒和雪猿丟進深不見底的一道石縫，一聲慘叫飄忽，秦濤也是一臉輕鬆。

利用致幻的迷煙和冰晶故弄玄虛，秦濤發覺侏儒跟蹤自己之際，就做好了準備，而這個侏儒還是完全老一套，簡直和政委養的叫二胖的哈士奇一個品種。

原因非常簡單，用秦濤自己的身影嚇唬秦濤，因為水晶體的多稜面反射是有極短的時間延誤，動作與秦濤同步的那個就是目標。

秦濤返回營地，恰好郝簡仁在警戒，因為大體出了冰架崩裂的危險地域，所以眾人緊繃的神經也開始緩緩放鬆下來。

郝簡仁一臉擔憂的望著秦濤道：「沒事吧？」

秦濤環顧四周點了點頭：「沒事，我查看了一下周邊的環境，讓大家多休息一會，前面還有冰棱區域。」秦濤並沒有說破一點，之前所有人發覺十分疲憊的主要問題，就是侏儒的致幻劑在不知不覺中悄然發揮了功效，導致眾人都感覺十分疲憊和時間過得很慢。

實際上，秦濤從第一次看錶就意識到了問題，由於秦濤的特殊體質，所以侏儒第二次的致幻劑對秦濤的影響其實並不大，秦濤也是利用這一點冒險將上次逃脫的侏儒引出來，在對方認為萬無一失的情況下雷霆一擊，為救援分隊剷除這個禍端。同時，秦濤也從侏儒口中得知了一切關於包括魔教內部鷲面祭司與大護法的教主之爭等等。

退無可退，不僅僅是時間上不允許，通過侏儒秦濤得知魔教的鷲面祭司就帶人緊跟在後，希望在這一個千年利用天象將邪靈復活，重建他們所謂的聖域之城。

關於雪域高原有無數的傳說，秦濤與陳可兒私下交流過關於天象一事，陳可兒認為無論是十年一遇的五星連珠還是幾十年一遇的七星連珠，甚至數千年一遇的九星連珠，從科學分析的角度來判斷，對地球都不會有太多的影響。

因為，行星連珠的自然天象發生時，不僅對地球，對其他行星和小行星、彗星等也一樣不會產生什麼影響。來自行星的引力會作用於每顆行星上，無論行星的相互位置怎樣排列，都不會帶來什麼可以察覺的變異。

秦濤也意識到了，很多膨脹的欲望實際上是人內心的無度而已，所謂的魔教不過是狂妄的個人野心加上愚昧無知的產物。

七九六一部隊作戰室內空氣緊張的彷彿凝結了一般，救援分隊發回的為數不多的電報全部擺在桌子上，呂長空站在巨大的沙盤前來回踱步，貢嘎山脈到底發生了什麼事情，秦濤的電報裡面敘述的並不清楚，至於突然出現的非法武裝分子干擾影響救援一事，更讓眾人感到不可思議。

是立即增援，還是等待秦濤傳回確切的情報，李建業把這個難題推給了呂長空，徐建軍站在一旁滿臉擔憂，一次平常的救援行動，怎麼突然變得如此複雜失控？

最終，呂長空決定等待秦濤進一步的消息匯總情報再進行部署。

◊

秦濤苦著臉看著停頓的手錶和瘋狂亂轉的指北針，望了一眼那些五光十色的石子被篝火映襯得炫目，陳可兒在認真的收集她所認為好看的石子。

電臺失去信號，軍用地圖無可參照，只能根據上行的角度，秦濤判斷他們距離地面已經很近了，只要走出這地下洞窟就接近陳國斌調查隊墜機的冰阪地帶了。

哎呀，胡一明徑自撞上了晶瑩剔透的冰柱，左顧右盼的張大發差點掉進黑漆漆的冰縫，救援分隊走入夢幻一般的冰林，眾人才意識到這看似童話仙境一般五光十色的冰林實際上危機四伏。

在兩名墨氏子弟差點丟失之後，秦濤命令用登山繩固定在每個人的腰間，為了不產生更多的光源反射和虛影，只有前後兩人手持手電筒照明。

即便如此也不時有人跌倒，陳可兒在秦濤的攙扶下也是跌跌撞撞，幾乎所有人都感覺到了頭暈腦脹。

拔地而起的冰棱叢林似乎沒有盡頭，秦濤的眉頭越皺越緊，因為秦濤記得自己似乎就是在這附近解決掉那個裝神弄鬼的護法侏儒，難道隊伍一直在圍著附近轉圈？

墨襄看出來秦濤的疑惑走上前詢問道：「秦連長你是不是懷疑我們一直在一個地方繞圈子？」

秦濤看了一眼自己在冰棱上做的記號點了下頭道：「這應該是我大約在一個小時前留下的記號，我們一直向前走卻走回了原地。」

吳迪等人有些不耐煩的脫下雪服掛在背包上，幾個墨氏子弟也一反常態的汗流浹背？

墨襄抬頭望著黑漆漆的穹頂有些疑惑道：「你們大家有沒有感覺到熱？我們附近的溫度似乎在快速升高？」

秦濤有些疑惑的環顧左右，確實溫度上升的非常快，忽然，穹頂竟然透下一絲光亮？正好將墨襄籠罩在中央。墨襄也疑惑的望著似乎越來越亮的穹頂發呆？秦濤甚至能夠感覺到自己的身體竟然有灼熱感？他慢慢適應光線勉強抬頭向上看去。

只見水晶叢林頂上彷彿覆蓋著一個穹頂冰鏡，光線透過鏡子照射到溶洞中十分強烈，秦濤也只能略微一窺，就轉過眼睛。突然，他發現周邊的冰柱有融化的跡象？

陳可兒見狀大驚失色呼喊：「大家不要抬頭，快把防護鏡戴好！」

墨襄依舊望著穹頂一動不動，一瞬間白色光芒變得如同太陽一般灼熱刺眼，墨襄一瞬間被燒成了焦炭一般，地面上溶化的冰雪水也開始迅速升高。

陳可兒向秦濤焦急的高聲呼喊：「上面冰塊是個天然凸透鏡，不把它打碎我們不被燒死就是被雪水淹死，快啊！」

秦濤意識到問題的嚴重性，看準冰柱冰岩方位，躍升上最近一塊冰岩，徑自撲到王雙江身旁，王雙江正在將幾塊炸藥插入引爆的雷管剪切導火線，秦濤接過炸藥拉燃導火管，用盡全力將集束炸藥丟向穹頂。

轟的一聲巨響！位於穹頂的冰鏡隨之呈現出一道淺淺裂紋，跟著裂紋持續不斷擴大，然後裂紋兩邊相對下陷，幾十米厚的大冰塊轟然墜落。

眾人不斷躲避下墜的冰塊，冰鏡崩塌，碎冰如暴雨落下，打得很多冰柱折斷。冰柱折斷又發生多米諾骨牌效應，撞垮其它冰柱。好在有一根碩大冰柱彷彿如擎天柱一樣擎住了落下的半面冰鏡，並阻擋住了倒向它的其它冰柱，才沒有造成大面積坍塌。

在雪雨冰塊消弭後，秦濤等人心驚膽戰的從藏身的石縫中爬出，眼前已然是面目全非了。

墨裏的死讓秦濤觸動很大，墨龍失蹤之後墨裏一直不在狀態，彷彿失去了主心骨一般，望著剩下的墨氏子弟緩緩祭拜墨裏，秦濤命令胡一明與李健作為尖兵先行搜索前進，墨氏子弟確實勇敢，但是很多時候在秦濤眼中這種勇敢近乎於魯莽。

大約十五分鐘，李健帶回了好消息，崩坍的冰架和穹頂砸開了被冰封住的道路，正所謂不破則不立，救援分隊也算是因禍得福。

救援分隊與墨氏子弟並行，沿途地面上很多五彩斑斕的石子讓人十分賞心悅目，但是經驗告訴秦濤，越好看的東西往往越危險。

救援分隊行進的速度似乎越來越快？就連陳可兒也開始健步如飛，郝簡仁竟然哼唱起了根本不成調的流行歌曲？而墨氏子弟似乎並沒有因為墨裏的死而憂傷，每個人臉色都洋溢著微笑，彷彿勝利就在前方一般？

秦濤用審視的目光注視著這些異樣的舉動，這時花田慶宗悄然來到秦濤身旁一副神祕表情道：「秦連長有沒有覺得我們的人不大對勁？」

秦濤也覺得眾人似乎有些不對，反常即為妖，到底是哪裡出了問題？秦濤敏銳的注意到了在很多水晶柱體的底部似乎刻有一些模糊的符圖印記？輕輕擦拭一根晶體的底部，有些模糊不清的符圖顯現出來。

秦濤一眼就認出了這是墨氏符圖祭文，與白山墨塚之中的符圖幾乎一模一樣，這些符圖到底代表什麼意思，又為何刻在晶體的底部？秦濤意識到整個救援分隊之中恐怕只有陳可兒一人能夠破譯。

陳可兒望著符圖癡癡笑道：「這些符圖是指引我們前進的路標，黃庭之地，始龍之祖！」

「陳可兒？陳可兒？」任憑秦濤大聲呼喚陳可兒，陳可兒的目光已然開始渙散，嘴裡不清不楚的在反復叨咕什麼？

秦濤望著地面上五彩斑斕的石子微微皺了皺眉頭，連續查看了十幾根晶體底部銘刻的符圖，結果都是一組四副，一模一樣。

黃庭之地？始龍之祖？陳可兒這兩句話到底是什麼意思？

秦濤看了一眼其餘一副神遊天際神情的墨氏子弟，這裡出現了古老的墨氏符圖，這些符圖與白山年代久遠的墨塚發現的符圖一模一樣，那麼也就是說貢嘎山脈區域內很可能有墨氏遺跡存在。

墨龍的突然神祕失蹤，墨氏流派在此守護千載，此番進山大義是協助救援分隊，實則秦濤非常清楚，墨氏子弟有自己背負的神祕任務。

忽然，秦濤心神一顫，自己彷彿回到了白山地下那個伸手不見五指的深淵之地，墨氏子弟的人繭整齊的排列在眼前？地宮水潭下的武將似乎揮舞著巨戟劈砍向自己？

一切是那麼的真實，秦濤的手緩緩摸向護龍鐧。一旁的陳可兒還在癡癡笑笑，郝簡仁則如同進了浴池一般，脫光了上衣只留條內褲在試水溫，墨氏子弟則聚在一起高聲吟誦戒條。

秦濤緩緩起身，將自己的護龍鐧對準眾人，千鈞一髮之際，身披白麻衣，三綹長髯，身材高大魁梧的身影從黑暗中跳躍而出，舉著法螺用力吹響，一聲嗡鳴如同音爆一般瞬間掃過。

秦濤的護龍鐧停在郝簡仁頭頂不足十公分的位置，法螺引發的音爆過後，眾人全部癱倒在地暈厥過去。

秦濤轉身發現失蹤的墨龍活生生的站在自己面前，幾個悠然醒來的墨氏子弟也是一臉迷惑不解，步伐踉蹌。

墨氏是中國有史記載最古老的社團組織，其仁義之厚、規矩之嚴、處罰之狠、執行之酷，是讓所有墨氏子弟都不敢違規的存在，這些墨氏子弟驚訝的望著突然現身的墨龍。

墨龍一言不發，從背囊中掏出一罐氣味極其難聞的藥膏，給每個人的鼻子下面都抹了一塊，然後似乎長長的鬆了口氣，開始燃起篝火。

許久，眾人悠悠醒來都好像做了一場大夢一般，陳可兒睡眼朦朧的環顧四周，發現了幾乎赤身裸體的郝簡仁發出高分貝的驚呼，郝簡仁一臉困惑的回憶自己的衣服到底去了哪裡？

墨龍向篝火裡面丟了一塊木材抬頭看了一眼秦濤，有些歉意道：「是我對不住大家！」

秦濤微微歎了口氣：「墨襄死了，墨刀、墨虎也死了，地下祭壇又犧牲了兩人，這一切是一句對不起能夠解釋得清的嗎？路是你選的，你卻棄我們而去，對所有人你必須要有一個交待。」

墨龍沉默了片刻道：「墨家這一代的鉅子是墨七星，上代鉅子帶領精英入山試圖一勞永逸的解決邪靈魔女，結果一去不返，自古邪不勝正，我們此番也是借你們救援分隊的勢上山，我們走的這條路就是上代鉅子行進的路線，我有責任查清我的父輩和叔叔們到底出了什麼事。」

郝簡仁瞪了墨龍一眼不滿道：「那你就帶著我們走絕路？這次差點十死無生，全軍覆沒。」

秦濤望著篝火突然道：「黃庭之地，始龍之祖，這兩句話是什麼意思？」

墨龍聽到這兩句話渾身一震，面無表情道：「我不知道。」

秦濤通過墨龍如此快速的否認，確定墨龍一定清楚這兩句用墨氏祭文銘刻在晶體底部的墨氏符圖的真正含義。

秦濤盯著墨龍的眼睛道：「坦誠是我們之間合作最基本的條件，如果我們連相互信任都做不到的話，我建議我們現在開始結束合作，我相信救援小隊完全可以出色圓滿的完成任務。」

墨龍似乎猶豫了一會才緩緩道：「雪域邪靈也好，雪山魔女也罷，實際上在我們這一支的墨氏記載中都是試圖染指黃庭之源的不軌之徒，之前冒險上山失蹤的科考隊的目的很可能也是黃庭之源。」

「黃庭之源？」陳可兒皺了皺眉頭努力的回憶這個自己曾經聽到過的名稱，忽然陳可兒想起了父親陳國斌剛剛獲得日記，興奮的對自己提起過黃庭之源，父親一輩子追尋神話傳說，尋找史前文明，如果在白山事件之前陳可兒會一笑了之。但是，白山地下巨大的墨塚史前文明遺跡等等，似乎給了神話傳說一個新的定義和解釋，真是見鬼了，黃庭竟然真的存在？

陳可兒的自言自語讓秦濤皺了皺眉頭詢問道：「怎麼妳也知道關於黃庭之源的來歷？」陳可兒看了一眼墨龍和其身後的墨氏子弟點了點頭道：「黃庭之源是當年共工、祝融撞倒的不周山所在，傳說華夏文明的起源之地，傳說由天選的武士進行守衛，據說最早龍就出現在黃庭之源，黃帝之後堯舜禹時期不斷在此大興土木，這裡也就是傳說中的黃庭之源了。」

白山事件留給秦濤的更多是慘烈的回憶；而相對陳可兒來說則代表的是更多關於史前文明的未解之謎，關於擁有高度發達文明程度的史前文明墨氏更多的是猜測和推論，如果屬實，利用史前文明遺留技術，為人類開啟再一次基因進化的大門，讓科技得到理論與實質的飛躍，其意義不亞於人類第一次自主意識使用火，遠遠大於工業革命。

秦濤環顧眾人道：「史前文明是不是潘朵拉的魔盒與我們關係不大，全世界有那麼多的神話傳說，更多的是虛無縹緲的杜撰和臆想，我們的主要任務是快速救援遇險的科考分隊，將他們安全轉移，至於那些不明來歷與身份的武裝分子，上級會有針對性部署的。」

墨龍微微歎了口氣：「其實，人的欲望才是我們真正的敵人，到時候就怕我們會受到誘惑身不由己啊！」

秦濤皺了下眉頭：「墨龍，從現在開始，你有任何的行動都必須提前通知我，我希望你清楚這一點，我們的任務是救援和安全撤離，我不希望節外生枝。」

陳可兒望著篝火出神道：「如果冰川裡面的那架飛機真的是二戰德國的，歷史上希特勒確實有收集世界各地聖物的癖好，這裡到底有什麼，能夠讓這些德國人輾轉追尋？」

郝簡仁嘴一撇：「是什麼都是我們老祖宗留下的，跟他們有什麼關係？」

秦濤望著墨龍沉聲道：「一架被凍在冰架中的二戰德國飛機，一本探險日記，陳國斌教授科考隊遇險，他們的目的與墨龍你相同吧？」

墨龍微微歎了口氣道：「或許吧！口口相傳堅固如同銅牆鐵壁一般的墨氏要塞早已成了瓦礫，遍地的枯骨就是歷年守護者最後的印記，沒有什麼能夠抵擋得了時間的侵襲與沖刷。」

吳迪懷抱機槍心有餘悸道：「老墨，這次麻煩你、拜託你認真帶路，我們之前在晶林溶洞大廳差點被烤熟淹死，墨襄就是在那裡被一束強光燒得灰飛煙滅了。」

墨龍驚訝道：「你們竟然遇到了傳說中的日月同輝？」陳可兒顯然對之前的遭遇還心有餘悸。

「墨龍，什麼是日月同輝？」

墨龍緩緩道：「日月同輝是神山顯聖，同時也是最為危險的時候，貢嘎山脈之所以神祕莫測，因為每一次日月同輝的發生都伴隨著冰架崩坍和雪崩，所以每年進山的路線均不相同。」

墨龍的解釋模棱兩可，而陳可兒的解釋比較能夠讓眾人接受：「每年這個季節的某一天，太陽升起月亮落下，當日月同時出現在貢嘎山兩側之際陽光與月光相互交映，透過山峰兩側的永凍冰架折射照進一個背冰層覆蓋的天坑。然後融化溶洞中的冰雪重新凍結改變地貌，重新塑造溶洞內的結構和路線。」至於墨襄則是恰好站在了光線的彙聚點上導致的遇難。

墨龍塗給眾人的綠色膏狀物是一種墨氏祕制醒神藥膏。墨龍拾起了一塊五彩斑斕的小石頭，環視眾人詢問道：「之前你露營是不是用這種壘砌了灶坑？」

救援分隊的眾人圍了過來，秦濤讓胡一明、李健幾個人回憶一下，確實他們在壘砌灶坑的時候刻意在下面鋪設了一層這種小石子。

秦濤看了一眼墨龍手中五彩繽紛的小石子，幾乎每一枚都是大小不一的橢圓形，大的如同鵝蛋，小的也有鵪鶉蛋大小，形狀規整得很像人工製品。

「雪山每年溶化的冰水能把大小不一的五色石子沖刷成如此標準的形狀？」對於秦濤的疑惑，陳可兒也非常無奈，只能用大自然的鬼斧神工來解釋了。

在白山事件之前，陳可兒只是對達爾文的進化論表示懷疑，但這種懷疑也僅僅是停留在懷疑階段，陳可兒與其父陳國斌不同，陳國斌在很多公開的學術場合質疑達爾文的進化論，並且提出諸多證據，無奈的是這些證據大都缺乏研究理論和科考證明的支撐。

如同秦濤不畏懼鬼神之說一般，秦濤更相信合理的科學解釋，陳可兒也意識到了人類的起源之說真的很有可能與父親猜測的一樣，人類的進化史從大約二十萬年前開始突飛猛進，突然刹車遏制。

作為世界上發現最終的中華曙猿，其化石研究的結果與早期智人相差甚遠，是一種比早期高等靈長類動物猿猴類還要古老的猿類，基本屬於早期猿猴，也就是說所謂中華曙猿實際上還是一種猴子，根本談不上人類的起源，如果說中華曙猿是猴子的起源還差不多。

白山事件的巨大墨塚實際上是墨氏流派也好，墨氏文明也罷在鎮守保護，而黃庭之源則關乎著中華文明進化的起源之謎，基因的恐怖力量陳可兒已經見識到了，墨氏文明為了戰勝敵人肆意妄為發展基因武器而遭到了毀滅性的摧毀。陳可兒望著墨龍在猶豫，是不是應該提醒一下墨龍，但是如果提醒又該從何說起？

墨龍望著秦濤用力將小石子捏碎道：「五色神石，傳說中女媧娘娘補天的時候散落在人間的碎片，看似美麗卻能讓人陷於萬劫不復之地。」

陳可兒有些遲疑道：「墨龍，沒那麼可怕吧？我檢驗過了，這些五色石子除了結構鬆散了一點，顏色美麗了一些，並無放射性成分。」

墨龍歎口氣道：「我在貢嘎山腳下一輩子了，很多東西我也只是聽說過並未見過，早年間曾經有墨氏門人吸食此物陷入瘋癲，原本西鎮在漢唐時期均設有市集互貿，當地人為了換取鹽巴、糧食、陶器、鐵器等等不惜冒險進山採集此物，清末吸食此物者更是比比皆是，此物在西鎮的危害甚於鴉片和福壽膏，後來墨氏與哥老會聯手禁了此物，又因山崩斷了此物的來源，萬萬沒想到，此物竟然出自這裡，若不是去年日月同輝規模罕見融化了千年堅冰，怕是此物再難顯露人間。」

花田慶宗盯著地面上的五色石一言不發，似乎在思考什麼？

郝簡仁也好奇的拾起一塊五色石一臉震驚道：「這不就是一塊石頭嗎？還能令人致幻？」

墨龍點頭悠然道：「鴉片最早用於醫療，明朝中期才開始少量種植藥用，其實在歷史上早就有關於致幻劑的記載，比如魏晉風骨的暗黑締造物五石散就是一種。」

墨龍看著秦濤一臉迷惑，輕搖頭道：「也不怪你不知道五石散，現在這些早都是封建殘餘了。」

陳可兒看了一眼墨龍道：「從藥理方面講五石散不是嚴格意義上的致幻劑，只不過當時一群建安風骨的繼承者創造了魏晉談玄。在魏晉門閥之中廣為流行，談玄講究一種清雅迷幻的狀態，而且要日以繼夜的聊下去，通過酒作為媒介服用紫石英、鐘乳、硫磺、白石英、赤石膏，這些礦物質混成的一種藥沫，據說吃完之後會輕身益氣、不老延年，實際上很多人英年便死於礦物質中毒。」

墨龍略微有些驚訝的望著陳可兒道：「沒想到陳小姐如此涉獵廣聞，五色石與五石散不同，功效似乎更加強勁，卻不是服用，而是在狹窄的環境中用火來燒，吸食煙氣，多虧溶洞空間巨大，否則就真的要出大亂子了。」

秦濤沉思一下道：「那為什麼我和花田慶宗都沒受到太多影響？」

墨龍無奈道：「情況緊急，只能先利用螺聲安撫了眾人的躁動，再配合墨氏獨有的祕藥才算過了這一關，秦連長你的情況特殊不受法螺顫音干擾，至於花田先生為何無恙我就猜不出來了。」

花田慶宗有些尷尬道：「青年時期練武經常受傷，倚靠止疼藥劑，後來成癮迷戀那種致幻的感覺，倚靠很大的毅力和先進的醫療手段才戒除，所以這類東西的程度對本人來說還起不到什麼作用。」

郝簡仁一臉壞笑道：「呦，咱們日本友人經歷挺豐富的，我之前就好奇一件事情，你們的武士刀是怎麼入境的？」

花田慶宗微微一愣，隨即笑道：「家族傳承的大柳作從戰國時期就是名刃，幾把武士刀都是此番文化交流的展品，貴國的法律不允許持有槍械，我們不過是為了防身借用一下。」

郝簡仁滿意的點頭：「不僅僅是槍械，超過五公分的刀具也是管制刀具要給予沒收，並且除以行政拘留和罰款的處罰，全部沒收！」

站在花田慶宗身旁的高田臉色鐵青用手護住武士刀，用並不熟練的漢語一字一句道：「刀不能給，武士的命！」

郝簡仁眼睛一瞪：「給你三分顏色就開染坊了是不？」

一直少言寡語的曹博突然起身道：「簡仁同志，在這種環境條件下就不要上綱上線，依我看郝簡仁同志的做法沒問題，一切外國人在我國境內都應該遵守我國法律，這是毋庸置疑的，但是現在情況特殊，我們這樣處理，刀具先由三人保管使用，行動任務結束後再給予沒收。」

郝簡仁聽曹博話鋒一轉，也興奮的望向秦濤，秦濤對花田慶宗無奈的聳了下肩膀，花田慶宗也只好點頭算是答應。

郝簡仁賤兮兮的湊過去小聲道：「以後想你的家傳寶刀了，可以來我們這裡看！我可是依法查沒！」

不過眾人都未注意到，花田慶宗苦笑之餘，偷偷的裝走了幾塊五色石。

前進沒多遠，地面上的五色石就不見了蹤影，而且地下空間也似乎越來越大，到處都是深不見底的冰縫和陡峭的冰壁。

墨龍掏出一塊幾乎看不出什麼內容的羊皮地圖仔細辨別了一番，似乎略微有些不確定道：「過了冰壁應該就是出口了！」

秦濤將墨龍拽到一旁擔憂道：「距離上次大規模冰架崩塌之後，你能確定這冰壁就是通往出口的冰壁嗎？如此陡峭的冰壁上一旦出現路線錯誤，攜帶武器物資的救援分隊根本無法回頭。」

墨龍深深的呼了口氣：「我不確定，但是眼前也只有這一個選擇了。」

秦濤無奈，命令開始準備攀登用的繩索、冰梯和冰釘與固定裝置，望著異常陡峭的冰壁，秦濤心底也是七上八下。

為了保障人員安全和運送物資，更是為了能留一條撤退路線，秦濤決定救援分隊分成三個組，墨龍帶著墨氏子弟在位於冰壁的冰槽中固定冰釘，花田慶宗帶著高田三人在側後方固定冰釘，秦濤帶領著張大發、胡一明、李健負責中路固定冰釘。

花田慶宗三人一看就是登山的老手，動作迅捷而且經驗老道，三人相互替換，節省體力又默契十足，德國制的索拉冰釘被一枚枚的嵌入冰下。

秦濤在固定第一枚冰釘的時候才注意到，原來冰壁的硬度完全不亞於一般的石材，三隊人進行的十分順利，上行了大約一百五十米之後，秦濤興奮的發現了一個帶有微弱光亮的洞口，而且冰壁上也不斷有氣流帶著新鮮空氣吹過，證明有通道連接外部。

「勝利就在眼前了，同志們注意安全啊！」秦濤轉頭呼喊之際，一個巨大的黑影似乎從冰壁後面一閃而過。

第四章　冰壁異種

巨大的冰壁盡頭就是眾人盼望中的出口，那一絲的光亮彷彿給了眾人無比的勇氣與力量。

地下溶洞雖然兇險萬分，但是出了地下溶洞和冰阪地帶就距離父親越來越近了，陳可兒略微有些激動，陳可兒非常清楚，貢嘎山脈地域地質複雜多變，從海拔負五百米到海拔五百米區間竟然還存在半沙化地帶？而海拔五百米到一千五百米區間是原始森林地帶，一千五百米到二千八百米是上古冰川碎石板帶區間，從二千八百米到三千九百米之間全部是上古季永凍層。

如此複雜的地域，陳可兒也是第一次遇到，於是她第一個將安全鎖的八字扣套好，握緊攀爬器將其餘兩股保險繩卡入肩後的安全扣內。

高田接替了花田慶宗的位置，正在用力敲打冰釘，冰錘敲打冰釘與堅硬的冰壁之間發出噹噹的金屬迴響，忽然，一個巨大的黑影從高田的眼前一閃而過？

高田目瞪口呆的揉了一下眼睛，轉頭望向正在攀爬的花田慶宗，花田慶宗一臉迷惑，不知道高田出了什麼情況？

或許是自己高原缺氧出現了幻視？高田一邊安撫自己，一邊心有餘悸的又攀爬了幾步用力敲打冰釘，冰釘竟然一下不見了？自己面前的冰壁瞬間濕潤了起來，還有少量的冰雪混合物流淌出來？

花田慶宗見高田再次停留於是呼喊道：「高田君？如果疲勞的話我接替你。」

高田猶豫了一下道：「沒問題，我這裡安全。」話音未落，只見高田一聲驚呼，高田手中的繩索被瞬間抻的筆直，他似乎被一股強大的外力拽進了一個不大的冰洞之中？

在眾人目瞪口呆中高田竟然消失在冰壁之中？秦濤見狀急忙高呼：「花田慶宗，立即解開你們的安全索！」

花田慶宗震驚之餘立即用安全刀割斷安全索，就在安全索被割斷的一瞬間，連在高田身上的安全索全部被抽入冰壁之中。

在高田消失的地方，冰壁中慢慢滲透出一片血紅，一個巨大的黑色身影在冰壁中徘徊遊蕩了一圈後消失不見？

「冰壁上有冰洞，所有人小心！」墨龍高呼提醒正準備加快速度架設安全索道的秦濤。

當最後一箱物資抵達盡頭，幾乎所有人都著實鬆了口氣，花田慶宗向著高田消失的位置深深鞠躬。

秦濤環顧冰壁的出口，竟然是一個巨大的水潭？一支冷光棒被秦濤丟入潭中，隨著冷光棒的下沉，冰壁上對應出現冷光棒的光亮。

高達數百米的冰壁裡面竟然是一個直徑百米的巨型水潭？突然，一個巨大的黑影一下將冷光棒吞噬，消失得無影無蹤？

水潭的一側有一行狹窄不足十公分濕滑的階梯似乎能夠通往另外一側，兩名墨氏子弟取得了墨龍的應允小心翼翼的沿著濕滑不堪的階梯探路。

陳可兒則在水潭旁發現了一截斷碑，碑上刻滿了密密麻麻的墨氏祭文符圖，陳可兒由於不敢靠近水潭，只能用水壺裡面的清水清洗殘碑，陳可兒敏銳的發現這些殘碑上的墨氏祭文符圖比墨龍等人使用的簡化符圖要古老得多，至少也是白山墨塚同時期的。

墨龍靠近殘碑看了一會無奈的搖了搖頭：「口口相傳的符圖到我們這代早已不知傳了多少代，其中有多少錯誤和簡化恐怕沒人說得清楚，這確實是古墨氏符圖，可惜我一幅也不認識，慚愧啊！」

陳可兒微微一笑：「只要有墨氏祭文符圖的母版符字根與圖表就能夠對照進行破譯，墨氏符圖的複雜程度遠遠超過漢字，甚至超過西夏文和索瑪圖文與楔形文字，能夠稱得上是迄今為止世界上發現的最為古老複雜的符圖系統。」

墨龍瞪大了眼睛疑惑的望著陳可兒道：「難道陳小姐能夠識別這些符圖？」

陳可兒點了點頭：「都能識別不敢說，根據我們白山取得的墨氏祭文符圖的母版字根與圖表對照，正確率為百分之五十二左右，畢竟這符圖年代久遠，而且我們不清楚墨氏遺族使用符圖的習慣。」

曹博微微歎了口氣：「百分之五十二已經很不錯了，起碼給了我們選擇的權力。」

郝簡仁則一臉無奈道：「一半一半的機會，不是生就是死，也算是簡單快捷明瞭。」

墨龍猶豫了片刻似乎還準備繼續追問，秦濤阻止道：「不要急，白山事件中的墨塚遺跡不是一兩句話能夠解釋得清楚的，等到了安全區域有什麼想問的我一定知無不言，言無不盡。」

墨龍鄭重的點了下頭，秦濤的承諾他還是信得過的。

墨龍舉起手杖，將長杖頂端的一團油脂點燃，對著兩名艱難移動的墨氏子弟揮動了一下，幾天來的相處秦濤清楚那是墨龍在提醒兩名子弟提高警惕注意安全。

墨龍斜舉長杖用火光向前探路，墨龍走得不遠，蹲在水潭邊似乎在觀察什麼？秦濤走近發現是高田被撕咬得支離破碎的殘骸。

墨龍拿長杖向前探照亮，發現前面地上也有一灘鮮血，並且淋漓血跡一直延伸向水潭邊緣。

墨龍對著秦濤點了點頭，壓低聲音道：「這裡有很重的屍臭味道，水裡的東西我們怕是惹不起，及早離去才好，告訴大家不要發出過大的響動驚動水裡。」

秦濤點了點頭，剛剛轉身，兩名墨氏子弟竟然開始往石壁裡面釘入岩釘了，郝簡仁、胡一明、曹博等人也在王雙江的帶頭下叮叮噹噹的釘起岩釘，一條可供人手持的安全索基本成型了。

等秦濤和墨龍阻止眾人不要發出響聲，眾人已經完成了安全索的固定，秦濤與墨龍首先全部將目光集中在了水潭中，胡一明、吳迪、孫峰等人手中的武器也紛紛推開保險瞄準平靜的水潭。

兩分鐘，秦濤從來沒覺得兩分鐘有如此之長，寂靜的彷彿能夠聽到自己的心跳一般，平靜的水潭之上連一絲微瀾都沒有，虛驚一場？

墨龍與秦濤對視一眼，兩人小心翼翼的靠近水潭，秦濤手中突擊步槍的保險一直處於打開狀態。

秦濤微微鬆了口氣，關閉了突擊步槍的保險，眾人也隨之緩緩的鬆了口氣，胡一明向張大發露出一個艱難的笑容，王雙江卻一臉木然的望著水潭一動不動？

突然，一道水箭從水潭中暴起，激射在兩名墨氏子弟的中間，在巨大的水壓下，兩名墨氏子弟脫手安全索摔入水中拼命掙扎。

秦濤瞬間推開了八一突擊步槍的保險，更換一發用於發射槍榴彈的空包彈，胡一明、孫峰、張大發、李健、鄧子愛、吳迪等人迅速佔領射擊位置，曹博迅速掩護陳可兒撤到一旁，墨氏子弟則在墨龍的指揮下形成了第二道防線。

空氣在一瞬間彷彿凝結了一般，王雙江獨自一人站在原地徘徊，無論是秦濤還是曹博的命令都置若罔聞一般。

忽然，水中的兩名墨氏子弟不再掙扎，警惕而又恐懼的舉著手中的長矛對著水面，甚至連輕輕的劃水都只能用呼吸飄浮代替，秦濤的手指扣住了二道火，水中到底有什麼沒有人知道。

冰壁內部那個一閃即逝的巨大黑影就不是七點六二毫米突擊步槍子彈能夠解決得了的，隨著時間的推移，兩名停留在水潭中的墨氏子弟似乎出現了意識模糊的情況？

秦濤手持突擊步槍小心翼翼的接近水潭，用手感受了一下潭水的溫度，顯然還無法達到讓人快速失去體溫的溫度，兩名水潭中的墨氏子弟的面容開始有節奏的抽搐？

一陣波浪湧動，一名墨氏子弟只留下一片在不斷擴散的血跡？

秦濤微微皺了皺眉頭，襲擊的速度已經超出了他的想像，大約在一秒之內的襲擊令人猝不及防，秦濤很難想像水中到底隱藏著什麼樣的存在？

郝簡仁在冰壁處連連丟下數個冷光棒，一個巨大的黑色身影去追逐不斷發光的冷光棒的同時，郝簡仁向活著的墨氏子弟大吼道：「快遊！」

這名墨氏子弟用盡了渾身解數，雙眼充滿生的希望，卻一臉絕望的游向岸邊，水波緩緩的不斷擴散。水潭的岸邊，秦濤與墨龍兩人用力拉著倖存墨氏子弟的手，突然，墨氏子弟臉上的表情忽然凝固住了，沒有慘叫，沒有任何的反應，一瞬間，秦濤與墨龍迸濺了一臉又熱又腥的鮮血。

而兩人用盡力量拽上水潭岸邊的，只有一具剩下小半個上身支離破碎的墨氏子弟軀體。

一個巨大的魚鰭在水潭中緩緩浮起，水潭中的冰水形成了一個不小的漩渦，一排巨大令人心驚膽戰的紅色複眼如同紅外線燈一般來回巡視，兩側一排魚鰓彷彿排除了一股廢氣，然後迅速沉入水中。

幾乎所有人都忘記了開槍射擊，郝簡仁有些驚魂不定的望著墨氏子弟半截的屍體道：「人鮫？怎麼會有這麼大的人鮫？」曹博也有些不安道：「完全不科學啊？剛剛那個玩意兒至少有十米長，至少得三、四噸重，人鮫能長這麼大嗎？」

陳可兒也是一臉茫然道：「從《山海經》到《博物志》、《述異記》、《搜神記》等等古籍均有記載，而且這些年被捕獲的死亡人鮫和出土的骨骼、木乃伊甚至化石都證明人鮫的存在，迄今為止被發現的人鮫種類也有七、八種，但是我們所遭遇的這種人鮫確實前所未見，從本質上判斷這玩意兒只能是類人鮫，而並非我們尋常意義上的人鮫。」

花田慶宗若有所思道：「鮫類分為脊椎和無脊椎兩種，我們現在遭遇的確實是一種新物種，至於這種物種能夠長多大確實沒人知道，這裡常年水溫極低，想必這種鮫類生長的一定十分緩慢，能夠在這樣惡劣環境下生存下來，這種鮫類的生命力一定十分頑強，其頭頂的一排紅色複眼能夠精準的捕捉到我們身體散發出的熱源，不解決這頭鮫類，恐怕我們根本無法抵達對岸。」

秦濤望著水潭和洞口外的冰壁猶豫了一下道：「王雙江，我們還有多少炸藥？」

王雙江卸下背包清點了一下道：「連長，還有十五公斤炸藥，兩公斤黑索金（註8）。」

秦濤點了點頭道：「我們之前在祭壇殺死的人鮫與現在這頭明顯是同一種類，這個水潭遠遠要大於之前的那個水潭，人鮫也是之前的幾十倍大小，上次的辦法對付如此體積的人鮫恐怕沒有任何效果，我建議對冰壁實施爆破！」

對冰壁實施爆破？眾人面面相覷，因為秦濤的這個建議實在太過於膽大妄為了。

陳可兒猶豫了一下道：「你想把水潭的水放掉？讓人鮫無法威脅到我們？」

秦濤點了點頭：「這個巨大的冰壁就如同魚缸的缸壁一般，炸開冰壁將水潭的水位降低，我們就可以從上面的安全索通過。」

墨龍有些猶豫道：「我擔心我們所在的溶洞實際上就是冰壁的一部分，萬一爆破引發連鎖效應出現大規模冰壁崩塌怎麼辦？」

秦濤微微一笑拍了一下墨龍的肩膀：「沒有人能做到萬無一失。」

無計可施的眾人只得同意秦濤的計畫，王雙江在李健的配合下開始沿著冰壁下滑一百米，不斷的在冰壁上安裝炸藥。

幾個黑影鬼鬼祟祟的從溶洞的陰影中走出，他們就是鷲面大祭司派出的其中一路探路人，誤打誤撞之下，這些人沿著冰架的裂縫竟然進入了溶洞，幾個魔教徒疑惑不解的望著吊在冰壁上用冰鎬奮力刨開堅冰安裝炸藥的王雙江。

魔教徒們很快察覺了王雙江的意圖，為了阻止王雙江爆破冰壁，開始使用老式步槍向把自己固定在冰壁上的王雙江瞄準射擊。

砰的一聲槍響迴盪在冰壁上發出嗡鳴，冰壁裡面巨大的人鮫也圍繞著冰壁轉了幾圈，吊在空中的王雙江直接成了靶子，子彈穿透右臂的肩胛骨卡在冰面上。

忍著劇痛的王雙江用左手緩慢的安裝雷管，聽到槍聲的秦濤趕到洞口發現了在冰壁下方小平臺上不斷射擊的黑衣人，於是立即招呼吳迪機槍火力壓制。

老式的栓動步槍自然無法與班用輕機槍、突擊步槍組成的壓制火力對抗，一聲悠長沉悶的槍聲過後，一名黑衣人頭部中彈，七點六二毫米口徑的五七彈巨大的威力逕自將黑衣人的半個頭顱全部轟飛。

腦漿迸濺了旁邊的黑衣人一臉，驚恐不已的黑衣人剛要抹一把臉上腥臭的粘稠物，秦濤一個短點射，直接將黑衣人的頭骨掀開。

其餘的三名黑衣人躲在堅冰後面不再露頭，王雙江在連接好了最後一根電雷管的起爆線之後才驚訝的發現，起爆器竟然被一顆流彈打壞了？腰後備用的三十米起爆線也不見了蹤影。

就在這時，巨大的人鮫似乎也察覺到了危機，於是開始拼命的隔著厚厚的冰層，猛烈的撞擊冰架，秦濤這才注意到，原來他們所謂的水潭邊緣的地面實際上就是一層厚厚的冰層，冰層在人鮫的猛烈撞擊下發出喀嚓、喀嚓的響聲，只要冰架垮塌，眾人只有兩個選擇，一個是跳崖，一個是落入水潭成為人鮫的食物。

見此情景，王雙江深深的呼了一口氣，將僅剩下不足兩米的起爆線捏在手中，王雙江掏出電池將其中一頭固定好，深深的呼了口氣，抬頭對秦濤和李健擺了擺手高呼：「起爆五秒準備！」

秦濤一瞬間意識到了下面出了問題，急切的大聲喊道：「我命令停止爆破、停止爆破！」

冰架又一次在人鮫的猛烈撞擊下崩裂了一道幾十公分的深溝，面對搖搖欲墜的冰架，王雙江露出一個艱難的微笑。

「五、四……」王雙江的聲音中帶著無比的堅定。

「我命令你！王雙江停止爆破，我們再想辦法！」秦濤已經變成了一隻憤怒的獅子。

「三、二、一！親愛的戰友們永別了！起爆！」王雙江的聲音迴盪在溶洞之中。

轟！轟！轟！轟！轟！

幾乎一瞬間光點閃現，五個預設炸點接連爆炸，巨大的冰塊在碎裂聲中跌落，巨大的水壓讓水流徑自沖向了黑衣人躲藏的平臺，幾名倖存的黑衣人迎來了滅頂之災。

隨著破裂的冰壁缺口越來越大，一道宛如銀河一般的瀑布飛流直下，體型巨大的人鮫拼命掙扎，最後還是沒能擺脫厄運隨著瀑布摔了出去。

很快，隨著水潭的水位下降到了爆破冰壁的位置，瀑布消失了，一切又重回寂靜。

「王雙江！」秦濤喃喃自語嘀咕了一句誰也沒聽清的話，王雙江可以選擇不死，救援分隊已經沒有了原路退回的可能，還要至少分出兩個人照顧他這個傷患，為了完成任務和救援分隊全體隊員的安全，王雙江才決定犧牲自己。

有的時候犧牲沒有那麼多的壯懷激烈，甚至沒有時間喊出豪言壯語，王雙江的「五、四、三、二、一！親愛的戰友們永別了！起爆！」一直迴響在秦濤的耳旁。

「全體都有，立正，敬禮！」一個莊嚴的軍禮代表了一切！

逝者已逝，墨龍帶著墨氏弟子和花田慶宗也分別用各自的方式祭奠了捨身犧牲的王雙江。

沿著兩名墨氏子弟用生命搭設的安全索同行，秦濤發覺在石壁上竟然留有很多的釘孔？一些腐蝕僅僅剩下一小部分的岩釘代表著自己這一行人並不是這裡第一批的來客。

秦濤發現陳可兒也在仔細觀察這些不同的釘孔，陳可兒疑惑道：「這麼多釘孔就意味著有很多人曾經從這裡搭設安全索通過，這些釘孔最早期的有青銅合金材質的，有鐵質的，有不明成分合金的，這裡還有兩個是鋼制的，看樣子像三、四十年代的工業製品？到底是什麼驅使如此之多的人為之前仆後繼？」

墨龍深深呼了口氣：「黃庭，諸天萬物之源，只要是人就無法抵擋這種誘惑。」

「黃庭裡面到底有什麼？」面對秦濤的詢問墨龍微微一愣，隨即墨龍微微一笑道：「每個人追求的都不盡相同，或許裡面什麼也沒有。」

「說了等於什麼也沒有說！」郝簡仁將沉重的背包放在地上，活動了一下身體。

忽然，一陣拂面清風而過，眾人放鬆了緊繃的神經，秦濤的神情卻突然緊張起來？

墨龍見狀急忙詢問道：「怎麼了秦連長？有什麼不對嗎？」秦濤猶豫了一下招呼眾人：「大家堅持一下，先離開這裡，出了溶洞我們再休息！」

郝簡仁的怨聲載道還沒出口，就聽到耳邊傳來一陣冰裂的聲音，原來他們所在的整個通道包括水潭都是冰壁的一部分，隨著冰裂的聲音越來越大，一片冰壁劇烈搖晃之後，終於頹然垮塌，開始一系列連鎖反應互相撞擊，冰體間摩擦與撞擊產生了靜電現象，一時間藍光閃耀，溶洞內轟鳴不止，冰塊滑落著、飛濺著、撞擊著，揚起滿天冰屑雪塵。

◊

冰架的大規模垮塌幾乎將整個溶洞全部封閉，接連不斷的巨響從山體內部傳出，轟隆聲連綿不斷。

逃出生天的救援分隊清點了一下人員，救援分隊方面王雙江犧牲，墨氏子弟也只剩下七人，花田慶宗與橋本兩人顯得形單影隻。

清理物資過程中，秦濤才發現自己的挎包不知什麼時候刮出一個大口子，裡面的地圖不見了蹤影，望著終年雲霧繚繞的貢嘎山，秦濤對於那份並不準確的所謂軍事地圖原本就不抱有太大希望，軍事測繪方面的欠缺讓人無可奈何。

讓秦濤驚訝的是花田慶宗手中竟然有一份非常詳盡的地圖，要知道非法測繪就等同間諜行徑，郝簡仁第一時間就沒收了地圖，邀功一般的拿到秦濤面前。

秦濤雖然不認識日文，但憑藉著過硬的參謀繪圖功底，秦濤可以確定這份地圖確實比自己丟失的那份詳盡的多。秦濤檢查了一下這份已經泛黃卻保存得非常完好的地圖，發現這份地圖並不是紙質的，而是一種非常柔軟的皮質？

花田慶宗點頭確認道：「這是一九〇〇年明治三十三年陸軍部派遣的一支祕密勘測分隊在貢嘎山區域繪製的地圖，據說當年為了繪製這份地圖犧牲了十幾名隊員，這幅古董地圖我是從三友株式會社購買到的，我這裡還有一份美國衛星拍攝的衛星照片，非常可惜貢嘎山主峰常年冰雪籠罩。」

秦濤有些疑惑道：「一九〇〇年日本軍部就派人來這裡祕密實施勘探？繪製了如此詳盡的地圖，貢嘎山脈所處位置極為偏僻，幾乎沒有任何戰略價值，恐怕這些所謂的勘探隊員還身負別的祕密使命吧！」

面對秦濤的質疑，花田慶宗無奈的尷尬一笑：「舊日本國時代的軍部是不會輕易無的放矢的，在那個日本一半的國民都吃不飽飯的年代，出動一支勘探分隊前往貢嘎山脈進行勘探的初衷確實讓人非常匪夷所思，我們此行也許能夠揭開這段陳年祕辛。」

秦濤對比地圖的比例尺，尋找附近的座標點比對，發現身處的位置距離貢嘎主峰下的冰阪地帶竟然還有一段不近的距離。

秦濤面帶疑惑詢問道：「墨龍你不是說越過溶洞就能直達主峰的冰阪地帶嗎？我們現在距離目標B點還有多遠？」

墨龍也頗為無奈道：「如果途中不出意外我們確實從溶洞直接穿過去是會通往主峰的冰阪地帶，但由於上次冰架崩塌改變了路線，所以導致我們沒能抵達冰阪地帶。」

陳可兒有些焦急道：「那我們還需要多長時間才能抵達冰阪地帶？」

墨龍看了一眼地圖，又看了看隱身在雲霧之中的貢嘎山主峰：「二十四小時，最多一天半，但是一切都要看天氣情況來定，在這個季節雪山上沒有什麼是能夠說得準的。」

秦濤舉起地圖對花田慶宗示意道：「地圖我先借用了，救援分隊按照地圖路線前進，胡一明、李健作為尖兵先行，大家還有什麼困難和問題嗎？」

因為海拔缺氧的緣故，曹博顯得十分疲憊，聽到秦濤提到困難突然開口道：「秦連長，路線沒有問題了，但我們的給養是經過嚴格計算的，現在我們已經比預計時間晚了一天半，所以我們在回程的時候給養和物資是一個大問題，尤其是氧氣瓶和抗高原反應藥物消耗很快。」

墨龍環顧眾人擺了擺手道：「曹參謀，我覺得食物方面問題不大，貢嘎山一直都是一山有四季，十里不同天的說法，在抵達冰阪地帶之前我們可以靠山吃山，氧氣和藥物我建議集中統一使用，留給最需要的人。」

秦濤點了點頭道：「這個方案可行，我們還可以在冰阪地帶邊緣設置一個前進營地，讓身體不適的同志留守，組織精幹力量快速搜救陳教授一行人。」

很快，救援分隊翻過一道山脊彷彿走入另外一個仙境般的世界，這裡青草萋萋、鳥飛鹿鳴，山上積雪融化的小溪冰涼蜿蜒，植被茂密，綠樹成蔭。

郝簡仁望著眼前的美景驚歎不已道：「兄弟們，這才是真正的鬼斧神工！」

花田慶宗望著秦濤手中地圖上的座標點眉頭緊鎖道：「秦連長，你們所要前往的冰阪地帶B點，怎麼與這幅地圖上的最終座標點幾乎重疊？」

秦濤在花田慶宗的解釋下翻過地圖，果然在地圖的背面有一些類似銘文的符號，花田慶宗告訴秦濤這些符號是戰國舊時代一種武士之間專用的密文，看來繪製這張地圖的主人目的地似乎與失蹤的陳教授等人目標相同。

一九〇〇年的地圖標注的最終點竟然與陳教授等人失蹤位置座標出現驚人相同？這是巧合還是命運？救援分隊在溪流附近進行短暫的休整，秦濤開始化驗溪水，用郝簡仁的話說，秦濤患有被害妄想症，簡單的說就是總有刁民想害朕。

陳可兒閒極無聊，沿著溪流散步舒緩心情，忽然，陳可兒發現溪流中似乎有什麼東西，於是在好奇心的驅使下靠近了溪流，忽然，一具長方形透明宛如冰棺般的東西從溪水中浮起？

陳可兒隱約似乎看到透明宛如冰棺的東西裡好像有人影？

好奇的陳可兒靠近仔細觀察，發現冰棺裡赫然躺著一個女性的屍體，冰封的女屍五官猙獰、膚色慘白，而最恐怖的是這具女屍竟然沒有雙眼，在沒有眼珠的眼瞳中，彷彿有無數的莫測黑暗奪人心魄。

秦濤聽到陳可兒的驚呼聲，李健、墨龍、花田慶宗等人也緊跟其後。眾人來到溪邊只看到陳可兒驚慌失措，附近溪流蕩漾、溪岸綠草柳蔭，沒有任何異常？

墨龍用手中的長槍探了探溪流，幾個墨氏子弟也分別查看溪水，都對秦濤搖了搖頭，秦濤望著陳可兒的雙眼，他能夠從陳可兒的眼中感受到一種莫名的恐懼在擴散，秦濤能夠肯定陳可兒是被什麼東西嚇到了。

陳可兒緊緊的抓著秦濤的衣袖道：「溪流裡面有一個女屍被封在冰棺之中，那女屍沒有眼睛，面目猙獰非常嚇人。」

陳可兒的形容讓墨龍忽然緊張起來，秦濤與墨龍交換了一下目光讓郝簡仁帶陳可兒先回營地，秦濤帶著鄧子愛幾個人開始沿著溪流搜索附近一百米內的範圍，結果沒有任何發現。

墨龍壓低聲音道：「沒有眼睛，面目猙獰的女屍被冰棺封凍，如果我猜得沒錯的話應該是冰魈。」

「冰魈是什麼？」秦濤舉起了水壺剛剛準備喝水，一想到水裡有不明物體，於是猶豫了一下將水壺裡的水都倒了出來。

墨龍微微一笑：「秦連長放心，水沒有問題，有問題的是水裡的東西。」

水裡的東西有問題？

秦濤意味深長的看了一眼墨龍，墨龍點了點頭道：「確實如此，上古魔國時期冰魈實際上是魔國祭司用於祭祀的祭品而已，每次祭奠前都要找秀美無暇的女孩子，用祕法在其身上刺青符文，然後用一種腐蝕液體腐蝕女孩的雙眼，讓其活著的時候沉入冰泉再鑿出，擺放在當年的祭壇兩側，等待冰山雪水溶化將其沖下，圍繞著貢嘎神山的各條溪流漂浮，最終在三江匯源之地消失不見蹤影。」

秦濤猶豫了一下道：「現在山上還有祭壇嗎？或者說還有人搞這種殘忍的祭祀？」

墨龍搖了搖頭：「很難說，當年的老祭壇遺址位於貢嘎雪山頂端，那是古魔國的遺跡在北峰，那裡一年四季隨時處於極端天氣籠罩之下，就連願意冒險的登山者都不願意靠近。」

眾人正準備返回，突然聽到吳迪的呼喊聲，秦濤等人立即尋聲而至。

在溪流的一處水流較為緩慢的回水灣處，一具冰棺隨著水流的波動起起伏伏，秦濤看了一眼冰棺內封凍的果然有一名雙眼如同漆黑深淵一般，面目猙獰的年輕女子，女子身著灰色麻布長袍，赤腳和身體裸露的皮膚上似乎刺有很多墨氏祭文符圖？

秦濤察覺到墨龍也在仔細的觀察冰棺，吳迪見眾人不吭聲於是道：「要不要撈上來？」

「不要！」秦濤與墨龍幾乎異口同聲阻止。

墨龍意味深長的看了秦濤一眼道：「秦連長，如果你有什麼疑惑當面說出來更好一些，如果我們相互猜忌恐怕走不了多遠。」

秦濤點了下頭：「如果我看得沒錯的話，那女屍身上的應該是墨氏祭文符圖吧？」

墨龍面無表情道：「可以說是，也可以說不是。」墨龍用長杖將冰棺推出緩流目送冰棺消失道：「古魔國與墨氏流派有很深的淵源，被稱為邪靈的雪山魔女原本也是墨氏一脈，古魔國符圖是在墨氏祭文符圖的基礎上自行發展出來的。」

「邪靈雪山魔女也是墨氏一脈？」秦濤在內的眾人幾乎全部驚呆了。

墨龍有些無奈道：「當年墨氏一脈進入貢嘎神山守護墨氏一族的祕密，先人戰天鬥地，激戰各種洪荒異獸，雪山魔女原本也是姓墨，名紫薇，墨紫薇帶領墨氏精銳披荊斬棘立下了汗馬功勞，最終卻是一言難盡。」

站在墨龍身旁僅存的墨氏子弟各個目瞪口呆，如同石化一般，多少年來他們一直被告知他們是正義的守護者，他們擁有與生俱來的責任與使命，但是卻萬萬沒有想到他們最大的敵人竟然也是墨氏一脈？而且古魔國和魔教竟然同樣是墨氏一脈？

正邪大戰成了同族相殘？顯然墨氏子弟似乎更加接受不了這個事實，但從墨龍口中說出的他們又不得不信，因為墨氏典籍每代只有鉅子能夠查閱，很多墨氏流派內的故事傳說都是歷代鉅子口口相傳下來的。

墨龍顯然不願多說，秦濤也不想詢問，時間緊迫，救援分隊迅速整理物資的同時，孫峰跟隨墨氏子弟狩獵，儲備一些進山方便使用的煙熏肉乾。

墨氏子弟都顯得有些情緒低落，很快，狩獵的戰果喜人，兩隻麋鹿、三隻野山羊、十二隻野兔、八隻野雞，其中野雞、一隻麋鹿，還有三隻山羊、一大半野兔都是孫峰用小口徑步槍射殺的。

陳可兒聽說雪山魔女竟然也是墨氏一脈時震驚了，來回翻看破解和翻譯的墨氏祭文符圖與墨典，並未發現裡面有關於墨龍這一脈墨氏流派的記錄，墨氏一脈作為史前文明的遺族所以掌握了一些史前文明遺留技術，所以墨氏的先人才能在兩千多年前製造很多現今都匪夷所思的機械與設施。

陳可兒對墨紫薇被封印一事和古魔國與墨氏一脈同根同族十分感興趣，墨龍卻又不願提及，最終郝簡仁一撇嘴道：「其實非常簡單，一個女人擁有那麼大的權力，立下那麼多的功勞，高高在上，肯定有能力不足的嫉妒者生事，一定是內部爭權奪利導致分裂，簡單的說什麼古魔國、魔教的都是後人杜撰編排的，內部分裂失敗者就成了大魔頭，歷史上的事情如果不是親歷者是沒人能夠說得清楚的。」

秦濤瞪了一眼郝簡仁怒道：「你不說話沒人把你當啞巴！」墨龍卻出奇的連辯論都不辯解一句，一名墨氏子弟漲紅著臉指著郝簡仁道：「辱及先人，我和你拼了！」

墨龍突然大吼一聲：「誰人敢動？嘴長在人家身上，連說話都不讓說了嗎？墨氏流派的核心是什麼？」

墨氏子弟氣急道：「墨氏典籍上不是這麼記載的，先輩戰勝古魔國拯救萬民功德無量啊！」

秦濤知道墨龍肯定有難言之隱，但是從內心判斷，秦濤還是比較相信郝簡仁那套歪理邪說。

在白山事件之前，秦濤並不相信什麼竹書紀年，說什麼堯舜禹三人均為臣弒君，從小學習的堯舜禹湯禪讓變成了血腥的奪位之爭。但是，白山事件的墨典中「史」的部分同樣更加詳細的描述了《竹書紀年》中血腥的奪位之爭，秦濤想安慰墨龍幾句卻又不知道如何開口。

救援小隊在清點物資的過程中發現了一套以為遺失的考古儀器和設備，秦濤原本準備直接丟棄，在陳可兒的堅持下只好分成五個部分攜帶。

與此同時，身著黑色麻衣的黑衣人漫山遍野的站在垮塌的溶洞山口前，默默注視著溶洞塌陷滿目瘡痍。戴著鷲盔面具的大祭司來到坍塌的洞口，大祭司緩緩摘下鷲盔面具沉聲道：「他們是如何通過冰宮魔窟的？又是如何通過鮫王冰潭的？墨氏的人出來了多少？」

一旁的小頭目微微一愣，隨即跪倒回話：「大祭司，我們跟進去的人沒能出來，但是根據他們留下的痕跡和腳印判斷，溶洞內他們的損失不小，其實他們並不清楚，根本就沒有什麼溶洞，整個地下實際上都是上古的萬年冰川，沒想到日月同輝都沒要了他們的命。」

大祭司頭頂的白髮隨著風被吹散，大祭司看了看自己的白髮歎氣道：「時不我待啊！我們才是真正的守護者，傳信號給前面讓他們不惜一切代價攔住他們，把他們逼入風雷山谷，天自然會收拾他們的。」小頭目起身彎腰退去，大祭司從腰包裡掏出毀壞的人皮鼓惋惜的輕輕撫摸了幾下，一揚手丟入深淵之中。

救援分隊在清理統計物資和設備，鄧子愛抱著電臺欣喜的來到秦濤面前道：「秦連長，電臺終於有信號了！」

聽說電臺恢復了正常，秦濤也略微鬆了一口氣，命令鄧子愛立刻向總部報告情況，曹博在旁猶豫了道：「王雙江烈士的情況怎麼報告？」

秦濤微微皺了一下眉頭：「如實報告！」

眾人沉浸在電臺恢復通行的欣喜之中，完全沒注意之前對郝簡仁劍拔弩張、意見很大的墨氏子弟拎著水袋走向溪流。

這名剃著光頭的墨氏子弟蹲在溪流旁給水袋灌水，忽然他隱約的發現水面之下好像有一張面孔？

救援分隊再次與基地取得聯繫，李建業立即將情況給呂長空作了詳細的彙報，秦濤判斷貢嘎山脈區域附近很可能有遺跡存在，遺跡與協同救援分隊進山的西鎮山區鎮民有關，疑為墨氏遺族，另外，黑衣裝扮的武裝團夥是當年墨氏遺民分裂成員，請求查證日本國籍花田慶宗資料，關於遺跡危險程度未知。

危險程度未知這句話讓呂長空久久無法平靜，白山事件只不過是一個意外，也正是因為這個意外才有了七九六一這樣的危機應對部隊，只不過付出的代價太大了，但是如果白山事件任其發展那麼將會造成無法估計的損失和巨大的影響，相比任務中犧牲的同志，犧牲還是值得的。

呂長空深深的呼了口氣命令道：「請求空降兵部隊給予支援，命令徐建軍立即帶領增援分隊前往機場待命，立即查清這個花田慶宗的真實身份，要快！」

◊

救援分隊整理完畢準備出發，墨龍卻發現自己門人竟然缺少了一個？

經過清點發現是墨聞不見了蹤影，一旁的墨問準備尋找被墨龍阻止。似乎察覺到了有什麼不妥的墨龍讓僅存的五名墨氏子弟一同放下行囊尋找，秦濤帶領救援分隊也加入了尋找的隊伍。

隨著墨問的高聲呼喚，眾人在溪流邊發現了正在拼命喝水，把肚子脹得巨大，似乎想把自己淹死或者是脹死的墨聞？

墨聞兩眼充滿血絲，臉部和手部的皮膚如同敗革一般慘白，對眾人關切的呼喚不聞不問，似乎一門心思不停喝水？

幾乎每個人的臉色都變了，郝簡仁甚至開始把水壺裡面的水倒掉。

秦濤緩緩的推開衝鋒槍的保險，示意郝簡仁掩護陳可兒向後退，因為眼前的一切太過詭異，溪水每個人都喝過，為何偏偏只有墨聞一個人出了問題？

墨聞是墨龍最得意的兩名門人之一，其中墨裏已經葬身溶洞了，墨龍有些焦急的呼喚墨聞道：「墨聞？墨聞？」

墨聞則充耳不聞，墨龍無奈的搖了搖頭讓眾人後退道：「準備火油，送墨聞上路。」

陳可兒一聽急切道：「他明明還活著，你這是謀殺！」

墨龍悲痛道：「他已經死了，如果不用火油送他上路，我們可能都要留在這裡。」

秦濤一把拽住墨龍道：「到底是什麼情況？」

墨龍深深的呼了一口氣道：「冰魈在製作過程中，會在體內植入噬骨食肉的蠱蟲母蟲，這種蟲子我們叫做鬼面，繁衍極為快速，繁殖過程中需要大量的水分，現在的墨聞已經是一具空皮囊了，送他上路我們趕快離開此地，冰魈本體可能就在附近。」

兩名墨氏子弟將火油瓶丟在墨聞身旁摔碎，秦濤原本準備用信號槍引燃被墨龍阻止，墨龍告知只能用淨火點燃祭油，否則墨聞的靈魂永世不能超脫。

墨問手持火種小心翼翼的靠近墨聞，當墨問接近墨聞的時候卻站在了原地，在眾人的注視下丟掉了手中的火種大喊呼喚道：「哥，我是你弟弟啊！墨問啊！」

突然墨聞猛的轉身，張大嘴巴向墨問噴出密密麻麻的小蟲子，不斷有小蟲子從墨聞的身體內鑽出來，墨問慘叫倒地，黑色如同小拇指指甲蓋大小的蟲子順著墨問的眼鼻口鑽入，甚至有些蟲子徑直從皮膚下鑽入。

墨龍見狀將所剩的全部祭油潑灑出去，隨之也將火種丟出，轟的一聲氣浪爆燃，兇猛無比的黑色蟲子一遇火就迅速焦化，郝簡仁用收集昆蟲樣本的玻璃瓶扣住一隻活的迅速密封起來。

望著地面上的兩個黑色人體痕跡，那是墨聞與墨問兄弟兩個留在世間最後的印記了，人死如燈滅，秦濤甚至與兩人都沒說過一句話，墨龍惋惜的搖頭道：「這又是何必呢，兄弟不獨活，唉！」

忽然，秦濤感覺周邊的溫度似乎下降了十幾度？溪流中一具冰棺緩緩浮出水面，郝簡仁指著冰棺震驚道：「這玩意兒不是隨著水流飄走了嗎？怎麼又回來了？」

墨龍與秦濤並肩而站警惕的盯著冰棺，冰棺中那個無眼女屍神情變得更為可怖，面目愈加猙獰。接著無眼珠的眼眶中流出血淚，彷彿抽泣嚎哭狀。突然伸出兩隻瘦骨嶙峋的手在冰棺中不斷的揮舞，張開那慘白的嘴唇又如同哀嚎。

忽然女屍就如被電擊般，一個猛烈抽搐整個屍體彈了起來撞到冰棺內部，然後扭曲著身軀漸漸不動，冰棺喀一聲出現一條裂紋，跟著冰棺緩緩的開始恢復平靜順著溪流飄走，此情此景充滿無法道明的詭異。

救援分隊一行人沿著狹窄陡峭的崖道上前行，翻過稜線視野頓時寬廣起來，雪線與綠色的草地、低矮的灌木叢區分開了一道綠與白的分界線，這種溫差邊界算是雪山地域獨特的溫寒帶交集所在。既有殘冰白雪，也有青草綠枝，地面上泥土柔軟，踩上去好像踩在鬆軟的地毯上一般。

「翻過前面的崖壁就是冰阪地帶了，希望陳教授一切安好！」墨龍對著陳可兒微微施禮轉身離開。

秦濤能夠感覺到墨龍的寂寥，進山的墨氏子弟幾乎所剩無幾，墨龍雖然一直面無表情顯得甚至有些冷酷無情，但是秦濤能夠感覺到墨龍的憂傷，很多時候憂傷是不需要表達出來的，因為憂傷更多的只屬於你自己。

小歇休整，郝簡仁獻寶一樣把樣本玻璃瓶遞到陳可兒面前，陳可兒先是驚呼一聲，然後一把奪過玻璃瓶驚訝道：「這就是剛剛的那種蟲子？」

郝簡仁點了點頭道：「這到底是什麼玩意兒？一瞬間就能把人啃得剩一副皮囊？」

墨龍看了一眼玻璃瓶無奈的搖了搖頭：「鬼面那玩意兒是惡魔，聽我的，燒掉。」

花田慶宗湊了過來用放大鏡觀察道：「好奇怪？背部的花紋如同一張鬼臉一般，這到底應該算是什麼科？像肢節動物門？又像蠕蟲？尾部似乎有牙齒和吸盤？天啊！造物主究竟造了多少我們不瞭解的生物？」

陳可兒感慨道：「地球上我們已知發現的生物數量甚至不足推論的十萬分之一，由於人類的過度開發和污染破壞，全世界幾乎每一個小時就有一種動物滅絕，每一秒就有一種生物消失，這實在太可怕了，人類與這些不同形式的生命一樣共同擁有地球，但是我們現在卻如此肆無忌憚的在破壞我們擁有的唯一。」

花田慶宗一直盯著樣本瓶道：「一切存在皆為合理，這會不會是亞種甲殼鰲？」

陳可兒微微一愣：「亞種甲殼鰲？你說的是一九二六年德國生物學家馮．H霍斯曼在亞馬遜發現的那種未經證實的亞種甲鰲蟲？」

花田慶宗點了點頭：「我認為應該是，因為其與德國生物學家馮．H霍斯曼形容的非常相似，背部有面具一般的紋路，尾部能夠分泌腐蝕性神經毒素，這種毒素應該能夠讓人體在死亡後依然在一定時間內能夠保持慣性肌肉記憶。天啊！這是世界上最好的天然神經藥劑啊！而且這種甲蟲寄生在活體動物身體內進行冬眠式孵化，雖然個體十分脆弱，但是卻能夠以數量優勢進行大規模的繁殖，簡直太神奇了！」

陳可兒有些不解道：「花田先生似乎對生物學非常瞭解？」

花田慶宗意識到自己似乎有些興奮過頭，於是掩蓋道：「哪裡，業餘愛好罷了。」

陳可兒卻不置可否的微微一笑：「一個業餘愛好者是絕對說不出德國生物學家馮．H霍斯曼在亞馬遜發現的這種未經證實的亞種甲殼鱉，更無法推斷這種亞種甲殼鱉能夠產生特殊的神經毒素。」

秦濤並未注意到陳可兒與花田慶宗的對話，他的思緒完全沉浸在另外一個層面，秦濤微微皺了一下眉頭：「將其植入人體內放置在冰棺裡，順流而下，在溫暖地域融解孵化，這簡直就是最為原始的生化武器啊？」

墨龍微微歎了口氣，歷史上傳說多次各部落聯軍討伐魔國均離奇全軍覆沒，恐怕也與此有關啊！

花田慶宗等人繼續研究甲蟲，鄧子愛將一封電報遞到秦濤手中道：「秦連長，總部電報。」

秦濤接過電報一目十行，眉頭越皺越緊，目光也從電報轉向了正在興致勃勃研究蟲子的花田慶宗，目光也隨之變得淩厲起來。

篝火隨著一陣疾風呼啦一下詭異的旋轉了一下，秦濤將電報揣入了口袋之中，輕輕撥開了配槍槍套的保險扣，面無表情的來到花田慶宗身旁。

秦濤從陳可兒手中接過樣本瓶看了看，陳可兒一臉擔憂的望著秦濤，她十分擔心下一秒鐘秦濤就會將樣本瓶丟入篝火中。

秦濤將樣本瓶遞給了花田慶宗微微一笑：「這玩意兒製成的神經藥劑有什麼用？」

花田慶宗剛要開口突然面部的表情石化了，花田慶宗低頭看著秦濤頂住自己的手槍張開的機頭就明白秦濤已經上膛了，橋本剛剛要動，郝簡仁、鄧子愛、胡一明、孫峰幾枝槍同時瞄準了他，橋本只得無奈的舉起雙手。郝簡仁對秦濤點了點頭，秦濤滿意的微微一笑：「我以為你小子沒看明白呢！」

郝簡仁用槍指了指花田慶宗道：「濤哥，你的暗號我第一時間傳達了，我就說小日本有問題，怎麼樣？真被我說著了。」

花田慶宗頗為無奈道：「秦連長，何必如此？有什麼問題你可以提出來。」

秦濤微微一笑：「然後再讓你騙我一次？富士生物製藥株式會社的社長，世界著名的生物製藥專家、學者花田慶宗先生，以花田榮崗的名義發表了上百篇關於生物製藥和基因異變的論文，你不要再說來貢嘎山是為了完成你父輩的心願，來這裡贖罪淨化心靈的。」

郝簡仁等人都是微微一愣，沒想到花田慶宗竟然有這麼多頭銜，而且還是一位似乎名氣挺大的學者？

陳可兒也驚訝道：「花田先生？原來你就是大名鼎鼎的花田榮崗？真可惜你從來不參與學術研討會和公佈自己的形象照片，你的論文我幾乎都拜讀過，沒想到你這麼年輕？」

秦濤示意郝簡仁和曹博檢查花田慶宗隨身的行囊，結果發現了幾枚五色石和十幾個樣品收集器？

郝簡仁將五色石丟在花田慶宗面前道：「人贓俱獲，我們的政策想必你也清楚，坦白從寬，抗拒從嚴！」

花田慶宗尷尬起身鞠躬道：「既然秦連長都調查清楚了，我也就沒什麼好隱瞞的了。」花田慶宗拾起一塊五色石道：「富士生物製藥株式會社在我父親的時代就已經資不抵債了，一直在靠著變賣家產支撐，我的曾祖曾經來過一次貢嘎神山，留下了一本厚厚的日記，我父親沉迷於這本神奇堪比神話小說的日記，無心經營公司業務，富士生物製藥株式會社實際上已經到了山窮水盡的地步了，我詳讀這本日記發覺其中很多記載如果真的存在，那麼將是人類生物製藥歷史上的一次巨大發現。」

墨龍沉聲道：「所以你就收集五色石？」

花田慶宗急切道：「你們眼中害人遺禍的五色石在我眼中就是天然的神經麻醉劑，製藥加以分析就能夠提煉出相關成分進行配比合成，而亞種甲殼鱉分泌產生的天然神經毒素，實際上就是一種天然神經藥劑，這些全部都是大自然的回饋啊！整個貢嘎山對於生物製藥來說，就是一個巨大的寶庫。」

地上的篝火不斷的被風鼓動，不時冒出一股綠色的幽火夾雜其間，火苗不斷被風牽引著席捲四周，火星不斷落在眾人的衣服和皮袍子上，原本坐的離火堆很近的眾人紛紛起身躲避。

一個破產商人最後的豪賭，這是秦濤對花田慶宗的定義，但是為了錢能夠冒險甚至搭上自己的生命，對於這一點秦濤無法理解。

秦濤每個月拿著一百五十六塊七毛的職務津貼加補助，吃住在部隊大院，穿的是軍裝，幾乎沒有任何需求和消費，他很難理解花田慶宗生活在紙醉金迷的東京是怎樣的情景，秦濤認為金錢不能帶來任何快樂；而花田慶宗眼中，秦濤根本不知道做一個有錢人有多麼的快樂，尤其是當一個有錢人變成窮光蛋是多麼的痛苦，為此花田慶宗不惜一切決定賭一次。

救援分隊宿營，花田慶宗收集的所有標本全部被郝簡仁暫時管理沒收，因為這些樣品全部是在中國境內取得的，依法給予沒收。

對於日本人的商業間諜行徑，郝簡仁早就見怪不怪了，如數家珍一般指出近幾年日本也對中國實施了卑鄙的商業間諜竊取我國的技術財產，尤其是以日本竊取我國國粹的例子最為典型的，是對我國傳統醫藥中藥、傳統工藝宣紙、景泰藍、龍鬚草席、紹興老酒的竊取尤其卑鄙無恥！

夜深露重，山上的晝夜溫差極大，相差足足二十多度，秦濤查看了一下胡一明與李健兩處一明一暗搭配的哨位，位於制高點的孫峰裹著羊皮大衣，陳可兒獨自一人坐在火堆旁，不時的往火堆裡面丟幾根乾枯的樹枝進去，篝火不時爆出劈啪的響聲。

「早點休息吧！明天就能夠趕到冰阪地帶了。」秦濤試圖安慰陳可兒，從陳可兒的神態秦濤知道自己的安慰沒有絲毫的效果，陳教授一行人已經遇險一周了，生還的機率可以說非常渺茫。

最讓秦濤擔憂的是墨龍口中提到的黃庭之源和墨氏遺跡，如果被野心家所利用，後果將會不堪設想，實際上秦濤也不清楚黃庭之源到底是怎樣的一種存在，也恰恰如此，才讓人更為擔憂，一種對未知的恐懼。

忽然，秦濤的眉頭緊鎖起來，空氣中似乎飄蕩著一股難聞的腥臭？而且其中似乎夾雜著鮮血散發出的特殊腥味。

秦濤立即警覺起來，不動聲色喚醒郝簡仁後，發現墨龍也提著長杖緩緩起身，顯然墨龍也是有所察覺。

在一個由三塊雨布搭起的簡易帳篷裡，秦濤發現了一具屍體，墨氏子弟的屍體被擺成了一個怪異的模樣？

「立即警戒，發射三枚照明彈！孫峰注意觀察！」秦濤接二連三下達命令，遇害的是一名墨氏子弟，帳篷內雨衣上的鮮血還在冒著熱氣緩緩流淌。

碰！碰！碰！三枚信號彈將大地照得一片慘白，鎂鋁劑燃燒冒出滾滾的濃煙，孫峰開啟了瞄準鏡的紅外線裝置，來回巡視每一個可疑點卻毫無發現？

就在不足二十米的距離範圍內，悄無聲息的殺掉了一個墨氏子弟？這一切顯得萬分的詭異，尤其是墨氏子弟的屍體，竟然被人殘忍的剖腹開膛？

墨龍在帳篷內檢查屍體，秦濤的搜索無功而返。

等秦濤、郝簡仁來到身旁，墨龍皺著眉頭沉思許久道：「這個兄弟被挖去心肝肺，其餘的臟器都完好，我懷疑是別有用意。」

秦濤蹲在屍體旁急忙問道：「是什麼用意？」

墨龍緩緩的歎了口氣道：「華夏傳統文化中，心主神明、肝主魂、肺主魄。挖去這三個器官，就是用他們的魂魄神明來進行某種祭奠，也意味著魂飛魄散，神明俱毀，永世不得超生。」

郝簡仁查看了現場對秦濤搖了搖頭：「沒有明顯的作案痕跡，死者身上有一種油膏，正是這種油膏封住了死者的傷口，延緩了血腥氣味的散發，從血跡乾涸的程度判斷至少已經兩、三個小時了。」

秦濤與墨龍對視了一眼，兩、三個小時也就意味著晚飯後這名墨氏子弟就無聲無息的遇襲了？

站在一旁的陳可兒忽然開口道：「我有一個問題，什麼油膏可以阻止或者說是分解血液阻止血腥味道擴散？而且作為一名健壯的成年男性體內應該有五千單位的血量，現場的血跡判斷連兩百單位都不到？這麼大的傷口，其餘的血去哪裡了？」

陳可兒的疑問也讓郝簡仁微微一愣，是啊！血去哪裡了？

墨龍翻動屍體，只見屍體脖子後面赫然有兩個手指粗細的窟窿？

這時，不遠處手電筒的光柱晃動，就聽見鄧子愛和胡一明大喊道：「秦連長你們快來！有發現。」

秦濤等人抵達鄧子愛和胡一明所在的位置，只見兩人站在一棵大樹下，胡一明用手電筒照著一處枝幹道：「秦連長，你看上面的痕跡，樹幹還在滲出液體，絕對不超過兩個小時。」

秦濤看了一眼碗口粗的枝幹上面不知被什麼抓了八道六、七公分的深溝？四道痕跡為一組，兩組之間距離一點四五左右？

郝簡仁望著深深的痕跡，忽然抽出背後的一柄工兵鏟用力砍向樹幹，結果砰的一聲，鋒利的工兵鏟卻只砍進去不足兩公分。

墨龍眉頭緊鎖道：「這是貢嘎山特有的鐵木，百年才長手指粗細，質地非常堅硬，遇水不浮。」

郝簡仁收起工兵鏟疑惑道：「那樹上的痕跡是怎麼回事？顯然不是人為的，這個高度也超過了三米。」

秦濤爬上了樹，近距離觀察樹幹上的痕跡，秦濤可以斷定樹幹上的痕跡應該是屬於某種體型碩大的動物，而且很有可能這種動物還會飛？更為關鍵的是樹幹的根部已經出現了斷裂。

秦濤的觀點讓墨龍陷入了沉思，花田慶宗猶豫道：「會飛的動物？兩爪之間的間距達到了一點四米？而且差點將這個碗口粗細的鐵木枝幹壓斷，並且還在堅硬的木質上留下了如此深的痕跡？我敢斷言，迄今為止世界上發現的能夠飛翔的動物絕對沒有如此體積的，而且這樣體積的東西飛過我們會沒任何察覺嗎？」

陳可兒也無奈的搖了搖頭：「我的這本馮・霍斯曼・西伯的筆記中記載了很多神奇且巨大的物種，比如展翅有二十幾米堪比戰鬥機的巨鷹，有龍一般可以鯨吞一切的巨蟒，不過我認為這些都是無稽之談，因為在質量、物質、時間三大守恆定律基礎上都是不可能的。」

站在一旁的郝簡仁忽然開口道：「那溶洞裡面那條大到離譜的人鮫，筆記裡面記載了嗎？」

陳可兒微微一愣，搖了搖頭：「筆記的主人馮・霍斯曼・西伯顯然與我們行進的不是同一條路線，從筆記中分析他們是乘坐運輸機直接迫降貢嘎山北坡的，而我們是沿著稜線從南口登山的。」

這時，營地方向一顆紅色信號彈在空中驟然升起，刺眼的紅色讓所有人的神經猛的繃緊起來。

秦濤命令鄧子愛和胡一明護送郝簡仁與陳可兒返回營地實施警戒，隨即帶著墨龍與花田慶宗等人前往信號彈升起方向，在一處低窪處找到吳迪和另外兩名墨氏子弟正圍著一具屍體。

一具幾乎快成為乾屍的屍體，屍體似乎還保持著臨死時候掙扎的模樣，在雪域冰川上，安葬是一種極其奢侈的待遇，大多數的屍體只能任其風化成為一架白骨。

秦濤看了一眼這具半乾屍半白骨的屍體，一路行來登山者和遇難的山民遺骸也見到了一些，這一具卻顯得有些極為不同？從身上僅存的衣著來看應該是一名登山者，其身著的雪服應該是進口貨色，一隻腳上還穿著登山鞋。

花田慶宗看了一眼屍體腳上的登山鞋道：「山脈之光，美國的一款手工訂制登山鞋，一般的登山者是穿不起的，從身高和骨架判斷這人應該是一名白種人，屍體上有沒有什麼證明文件？」

面對花田慶宗的詢問，吳迪微微一愣搖了搖頭：「人都死了那麼久了，打擾他幹什麼？」

花田慶宗雙手合十鞠躬，然後開始收檢屍體殘存的遺物，檢查了屍體的遺骸後花田慶宗眉頭緊鎖道：「秦連長，這具屍體有問題。」

秦濤走近屍體，發現屍體的頸部似乎有脊椎骨骼斷裂，但是斷裂的方式好像受到了某種尖銳物體的猛烈撞擊形成的一般？屍體赤裸的左腳骨完全斷裂。

花田慶宗起身道：「屍體攜行的背包已經被人掏空，缺失的大多是抗缺氧藥劑和針劑與補給，值錢的物品比如屍體手腕上這塊價值不菲的百達翡麗的手錶就被遺棄了，這說明了什麼？」

秦濤望著月光下的貢嘎峰道：「意味著他不是一個人，而是一隊人，他的隊友還需要繼續前行，所以拿走了他的補給物資將他一個人留在了這裡。」

吳迪深深的呼了口氣：「這幫人也夠狠的，自己人的腳斷了就直接拋棄？還拿了全部的補給物資。」

秦濤若有所思道：「墨龍，如果是一般的登山者或者是山民會如何選擇？」

墨龍歎了口氣道：「這個海拔高度如果受傷動作迅速一點下運還是沒什麼問題的，如果是山民肯定是要回來報信不會見死不救，一般的登山隊肯定也會選擇撤退，還有什麼比生命更珍貴的嗎？」

秦濤點了點頭：「問題也恰恰於此，這夥人顯然不是一般的登山者，他們有非常明確的目的，能夠輕易的遺棄自己的夥伴，而且為了這個目的他們可以不惜一切代價，這些人不是普通的登山者。」

墨龍示意兩名墨氏子弟將屍體埋葬，剛移動乾屍，一名墨氏子弟忽然被什麼絆倒，兩人與乾屍一同摔在窪地中，一旁的吳迪伸手去攙扶兩人。

墨龍在絆倒墨氏子弟的地方發現了一截殘碑？很快，殘碑被挖出，上面模糊不清的圖案一看就是墨氏符圖，墨龍讓門下子弟將殘碑正反面的內容拓下來。

眾人撤回營地，陳可兒關切道：「怎麼樣？有什麼發現嗎？」

秦濤搖了搖頭：「一具登山者的遺骸，讓吳迪他們給掩埋了，明天我們翻越冰瀑之後就會抵達冰阪地帶，墨龍他們發現了一塊殘碑，上面似乎有墨氏符圖，還要請妳幫忙翻譯一下。」

墨龍從懷中掏出了從殘碑上拓下的符圖，陳可兒接過符圖仔細查看對照母表，墨龍站在一旁慚愧道：「老祖宗留下的，反而我們現在都認不得了，太慚愧了。」

秦濤微微一笑：「其實，我們最大的敵人是時間，時間能夠抹去一切，甚至包括我們的記憶以及一切我們想要留下的。」

完成破譯的陳可兒有些驚訝道：「這是一塊墨氏耀武碑，正面的內容大致是墨氏先人在這裡進行了一場慘烈的大戰，戰勝了來自天空的惡魔最終取得了勝利，因為碑文符圖殘缺不全，所以我們無法知道具體細節。而後面的則是墨氏先人與天空惡魔搏鬥的幾幅殘存的石刻，不過由於年代久遠過於模糊。」

墨龍環顧周圍喃喃自語道：「墨氏耀武碑是族內對勇士獻身的至高榮譽，如果貢嘎山上有耀武碑，為何自己從未聽過或者看過有任何記載和傳說？」

由於連續出現了冰魈和墨氏弟子遇襲事件，秦濤的神經一直繃得很緊，營地的篝火旁，幾乎每個人都神情凝重，原本四散在周圍露營的眾人不約而同的集中在篝火前。

坐在篝火旁的墨龍似乎心事重重，秦濤望著仍然在認真翻看拓圖的陳可兒詢問道：「真的有來自天空的惡魔嗎？這拓圖上的惡魔我怎麼看著像蝙蝠啊？」

陳可兒猶豫了一下道：「或許有，或許沒有，其實很多傳說中遠古英雄故事神魔大戰能夠流傳下來，無非進行了多少誇張或者是粉飾，但是我們不能否認一個事實，幾百年前飛天與登月都是一種病態的癡心妄想，所以我猜測這些神話更有可能是上古史前文明或者外星的科技文明。無論是史前文明還是外星科技文明的遺跡，在能量守恆定律的前提下，都需要能量，甚至是龐大的能量作為支持，史前文明所謂的祭祀等到能量用光無法展現神跡之後，後人就開始採用各種血腥的方式，比如瑪雅人的內臟占卜術，阿茲台克人的鮮血祭奠，實際上就是用血腥恐怖的手段為此愚昧的延續。」

一旁的花田慶宗點頭道：「陳小姐說的在下非常認同，以我們今天的科技程度很難得出史前文明是否存在的最終確切結論，我們無法確認有，也無法證明沒有，眾多的史前文明黑遺跡很多被發掘出來之後就被大國壟斷利用研究，二戰期間德國將這一行徑推到了巔峰。」

秦濤無奈道：「無論是史前文明，還是外星科技遺留，實際上對於我們人類來說無異於都是籠中的猛虎、潘朵拉的匣子，在我們沒有足夠的力量控制自身過度膨脹的欲望，那麼這些先進的科技一旦落到野心家手中，對人類來說無異於是一場巨大甚至走向毀滅的災難。」

站在一旁的墨龍深深的呼了口氣望道：「今天人類的科技程度在古人眼中無疑同樣是神仙一般，汽車是日行千里的鋼鐵怪獸、飛機是長空鐵翼、巨輪堪比鯤鵬，那些能夠毀滅世界上千次的核武器，人類一直最為熱衷的就是毀滅自己。」

忽然，篝火的火焰似乎受到了什麼力量牽引一般？詭異的盤旋上升？

秦濤將手摸向突擊步槍，陳可兒則興奮道：「快看啊！這是氣流快速下降造成的現象。」陳可兒抬頭仰望夜空，只感覺一陣厲風猛烈的拍打在臉上，陳可兒頓時大驚失色。

千鈞一髮之際，秦濤用護龍鐧格擋一個從空中襲來的黑影，篝火在巨大的衝擊力下變成了肆意橫飛的火炭飛上天空，如同火樹銀花一般。

同樣巨大的衝擊力將秦濤逕自震飛摔了出去，護龍鐧差點脫手，被掀翻到一旁的郝簡仁衝出拖走了昏迷的陳可兒。

一個帶著腥臭巨大的黑影轉瞬即逝，孫峰狙擊步槍的射擊聲不斷響起。

「什麼玩意兒？」郝簡仁一臉驚魂不定四處張望。

花田慶宗躲在一塊巨石旁按著刀柄似乎在嚴陣以待，墨龍將篝火分成數堆道：「大家都守住篝火，這畜生怕火。」

陳可兒心有餘悸詢問道：「剛剛到底是什麼？」

站在巨石上的孫峰換了一個彈夾道：「秦連長，我感覺那玩意兒像一個大蝙蝠，飛行的速度極快而且沒有規律。」

「蝙蝠能有那麼大？成精了？」郝簡仁撇了下嘴，不是為了質疑孫峰，更多的是為了安慰自己，僅僅靠翅膀帶動的疾風就能將自己直接掀翻在地的玩意兒，郝簡仁絕對是有多遠躲多遠。

孫峰提到了蝙蝠，秦濤想起了曾經襲擊過救援分隊的那些尖牙利齒的亞種狐蝠，自己當時利用法螺發出的次聲波擊退了亞種狐蝠，但是巴掌大小的亞種狐蝠怎麼可能長那麼大？

「海佛烈克極限！」陳可兒的話讓所有人微微一愣，花田慶宗點頭道：「如果剛剛襲擊我們的是蝙蝠的話，那麼這隻蝙蝠確實很有可能超越了海佛烈克極限。」

陳可兒隨手在地面上劃出了一幅簡易的曲線圖道：「海佛烈克極限是一九六五年由海佛烈克教授所提出，指一般人類細胞在細胞培養下，在進入衰老期前可分裂五十二次，恰好推翻卡洛教授主張的細胞永生說，單個細胞在自我複製五十二次後就會迅速分泌毒素，導致壞死。而第五十六次就是海佛烈克極限，也是所有物種都會定期消亡的原因。」

物種消亡？這四個字讓秦濤打了一個冷顫，因為人類也是一個物種，比起那些消亡和滅絕的物種，人類並不具備什麼先天與後天的優勢，反而人類還在瘋狂的破壞自然發動戰爭，製造那些可以殺死自己幾千次的武器。

花田慶宗微微歎了口氣：「我一直堅信這個世界存在我們現階段無法理解的科技，並不存在所謂的神魔，一切皆可以用科學進行解釋。」

陳可兒點頭道：「我父親一直認為神話很有可能源於史前文明或者外域文明，世界上關於史前文明的遺跡和傳說幾乎是數不勝數，著名的史前文明亞特蘭提斯，傳說那就是人魚文明建立起來的，後來因為科技發達，竭澤而漁，引發海嘯、板塊運動而沉沒。所以亞特蘭提斯的後裔倖存者，據說有一支就此在水裡生活，人魚、人鮫的形象就是從此慢慢發展而來的。」

秦濤對神話和史前文明沒有太多的興趣，因為白山事件給秦濤留下太多難以磨滅的記憶，對於挖掘白山遺跡秦濤一直持反對意見，秦濤也知道自己的反對意見只能是反對意見，因為遺跡中的超級基因對於人類有太多太大的誘惑。無論是治療疾病、揭開人類進化之謎、讓人類文明進入新世紀等等諸多數不過來的任何理由中的一條，都足以對白山遺跡進行大規模的挖掘。

秦濤的思緒被李健打斷，原來在附近偵測的李健發現了一種綠色腥臭的黏液間距十幾米到幾十米向附近的一座岩石裸露的山峰延伸而去。

陳可兒對綠色腥臭的黏液進行了簡單的取樣分析，金屬測試條竟然被綠色的黏液腐蝕掉了一半？綠色的黏液竟然含有腐蝕性，讓眾人驚訝不已，這到底是什麼？

孫峰猶豫了一下道：「之前我連續射擊那個會飛的玩意兒，也不知道有沒有擊中，如果擊中了會不會是那玩意兒的血？」

「綠色的血液？有生物的血液是綠色的嗎？而且還帶有腐蝕性？」秦濤猶豫了一下道：「孫峰、郝簡仁、墨龍跟我到對面去偵察一下。」

花田慶宗攔住秦濤：「秦連長，請帶上我，在古生物學方面我還是有些造詣的。」

秦濤將目光轉向陳可兒，陳可兒點了點頭，花田慶宗在基因遺傳、古生物學方面確實很有造詣。

◊

月光下，秦濤等人小心翼翼的攀爬佈滿碎石的山坡，陳可兒一臉擔憂的舉著望遠鏡不肯放下。

大大小小的黑色碎石隨著眾人的攀爬不斷的滑落，發出嘩嘩的響聲，雖然響聲不大，但是在寂靜的夜晚卻異常的清晰。這就是冰阪地帶最為顯著的特徵，碎石與冰蓋交替混雜，極易發生山崩或者冰崩等地質災害。

突然，秦濤停住了腳步，掏出匕首在碎石上刺了幾下，隨後用手開始分開碎石，很快兩具屍骨和鏽蝕的老式步槍露了出來。

屍骨上的軍裝和彈藥裝具已經風化成了破片，但是隨身的水壺、武器等器物還能辨別，英式的折疊工兵鏟、廓爾喀刀、探雷針、恩菲爾德步槍等等，秦濤從碎石中撿起一枚金屬徽章，抹去泥土秦濤辨認出這枚徽章是兩把廓爾喀刀交叉頂著一個鑲嵌碎鑽的皇冠？

花田慶宗接過徽章驚訝道：「這是廓爾喀團的帽徽，金質還鑲嵌著碎鑽表明這枚帽徽的主人級別一定不低，很有可能是英國指揮官。」

作為軍人秦濤清楚的知道廓爾喀人是尼泊爾一個山地民族，身材不高，特別善於山地戰和近戰，而且在過去的近兩百年裡，廓爾喀人已經參加了幾乎與英國或印度有關的衝突。

沒想到在貢嘎山人跡罕至之地，竟然也發現了廓爾喀兵的遺物？

隨著眾人的清理，一具穿著皮靴和毛呢大衣的乾屍被發現，乾屍的脖子幾乎被撕裂，可以判斷這就是致命傷所在。乾屍的軍服讓秦濤頗為震驚，一名英國陸軍準將？

一名身著二戰時期軍服的英國陸軍準將的乾屍讓秦濤有些錯亂，再加上兩具廓爾喀兵的屍體和遺物，秦濤甚至可以斷定這裡碎石下或者冰蓋下的屍體遠不止眼前的這三具，令人費解的是英國人為什麼要千里迢迢跑這裡來送死？

郝簡仁戴上手套將英國準將的乾屍搜撿了一遍，純銀的打火機、純金的煙嘴、名貴的腕錶、帶有雙劍盾牌圖案的戒指，都被郝簡仁搜集到了帽子中，對於那塊已經被落石砸壞的腕錶，郝簡仁不屑一顧的隨手一丟，花田慶宗好奇拾起一看頓時驚訝無比。

花田慶宗驚訝道：「這是一九二八年百達翡麗的單按鈕計時腕錶的南十字星啊！獨一無二，全世界僅此一塊啊！」郝簡仁皺了下眉頭，似乎有點不敢相信自己隨手丟掉的那塊爛錶是獨一無二的。

郝簡仁剛剛要轉身，秦濤一把按住了郝簡仁的肩膀道：「千萬不要動，全身重心慢慢後移，你整個人緩緩蹲下。」

郝簡仁知道秦濤不會和自己隨便開這種玩笑，但是還是抑制不住低頭用手電筒照亮看了一下腳下，這不看不要緊，郝簡仁差點摔倒在碎石坡上。

原來，郝簡仁的腳下踩到了一枚鏽跡斑斑的老式地雷，秦濤趴在山坡上，輕輕的按住郝簡仁的腳背觀察這枚老式地雷。一旁的花田慶宗也湊了過來，用手電筒給秦濤照明，秦濤看了一眼花田慶宗道：「你不害怕？」

花田慶宗微微一笑：「這樣的地形，地雷如果爆炸我能躲得開爆炸，我躲得開山崩嗎？」

秦濤隨即將注意力轉移到了郝簡仁的腳下，一枚英制M30防步兵鬆發式地雷，如果是全裝藥的話，預製破片的有效殺傷範圍至少在五十米，換句話說這種M30防步兵鬆發式地雷與普通的防步兵地雷不同，不是以炸斷腳和腿為目的，而是一炸一片，直接將人炸成零件滿天飛的型號。

「老郝不用害怕，要是壓發式你現在就掛了，這種鬆發式地雷小意思，這麼多年風吹日曬說不定已經失效了。」秦濤在安慰郝簡仁的同時也在安慰自己。

花田慶宗抬頭看了一眼秦濤，顯然他並不相信秦濤所說，秦濤最擔心的就是地雷真的失效了，因為鬆發式地雷的所謂失效就是沒人知道這玩意兒什麼時候會炸，給排除增加了諸多不確定因素。

經過仔細的檢查，秦濤小心翼翼的將周邊的碎石清除，一個金屬環出現在秦濤眼前，檢查了金屬環之後秦濤著實的鬆了口氣一屁股坐在了一旁。

郝簡仁帶著哭腔焦急道：「怎麼了濤子哥？拆不了？不行我這隻腳不要了行不？實在不行你們就別管我了。」秦濤拍了拍郝簡仁的肩膀，彎腰從其腳下拿出地雷道：「保險環還沒拆，這一定是工兵攜帶散落的。」

虛驚一場，郝簡仁幾乎快哭了出來，拿著地雷來到兩具廓爾喀工兵的遺骨前大嚷道：「搞什麼搞？老子是嚇唬大的嗎？地雷不拔保險環到處丟，有沒有公德心？嚇死人不償命嗎？」

一旁的花田慶宗卻臉色一變道：「秦連長，我好像也踩上了一個？」

什麼叫一波未平一波又起？什麼叫厄運連連？運氣尤其是好運氣總有用光的時候。

秦濤剛要開口讓花田慶宗不要動，結果郝簡仁逕自大搖大擺走到花田慶宗面前上下打量了一下，蹲下一把就將一枚M30地雷從花田慶宗的腳下摳了出來，對著秦濤得意的一揚手道：「濤子哥，搞定。」

在這個距離上，秦濤能夠清晰的看見郝簡仁手中那枚M30防步兵鬆發式地雷沒有保險環，換句話說那枚地雷已經被啟動了，很可能處於失效的狀態，也就是說隨時可能爆炸。

郝簡仁拿著地雷不屑的在花田慶宗面前來回晃：「嚇到了吧！剛剛郝爺那不是吹的，面不改色心不跳，怎麼樣？泰山不是堆的，火車不是推的，你小子嚇傻了吧？」

面對這枚沒有保險環的地雷，花田慶宗臉色蒼白望著秦濤，幾乎郝簡仁的手揮動一下，花田慶宗提到嗓子眼的心就跟著猛烈的蹦一下，郝簡仁不是單單在玩他的命，同樣也在玩花田慶宗的命。

秦濤穩住了心神，佯裝發怒道：「郝簡仁，玩什麼玩，把那破玩意兒有多遠丟多遠！」

郝簡仁一見秦濤發怒，急忙尷尬的一笑，一揚手一個小黑影飛下山坡，郝簡仁轉身離開卻發現幾乎所有人的注意力全部集中在自己丟地雷的方向？

郝簡仁一臉疑惑剛想詢問，這時，山坡下傳來一聲爆炸，橘紅色的紅光一閃即逝！

秦濤長長的鬆了一口氣，花田慶宗則癱倒在原地，什麼堅定的意志、什麼鋼鐵般的精神都抵擋不住一個不要命的傢伙在你面前來回揮舞一個不知道什麼時候會爆炸的地雷，這樣的刺激花田慶宗是有生以來第一次經歷。

突如其來的爆炸也嚇了陳可兒等人一大跳，郝簡仁目瞪口呆的望著秦濤，秦濤乾咳了一下道：「算你小子命大，要知道鬆發引信是一種二次作用的引信，當人踩中鬆發引信地雷時，地雷並不立即起爆，壓力會觸發並釋放引信的保險銷，使地雷呈待發戰鬥狀態，當抬腳以後，引信釋放彈簧擊打擊針，衝擊火帽引爆地雷。這種M30防步兵地雷與我們裝備的七二式防步兵跳雷很相似，採用了一種很複雜的可溶解式引信，引信裡安裝一個裝有酸性液體的溶解管，當拉出保險環，溶解管會破裂，慢慢腐蝕引信保險針，當一段時間以後保險針被腐蝕斷裂時，地雷才會進入戰鬥狀態。」

郝簡仁拍了拍自己的胸脯道：「還好是鬆發式地雷，要不小命就沒了，以後看到這種玩意兒我也知道該怎麼辦了。」

秦濤瞪了郝簡仁一眼：「剛剛你差點把自己和花田慶宗都害死，地雷有型號和用途之分，M30防步兵地雷和百分之九十五的地雷都可以按照壓發瞬爆引信，也可以按照絆發引信，還可以按照延遲鬆發等引信，你只看型號會要命的，你怎麼知道埋設的時候安裝的是什麼引信？」

郝簡仁心有餘悸的望了一眼爆炸的方向，孫峰在兩具廓爾喀工兵的屍骨旁找到了幾大捆炸藥、雷管和導火線。

忽然，山坡上的碎石開始有節奏的震動，秦濤等人立即蹲在原地警惕的盯著山頂方向，隨著呼啦一聲，一個體型巨大的黑影如同出膛的炮彈一般不見了蹤影，消失在夜幕之中。

秦濤與墨龍對視一眼，一行人迅速向山頂快速攀爬，當秦濤等人抵達山頂之後，秦濤驚訝的發現山頂的眾多巨石林立之間，竟然有一個直徑接近二十米的大坑？坑口空氣濕冷異常，坑內似乎還有流水的聲音？

花田慶宗將一枚冷光棒丟入坑內，似乎在坑壁上有很多晶石反光點？冷光棒自由落體三點八秒消失。花田慶宗從肩膀卸下登山繩詢問秦濤：「秦連長？要不要下去看看？」

孫峰看了一眼深坑道：「秦連長我看咱們還是別冒這個險了，我們在邊上佈置好炸藥，等那玩意兒回去我們就引爆，一勞永逸。」

秦濤猶豫了一下道：「安裝炸藥。」

花田慶宗見秦濤不打算進入深坑，看了一眼墨龍道：「秦連長不準備下去，不知道墨龍墨先生你是否有興趣下去看看？」墨龍面無表情：「即便你不下去，我也要下去探個究竟。」

秦濤聽到墨龍與花田慶宗竟然要下深坑，有些不解詢問道：「我們在坑邊蹲守採用爆破似乎更安全，沒必要冒險進入深坑。」

墨龍壓低聲音道：「我是擔心冰魈，因為那具古冰魈出現的太過詭異，根據墨氏先輩口述，冰魈也分等級。而且古冰魈的製作數量一般是取天數地合之數，六十四、一百二十八之類。這一代山脈或者古冰川下的地下暗流基本都是相通的，剛剛你也親眼所見那個大玩意兒是從裡面飛出來的，那玩意兒與傳說中的夜魔王十分相似，證明下面可能有很大的空間，我最擔心的是古冰魈不止那一具，所以要下去看個究竟。」

秦濤與墨龍對冰魈的理解和認知可謂不盡相同，墨龍簡單把冰魈當成一種威脅，而在秦濤看來每一具古冰魈都是一個定時炸彈，而且繁殖寄生極快，簡直就是威力巨大的生化武器。

如果古冰魈還不止那一具？墨龍的這個猜想讓秦濤不寒而慄。

忽然，山口方向幾束強光照了過來，秦濤等人立即臥倒隱蔽，一陣雜亂的呼喊聲後，強光關閉了。

山口方向竟然有人活動？顯然這些人是被爆炸聲吸引過來了，山口方向有人活動顯然出乎了秦濤的意料之外，身後墨氏叛逆的追兵不會超越救援分隊，唯一的可能就是對方採取了圍追堵截的策略。

就在秦濤等人隱蔽之際，花田慶宗順著繩索進入了深坑，秦濤趕到坑邊發現花田慶宗正在緩緩下降，無奈只好與墨龍一同進入深坑。

深坑內寒氣逼人透骨，花田慶宗停留在距離坑底幾米高的地方一動不動，秦濤嘗試輕聲呼喚花田慶宗也不回應，於是秦濤與墨龍繼續下降。

花田慶宗面對一塊堅冰，堅冰上的雪霜已經被抹去，一支鏽跡斑斑的冰鎬卡在堅冰上，秦濤仔細一看嚇了一跳，因為堅冰的裡面似乎也有一個人影？

冰魈？秦濤與墨龍幾乎異口同聲，兩人用手電筒環顧四周，四周的冰壁上大約凍住了幾百具冰棺？這些冰棺排列混亂，彷彿是被地下暗流激流衝擊到此一般，整個深坑的底部實際上就是暗流的一個回水灣，洶湧湍急的暗流在此減速繼續流淌，這些裝著冰魈的冰棺隨著地下暗流水位退去留在了這裡。

秦濤注意到距離坑底十幾米的高度，冰壁下的石壁上有很深的水流沖刷流淌的痕跡，也就意味著這裡經常被定期淹沒。

深坑的底部是大大小小的鵝卵石，中間還夾雜著大量被水流沖刷成鵝蛋大小橢圓體的各種玉石，郝簡仁連續撿了幾塊就愣在了原地。

花田慶宗用手電筒一照快步上前，地面上到處都是零散的屍骨，散落的古刀槍和盾牌以及鎧甲殘片，花田慶宗忽然跪在一具被冰凍住一半的遺骨面前，遺骨身上破損的行囊似乎是現代的工業製品？遺骨的手中似乎還握著一個銅制的小管，小管的另外一端似乎用尼龍繩捆在遺骨的手腕上。

花田慶宗有些悲憤道：「這便是家父了，為了追尋曾祖爺爺走過的路線，挽救家族企業，家父帶領一支探險隊前往貢嘎山就再無音訊了。」

秦濤望著悲痛欲絕的花田慶宗，他清楚花田慶宗之前所說的一切都是在欺騙自己，他也十分好奇花田慶宗到底為何要冒生命危險登山？

之前完成父輩遺願的藉口簡直就是放屁，拿別人都當傻子，之後挽救家族企業的藉口只能說勉強。現在一切真相大白，花田慶宗的父親想憑藉曾祖的回憶進入貢嘎山尋找那些傳說中的存在，不料卻在此遇難。

與陳可兒相處久了，秦濤也開始關注一些有關考古的知識，遍地的遺骨和遺物在秦濤眼中之間至少相差兩千餘年，似乎秦漢時期就有人踏足於此，看來早在兩千多年前就已經有人嚮往黃庭，並且付諸於實際行動。

花田慶宗檢查了一下遺骨微微一愣道：「我父親是被謀殺的，太可恥了！」

秦濤靠近觀察，果然在屍骨的頸部頸椎上有一道深深的刀痕，從刀痕判斷當時這一刀幾乎割斷了整個脖子，與斬首相差無幾。

「該死的混蛋！」花田慶宗開始有些失去理智，兩眼通紅，嘴裡反覆在嘀咕著什麼。

這時，郝簡仁從上面傳來燈光信號，秦濤等人立即拖著花田慶宗返回，秦濤很佩服花田慶宗的拿得起放得下，毫無半點拖延，竟然連頭回都不回就離開了深坑。

三人剛剛離開坑口，一個巨大的黑影就從三人頭頂掠過，向著山口火光方向滑翔而去。

第五章　冰魈鬼母

這次借著月光，秦濤等人終於清晰的看見一隻堪比小型飛機的蝙蝠在夜空中滑翔而過。

蝙蝠能長這麼大？郝簡仁的疑惑似乎沒人能夠回答，仍然沉浸在悲痛中的花田慶宗無奈的搖了下頭道：「海佛烈克極限只不過是一種理論，我們都清楚凡事總會有特殊和例外，很像一隻體態巨大的蝙蝠，僅僅只是我們視覺上的認為，科學是要經過嚴肅的比對和認證確認的。」

郝簡仁瞪了一眼花田慶宗不滿道：「確認什麼？就是一個成了精的大蝙蝠，不過這也好，山谷那邊的傢伙們倒楣了，誰讓他們使壞還想伏擊咱們？」

果然，山口方向似乎遭遇了襲擊，一陣短促密集的槍聲後，山口方向又陷入了寂靜之中。

秦濤猶豫了一下道：「郝簡仁你們先返回，讓李健和胡一明上來協助孫峰安裝炸藥，等那玩意兒返回深坑就實施爆破。」

郝簡仁微微一愣擔憂道：「濤子哥你想幹什麼？該不會是……」

秦濤點了下頭：「我去山口偵察一下，人去多了反而容易暴露目標，如果山口被封鎖我們很可能要重新選擇路線繞過去。」

秦濤很快消失在黑暗之中，風吹雪形成的雪幕掩護了秦濤的迂迴抵近，秦濤悄無聲息的匍匐前行，隱蔽爬行了大概近百米，利用一塊岩石作為掩護，從懷中掏出望遠鏡觀看黑衣人的分佈情況。

顯然，黑衣人剛剛遭到了怪物的襲擊，佈置好的營地連同潛伏的暗哨全部亂成了一團，不斷將篝火分堆，試圖利用篝火抵擋怪物的再次襲擊，孫峰那邊深坑沒有進行引爆，也就意味著那怪物並未回到深坑。

忽然，一個巨大的黑影帶著一股腥臭味道從秦濤的頭頂掠過，利用雪地山脊陰影巧妙的滑翔到一處小高坡的背面，將兩名正在警戒的黑衣人一下撲倒，兩名黑衣人連反抗的機會都沒有，甚至連慘叫聲都沒能發出。

兩名黑衣人顫抖了幾下就變成了兩具屍體，秦濤也清晰的看清楚了那怪物的模樣，孫峰判斷的沒錯，確實是一隻大到離譜的巨型蝙蝠。

在山口的一處巨石後，戴著鷲盔面具的大祭司正在啃著烤羊腿喝著青稞酒。

一名眼眶有一道疤痕的頭目道：「尊貴的大祭司閣下，天寒地凍很多兄弟都被凍傷了，如果繼續在這冰天雪地守著山口，怕會增加不必要的損失，不妨讓雪山收拾了他們，何必如此費力？」

大祭司用陰冷的目光盯著疤眼頭目道：「怕死？怕死怎麼配享受永生？那具發現的冰魈抬到隘口了嗎？」

山口原本就是風口，寒風陣陣，提到冰棺女屍看似兇狠的頭目心虛道：「抬到隘口了，為了抬冰棺已經莫名其妙折損了六個弟兄，大祭司，這具冰魈似乎有些邪門啊？雖然被封在冰棺之中，似乎整體已經全部晶化？」

大祭司扔掉羊腿引發一旁黑衣人的哄搶，大祭司起身踱步道：「屍體怎麼處理的？」

疤眼頭目畢恭畢敬道：「按您的吩咐當場就用火油燒掉了！」

大祭司滿意的點了點頭：「這確實不是普通的冰魈，這是由魔祖親手製作的第一具冰魈，也就是冰魈之祖，這具冰魈用得是當年的雪域聖女，相傳雪域聖女有一種神奇的力量，當她閉上眼睛能夠看到前後五百年的因果，她的眼睛能夠穿越陰陽與時間，於是聖祖取了她的雙眼又用祕法趁其活著將其製成第一具冰魈鬼母。讓我們完成聖祖交給我們的萬古大業吧，畢其功於一役消滅那些外人，將祕密永遠埋葬，黃庭之地是屬於聖教的。」

大祭司似乎察覺到了空氣中的血腥味道，皺了皺眉頭道：「貢嘎神山怎麼還沒收拾掉這個畜生？」

疤眼頭目有些不明所以道：「大祭司閣下，要收拾掉誰？」

大祭司一臉不悅道：「那個會飛的吸血鬼，魔蝠王！天知道那玩意兒到底活了多少歲，把週邊警戒的人都撤回來，再晚一會就都成了祭品了。」

一旁眾人面面相覷，大祭司一擺手道：「你們不知道也不怪你們，當年先祖用皮銅鼓催動的魔蝠可不是如今巴掌大小的玩意兒，如今的魔蝠王也不過是當年的馬前卒，自從我族聖壇被封印我們就失去了那種神祕力量。」

「只要我們能夠重啟神殿聖壇，聖祖就會重新賜予我們力量與永生！你們要時刻牢記在心，即便是為此而死，聖祖也會將你復活。」大祭司說完之後一揮手轉身離開。

疤眼頭目誠惶誠恐的佈置撤回警戒人員，秦濤見那巨型蝙蝠隱藏在黑暗之中，似乎還在意猶未盡的窺視著剛剛恢復秩序的黑衣人營地。

秦濤猶豫了一下將突擊步槍卸下，設定尺規，把保險撥到單發的位置上，拉動機柄推彈上膛，悄悄的將槍口對準了巨型蝙蝠的身體連續兩槍，巨型蝙蝠發出一聲嚎叫摔入了黑衣人營地。

聽到槍聲，大祭司走出帳篷大吼道：「誰開的槍？」

營地內亂成一片，一顆流彈差點擊中了大祭司，巨型蝙蝠在營地內橫衝直撞，驚慌失措的黑衣人胡亂開槍，不斷有黑衣人被自己人的流彈擊中倒地發出瀕死的嚎叫，不斷有子彈擊中巨型蝙蝠，更加激發了巨型蝙蝠的凶性，徑自將一名用老式步槍試圖射擊的黑衣人直接分屍，內臟掉落一地。

大祭司火冒三丈卻也無濟於事，只得在忠心耿耿的疤眼頭目掩護下逃之夭夭，大祭司逃遁，黑衣人也隨之鳥獸四散。

黑衣人竟然逃遁？

秦濤利用這難得的機會組織救援分隊眾人迅速通過山口，來不及等巨型蝙蝠返回，臨行前孫峰引爆了深坑，將深坑內的冰棺與骸骨全部埋葬。

眾人剛剛通過一片狼藉的黑衣人營地，就聽見空中傳來一陣陣詭異的嘶鳴聲，顯然是那隻找不到家的巨型蝙蝠在附近盤旋發出的悲鳴。

墨龍在經過黑衣人營地之際發現擺在帳篷中的鬼母冰棺，頓時驚得目瞪口呆，與尋常的冰魈的冰棺不同，這具冰棺上竟然刻有大量的墨氏祭文的符圖，好像積體電路板一樣。

「秦連長、秦連長你這裡還有炸藥嗎？」面對墨龍急切的詢問，秦濤搖了搖頭：「沒有了，剛剛爆破深坑使用的還是廓爾喀工兵遺物中找到的炸藥。」

墨龍望著冰棺歎了口氣道：「沒想到壁畫傳說中的鬼母冰棺竟然真的存在，而且還落入了這些墨氏叛逆的手中，我們若是不能將其徹底毀去，一旦被這些喪心病狂之徒釋放，後果難以估計啊！」

秦濤看了一眼冰棺無奈道：「我們集中手裡現有的手榴彈也不能達到你所說的徹底破壞的程度，如果冰棺破裂不會導致什麼未知病毒外泄吧？」

墨龍無奈的歎了口氣道：「這鬼母冰棺只能放在日月同輝下加以摧毀，現在日月同輝被我們毀了，看來這一切都是劫數啊！謀事在人，成事在天，我們走吧！」救援分隊迅速消失在夜幕之中。

◊

黎明時分，手拎著鷲面頭盔的大祭司站在一片狼藉的營地，盯著地上一連串的腳印緩緩摘下面罩，露出一張如同被硫酸泡過一般猙獰可怕的面孔。一旁豎立的幾名小頭目瑟瑟發抖，大祭司不輕易以真面容示人，一旦大祭司脫下面罩就意味著大祭司真的動怒了！

大祭司來回踱步後陰狠道：「太可惡了，竟然利用魔蝠王暗度陳倉，集合所有人帶著冰魈鬼母追。」

幾名小頭目聽到大祭司的吩咐當即微微一愣：「大祭司閣下，您不會是想將冰魈鬼母放出來吧？」

一陣疾風吹過，雪粒紛飛，大祭司的衣袍被風鼓動得呼呼作響。

大祭司猛的一轉身，一副猙獰的如同惡鬼的面孔嚇得手下幾個小頭目戰慄不安。

六名精壯的黑衣人用繩索捆綁冰棺扛在肩頭，大祭司遙望救援分隊消失的方向道：「你們怕什麼？該怕鬼母的是那些居心叵測的外來人，我們是有聖祖庇護的，你們不要忘記了，進不了神殿，你們身上的詛咒就永遠無法解除，明白嗎？」

大祭司話音剛落，一名扛著冰棺的黑衣壯漢突然渾身抽搐口吐白沫倒地，不等旁人攙扶救治就開始大口大口的開始嘔血？其餘幾名抬棺的壯漢面露驚恐，其中一名留著絡腮鬍子的壯漢見狀不對，轉身拔腿就跑。冰棺由於失去平衡摔在了堅硬的石頭上，大祭司轉身掏出手槍連續擊發，壯漢身上爆出一團團的血霧，似乎是恨意難消，更換了一個彈夾繼續向壯漢仍然抽搐的屍體上不斷開槍。

一旁的眾人全部垂手而立瑟瑟發抖，大祭司揮舞著手槍逼迫幾名小頭目繼續派人抬冰棺追擊救援分隊。

但是，沒有任何人注意到，冰棺的底部原本有一道細微的裂痕，經過這次磕碰裂痕似乎擴大了些許，冰棺內部也好像有一種淡藍色的液體在緩緩流動？

與此同時，救援分隊經過一夜的急行已經是人困馬乏，陳可兒趴在秦濤的後背上早已熟睡，秦濤舉起望遠鏡環顧附近的地形，望遠鏡的十字表尺中出現了一座十分奇怪的建築物，看了看疲憊不堪的眾人於是拿手一指：「那是座什麼建築物？」

眾人順著秦濤所指的方向，只見開闊地中有一座四四方方像是城堡、衛所一樣用石條壘砌的建築佇立在半山腰。墨龍深深的呼了口氣道：「冰阪地帶從來沒聽說過有什麼古城堡？」

為了謹慎起見，秦濤與墨龍二人從側翼開始向建築物搜索前進，空曠的石條城內到處都是殘垣斷壁，只有堅固的外牆是完整的。

秦濤注意到了這些石條之間的縫隙似乎還有青銅灌注的痕跡？

陳可兒疑惑的望著石條城道：「從建築形式上看應該是一座軍事用途的堡壘，但是這種青石產出在海拔八百米左右，而這裡的海拔接近五千米，如此巨量的石條在高海拔區域的運輸簡直難以想像。」

陳可兒從隨身的行囊掏出一把地質錘用力敲擊了幾下石條疑惑道：「這不是青石？看這裡，雖然大多數石條都被打磨過，不過有些石條表面竟然還有溶坑的痕跡？而且這些石條竟然還有輕微的磁性？」

陳可兒的地質錘竟然能夠被石條的磁性所吸引，郝簡仁好奇道：「溶坑是什麼？」陳可兒滿臉疑惑和不可思議的神情道：「一般火山爆發物也有溶坑現象，不過最多的是出現在隕石上。」

「一座用隕石建造的古石條堡壘？」秦濤被陳可兒的推論嚇了一跳，不過相對於石條的來源成分，秦濤更關注的是石條城出現的位置。

秦濤放下望遠鏡疑惑道：「如果是軍事用途的堡壘修建在左右兩側的任何一處高地上都要效果更好，冷兵器戰爭時期地控四方是軍堡選址最為重要的一點，選在山坳之間雖然隱蔽，卻失去了制高點的優勢，得不償失。」

郝簡仁氣喘吁吁扶著一塊巨石：「是不是堡壘有什麼關係？最重要是讓大伙先歇歇，讓炮王埋幾個詭雷，給後面那群緊追不捨的玩意兒來點猛的。」

郝簡仁話一出口就察覺出了不對，王雙江已經犧牲了，再想改口也來不及了。秦濤深深的呼了口氣：「王雙江同志是為了大家才自我犧牲的，他永遠活在我們心中。」

秦濤與墨龍交換了一下意見，雖然眼下人困馬乏，但是那夥墨氏叛逆隨時有可能追上出現，安排四個人對四周進行警戒，其餘人抓緊時間休息。

由於石條城的城門早已不見了蹤影，秦濤帶人搬來石條壘砌了一道一米多高的胸牆，依託胸牆構築阻擊陣地。

秦濤手持望遠鏡，站在城牆上審視這個面積不過一千平米的石條城，看似堅固無比的石條城幾乎全部是用近兩百斤一塊的石條壘砌而成的，在石條城的地基上還有用青銅灌注加固的痕跡，加之部分城牆上留有厚厚的冰殼，彷彿是天然的偽裝一般。而且，整座石條城有三分之一的面積和城牆實際上是被凍在了冰川內，確實給人一種固若金湯的感覺。

石條城雖然到處是坍塌的殘垣斷壁，但是從遺跡上還是能夠感覺到當年城內的部署，墨龍登上城牆坐在秦濤身旁，點燃了一塊藏香。

望著嫋嫋升起的青煙，墨龍顯得十分放鬆，身處陌生環境全無任何情報來源讓秦濤卻始終無法放鬆自己。撫摸著冰冷的石條，秦濤發現石條上竟然有模糊的刻痕，這些刻痕看似與墨氏符圖十分相似？難道是石頭天然的紋理與墨氏符圖的巧合？秦濤繼續仔細觀察，發現連續幾塊石條上都有與天然風化紋路相似的墨氏符圖？而且大多數的符圖似乎被人為的鑿掉了？

秦濤的發現讓墨龍十分驚訝：「近幾年冰川溶解崩坍的非常多，雪線逐年在後退，看這座城的制式和建築風格與高原上的風格不盡相同，城門兩邊石刻的那些詭異的圖騰絕對不是墨氏的，但是築城的石條上又出現了墨氏符圖？」

墨龍提起了城門口兩側那些令秦濤十分不安的石刻，石刻都是粗線條十分簡陋粗糙的，內容是一個人形頭頂逐漸生出了一對角，四肢的比例開始變化，最終變成一個四肢伏地好像還帶有翅膀的惡魔一樣的怪物？

墨龍無奈的搖了搖頭道：「從石條上墨氏符圖分析，這座古石條城是屬於墨氏一脈的，但是可能因為某些原因陷落或者廢棄之後，後來者在佔領期間鑿掉磨平了大部分的墨氏痕跡，我可以肯定城門兩側那些詭異的圖騰並不屬於這雪域，起碼不屬於貢嘎山脈。」

休息了一會的陳可兒也登上城牆，相對於城門口詭異的石刻，陳可兒更加在意那些石條上殘存的墨氏符圖，經過陳可兒的解讀整理，出現次數最多的是天火？

聽到天火兩個字，墨龍似乎有些激動道：「天啊！天火山谷就是墜星堡的所在啊！原來我們這麼多年一直尋找的墜星堡被冰川給覆蓋了？如果不是爆破引發了冰架的大範圍崩坍，不知何年何月這墜星堡才能重現人間。」

墨龍見眾人不解，於是解釋道：「先祖傳說當年墨氏先人與邪魔交戰，墨氏先人不敵邪魔，緊要關頭天空墜星與貢嘎山脈引發了天地大衝撞，墨氏先人就用墜落的神星修建了一座堡壘抵抗邪魔上千年。」

又是一個傳說，秦濤微微的歎了口氣望著一臉虔誠的墨龍，轉身看了一眼鄧子愛的電臺位置，電臺依舊在正常工作，一份份的報告正常發送，但是後方基地卻沒有回覆任何資訊，一切的報告彷彿都石沉大海一般。

冰架就在眼前，雲霧繚繞的冰川和雪山讓人有一種高不可攀的神聖感覺，曹博站在城頭舉著望遠鏡警惕的觀察附近的情況，經歷了一系列讓人匪夷所思的事件和生死考驗，曹博的快速成長令秦濤也頗為驚訝。

曹博已經從一個初出茅廬刻板只認規定紀律的參謀成長為一名合格的軍人，曹博也不再質疑秦濤種種的行徑，因為曹博終於清楚，原來這個世界上最恐怖的事情並不是死亡，而是未知！未知讓人產生好奇，未知讓人感到恐懼！

隨著望遠鏡的轉動，忽然，曹博發現一個衣衫單薄的白衣女子赤腳行走在雪地上，曹博調整望遠鏡的倍數，試圖看清楚白衣女子那模糊的面容。

如此寒冷的天氣讓曹博產生了一種錯覺？一瞬間似乎春暖花開？回到了軍校學院的曹博情不自禁的張開雙臂。

啊！當曹博驚醒的時候驚恐的發現，自己腳下正在懸崖旁的萬丈深淵，一陣寒風吹過，曹博的身體隨之擺動，秦濤緊緊的抓著曹博的武裝帶將其拽了回來。

臉色蒼白，心有餘悸的曹博摸了一下胸前的望遠鏡對秦濤點頭表示謝意，秦濤望著遠處詭異的白衣女子，秦濤眼中白衣女子行走的方式更像是飄過來一樣？

曹博以為自己眼花揉了揉眼睛，郝簡仁摘下曹博的望遠鏡看去，結果臉色頓時為之一變，滿臉難以置信的神情揉揉自己的雙眼。

秦濤注意到了，白衣女子雙眼如同兩個黑洞一般，就連其後腦部分也缺少了三分之一？最讓人毛骨悚然的是白衣女子經過附近十幾米直徑範圍內，青苔迅速發黃，幾隻經過的雪鼠抽搐倒斃在地，就連幾隻低空掠過的飛鳥也墜地而亡？

望著宛如死神一般的白衣女屍，城頭的眾人毛骨悚然，秦濤正準備下達開火命令，白衣女屍竟然停住了腳步，豎立在原地隨風如同鐘擺一樣小幅度輕微擺動？

躲在遠處樹林中戴著鷙盔面具的大祭司氣急敗壞的將手中的單管望遠鏡摔在了地上，這位掌控著生殺大權的大祭司其實並非墨氏叛逆遺族。實際上，大祭司並不知道該如何催動冰魑鬼母，他非常清楚那玩意兒簡直是生人勿近，進到一定範圍都會被吸光生命力一般倒斃。

大祭司早已記不起自己的姓名，也記不起自己是否還有家人？他不過是三十年前因為一起詐騙案引發了血案的在逃通緝犯，當年逃入雪山墜入冰縫，卻被墨氏叛逆的遺族所救。

因為不斷膨脹的野心和欲望，窺竊無法掌控的力量從而導致墨氏叛逆遺族的青年都無法活過二十七歲這個魔咒一般的年紀，墨氏叛逆遺族的族群在不斷的消亡，漸漸的他取得了墨氏叛逆遺族的信任，直到據說兩千歲的大祭司故去前才向他透露了一個驚天大祕密。

天下分九州，墨氏一脈，分為九支，守護九州。

隨著時間的推移，再堅定的信念也能夠被消磨，守護貢嘎神山這一支墨氏中有人受到了絕對力量的誘惑走上歧途，而墨氏叛逆遺族唯一的希望就是重新開啟黃庭之源，用造成今天這種結果的那種力量扭轉一切。

在貪婪的驅使下，剛剛接任大祭司的他進行了失敗的嘗試，在奇異的綠光照射下變得孔武有力，甚至能夠飛簷走壁，但是代價卻是貌如惡鬼，而且還失去了一個男人的能力。

大祭司認為只要能夠進入神殿，一切噩夢都可以迎刃而解。成為大祭司，開啟黃庭之源之門，迎接永生，獲得絕對力量，一切似乎都近在咫尺。

讓大祭司意想不到的是，一次冰架崩塌重見天日的二戰運輸機引來了科學考察隊，一切的麻煩就開始了。以致於他想要動用冰魈鬼母對付救援分隊，而冰魈鬼母卻在一座突然出現的石條城前止步？

大祭司曾經遍查過墨氏叛逆遺族的所有典籍，實際上冰魈鬼母並非墨氏叛逆遺族所制，而是墨氏叛逆遺族在冰川的深處黃庭之源附近一處遺跡中發現的，那些封印了毒蟲的屍體則是一個神祕消亡已久的雪域部落留下的唯一痕跡。而冰魈鬼母就是那個雪域部族的圖騰，那些封印了毒蟲的屍體也是仿製冰魈鬼母，至於這個部族如何封印冰魈鬼母、阻擋發射源就無人知曉了。

就在大祭司束手無策之際，秦濤見白衣女屍止步在石條城前一百米的距離，剛剛準備下令開火被陳可兒阻攔。

陳可兒認為很有可能是這座疑似隕石建築起來的石條城有一種特殊的磁力波，對白衣女屍似乎構成了一定程度的阻攔或者干擾，從倒斃的動物屍體範圍判斷，只要不讓白衣女屍靠近五十米，所有人都是安全的。

秦濤望著徘徊在一百米距離之外的冰魈鬼母和更遠處在樹林邊蠢蠢欲動的黑衣人，秦濤示意孫峰用狙擊步槍射擊冰魈鬼母，隨著幾聲槍聲迴盪在山間，七點六二毫米的五七彈巨大的衝擊動能對冰魈鬼母好似全無任何作用？冰魈鬼母依舊不停徘徊，孫峰又嘗試射擊冰魈鬼母的腿部膝蓋關節，結果也是毫無任何反應。

郝簡仁放下望遠鏡招呼孫峰道：「我說到底打沒打著啊？」

孫峰漲紅著臉氣呼呼道：「我在教導隊四百米距離四級風打硬幣，一百米我就是閉著眼睛都不會脫靶。」

秦濤瞪了一眼郝簡仁，郝簡仁立即閉嘴躲在了陳可兒身旁，看了一眼陳可兒手中一個嘟嘟嘟響個不停的儀器道：「陳小姐，這玩意兒也太恐怖了，簡直就是近身就死啊！這可比西方那個什麼美杜莎厲害多了？這玩意兒到底是什麼？」

陳可兒用手中的儀器對準冰魈鬼母，儀器的指標竟然一下頂到了頭，發出連續刺耳的警報聲？

秦濤倒吸了一口涼氣，因為他認得陳可兒手中的是最新的軍用輻射劑量檢測儀，冰魈鬼母本身就是一個超級放射源的存在，所以進入她一定範圍的生物都會被照射，而且照射的強度達到了瞬間致命的程度？簡直是駭人聽聞？

花田慶宗猶豫道：「從科學的角度來說，這個冰魈鬼母就是一個移動的放射源，從死亡的動物範圍判斷冰魈鬼母的致死範圍應該是二十米左右，我們身處的這座隕石城存在一種特殊的磁場讓冰魈鬼母止步不前。」

墨龍望著冰魈鬼母無奈的搖了搖頭道：「請神容易送神難啊！把這麼個玩意兒放出來，隕石古城的正面十分狹窄，對面那些墨氏叛逆這會恐怕比我們還要頭疼。」

墨龍果然猜中了，大祭司此刻腸子都悔青了，因為上任大長老傳下來的青銅排笛根本無法控制冰魈鬼母，這玩意兒根本無法分清敵我，破開冰棺的一瞬間就損失了超過一半的人手，冰魈鬼母似乎被什麼吸引一樣十分執著的向山頂前進，原本以為會屠滅了擋在她前進路線上的救援分隊。

萬萬沒想到，此時此刻冰魈鬼母卻止步在了一座古城廢墟面前，擋住了自己進攻的路線，典型徹徹底底的搬起石頭砸了自己的腳，而且搬起這塊石頭的代價還頗高。

不能給救援分隊喘息的機會，大祭司非常清楚人民軍隊的厲害，眼下他雖然佔據了一定的優勢，也是因為救援分隊沒有時間與自己進行糾纏，但是他可以肯定救援分隊一定將這裡的情況進行了報告。

眼下雪山極端天氣驟起，一旦天氣轉好那麼大部隊進山就是最好的摧枯拉朽，他現在只能與時間進行賽跑，幹掉救援分隊，從幾名被抓獲的專家口中逼出黃庭之源的所在，只要擁有了黃庭之源的力量，絕對的力量能夠讓他呼風喚雨。

有些人每天給別人灌輸各種理念洗腦，而他自己卻從來也不相信，大祭司就是這樣的人，見識過黃庭之源的危險卻也獲得了一絲不屬於他的力量，這一絲力量讓大祭司擁有了常人無法擁有的速度和力量，即便受傷也比常人恢復要快幾十倍。

僅僅是這一絲力量讓大祭司察覺到了永生也許並非遙不可及，或許近在咫尺。

而冰魈鬼母的出現更加堅定了大祭司的想法，將手中上任大祭司留下的羊皮古卷反復翻看了幾遍，他覺得既然冰魈鬼母、鬼蝠、人鮫王都是真的，那麼大鵬鳥、地龍也都應該存在，找到了大鵬鳥和地龍就等於找到了黃庭之源的大門。

想到這裡，大祭司一揮手道：「讓我們的人從兩側的峭壁繞過去進攻古城。」

幾個頭目一聽大祭司的命令當即臉色一變，一名禿頭圍著黑色長巾的頭目苦著臉道：「尊貴的大祭司閣下，冰魈鬼母擋在了古城的正面，我們如果從側翼攀岩而上，會成為上面人的靶子，而且我們現在的人手已經不足以發動強攻。」

禿頭的頭目說的是實話，大祭司的手按在鑲金的毛瑟手槍上，手指有節奏的敲擊著槍柄，禿頭頭目的汗珠不斷的掉落。

見情況不妙，禿頭急忙補充道：「尊貴的大祭司閣下，這古城出現的十分蹊蹺，傳說中能夠阻擋冰魈鬼母返回山頂開啟祭壇的只有隕星古城了，相傳是墨氏的先祖利用天降神星在冰魈鬼母歸途建造的古城，用來阻擋冰魈鬼母，我們只需要將古城炸掉破壞，讓冰魈鬼母能夠繼續前行，救援分隊就在劫難逃了。」

大祭司滿意的點了點頭：「不錯，這個榮耀的任務就交給你了。」

作繭自縛的禿頭頓時臉色一白，旁邊的幾個頭目陰險的壞笑，誰料大祭司意猶未盡道：「其餘的人從兩側攀岩而上，吸引火力，掩護安置炸藥。」

很多時候，人自己倒楣的時候，當看到有人比自己還倒楣就會覺得還有希望！

墨氏叛逆的黑衣人竟然沒等到天黑就開始繞過止步不前的冰魈鬼母強攻？這讓秦濤感到十分意外。

很快所有人全部進入陣地，孫峰居高臨下監控整個戰場，兩側攀岩而上的黑衣人簡直就是一個個的靶子，秦濤使用八一式突擊步槍單發開始精準射擊，黑衣人也組織火力壓制，攀岩而上的黑衣人不斷中彈墜落深淵，但吳迪的機槍發射的曳光彈形成火鏈在不斷掃射，像是在編織死亡一般。

由於救援分隊居高臨下，黑衣人的進攻變成了送人頭，孫峰也加入了射擊的行列，渾然忘記了監控戰場。

禿頭頭目帶著幾名黑衣人，身上披著草皮緩緩的從冰魈鬼母的一側心驚膽戰的爬過，幾大捆炸藥被悄無聲息的送到了城牆之下。禿頭點燃導火線之後，起身狼狽而逃，秦濤警戒的發現城牆下逃跑的三個人，連續幾發撂倒了兩個，探身一看城牆下發現導火線冒著青煙噴著火星！

「撤退，撤退！」隨著秦濤的高聲呼喊，眾人紛紛撤離了城牆，孫峰一臉歉意的望著秦濤，秦濤用力拍了拍孫峰的肩膀。

一聲巨響！看似堅固無比的城牆在現代炸藥的巨大威力下土崩瓦解，城牆內部的夯土崩塌，石條也隨之垮塌。

冰魈鬼母似乎開始緩慢的向前移動，陳可兒急切道：「隕石城牆被破壞，形成的特殊磁場消失了，冰魈鬼母向我們移動了，秦濤，怎麼辦？」

秦濤望著緩緩移動的冰魈鬼母同樣束手無策，最後一個撤離的墨龍心有餘悸道：「這群瘋子，竟然在雪山使用如此威力巨大的炸藥，他們就不怕引發雪崩？」

怕什麼就來什麼！秦濤最擔心的同樣也是雪崩，地面微微的一陣顫抖，隨著傳來巨大的轟鳴聲？

秦濤情急之下帶領眾人向古城中心的一座似乎通往地下的廢墟跑去，大祭司也察覺到了自己剛剛的行徑似乎過於瘋狂了，雪崩是雪域之中最為可怕的災難，被雪崩壓住的人往往死於最痛苦的窒息。

大祭司帶著為數不多的黑衣人狼狽的向一側的山坡逃去，試圖躲過山崩海嘯一般的雪崩，滾滾的白色洪流淹沒了古城遺跡，冰魈鬼母也不見了蹤影。

心有餘悸的大祭司望著身後僅存的七、八個黑衣人，慶幸自己逃走的及時，沒想到自己瘋狂行徑引發的雪崩竟然替自己解決了救援分隊？真是無心插柳柳成蔭啊！

大祭司陰森得意的笑聲在山谷中迴盪……

◊

遺跡廢墟的核心地面上的建築物已經被徹底摧毀了，但是地下卻有著一個同樣用石條壘砌而成的大地宮，進來的道路全部被積雪堵死了，秦濤等人被困在了地宮的入口。

地宮的入口耳房（註9）並不大，但是裡面卻佈滿了幾十具形態各異的乾屍，秦濤查看了一下這些男女老幼皆有的乾屍，其身上大多穿著已經成了碎片的皮革，戴著各式的珠寶，其中幾具似乎還穿著鎧甲？

一具跪在石壁前似乎絕望嚎叫的乾屍引起了秦濤的注意，乾屍手中似乎還拿著一個青銅物件？

墨龍帶著僅存的兩名墨氏子弟在奮力挖掘冰雪，郝簡仁、李健幾個人也揮動工兵鏟加入了挖掘的隊伍，陳可兒計算了一下雪崩的時間，無奈的勸阻道：「沒有用的，雪崩過程持續了九十七秒，根據之前山谷窪地的地形判斷，我們上面至少有一百米厚冰雪、巨石、樹木等等殘留物，這裡只有不足二十平方米，我們這麼多人，沒等我們挖通三分之一，氧氣就會消耗殆盡。」

秦濤環顧四周道：「會不會還有別的其它出路？」

陳可兒用手電筒照著四周嚴絲合縫的牆壁道：「從結構上判斷這裡應該是一處地宮的入口，否則為了不足二十平方米的一個空間根本沒必要修建近百階的階梯，這面牆後面應該就是地宮了。」

郝簡仁用槍托敲了敲石條壘砌成的石壁，發現石條的縫隙竟然都用銅水澆注，無奈道：「我們現在一點炸藥都沒有了，就算有誰敢在這麼狹窄的空間裡實施爆破？」

郝簡仁微微歎了口氣道：「沒想到這裡竟然會成了我們最好的歸宿？上級就算派人恐怕也找不到我們，等再過幾百年挖出來，嘿咱們哥們也都成文物了，到時候也會有一群人研究咱們。」

陳可兒沒搭理郝簡仁的貧嘴，墨龍依然帶著兩名墨氏子弟在鍥而不捨的挖掘著冰雪，但是混雜在冰雪中的石塊讓挖掘工作進展緩慢。

陳可兒沿著石壁反復的仔細查看，最終停在了乾屍面前，將乾屍手中緊握的青銅物件取下擺弄了一會對秦濤道：「秦濤，你看這東西像什麼？」

秦濤看了一眼陳可兒手中如同一把摺扇大小的青銅製品，接過物件秦濤發現這玩意兒竟然很像劍柄？通體佈滿了太陽的圖騰紋飾，底部似乎還有一個十字缺口？如果說是一件工具那麼似乎太過精美了，會不會是一把鑰匙？

秦濤的假設讓眾人都圍了過來，陳可兒摸了摸石壁放在鼻子下聞了聞：「我剛剛檢查了一下這些乾屍發現了一個很特別的現象，那就是這些乾屍似乎都有被高溫烘烤過的跡象？」

高溫烘烤過？秦濤疑惑的舉目四望，忽然發現耳室的頂部竟然有一組模糊的壁畫？壁畫上代表金木水火土五行的五隻怪物從五個方位向中間的太陽前進？而中央太陽的圖騰似乎微微凸起？

而石壁前的那具乾屍舉手延伸的方向恰恰正是太陽圖騰的方向。

「李健、胡一明你們兩個抬著我！」秦濤踩在兩人的肩膀上摸到了頂部，稍微輕輕一用力，太陽圖騰發出喀喀的響動和石頭與石頭之間刺耳的摩擦聲？

秦濤嘗試著旋轉圖騰，當轉動了一百八十度，太陽圖騰中央出現了一個十字型的缺口。

陳可兒將青銅鑰匙遞給秦濤叮囑道：「小心一點。」

秦濤深深的呼了口氣，陳可兒發現乾屍都有被高溫烘烤過的痕跡，也就是說在開啟的同時也有可能觸動某些裝置機關，秦濤仔細檢查了一下所謂的鑰匙，驚訝的發現這把鑰匙竟然分成五段，每段都能夠旋轉三百六十度。陳可兒也有些迷惑，顯然他們遇到了中國古代的五階旋轉密碼機關了，根據墨龍提供的線索，當年墨氏先祖鼎盛時能夠製造九階旋轉密碼機關，但是耳室中的乾屍明顯不是墨氏流派的子弟。

「你可以嘗試五階分別對應金木水火土，每階旋轉一百八十度，正反交替開啟。」墨龍的底氣也並不足，因為沒人知道當年的五階旋轉密碼機關的開啟過程與現今的是否相同？

既然墨龍都說了嘗試二字，那就意味著秦濤只能碰運氣了。

秦濤將青銅鑰匙緩緩插入十字缺口，按照墨龍的交待緩緩擰動，忽然，耳室的四周猛的翻出幾條油槽，眾人頓時一動不敢動，秦濤握著青銅鑰匙的手也微微顫抖了一下。

墨龍與花田慶宗分別檢查了一下兩側的油槽，墨龍長長的鬆了口氣道：「猛火油早就乾涸了，再極致的機關也難以抵禦時間的消磨。」

秦濤將鑰匙的五階分別旋轉擰入，看似嚴絲合縫的石壁出現了一道縫隙，一團腐朽的煙氣從裡面噴出，陳可兒急忙捂住口鼻，郝簡仁等人哪裡還顧得上許多，立即用工兵鏟將縫隙撬大。

秦濤使用空氣檢測儀測試了一下通道內的空氣成分，未發現有毒物質，原本想先派人偵察一下，郝簡仁卻搶先一步興奮道：「這就叫做天無絕人之路，只要不被憋死，有什麼怪物危險儘管招呼。」

通道十分狹窄，但是即便如此狹窄的通道在建造之初生產力極不發達的古代，堪稱是一項浩大的工程。通道內雖然每隔一段距離都有準備好的火把，可惜火油已經徹底乾涸，火把的手柄也已徹底腐朽一碰就碎成了渣。

延伸了幾十米的通道盡頭是一座穹頂地宮，地宮的地面上到處都是殘破的兵器、鎧甲和骨骼的殘骸，顯然這裡曾經發生了一場慘烈的廝殺。

地宮的頂部竟然有一幅與耳室內十分相似的壁畫，唯一的區別是地宮穹頂的壁畫色彩依然鮮豔也清晰得多，代表金木水火土五種屬性的怪物向穹頂中央的一個位置前進匯合。

突然，墨龍毫無徵兆的跪倒在地，雙手合十低頭不語，兩名墨氏子弟也隨之跪倒在地？

一陣旋轉的氣流經過，郝簡仁手中打火機的火苗被呼的吹滅，郝簡仁興奮的叫嚷道：「有風就證明有通往外界的通路，咱們得救了。」

郝簡仁似乎過於太樂觀，不過在這個時候也沒有人願意去打擊郝簡仁的積極性，墨龍緩緩起身長長的歎了口氣道：「沒想到，葬身這裡的竟然都是我墨氏一族的精英，難怪這幾十年來多次進山尋找都毫無蹤跡可尋，原來這隕石古城被冰雪覆蓋。」

陳可兒與花田慶宗檢查了遍地的骸骨，郝簡仁呆呆的望著遍地的骸骨似乎意識到了什麼，墨氏精英進入地宮卻全軍盡歿於此，如果不是冰架崩坍，恐怕這隕石古城永遠也沒有重見天日之時，而如今又被雪崩覆蓋。望著地面上一具具白骨，眾人的神情開始低落起來，似乎有些不甘心的花田慶宗不斷的在尋找可能存在的出口。

郝簡仁靠著地宮中的一根圖騰柱坐在地上，拾起一個骷髏頭看了一眼放在一旁對花田慶宗道：「別浪費力氣了，這裡的屍骨至少有上百具，這些人活著的時候肯定想盡了辦法出去，最終的結果卻是遍地的白骨。」

秦濤望著地面上一些似乎有火燒跡象的骸骨眉頭緊鎖，陳可兒似乎也注意到了這一特殊情況，墨龍更是臉色鐵青。

人吃人這三個字幾乎同時出現在所有人的腦海中，為了活下去，人會泯滅一切恢復動物原始的本能，墨龍也說不清楚墨氏一脈的這些精英為何會在這裡全軍覆沒？

陳可兒來到秦濤身旁低聲道：「這些骨骼的比例似乎都有異變的痕跡？一些頭骨上被貫穿的痕跡看起來很像是牙齒的咬痕，要知道人類上下顎的咬合力是根本無法洞穿堅硬的頭蓋骨。」陳可兒提到了異變讓秦濤頓時警覺起來？

陳可兒望著遍地的骸骨疑惑道：「有沒有這樣一種可能，這些墨氏門徒被感染後，為了隔絕病毒傳染進行了自我封閉？」

如果在白山事件之前，有人說異變或者病變能夠讓人變成怪物、活死人，秦濤肯定認為是無稽之談，但是親身經歷了之後，秦濤清楚的意識到沒有什麼是不可能的，遠古神話中那些大能之士甚至妖魔鬼怪，都極有可能是史前文明或者外域文明基因異變、病毒感染的產物。

突然，電臺傳來一陣呼響，紅色的收報燈在不停的閃爍？鄧子愛一臉茫然的望著詭異的電臺？

在秦濤的示意下鄧子愛戴上耳機開始收報，在一陣陣的滴滴聲中，郝簡仁一臉茫然道：「這是什麼鬼玩意兒？在地面上沒信號，現在被埋在地下反而有了信號？能不能聯繫基地方面報告我們的位置，派人營救我們？」

鄧子愛摘下耳機無奈道：「太奇怪了，收報信號是滿格的，發報卻沒有任何反應？」

不過一會，收報燈再次亮起，秦濤習慣性的看了一下手錶，兩次間隔十五分鐘，鄧子愛將抄好的內容遞給秦濤道：「沒有對譯母本，恐怕無法得知收報的內容。」

秦濤戴上耳機發現在兩段電報之間竟然有一個模糊的聲音似乎在呼叫什麼？緩緩調整頻率之後，秦濤一臉茫然摘下耳機對眾人道：「是外語，不像是英語和俄語，誰懂外語的聽一下。」

在場的戰士中能把漢語學好的都不多，曹博的英語基本就是啞巴英語，陳可兒與花田慶宗對視了一眼，陳可兒先戴上了耳機，幾秒鐘後又摘了下來道：「不是主流語種，感覺很像古拉丁語？」

花田慶宗接過耳機聽了一下疑惑道：「古拉丁語應該是屬於絕跡語言範疇內，只有極少數的神父和教廷神職人員在使用。」

陳可兒見秦濤似乎對古拉丁語沒有什麼概念，於是解釋道：「拉丁語屬於印歐語系義大利語族，最早在拉丁姆地區和羅馬帝國使用。雖然拉丁語通常被認為是一種絕跡語言，但有少數基督教神職人員及學者可以流利使用拉丁語。羅馬天主教傳統上用拉丁語作為正式會議和禮拜儀式用的語言，在英語、法語、德語創造新詞的過程中，拉丁語一直得以使用，但是古拉丁語因為發音拼寫極其繁瑣，只有頂級的學者群體內得以流行。」

郝簡仁有些不屑道：「文字就是為了記載書寫保存而存在的，不是封建統治階層維護統治愚民的幫兇，沒人聽得懂會寫的語言有什麼用？這樣的古拉丁語早就該廢除絕跡。」

花田慶宗將記錄翻譯之後的內容遞給秦濤道：「內容應該是錄製反復定時播放的，大致含義是請求救援，下面有一組經緯度座標。」

秦濤對照了一下經緯度座標驚訝道：「這個座標竟然就在我們的附近不遠處？用古拉丁語求救？使用公共頻率反復播送？」

鄧子愛反復檢查了幾遍電臺，確認電腦處於關閉狀態，毫無價值的神祕求救資訊對於同樣被困生死未卜的秦濤等人毫無意義。

花田慶宗則在一刻不停的尋找著或許存在的出口，郝簡仁則徹底放棄枕著一顆頭骨唉聲歎氣，讓秦濤隨時有一種想踢飛他的感覺。

郝簡仁望著穹頂上的壁畫突然開口道：「濤子哥，你說這壁畫上的幾條線到底是什麼意思？我看這個背景很像是貢嘎雪山？」

站在一旁的秦濤看了一眼壁畫，哪裡有什麼貢嘎雪山？對於郝簡仁的胡說八道秦濤懶得搭腔。

郝簡仁的話卻讓陳可兒眼睛一亮，陳可兒換了幾個位置觀看壁畫之後驚呼道：「天啊！這壁畫竟然是立體角度差為構圖的。」

墨龍與花田慶宗也換了幾個角度和位置觀察穹頂的壁畫，也驚呼不已，秦濤在好奇心的驅使下才驚訝的發現在不同的角度和位置觀察壁畫竟然是五幅完全不同的構圖，有五行齊聚的構圖，有貢嘎雪山的構圖，有浩瀚星空的構圖，有雪域祭壇燃起聖火的構圖和平行世界的構圖。

這五幅構圖代表著什麼意思？會不會意味著出口？如此多的墨氏門徒折損在這裡，如果這座隕石古城是墨氏一脈的遺跡，會不會有墨氏符圖一類的記載？

對於秦濤的疑問墨龍無奈的搖了搖頭：「據我所知隕石古城並不是墨氏先人所建造，記載中墨氏先人曾經進行過隕石古城的修復，利用其阻擋疫魔前往祭壇，在此地幾度爆發激戰。」

陳可兒點頭確認道：「確實如此，從建築風格和建造工藝上判斷，這座隕石古城的建造者恐怕另有其人，而五幅不同的壁畫似乎也有排列順序。」

陳可兒一邊說一邊在筆記本上簡略的畫出了五幅壁畫的構圖排列，逐一解釋道：「第一幅圖應該是浩瀚星空，而這裡很像一艘帶有火光的飛船墜落，然後是精準的貢嘎雪山的海拔等高地圖，雪域祭壇燃起的聖火更像是在召喚什麼？而平行倒置的世界之後就是五行齊聚，似乎聚集齊這五種力量能夠開啟什麼？」

誰也沒想到陳可兒竟然會給這五幅壁畫排列順序然後逐一解讀，墜落的飛船，燃燒的祭壇，聚集起來的不同力量，開啟一扇未知之門？

花田慶宗顯得十分興奮，似乎陳可兒的解讀為他打開了另外一種全新的思維模式，或許這就是黃庭之源來歷？

但是現在救援分隊面臨的最大難題卻是如何逃出這個地宮，地宮內雖然空氣流通順暢，顯然在建造地宮的時候就預留了通氣孔，卻完全沒有任何可供人通行的出路。

眾人剛剛被點燃的求生欲望再度熄滅，陳可兒望著五幅壁畫無奈的搖了搖頭，壁畫中似乎沒有提及祕密出口，或許這裡就沒有祕密出口。

秦濤將一面破爛的盾牌用腳踢到一旁，地面上的一些沙礫卻順著地面上的石縫不見了，秦濤蹲在地上將更多的沙礫灌進石縫中，細微的沙礫流淌的聲音讓秦濤欣喜異常。

巨大的石條被充滿求生欲望的眾人撬起，花田慶宗卻和著魔一般站在穹頂壁畫下一動不動。

陳可兒的分析讓花田慶宗意識到了他所面對的是一個完全的未知文明，而且他們這些人已經不是這裡的第一批訪客了，想要獲得絕對的力量，似乎就要付出難以想像的代價，為了這種超凡於世的絕對力量，花田慶宗願意付出包括生命在內的一切代價。

與之相比，自己之前只不過想通過曾祖的日記尋找當年讓其家族一夜暴富的神花聖藥簡直不值一提，花田慶宗一直認為在冥冥之中有一隻大手在操控著人類的進化，而進化則主導著人類的命運。

或許這是一次難得的巨大機會，悄然間，花田慶宗做出一個連自己都感到害怕的決定，站在人類進化鏈的最前沿，成為一名捕食者而並非是食物，以至於連郝簡仁的連續呼喊也沒有聽到。

◊

當巨石被撬開之後，一條狹長的裂縫出現了，為了避免途中遇險，秦濤與墨龍、李健作為第一梯隊探路，狹窄濕滑的裂縫充滿了未知的危險，但是有體能超強的秦濤在前開路也算是有驚無險。

白色的雪，冰冷的空氣，山體的一處裂縫讓秦濤有一種重見天日的感覺，雖然裂縫十分狹窄，但是周邊的岩石大多已經風化，經不住秦濤揮舞的鶴嘴鎬，隨著裂縫不斷擴大，秦濤利用堅硬的岩石完成了滑降繩索的固定。

秦濤沒有注意到，他在崖壁上的一舉一動全部被遠處一架老式筒型望遠鏡收入在內，一名鶴髮童顏的老者將望遠鏡搬回了一輛輪式前導半履帶老式裝甲汽車上，在排氣管吐出的黑煙和馬達的轟鳴聲中，裝甲汽車消失在山稜另一側。

秦濤疑惑的望著裝甲汽車消失的方向，因為剛剛他似乎聽到了引擎的聲音，由於山風凜冽，秦濤也很難確定是不是自己的錯覺？

當秦濤的腳踩在地面上的積雪，讓秦濤產生了一種恍然隔世的感覺，雖然偏離了前往冰阪地帶的路線，但成功返回了地面，逃離了被活埋地下的厄運也讓眾人慶幸不已。

誰知剛剛翻過山頭，負責偵察的李健一臉緊張的跑了過來，李健將秦濤帶到了雪地上一行腳印附近，赤裸著腳行走在雪山之上？附近有倒斃的小動物？不用放射線檢測儀，那玩意兒竟然從雪崩中活了下來？這麼大的雪崩竟然都解決不了冰魈鬼母？從腳印的方向判斷冰魈鬼母是向主峰前行的，到底是什麼在吸引著冰魈鬼母？

秦濤並不知道，就在對面山坡的稜線後，大祭司瞪著血紅的眼睛在盯著救援分隊一行人，與秦濤對冰魈鬼母的態度一樣，大祭司也十分納悶，這麼大的雪崩怎麼就解決不了救援分隊這些人？

大祭司看了一眼身後僅存的幾個手下無奈的歎了口氣，拼著兩敗俱傷引發的雪崩幾乎讓自己全軍覆沒，對方看上去卻沒什麼損失？

「儘快速度，我們一定要比他們先抵達祭壇，另外派人把抓住的那幾個專家都送到祭壇去，一定要搶在這些人前面，記住了嗎？」大祭司反復叮囑一個臉色蒼白的壯漢。

對於是否沿著冰魈鬼母行徑的方向前進，秦濤與墨龍第一次發生了分歧，秦濤建議繞路而行，因為冰魈鬼母這玩意兒就是一個非常危險的移動放射源，一旦靠近後果不堪設想，但是墨龍卻認為繞路太耽誤時間，應該前往祭壇阻止冰魈鬼母抵達祭壇。

秦濤的任務是前往冰阪地帶救援科考隊的專家，墨龍卻要登頂前往古祭壇遺址阻止冰魈鬼母？

郝簡仁好奇詢問墨龍：「如果讓那個怪玩意兒登頂祭壇會發生什麼？」郝簡仁的問題墨龍確實難以回答，他只知道必須要阻止冰魈鬼母登頂，因為冰魈鬼母一旦登頂就會引發災難，但是具體是什麼災難，影響有多大他就不得而知了。

就在秦濤與墨龍為了路線僵持不下之際，轟鳴的馬達聲由遠而近。

「戰鬥準備！」秦濤當即下達戰鬥命令，眾人立即散開，郝簡仁掩護陳可兒退到一塊巨石後隱蔽。

馬達的轟鳴聲響徹山谷，秦濤眉頭緊鎖，在坡度平均超過四十五度的地形極其複雜的山地，一般的車輛是寸步難行，國外有一種全地形履帶越野車輛，可惜我軍尚無類似的裝備，就連邊防巡邏依然是靠雙腿和畜力馱運。

一陣引擎排除的濃煙出現在山的稜線一側，秦濤示意胡一明、吳迪、李健呈扇面包圍過去。

悄悄包抄越過山稜線之後，秦濤頓時目瞪口呆，因為停在山坡上的竟然是一輛型號不明的輪式前導半履帶裝甲車？一個身穿獵裝戴著墨鏡的老者在裝甲車敞開式的後艙舉著望遠鏡四處觀望，似乎在尋找什麼？

秦濤用手勢示意胡一明幾個人原地警戒，自己放下武器和行囊，抽出匕首開始小心翼翼的摸向裝甲車，車上的老者顯然沒有什麼防範，很快，秦濤靠近車身，趁車上老者不注意飛身上車猛擊其後頸，檢查車內只有老者一人之後，秦濤關閉了裝甲車的引擎，給胡一明發信號示意安全。

郝簡仁拍了下秦濤的肩膀道：「天啊！我沒眼花吧？這玩意兒應該是二戰德國 sdkfz252 半履帶裝甲車，幾十年前的東西早就該爛光了，這玩意兒是哪裡來的？」

胡一明和吳迪從車裡將被打暈的老者抬下來，結果陳可兒目瞪口呆隨即驚呼一聲：「爸！」

這下輪到秦濤目瞪口呆了，自己打暈了被營救的目標，陳可兒的父親陳國斌博士？

隨即秦濤發現問題來了，救援分隊不惜一切代價快速挺進雪山付出了慘重的代價，但是被營救的目標陳國斌卻活蹦亂跳、生龍活虎，還開著一輛極有可能是二戰時期的半履帶裝甲車滿山亂竄？

花田慶宗則細緻的檢查了半履帶裝甲車，車體以及很多部件上都有清晰的德文標識，不過一會陳國斌教授緩緩醒來，陳國斌開口的第一句話就是：「剛剛是哪個混蛋一聲不吭就直接動手打暈我的？」

幾乎所有人都面面相覷，秦濤咳嗽了一下毫無徵兆的踹了郝簡仁一腳道：「以後注意了！」

陳國斌揉著似乎還是很痛的後頸拉住陳可兒的手興奮道：「可兒，妳知道我們發現了什麼嗎？這麼多年學術界一直嘲笑我在追尋虛無縹緲的神話世界，但是這次我可以告訴妳，我找到了，一個足以震驚世界的大發現。」

陳國斌似乎有些激動得語無倫次了，但是陳國斌的話透露的含義卻讓秦濤不寒而慄，虛無縹緲的神話世界？足以震驚世界的大發現？而且，陳國斌從頭到尾都沒提及與他同行的那些科考隊員的蹤跡？

電臺還無法取得聯繫，秦濤來到陳國斌面前道：「陳教授，我是救援分隊的隊長秦濤，請問與你一同的科考人員現在都在哪裡？」

陳國斌抬頭望著秦濤：「你就是秦濤啊！可兒總是提及你，也算得上一表人才，你們跟我走吧，到了地方你們就明白了。」

半履帶裝甲車在引擎的轟鳴中沿著山溝緩緩前進，郝簡仁駕馭著半履帶裝甲車來到冰阪地帶的邊緣，車速開始減慢。

半履帶裝甲車在秦濤眼中就是一個皮薄餡大的餃子，在這種視野極其不好的山地，只需要一枚火箭彈或者反坦克地雷，就能一鍋端了救援分隊，秦濤下令救援分隊在裝甲車的兩側徒步行進實施警戒，陳國斌替換了郝簡仁駕駛裝甲車。

郝簡仁湊到秦濤身旁道：「濤子哥，陳國斌失蹤超過十五天，你看他現在的精神狀態比我們還好？這是遭遇危機的模樣嗎？我總感覺這姓陳的老頭子很詭異？」

翻越山口之後，一片青翠充裕眼前，裝甲車開始進入森林，越走森林路徑越狹小，但是看得出一條道路彷彿被硬生生的碾壓出來，從地上的履帶印判斷，顯然是陳國斌開裝甲車來的道路。

眾人在疑惑的時候，花田慶宗壓低聲音對墨龍道：「能在貢嘎山上看到二戰時期的德國 sdkfz252 半履帶裝甲車，意味著那個地方真的存在？」

墨龍歎了口氣道：「絕對的力量只能帶來完全的毀滅，別讓欲望毀了自己。」

花田慶宗遙望雲霧之中的主峰：「如果你不想得到為什麼要來？」

墨龍停住腳步盯著花田慶宗道：「得到未必是真的得到，失去未必是真的失去。」

花田慶宗則微微一笑：「人心的欲望是無限的，你也許認為你自己能夠控制你的欲望，請不要太過自信。」

◊

秦濤在陳國斌的指引下，來到叢林一處石壁前。

陳國斌笑道：「這裡是從今天通往未來的入口，你們做好準備了嗎？」

通往未來？此時此刻，秦濤心中有太多的疑惑了，墨龍為了山頂的祭壇犧牲了那麼多的門人子弟；花田慶宗甚至不惜生命尋找能讓家族企業起死回生的生物製劑；而遇險的陳國斌卻毫髮無損的出現在眾人面前，似乎每個人都在努力證明自己說的是實話，但是每個人似乎都沒有說真話。

秦濤在陳國斌的眼中並未看到之前在白山沈瀚文眼中的那種狂熱和狂躁，這讓秦濤也暗中鬆了口氣，秦濤現在最害怕的就是歇斯底里瘋狂的科學家！

因為，這些具備大量專業知識的科學家一旦瘋狂起來都是極具毀滅性的。

秦濤一動不動望著陳國斌，陳國斌無奈只好親自下車掰掉一個石筍，然後駕駛裝甲車緩緩前行頂開石門。秦濤這才看出端倪，原來石壁就像個簾門，上邊有轉軸地下是鬆動的，如果憑藉一般人力是無法推開重力軸承，而使用裝甲車則能憑藉六百馬力的汽油機頂進入。

郝簡仁進入石門後，嘖嘖稱讚道：「這是什麼地方，別又找到一個遺跡？世界這麼大，怎麼到哪裡都能遇到遺跡？」

吳迪瞪了郝簡仁一眼道：「別烏鴉嘴，現在大家最煩的就是遺跡兩個字！」

郝簡仁白了吳迪一眼：「沒文化就是沒文化，無知者無畏知道嗎？你小子要是去過白山就不敢現在這麼囂張了。」

聽到郝簡仁提到白山，吳迪自覺的閉上了嘴，白山已經成了七九六一部隊的一個忌諱，但是在官兵之中卻是一個榮譽的象徵，從白山九死一生活著回來的人本身就是一個奇跡。

陳國斌引領眾人沿著一條長長的隧道走著，秦濤看著熟悉的畫面，堅固的幽暗隧道，閃爍的自發電燈，沿途一個個緊閉的庫門，與白山的日本人地下祕密工事何其相似？

就見陳國斌拐進一間房間，頓時進來的諸人感覺到別有洞天。

房間門不大，但是裡面十分寬闊，足足有兩百多平方米。兩名身穿黃色考察隊服的隊員在搬運一些設備，貢嘎山脈竟然有如此規模的地下設施，而且這些設施根本不是國防工程，如此海拔修建這樣龐大的地下設施不會不留半點痕跡的，到底是什麼人抱著什麼樣的目的在這裡修建地下設施？

地下設施內陳設十分奢靡，裡面懸的是水晶燈、鋪的是波斯地毯、地上的是維也納鋼琴、書架上的是各國名著、桌案頂是各國美酒、壁墳聖約翰圖案壁爐，加上鎏金留聲機、豪華沙發的擺設，讓人感覺來到外國奢侈的貴族山莊。

陳國斌坐在沙發上抽著煙斗，擺手示意眾人坐下，電臺依然沒有任何的信號，但是接收指示燈卻一直在閃動，讓秦濤非常無奈的是，幾乎所有的頻率都被那個該死的古拉丁語呼救播放給佔據了，就算是上級有指示發過來也無法接收。

陳國斌走出房間擰動燭臺關上書櫃，然後點燃煙斗道：「我知道秦連長你和你的隊友們現在一定有很多問題想問我，之前時機不對，現在你們可以問了。」說完含笑叼著煙斗坐在壁爐旁搖椅上，端起一杯白蘭地悠閒的搖晃著。

秦濤望著陳國斌道：「陳教授，你們既然沒有遇險，為什麼不立即派人下山聯繫？發出求援電報之後為何要單方面切斷通訊？為了進山營救我們付出了極大的代價。」

陳國斌有些尷尬道：「在冰阪地帶調查過程中，我們受到了黑衣人的襲擊，我的老搭檔老方被對方掠走了，是暴風雪救了我們，失去絕大部分裝備的我們只好求援。」

秦濤望著陳國斌道：「陳教授，我們此行的任務是救援，我現在唯一關心的是我們需要儘快與總部取得聯繫。」

陳國斌狠狠的抽了幾口煙斗道：「其實你們不是來找我的，而是來尋找我要找的祕密。有國才有家嘛，我能理解你們，我們的電臺也只能接收到一個反復播放的信號源，我們一直在試圖尋找關閉這個信號源，我給大家簡單的講一下科考隊的遭遇。」

隨著陳國斌娓娓道來，眾人才明白原來被重金雇傭的陳教授，隨著馮．霍斯曼．鮑勃出鉅資組建國際聯合科考隊。

當國際科考隊抵達冰川通過閱讀遺留的日記才明白，當年一夥二戰期間德國的神祕主義研究人員和武裝人員搭乘數架 Ju52 運輸飛機利用我國當時防空能力的不足，從尼泊爾悄悄飛到貢嘎山，最終全部失蹤。

陳國斌等人抵達之後，遭遇黑衣人的襲擊，暴風雪雖然救了陳國斌等人，倖存者也只有陳國斌和當地雇來的嚮導噶嘎，以及三名外國學者。

幾人命懸一線之際，那名外國學者非得要按照原有計劃實施，要求按照鮑勃拍賣所得日記中記載的路線方向前進，結果走沒有多遠，那名外國學者就詭異的掉下冰崖摔死了。

陳國斌手中的日記是馮．霍斯曼．鮑勃複製的，陳國斌認為馮．霍斯曼．鮑勃可能隱藏了日記中一些非常重要的相關細節，無奈原本還在馮．霍斯曼．鮑勃自己手中。

陳可兒從自己的背包中掏出了日記遞給陳國斌道：「爸爸，你說的原本日記是不是這一本？」陳國斌滿臉驚訝的推了推眼鏡接過日記疑惑道：「這本日記怎麼會在妳這裡？」

陳可兒也眉頭緊鎖道：「我是在收到你們遇險消息的同時，收到這本日記的！」

陳國斌翻看日記點頭確認：「就是這本日記，馮．霍斯曼．鮑勃可是將這本日記視為寶貝，我當時先翻閱原本他說什麼都不肯。奇怪了，為什麼這本日記會出現在妳手中？馮．霍斯曼．鮑勃先生聯絡過妳嗎？」

陳可兒搖了搖頭，陳國斌深深的呼了口氣道：「其實，所謂的科考在一九〇〇年就開始了，先是日本人，後是德國人。」

秦濤微微一愣：「陳教授你的意思是說這個地下設施是德國人修建的？」

陳國斌拿起燭臺，給大家展示上面刻著的德文道：「傳說中，德國人在藏地尋找香格里拉、尋找聖物等等故事，但是誰能想到德國人利用幾年時間悄悄的在貢嘎山悄然構建這麼大的隧道後勤補給站。」

秦濤震驚之餘詢問道：「德國人二戰的主戰場在歐洲，他們怎麼可能修建如此龐大的地下設施？他們來到貢嘎山到底是為了找尋什麼？」

陳國斌抽了口煙斗道：「如此龐大的設施確實並非德國人能夠建設得了的，通過這段時間對整個設施的調查，德國人只不過是借助原有的地下設施做了一次裝修而已，這個地下設施年代久遠到了難以想像，而且德國人也不是第一批的裝修者。」

陳國斌意味深長的看了一眼墨龍，將牆壁上一幅壁畫反轉，之間牆壁上密密麻麻的刻著墨氏符圖，墨龍頓時驚訝萬分。

陳國斌微微一笑：「這裡原本存在著一個極度發達先進的文明，後來未知的原因文明被毀滅，史前文明的遺族曾經有人試圖在這片廢墟中重新恢復往日的輝煌，不料卻被同樣為史前文明遺族的墨氏一脈消滅，那些冰魈就是那個文明遺族的傑作。」

郝簡仁驚訝道：「那冰魈鬼母到底是什麼？」

陳國斌聽到冰魈鬼母頓時興奮道：「你們見過冰魈鬼母？在什麼地方？是不是有非常強的放射性特徵？」陳國斌的興奮讓秦濤感覺有點恐怖，冰魈鬼母簡直就是一個移動的人形超強放射源的存在，還好其影響範圍有限。

陳可兒點了點頭：「冰魈鬼母確實有非常強的放射性！」

陳國斌起身來回踱步道：「我的猜測果然對了，你們知道冰魈鬼母到底是什麼嗎？」

眾人面面相覷，陳國斌將煙斗放在一旁道：「其實冰魈鬼母是一個移動的能源，當年這個未知文明應該是人口較少，所以利用戰偶作為主要戰鬥力，冰魈鬼母只不過是其中一種戰偶，墨氏當年剿滅遺族之後得到了殘缺的戰偶製作技術，只不過墨氏一脈分裂之後，墨氏的叛逆利用殘缺的技術製造出了更為狠毒的活人戰偶。」

墨龍微微點了點頭，表示他知道此事，花田慶宗和橋本對視了一眼，兩人似乎並不怎麼驚訝。

而郝簡仁則口無遮攔道：「那不就是咱們說的機器人嗎？只不過咱們的機器人暫時沒那麼發達先進罷了，沒什麼稀奇的。」

陳國斌看了一眼郝簡仁點了點頭：「這位同志說得十分對，這個未知文明對我們來說太先進了，先進到了幾乎無法理解的地步，我為我的無知感到羞愧。」

這時，一名科考隊的專家興奮的揮舞著一張地圖道：「陳教授，我們終於定位到了信號源的準確位置了！」

「定位什麼信號源？」

陳國斌興奮道：「就是那個反復播放的古拉丁語求救的信號源位置，我們只要關閉那個信號源，就能夠恢復通訊。」

秦濤接過地圖仔細看了一下，在比例尺為五萬比一的地圖上，這位專家利用三角定位的方法畫出了一個兩公分直徑的圓，秦濤無奈的將地圖遞給這名戴著酒瓶底眼鏡的專家，要知道這個兩公分大小的圓代表著幾平方公里的山地範圍。

要搜索如此大的面積顯然要做好相應準備，秦濤環顧眾人：「大家先休整一下，休息好了我們配合陳教授找到干擾源，恢復與總部基地的通訊後請求增援。」

陳國斌點了點頭道：「秦連長，老方落在對方手裡有好長一段日子了，你們能不能想辦法營救老方？」

秦濤點了點頭：「請陳教授放心，方教授的事情交給我們好了。」

實際上，此刻秦濤頭腦中有太多的疑惑，看似一直在竭力幫助救援分隊的墨龍與同舟共濟過的花田慶宗似乎都有各自不可告人的祕密。

陳國斌是陳可兒的父親，又是這次國際聯合科考隊的發起人和領隊，遇險後求援卻並未告知具體情況，科考隊遇險之後，陳可兒隨即收到了那本被出資人馮・霍斯曼・鮑勃視為珍寶的日記？一切跡象之中似乎都透露著詭異？

白山事件讓秦濤瞭解到了人性陰暗面和貪婪欲望的可怕，用郝簡仁的話說就是「總有刁民想害朕」的心理。

在休息室內，秦濤意外見到了陳可兒與陳國斌，墨龍站在書架前翻動著上面擺設的各種遺跡文物，郝簡仁則背著挎包在找大小合適又值錢的物件往裡面塞。

陳可兒招呼秦濤道：「秦濤，你有疑惑可以向我父親請教，他是這方面的專家，參加過全世界範圍內諸多史前遺跡的探險與考古。」

陳國斌換了一副嚴肅的表情：「小濤，接下來我要說的每一句話都至關重要，你們要留心聽，因為我所說的都將關係到我們所有人的生死。」

陳國斌展開面前一幅十分老舊的地圖，又點起煙斗道：「一九四五年當蘇聯紅軍攻克柏林，革命委員會（克格勃前身）在納粹的國會大廈一間密室裡發現了一個剛剛被擊斃的喇嘛，於是猜測是眼看末日臨近的德國人殺人滅口。」

隨後蘇聯紅軍又在國會大廈的檔案室沒來得及損毀的檔案中，發現了納粹德國對西藏的研究詳細記錄。但是由於意識形態問題，蘇聯方面忽略了這批檔案和事件的重要性，而是將這批檔案轉手給了當時的東德政府。柏林牆倒塌之前東德政府管理更加混亂，這批檔案竟然被人給盜出來流傳在黑市上，然後被馮・霍斯曼・鮑勃收購。

馮・霍斯曼・鮑勃是普魯士貴族，在希特勒上臺後一直都是納粹政府的忠實信徒。由於霍斯曼家族在歐洲有很深的淵源，所以具備相當大的商業影響力。霍斯曼家族在二戰中給予德國政府很大的經濟支持，也利用二戰期間德國政府的力量攫取了很多的財富。

但是二戰後，由於霍斯曼家族和歐洲其它國家千絲萬縷的商業聯繫，竟被選擇性的遺忘了助紂為虐的這段歷史。所以在二戰後仍然是富可敵國，但是行事越來越低調的德國商界巨擘。

陳國斌磕了磕煙斗道：「其實早在普魯士時期某些人就對我們的西藏感興趣，希特勒和他手下頭號幫手內政部長希姆萊，都堅信他們雅利安人是上帝的選民。而雅利安人據說是史前文明亞特蘭提斯人後裔，是傳說中神的子孫。後來亞特蘭提斯被洪水淹沒，一部分亞特蘭提斯人傳說來到了西藏，和凡人交配生出來雅利安人。然後雅利安人以西藏為區域，入侵印度消滅了古印度文明，建立了現在的印度文明，而種姓裡印度貴族婆羅門、吠舍、首陀羅就是雅利安人的後代。而傳說另外一支就流落歐洲，是現在日耳曼人和盎格魯－撒克遜人的祖先。」

秦濤略有所思道：「像你這麼說，這一次來到西藏貢嘎山是尋根之旅了？」

陳國斌搖頭歎氣道：「這只不過是德國人的猜測，其實他們到西藏的真正目的是尋找所謂地球軸心，傳說地球軸心具有能穿越時空的能力，還有據說西藏有神奇的力量，可以鑄造出不死的部隊。如果真像傳說的這樣，有這兩樣力量就可以扭轉二戰的敗局，這也是他們瘋狂孜孜追求的終極力量。」

墨龍聽到陳國斌的說法無奈的一笑，揚了一下手中的一個墨氏密盒道：「很多傳說之所以成為傳說，就是因為沒人能夠正確的理解傳說的本質，就如同這個墨氏密盒一般，無法找到它正確的開啟方式。」

陳可兒望著陳國斌疑惑道：「父親你就是為了驗證關於這個傳說的真假才答應馮・休斯曼・鮑勃來到這裡探險的嗎？」

陳國斌起身踱步：「事情遠遠沒有納粹和我們想像的那麼簡單。雖然馮・休斯曼・鮑勃家族參加了一九三九年和一九四三年兩次來西藏的任務，但是卻發現真相遠遠不止於他們的想像，或許說他們有了一個更大的發現和收穫。其實，真正吸引我的是當時參加科考隊與馮・休斯曼・鮑勃曾祖父同隊的一名測繪師繪製的那張油畫，還有他曾祖父的日記。」

陳國斌從懷裡掏出一張照片遞給秦濤他們傳閱，照片上就是拍攝的那張油畫，名字是〈未來〉。整體油畫上佈局是黑漆漆的一片，仔細看卻好像又能看到很多似乎怪物一樣的存在，或許是油彩乾涸形成的印記？

由於照片清晰程度的關係，每個人看到的似乎都不同，似乎又都相同？眾人面面相覷。

與此同時，裹著毯子的花田慶宗和坐在壁爐前的橋本都毫無睡意，花田慶宗盯著壁爐內的火光出神道：「橋本君，如果這一切都是真的？我們怎麼辦？」

橋本意味深長的看了一眼門口方向壓低聲音道：「他們佔據了絕對主動，我們現在只能伺機而動。」

花田慶宗無奈歎了口氣：「原本一切都已經安排好了，只要拿到大喇嘛的法王螺我們就可以悄然進山，誰知道遭遇了墨氏叛逆也試圖奪取法螺，現在最為關鍵的是他們還沒意識到法螺的重要性。」

橋本環顧四周空蕩蕩的床位：「法螺在秦濤手中，那傢伙非常難對付，他們似乎都沒休息？」

陳國斌深深的吸了口氣：「貢嘎神山一直都有關於長生和神殿的傳說，最近的一次有記錄的是一九四三年的時候，一名老者下山，詢問其是哪年生人，其回答是大明洪武年間上山的，非常可惜的是老者第二天就失蹤了。」

陳國斌意味深長的望著墨龍道：「這件事當年《縣誌異聞錄》上是有記載，後來被你們墨氏子弟給抹掉了，守著永生和獲得絕對力量的祕密，也難怪當年墨氏一脈會分裂，要知道人的欲望是最難控制的。」

墨龍微微皺了皺眉頭：「陳教授是從何而知這些的？」

陳國斌環顧四周：「根據現有的資料我判斷，利用山體溶洞結構建造地下設施的應該是那個當年被墨氏徹底消滅的未知文明的遺族，可能在遺跡中發現了什麼驚天祕密，墨氏一脈其中一支留下鎮守遺跡，也就是今天你們這一支，墨氏一脈九支與當年禹王鑄九鼎，永鎮九州的神話傳說何其相似？」

墨龍搖了搖頭：「其實，我最好奇的是當年墨氏先祖既然徹底消滅了未知文明，那為何還要留下一支鎮守？如果真如陳教授所言真的發現了什麼驚天大祕密，這個祕密又是什麼？」

這時，花田慶宗面帶微笑推門而入：「大家都沒休息？在討論什麼？方便我這個外人加入嗎？」

郝簡仁一撇嘴道：「真是不拿自己當外人，這臉皮厚也是一種優勢哦！」

陳國斌微笑伸手：「花田先生請坐，我們討論的大多也是推論，還缺乏實際的證據支持，現在我們大家最關注的就是這個地下設施的建造者，一個神祕到了連消滅他們的墨氏都不願提及的未知文明。」

秦濤對探索尋找史前文明、未知遺跡本身就有一定的抵觸，明知道危險還要找各種冠冕堂皇的理由去觸及，簡直就是無法理喻。

秦濤望了陳可兒一眼：「我們革命軍人對一些怪力亂神的東西，超出認知範圍的，還是抱有保留態度，我堅信即便現在的科學知識暫時無法解釋，在不久的未來科學一定能夠解釋。」

陳國斌點頭道：「嗯，秦連長這種態度就是一名合格的探險家應該有的態度，我們要相信科學，我這裡有一塊墨氏的金屬刻板。」

陳國斌從身旁拿出一塊四十幾公分長度用獸皮包裹的金屬刻板，打開包裹金屬刻板的獸皮的一瞬間，郝簡仁頓時驚呼道：「龍？」

第六章　災禍之門

龍？

秦濤確定自己沒聽錯，也沒看錯，四十五公分長度，二十二公分寬度，標標準準的墨氏金屬刻板，白山發現的墨典就記錄在這樣標準的金屬板上。

隨著後來的發掘進度，秦濤曾經記得陳可兒驚訝的告訴過自己，這些墨氏金屬刻板的合金比例幾乎達到了完美的程度，即便現在的金屬冶金工藝也很難達到這種完美的程度，而且這些金屬板之間大小的微差竟然控制在了零點二道之內。

一毫米是一千道，零點二道這個屬於數控精密機床範圍內的數值當時徹底驚呆了秦濤。

眼前陳國斌竟然也拿出了一塊同樣的金屬刻板，只不過這塊刻板上的圖案讓秦濤有點不舒服。

龍！就是因為在日式營房的密室中發現了所謂的龍骨，才引發了一系列連環的因果效應。現在的秦濤對這個世界上到底有沒有龍一點也不關心，秦濤更在意的是龍骨與墨氏之間到底存在什麼關聯。

「白山我也去過，除了紅色的骨頭什麼也沒見到，剩下的不過是一群發了瘋鬼迷心竅想永生不死基因異變的怪物。」郝簡仁環顧眾人，似乎在發洩心底積攢的某些情緒。

秦濤用力拍了一下郝簡仁的肩膀，他清楚郝簡仁看似十分樂觀愛耍嘴皮子，實際上是一個情感十分細膩特別念舊情的傢伙。

秦濤從陳國斌手中接過刻板，用大拇指用力抹了一下刻板上的龍頭，看似平滑的刻板卻把秦濤的拇指劃破了，鮮血在刻板上流淌。大拇指被劃破的秦濤顯得有些詫異，陳可兒急忙幫助秦濤包紮，卻沒有人注意到流淌在刻板上的鮮血無聲無息的被刻板吸收了。

陳國斌拿起刻板輕輕撫摸並無異樣，於是放下刻板道：「實際上這裡最早的建造者被墨氏一脈消滅之後，墨氏一脈其中一支就鎮守在這裡，我們通過岩石取樣檢測發現，這些地下設施大部分是開鑿於一萬年到一萬五千年這個期間，而在我們瞭解的人類歷史中這段時間的人類還在茹毛飲血，根本不存在文字記載，更不可能鑄造如此完美的金屬刻板，更不會有墨氏符圖這樣複雜的圖文系統流傳使用。」

陳可兒驚訝道：「父親，你之前說過墨氏一脈分九支，負責鎮守九個地方？墨典中似乎也隱晦的提及了一些，但是所有的記載中都沒有關於墨氏一脈的來歷記載？」

陳國斌點了點頭：「可兒，妳關於白山墨氏的學術論文我看過了，通過我們的分析判斷，當然更多的是猜測，墨氏一脈作為史前文明的遺族一直在守護新文明的誕生，而這個新文明很有可能就是我們華夏！」

陳國斌將金屬板立在自己面前：「其實異類生物和異種生物，很多都是史前生物或者是變異生物形成的特殊新物種，其實我最感興趣的反而是這個龍的造型，你們看不看得出來這條龍與我們通常的龍有什麼不同，還有這也是馮．霍斯曼．鮑勃找我的主要原因。」

花田慶宗接過金屬板仔細的看了看上面的紋路，用隨身攜帶的幾種不同顏色的油性記號筆在不同的區域塗上了顏色，因為有了顏色的區分，整個金屬板上龍頭背後各種複雜紋路構成的圖案頓時清晰起來。

秦濤立即注意到了這幅金屬構圖似乎與隕城地宮穹頂那幅壁畫有異曲同工之處，這條龍似乎有翅膀，又不同於西方的龍巨大的下肢如同會飛行的蜥蜴，但是單獨看第一幅圖就是典型的中國龍，將附近三格範圍包括進去再看則構成了第二幅一條帶著翅膀的中國龍，而再擴大範圍將一、二幅構圖並在一起則是一幅西方龍的造型？

陳可兒突然詢問道：「父親，貢嘎山的遺跡與白山遺跡相比，你認為哪個更早一些？」

陳國斌猶豫了一下道：「由於你們對大多數資料保密的緣故，妳提供給我的資訊相當有限，以現有我掌握的情況判斷貢嘎山的遺跡要遠早於白山遺跡，因為測年範圍已經超出了我們所攜帶儀器設備的常規精準範圍，無法做出比較準確的估計。」

秦濤頓時微微一愣，貢嘎山的墨氏遺跡是建立在被徹底消滅的未知文明基礎上的，其比白山遺跡早很多，那麼也就意味著貢嘎山祭壇遺跡很有可能存在墨氏一脈起源的符圖記載等等。

陳國斌環顧眾人道：「難道大家都不好奇嗎？前些年出土在亞細亞半島的巴比倫創世史詩，就是埃努瑪·埃利什寫於西元前十二世紀時期的七塊泥封的刻版上；龍的形象也出現在聖經中，《啟示錄》第十二章第三節、第四節都有詳細的描述；穆斯林的民間傳說還包括龍形的天使和惡魔。從希臘神話到巴比倫神話以至基督教，再到北歐神話、凱爾特文化以及盎格魯─撒克遜傳說，我們不能否認龍一直都存在！」

郝簡仁靠近秦濤壓低聲音道：「濤子哥，這老傢伙不會是想找龍吧？」

秦濤示意郝簡仁不要說話，聽陳國斌把話說完，墨龍在旁沉默不語，花田慶宗則似乎在凝神思考什麼。

陳國斌繼續道：「我們人類有多少人種？鳥類有多少種？魚類有多少種？貓科動物有多少種？非常簡單，龍一定也有很多種！而且龍是真實存在的。」

為了尋找龍是否真實存在，白山事件付出了慘痛的代價，差點導致超級基因病毒外泄造成難以挽回的毀滅性災難。

秦濤有一種直覺，他似乎與龍在冥冥之中有不解之緣。

「陳博士，你想表達什麼意思？」秦濤壓制住自己的情緒耐心的詢問陳國斌。

陳國斌將金屬板重新拿起，細緻的擦掉上面花田慶宗留下的油性記號筆的印記，抬頭推了推眼鏡道：「龍的記載在中國神話中，乃至紅山文化出土文物中已經屢見不鮮了，在東晉時期的《異聞錄》、《搜神記》等古籍將這裡稱為黃庭之源或者本源之地，當德國人來到雪域卻發現根本沒有什麼香格里拉，更沒有什麼世界軸心，一切都是當地人以訛傳訛的故事。但是一夥與墨氏叛逆爭鬥多年的喇嘛卻出賣了他們所知道的一切，讓德國人從尋找香格里拉的絕望中走出，並且不惜一切代價通過中立國等途徑祕密輸送人員、資金和物資。」

壁爐內燃燒著松木發出劈啪的聲音，暖融融的地下室讓人們暫時忘記了高原雪域的寒冷，陳國斌向壁爐裡面丟進幾塊帶著松香的松木。

秦濤猶豫了一下道：「陳博士你言下之意是龍與黃庭之源有關？黃庭之源代表著永生，龍代表著強大的武力？德國人雖然沒有找到虛無縹緲的香格里拉，卻找到了墨氏遺跡？通過對遺跡的勘察發現了墨氏遺跡是建立在一個未知的史前文明基礎上的？而德國人要尋找的是武器，能夠讓他們扭轉戰局的武器或者是絕對力量？」

陳國斌點頭道：「對，正是如此我才對德國人歷史上兩次對西藏進行探險考察的規模和最終目的起了懷疑，我與秦連長有同樣的疑惑，德國人耗費如此巨大的人力物力，到底在尋找什麼？換句話說黃庭之源裡面到底有什麼？永生還是絕對力量？」

陳國斌將目光投向墨龍，一直沉默寡言的墨龍起身微微歎了口氣道：「在墨氏一脈遺族的認知中，中華祖龍脈定三條，又分九支，每支龍脈都會隨著時間和運勢移動，但天下歸元九支龍脈最終彙聚到一條分支龍脈所在之地，彙聚的地點被稱之為「黃庭」，也就是傳說中的黃庭之源！作為禹王定九州的神物據說就被供奉在黃庭之源中，墨氏一脈分支子弟就是黃庭之源的守護者。」

黃庭之源？天下歸元之地？龍脈九轉移動？秦濤感覺自己似乎又陷入了一個邏輯危機。

墨龍直言不諱，自己協助秦濤的救援分隊實際上是為了變相保護黃庭之源。

陳可兒疑惑道：「禹王神物？」

郝簡仁看了一眼墨龍，一副「我讀書不多你別騙我」的表情道：「禹王就是大禹唄，他老人家一共就兩樣東西最出名，九鼎和定海神針，一個被齊天大聖孫悟空拿走當了金箍棒，另外九鼎到底是什麼模樣，是一個還是九個沒人能說得清楚。」

郝簡仁賤兮兮的湊到秦濤身旁：「濤子哥，要是真有金箍棒，我就奉你為大師兄，曹參謀二師兄，咱們買匹白馬雇個和尚取經去吧！」

曹博剛剛走神沒聽清郝簡仁說什麼，一旁連連擺手：「我能力不足，我能力不足，要是大家信任我，我就勉為其難。」曹博的謙虛頓時引起了哄堂大笑，陳可兒點頭道：「確實沒有任何史料留下禹王鑄造的九鼎制式，近年來甚至有人提出禹王很可能是史前文明的遺族或者是外域文明？」

陳可兒話音剛落，頭腦中如同被重擊了一下一般，記憶的碎片在肆意飛舞，白山第三遺跡地宮之內的那一幕又一次閃現在陳可兒眼前。

九個巨大的圓形三足凹槽？

陳可兒的神志記憶似乎受到了某種力量的牽引，突然猛一把抓住秦濤，陳可兒臉色蒼白大汗淋漓道：「秦濤，還記得白山第三遺跡的九個圓形三足凹槽嗎？」

白山第三遺跡地宮之中那個足足有直徑五米，帶有三足凹槽的九個圓形閃現在秦濤眼前，當時多方猜測上面安裝的是什麼設施或是裝置。

秦濤疑惑道：「現在我們沒有確切的證據證明白山遺跡與貢嘎山遺跡之間有實際的關聯，僅僅是都發現了墨氏遺跡而已。但是，白山的墨氏遺跡雖然晚於貢嘎山史前遺跡，但是白山的第二和第三遺跡暫時沒有較為準確的測年，如果是與貢嘎山遺跡屬於同一時期或者更早時期呢？白山的第二和第三遺跡原本就並非墨氏所修建，只有第一遺跡才是墨氏修建，後來被修建地下工事的日軍工兵部隊發現。」

陳可兒點了點頭：「禹王治水與神農嘗百草一樣，三皇五帝在中國歷史中屬於神話史的範疇內，因為迄今為止沒有任何的考古發現有直接或者相關的證據證明其存在，我們可以嘗試推斷，墨氏一脈消滅了禹王文明？還是未知文明消滅了禹王文明隨即被墨氏一脈消滅？而禹王文明就是我們所將要面對的未知文明？」

郝簡仁瞠目結舌：「這下厲害了，大禹成壞人了！人家可是治水三過家門而不入。」

陳國斌微微一笑：「《竹書紀年》好像不是這麼記載的啊！」

經歷過白山事件的郝簡仁即便沒吃過豬肉也是見過豬跑的，當即賣弄道：「《竹書紀年》未必可靠，夏商出土的甲骨文與史記中描寫的較為相像，而《竹書紀年》相距堯舜禹的時代至少一千七百多年，不過是後人杜撰以訛傳訛罷了。」

秦濤驚訝的拍了一下郝簡仁的肩膀：「行啊！什麼時候也成歷史專家了？」

郝簡仁得意道：「上次就是吃了沒文化的虧，讓那幫專家學者差點唬弄傻了，回去之後咱也開始讀書訂學術期刊，多學習總沒壞處。」

陳可兒嚴肅道：「《史記》中的故事性人為加工痕跡非常明顯，編撰過程中司馬遷也是自己到處翻閱搜集各種春秋列國遺存資料，但因為秦始皇焚書，大部分書籍實際上都是漢代重新編撰的，裡面大量故事都帶有自我臆測和強烈的個人感情，個人好惡方向明顯。《竹書紀年》本身來源於晉國史書，而晉國史書直接來源於周王朝，在文字資訊非常閉塞的時代，後朝著前史原本可信度就會低一些，而且《竹書紀年》對歷史的記錄簡直就是赤裸裸的人性揭露，王朝更迭更多的都是血腥與殘酷。但是不能因為《史記》中有不符和錯誤就否定《史記》，更不能因為《竹書紀年》與《史記》，或者少量的商代甲骨記載有出入就否定《竹書紀年》，對待史料要加以辨別，尋求真實的歷史，鑒證遺失被掩蓋的歷史真相才是我們要達到的最終目的。」

陳可兒的一番話讓郝簡仁這一瓶不響，半瓶水響叮噹的傢伙一下閉上了嘴，果然術業有專攻，陳可兒並未支持自己父親的論調，也沒有評論郝簡仁的對錯，從歷史文獻資料的角度告訴了郝簡仁該如何辯證的去看待史料。

秦濤悄悄的對陳可兒豎了一下大拇指，清了一下嗓子道：「黃庭之源到底有沒有，眼見為實，裡面到底是九鼎還是定海神針不得而知，是不是史前文明或者外域文明留存遺跡現在也無法知曉。通過白山行動，我們已經瞭解到史前文明遺跡中不明用途裝置帶來的危險性和不可控性，所以無論有什麼必須上繳國家。」

郝簡仁附和道：「確實如此，尤其不能落入野心家手中。」郝簡仁將目光轉向陳國斌，陳國斌瞪了郝簡仁一眼，轉過頭並不搭理郝簡仁。

陳可兒無奈的點了點頭：「傳說禹王治水後，將天下十二州並為九州，分為冀州、幽州、並州、兗州、青州、揚州、荊州、豫州、雍州。根據《史記．封禪書》記載，禹收九牧之金，鑄九鼎。皆嘗亨鬺上帝鬼神。遭聖則興，鼎遷于夏商。周德衰，宋之社亡，鼎乃淪沒，伏而不見。但是沒人知道周天子手中的九鼎到底是不是當年禹王所鑄的九鼎，而且沒人知道九鼎是一個鼎還是九個鼎。」陳可兒引經據典，花田慶宗眉頭緊鎖一言不發。

陳國斌滿意的看了女兒一眼，補充道：「簡單地說，九鼎取九州各自獨特之金冶煉而成，鼎身刻有九州所有山精猛怪、山川河流，相傳九鼎各有神奇之處。」

陳國斌的「相傳九鼎各有神奇之處」讓秦濤的神經猛的繃緊了，原本白山行動之前，秦濤對那些怪力亂神之流的傳說神話根本不屑一顧，但是現在秦濤只要一聽傳說神話就莫名其妙的緊張起來，畢竟白山地下史前文明的多重遺跡帶給他的不僅僅是巨大的震撼。

秦濤耐著性子道：「陳教授，能請教一下九鼎各有什麼效用嗎？」

陳國斌微微一笑：「相傳雍州鼎可通三界，立地飛升；冀州鼎白骨生肉，枉顧輪回；幽州鼎魂魄不散，不入四道；並州鼎可問前生，尋道後世；兗州鼎測定吉日，藹問凶兆；青州鼎可招異獸，驅使萬獸；揚州鼎渡正法度，禦萬眾心；荊州鼎鎮壓妖邪，保天下安；豫州鼎源金不斷，富甲天下。」

郝簡仁目瞪口呆的望著陳可兒道：「真有這種說法？豫州鼎源金不斷，富甲天下？這怎麼可能？真有豫州鼎嗎？在哪裡能找到？」

陳可兒打趣道：「信則有之，不信則無，天上不會掉餡餅的！」

郝簡仁有些失落道：「也是，要是天上掉餡餅、醋碟、番茄炒蛋、馬鈴薯炒肉、酸辣湯，晚飯就算齊了。」

秦濤狠狠瞪了一眼專門破壞氣氛搗亂的郝簡仁，實際上秦濤聽完陳國斌緩緩敘述之後有一點崩潰的感覺，簡直就有一種得九鼎者得天下的感覺？

陳國斌卻微微一笑毫不在意道：「神話傳說雖然大多虛無縹緲，德國人當年也是捕風捉影來西藏考察，得到了當時西藏很多領主甚至高僧呼圖克圖的熱情接待。於是他們有機會在寺廟裡找到了關於神聖之地相關位置的古格圖文獻和相關記錄，後來經過大量研究和比對才大致確定是貢嘎雪山。」

花田慶宗起身道：「穿越時空扭轉戰局簡直是癡人說夢，美國人的費城實驗連軍艦都搞沒了，但是製造不死部隊在二戰期間恐怕主要參戰各國都有涉及，據我所知舊時代日本國也曾經進行過類似的試驗，德國人也是一樣，還好沒有讓這些狂人實現目的，否則將會引發一場更大的人類浩劫。」

陳可兒深深的呼了口氣：「基因實驗固然可怕，雖然時間在理論上是不能逆轉的，折疊時間只不過是不完善的理論而已，但是我們要記住，科學技術一直在發展前行，幾百年前飛天和登月同樣是神話傳說。」

陳國斌點頭道：「確實如此，面對比我們高維度的史前文明或者外星文明，或許他們早已解決了這個光速與時間的問題。無論黃庭之源是不是人類的起源，黃庭之源是否真有聖物，我們有義務和責任將這一切調查清楚，同時要營救我們的隊員，還要阻止野心家利用史前遺跡製造災難。」

郝簡仁揉著腦門對秦濤道：「濤子哥，人家把你該說的都說了，不該說的也都說了，連任務也都部署了，你是不是得表個態？」

秦濤瞪了一眼郝簡仁，環顧眾人：「同志們，步要一步一步走，飯也要一口一口吃，任務我們一樣一樣來，先解決神祕波段與上級恢復聯繫，然後我們研究一下該如何營救方博士，大家看怎麼樣？」

秦濤見眾人表示同意，於是看了看錶：「大家抓緊時間，還能休息四個小時。」

眾人散去，墨龍一個人獨自留在壁爐前，望著火光注目凝神。此時此刻，墨龍心中難以平靜，墨氏一脈自認為守護妥當的黃庭之源已經建起了巨大的地下設施，這個萬古不傳的祕密實際上很多年前就已經不是祕密了，難道是墨氏本門之內出了叛徒？還是那些墨氏叛逆所為？

實際上，墨龍也並不清楚黃庭之源具體有什麼，歷代墨氏鉅子都是口口相傳，永生、絕對力量等等諸如此類，但是最後一句永遠是：「不要開啟災禍之門！」

什麼是永生？白山那樣基因異變成了怪物的永生？秦濤連想一下都感覺毛骨悚然，顯然從古至今無論是帝王將相還是凡夫俗子，沒有任何人能夠抵擋得了永生的誘惑，從道家的破碎虛空、立地飛升到佛家的西方極樂世界，無一不在描述一個人們心底存在卻又遙不可及的世界。

「我十分好奇為什麼這麼多人尋找黃庭之源，卻沒有任何人能夠成功？就連興師動眾的德國人也折戟沉沙？」秦濤的疑惑讓陳國斌停住了腳步。

陳國斌點頭道：「秦連長你的疑問有道理，我判斷德國人當年沒有做出選擇的唯一原因，就是他們雖然找到了前往黃庭之源的入口，但是因為東西方文化的迥異，使得他們一直無法進入黃庭之源，所以這些野心勃勃的方案計畫永遠無法實施。」

秦濤猶豫道：「即便不能循序漸進的尋找黃庭之源，但是他們完全可以採用物理的方式，到底是什麼擋住了這些狂熱分子的腳步？」

「物理的方式？」陳國斌頓時微微一愣。

陳可兒點頭道：「確實如此，在白山遺跡日本人竟然通過定向爆破的手段鑿穿了三重遺跡。」

「那最後日本人得到他們所尋找的東西了嗎？」陳國斌似乎有些激動，秦濤搖了搖頭：「只有黑暗和死亡，僅此而已。」

陳國斌微微歎了口氣：「最大的悲哀是站在寶藏之中，卻無能為力，我猜測黃庭之源的入口一定需要滿足特定的條件方能開啟，尤其面對超科技並且極為複雜的史前遺跡裝置，破解是需要大量的時間以及專業的人員，顯然這些狂熱分子不具備這個能力，只能在門外徘徊直到死亡降臨成為真正的幽靈。」

一直全神貫注的曹博突然舉手道：「那黃庭之源現在還沒能開啟是嗎？」

陳國斌點頭道：「一九四五年死在帝國大廈裡的喇嘛，就是納粹德國最後的努力，當年的諸多檔案已經被徹底銷毀，我們掌握的不過是細枝末節，只能用邏輯推理來還原整個事件，真相往往都會被湮滅的，已經過去了幾十年，如果不是親歷者誰又能真正說得清楚？」

郝簡仁不屑道：「還好沒有成功，妄想靠幾件老物件就贏得戰爭？真應該好好的檢查一下是不是有精神病，按這理論，潘家園、詭市的老物件聚起來能征服世界。」

陳國斌看了一眼手中的一卷地圖：「人之將死其言也善，相反則是人之將死其行狂癲，人在面臨生死抉擇的時候有的人會平靜等待死亡降臨，有的人則會陷入一種歇斯底里的瘋狂，瘋子最可怕之處在於你無法預測他的行為，一個瘋子足以製造一場災難，一大群瘋子會毀滅世界。」

秦濤皺了皺眉頭道：「一路上一直隱匿多年的墨氏叛逆大動干戈不惜一切代價攔截救援分隊，他們到底想幹什麼？他們的目標是陳教授的科學考察隊還是墨龍帶領的墨氏子弟？他們手中的那些二戰老式武器的來源也是一個問題？」

秦濤話音剛落，墨龍恰好走出休息室，見大家竟然都站在通道中交談，一向心直口快的墨龍環顧眾人：「既然陳教授一行已經安全，那我們是不是就沒有必要再去貢嘎山主峰了？就算我們去了也未必能夠開啟黃庭之源，我們何必徒勞無功的去冒險呢？我們的任務也算是完成了。」

陳國斌轉過頭看著秦濤道：「秦連長，你的意思呢？」

秦濤能夠感覺到墨龍似乎有些憤怒，墨氏子弟此番協助救援分隊進山可謂是死傷慘重，但是秦濤一直認為墨龍始終沒有向自己透露他們進山的真實目的。

一時間，秦濤與墨龍似乎陷入了僵局，陳可兒猶豫了一下：「實際上我們一直都忽略了一個人，一個非常重要的人。」

「我們忽略了誰？」秦濤疑惑的轉過頭。

陳國斌恍然大悟：「他確實是一個非常重要的人，馮·霍斯曼·鮑勃，這本作為線索日記的擁有者，此次科考行動的出資贊助人。」

陳可兒掏出日記：「我手中這本日記與父親手中的那邊日記相比，似乎更多了一些具體的細節線索，但是日記本身似乎缺失了不少，也就意味著我拿到的這本日記也是經過馮·霍斯曼·鮑勃裁剪過的，而且我拿到這本日記的時間點、過程也頗為蹊蹺，馮·霍斯曼·鮑勃還掌握著什麼第一手的資料我們完全不得而知，但是他卻把兩個經過精心編輯過的日記分別交給了父親和我，這難道不是居心叵測，另有所圖嗎？」

原本已經準備撤退的秦濤發現自己還真的無法一走了之，現在極端天氣肆虐，如果救援分隊撤退，就等於是給了馮·霍斯曼·鮑勃和墨氏叛逆一個難得的契機，萬一他們掌握了開啟黃庭之源的方法成功開啟了黃庭之源該怎麼辦？要是雙方聯手，後果更難以設想。

秦濤見眾人似乎都在沉思不語，於是道：「我們還不能撤退，當務之急是與上級取得聯繫，在增援部隊抵達之前我們要確保黃庭之源的安全，即便我們不知道裡面有什麼。」

陳國斌用欣賞的口吻望著秦濤道：「不錯，可兒沒看錯人，有擔當，天下事天下人為，有道是事在人為，車到山前必有路，船到橋頭自然直。我們到了貢嘎山頂峰，也許能夠找到開啟入口的辦法，也未可知。」

對於陳國斌那句「也許能夠找到進入黃庭之源的方法」，秦濤暗暗祈禱千萬別讓陳國斌如願，哪怕很有可能陳國斌會成為自己未來岳父。

秦濤的概念中這類神祕主義和史前文明交叉覆蓋的地方，最好永世不要開啟。因為，人類還沒有能夠駕馭自己力量和欲望的能力，真的給予了人類難以駕馭的力量，就等於人類親手開啟了毀滅之門。

秦濤吩咐胡一明將地下設施內的一切物資裝備都要登記在冊，以便移交上級，一聽說要移交上級，郝簡仁就如同被踩了尾巴一般，一臉生無可戀的表情對秦濤道：「濤子哥，你覺悟高，你境界高，但是兄弟我得結婚，我得生孩子，我上有老下有小的一家十幾口子人得吃飯啊！能不能給留點？留點就行。」

想起郝簡仁與自己在白山出生入死，秦濤順手將一個橡膠質感的袋子丟給郝簡仁道：「能裝什麼你就裝什麼吧！」胡一明幾個人望著郝簡仁呵呵直笑，因為郝簡仁手中的所謂袋子是一件無袖斗篷軍用雨衣，只有雨衣前有一個巴掌大小的收納袋可用。

郝簡仁無奈的拿著收納袋比劃了一下，自言自語的嘟囔：「小是小了點，總好過沒有！」

胡一明幾個人打趣郝簡仁準備裝點什麼好回去發家致富？

郝簡仁滿不在乎道：「土包子了吧！越小越值錢，懂嗎？」

然後，郝簡仁就開始在辦公桌附近尋找能放進小包還值錢的東西，在找到一支金筆之後，郝簡仁發覺小包裡面似乎有東西，於是打開一看頓時喜笑顏開，胡一明、鄧子愛、孫峰等人目瞪口呆。

原來，郝簡仁的小包裡面裝著一個直徑八十公分長兩百公分卷成一卷的巨型收納袋！

陳國斌轉身離開，秦濤無意中看到他揣在口袋裡面露出一大半的墨氏金屬刻板，好奇詢問道：「陳教授，這樣的墨氏金屬刻板一共發現了多少塊？」

陳國斌微微一愣笑道：「七、八塊，怎麼了？」

秦濤點頭：「有什麼發現請及時通知我們。」

陳國斌點頭致意表示自己知道了，轉身返回自己的房間閉鎖房門，將陳可兒的日記與自己的日記不停對照，在陳國斌的書桌上足足擺著上百塊的墨氏金屬刻板。

秦濤疑惑的望著陳國斌的房間門，對一個資深的考古專家來說，如此重要、具有文獻價值的重要文物，七塊就是七塊？八塊就是八塊？

但是秦濤沒有多想，因為郝簡仁有了一個更大的發現。

讓財迷去找密室永遠不會錯，為了發財郝簡仁竟然真的找到了一個隱祕的庫房。

經過一番清理，秦濤等人竟然在地下設施內部發現了一個小而全的軍械庫，成箱的 MP40 衝鋒槍、毛瑟步槍和 StG44 突擊步槍佔據了大半的庫房。

陳可兒好奇的打開一箱嶄新蓋著油紙的 StG44 突擊步槍驚訝道：「沒想到過了這麼多年，這些武器竟然保存得如此完好？這是什麼衝鋒槍？」

秦濤看了一眼 StG44 突擊步槍，拿起其中一支，從一旁郝簡仁手中接過一個彈夾拉動機柄推彈上膛，對著庫房裡堆放的松木連續扣動了幾下扳機。

陳可兒被槍聲嚇了一跳，秦濤的 StG44 突擊步槍的槍口冒著青煙，幾枚彈殼在地面上滾動，一旁正在挑選武器的眾人全部將目光集中在了秦濤身上，只見秦濤眉頭緊鎖，顯然是對剛剛試射並不太滿意。

秦濤將 StG44 突擊步槍交給陳可兒道：「這是德國造的 StG44 突擊步槍，九點七二毫米口徑，是德國黑內爾公司與毛瑟公司、埃爾瑪公司在第二次世界大戰末期開始大量生產的一款突擊步槍，也是當時世界上最先使用中間型槍彈的突擊步槍。」

郝簡仁拿起一支 StG44 突擊步槍掂量了一下，非常不滿道：「好傢伙這麼沉？當時最先進的，現在只能呵呵了！」

秦濤查看了整個地下設置和全部的庫房，發現唯獨沒有無線電裝置，這讓秦濤覺得十分奇怪？向主峰前進，尋找那個覆蓋了全部頻率一直在不停播放的神祕信號源。

◊

皚皚白雪，高聳入雲的貢嘎主峰，風吹雪打在護目鏡上發出劈啪的響聲，每個人都在艱難的前行，呼嘯而過的白毛風讓人根本無法開口說話，即便是用力大喊，話剛剛一出口，就被風吹得無影無蹤，陳國斌與陳可兒走在隊伍的中間，為了安全起見，秦濤用一條安全索將所有人連成了一串。

翻過山峰的稜線，突然眾人發現視野清晰了？呼號的大風也驟然停止了？

山脊北側是皚皚白雪和呼號的大風，山脊南側卻是一片黑色的沉降冰磧地貌，通往主峰腳下到處都佈滿了黑色鋒利的碎石。

陳可兒掏出望遠鏡看了看山腳下的冰帶奇怪道：「為什麼分水嶺的南北兩側會如此迥異？難道是冰川移動造成的？」

陳國斌活動了一下身體：「一切都是大自然的鬼斧神工，我們對我們生存的這個世界還是太不瞭解了。」

秦濤走在隊伍的最前面，腳下的黑色碎石不時發出嘩嘩的響聲，秦濤挎著衝鋒槍警惕的觀察著四周的情況。

墨龍走在秦濤身後邁步跟隨前行，不經意間的一瞥，墨龍發覺自己的腳下地面，出現一條一米多寬深不見底的裂縫鴻溝。

墨龍下意識的反應，向前猛的一躍，將身後胡一明等人拽倒在地，心有餘悸的墨龍再凝視那條裂縫鴻溝已然不見，地面上只有黑色的碎石沒有一絲的縫隙？墨龍用手中的長槍嘗試點地、下按、刺探，結果發現都是堅實無比的地層？

墨龍來到秦濤身旁道：「讓陳教授他們走慢點，我剛才看到一條可以瞬間消失的裂縫，但是轉眼間裂縫就不見了蹤影。」秦濤微微一愣，見墨龍神情很是緊張，把到了嘴邊的話又咽了回去，畢竟小心駛得萬年船。

秦濤與墨龍、花田慶宗和一名墨氏弟子墨塵組成四人小組，在救援分隊的前面搜索前進，結果前進了幾十米毫無異常，就在秦濤剛剛放鬆警惕的一瞬間，驟然間他的眼前出現一條與地面顏色相似漆黑的裂縫。

秦濤呼喊大家不要動的同時，駐足一動不動觀察自己面前腳下的裂縫，與花田慶宗一組的墨氏弟子墨塵卻腳下一滑跌入縫隙之內，花田慶宗與墨龍急忙去拖拽，結果地面彷彿翻滾一樣的閉合，墨塵半個身子被夾在地面的縫隙中哀嚎慘叫，片刻被似乎如同波浪一般抖動了幾下的地面吞噬？

墨龍與花田慶宗被迸濺了滿臉鮮血，兩人木然的望著地面上留下的血跡，那是墨塵存在這個世界上最後的痕跡。

跟隨在後面的眾人被驚呆了，尤其是墨塵的慘叫聲讓人毛骨悚然，探索未知原本就充滿了各種危機與不確定因素，異變基因怪物、史前巨獸，無論什麼都沒有地面吞噬人來得更恐怖。

郝簡仁連滾帶爬站到一塊岩石上道：「濤子哥，什麼情況？」

望著茫茫的雪原和一片片黑色的巨石，一陣疾風吹過，雪塵在黑色的碎石上掠過，一籌莫展的秦濤皺眉道：「陳教授這是什麼情況？主峰附近的地質穩定嗎？」

陳國斌推了一下眼鏡道：「根據之前取得的地質資料，主峰的地質非常穩定，這種特殊的地質現象我也是第一次見到，怕是給不了小秦你什麼有用的建議。」

忽然，花田慶宗直言道：「陳教授，麻煩您看看這條路在那本日記上叫什麼路？為什麼這麼的難走，還有怎麼會突然像機關一樣的塌陷裂縫？而且還能還原？」

陳國斌喃喃道：「這條路在日記裡記載叫做琴鍵脊啊？」

花田慶宗道：「我之前給過秦連長一張明治時期勘測繪製的地圖，當年繪製地圖的陸軍測繪隊稱這裡為『音階路』。我要是沒猜錯的話，這裡是不是和鋼琴一樣有高低音鍵？這塊地面就像有承壓的彈簧一般，重量承壓過重就會陷下去，要是承壓較小就能暢通無阻。」

陳國斌看了一眼退到山腳下的冰帶頓時一副恍然大悟的表情，深深的呼了口氣：「我明白了，這裡屬於沉降冰磧地貌，一般冰川地帶在重力作用下自源頭向末端的移動，包括塑性變形和底部滑動兩種過程。運動是冰川區別於其他自然冰體的最主要特點。冰川地質地貌現象，如裂隙、褶皺等形成的冰川侵蝕、搬運和沉積作用都與冰川運動緊密有關，原本應該被冰川覆蓋的地方卻露出了沉降冰磧地貌，唯一的解釋就是山體下方已經佈滿了裂縫，隨著冰川的快速躍動，這些縫隙會根據範圍面積受壓隨時出現，更會隨著整體的沉降冰磧地帶的躍動下滑而迅速被填補，造成了地面吞噬人的現象。」

秦濤有些不解道：「陳教授，冰川移動不是應該每年幾米類似的速度嗎？如果按你說的速度，冰川移動的速度每天至少得兩百多米？這怎麼可能？」

陳可兒指著山腳下的冰帶道：「沒有什麼不可能的，冰川移動與冰川躍動不是一個相同的概念，蘇聯中亞帕米爾的梅德韋日冰川在一九六三年和一九七三年躍動期間的特點是冰舌末端區內停滯冰復活或被積極活動冰所超越。新的積極活動的末端在不到兩個月內前進了一點六公里，等於每天冰川運動超過一百米以上，我們國內喀喇崑崙山的哈桑那巴德冰川在二十世紀初也發生過躍動，在一個冬季和春季內冰舌末端前進了近十公里。」

花田慶宗似乎有些沮喪望著主峰道：「近在咫尺，卻寸步難行，這才是最大的悲哀。」

橋本一旁一臉嚴肅道：「花田君，車到山前必有路，水到橋頭自然直。」

郝簡仁撇了兩人一眼：「你們急個什麼勁？無論上面有什麼，那也是我們老祖宗留下給我們的，給你們多看一眼我都覺得虧。」

曹博來到秦濤身旁：「秦連長想想辦法，絕對不能讓那些野心家和居心叵測之徒搶先得逞。」

遙望主峰秦濤也是十分無奈，這個由於冰川快速躍動加之山體裂空形成的沉降冰礙地形就宛如一個巨大的陷阱一般，毫無任何規律所言，行走在上面每一步都有可能是人生的最後一步。

秦濤有些無奈的掏出花田慶宗的地圖道：「繼續前行風險極大，陳教授，還有沒有別的路線前往主峰祭壇遺址的？」

眾人湊在一起研究陳國斌的日記和花田慶宗的地圖，就見除了眼前一條通往雪峰的直線道路之外，就剩下北峰艱險陡峭的崖壁了，不過在陡峭的懸崖之間似乎還有一條小徑好像能通往主峰。

經過實地偵察，秦濤確定北峰的絕壁之間確實存在一條鮮為人知的小徑。

秦濤放下望遠鏡，整個北峰的底部和中部覆蓋的是堅硬的雪殼地帶，一旦發生交火，甚至大聲喊叫都能引發一場天崩地裂的大雪崩。

向左還是向右，冒險還是冒更大的險，秦濤發覺自己似乎沒什麼選擇的餘地，深深的呼了口氣道：「為了避免雪崩，我建議走小徑，攀爬雖然速度慢了一些，看似十分危險，但是相比無法預料和控制的雪崩相比，我選擇能夠掌控的。」

地圖上確實有一條細細模糊的線路，說是一條小徑，實際抵達之後眾人被驚得目瞪口呆，只見一條盤旋在高聳入雲絕壁上的羊腸小徑，道路上鋪滿厚冰，要是不仔細看就如同一條被冰凍的瀑布一般。

郝簡仁拽了一下秦濤的衣袖道：「濤子哥，其實我認為雪崩也沒那麼可怕！」誰能想到這條冰瀑竟然就是地圖上標注的所謂小徑？

秦濤換上攀登專用的登山冰鞋身先士卒的走在最前面探路，每隔一段距離將岩釘釘入岩壁，結繩索、釘落腳點，跟在秦濤身後的花田慶宗負責固定安全索。

隨著不斷攀爬，秦濤發現這條所謂的小徑是貨真價實山體崩裂斷帶，往往一個岩釘能夠固定的地方，總是需要釘下三枚形成品字型加以固定。

經過狹窄通道，眾人漸漸的擺脫最困難一段盤旋上升路徑，開始在地勢不太陡峭的山坡上，能手腳並用的攀爬。當再上去幾百米，突然一個凸崖露在眾人攀爬的視線前。

秦濤看著探出一大塊的凸崖，看看花田慶宗道：「地圖上有標注這個斷崖嗎？」

花田慶宗看看地圖道：「地圖上沒有任何的標注。」

秦濤深深的呼了口氣道：「這個斷崖的延伸差不多有十幾米，我們這裡極大多數人是爬不上去的，而且我們的岩釘也不夠了，我先上去固定安全索。」

花田慶宗看了一眼身後已經十分疲憊的眾人無奈點頭道：「恐怕只能如此，這個斷崖我沒有把握攀爬。」

秦濤卸下了全部裝備，只留下一支手槍，插在背囊上的護龍鐧也被秦濤留在了崖下。秦濤小心翼翼的沿著崖壁攀爬，由於風化的關係，很多凸起可以用來當支撐點的岩石都不太可靠，秦濤幾次差點失手，無奈之下秦濤只好用攜帶的地質錘先敲打再當做著力點，在攀爬的過程中秦濤發現崖壁上竟然有很多碗口粗的洞？這些碗口粗的洞降低了秦濤攀爬的難度也節省了體力。

很快，秦濤的身影消失在眾人的視線之中，片刻之後，只見一條登山索從凸台垂了下來，就聽秦濤大聲喊：「沒什麼問題，你們上來吧。」

於是所有人依次抓住登山索，毫不費力的就被秦濤像乘坐電梯般的拉扯上升，直到所有物資全部被搬運到崖頂，出現在眾人眼前的是一條被冰雪覆蓋的山脊直通向主峰方向。

白雪皚皚的山峰，甬道彷彿被巨靈神在山峰中硬生生的劈出來一樣，秦濤驚訝的發現甬道上面能看出有清晰的臺階，明顯是人工鑿刻的痕跡。

回想起崖壁上那些碗口粗的洞，秦濤在腦中還原了一下攀爬斷崖的情景，顯然斷崖哪裡之前一定是有攀登設施的，只不過在惡劣的環境下很快就垮塌了。

秦濤整理了一下裝備道：「我們的人穿插在隊伍裡，保護好陳教授，拿破崙說過，讓讀過書的和驢子走在隊伍中間，郝簡仁你陪著陳教授。」

郝簡仁無奈笑道：「濤子哥你這罵人不帶髒字是不？我這不明不白就成驢了？」

秦濤也笑道：「讓你走中間是照顧你，你要不願意就陪我一起當搜索尖兵。」

郝簡仁擺手道：「別鬧了哥們，我還是當黔之驢吧，我這警覺性，你還敢讓我當排頭兵？一準把你們帶溝裡。」

在秦濤的帶領下救援分隊開始沿著甬道攀行，還好石階並不陡峭，有些易於絆人或者打滑的積冰，也被秦濤在前面全部清理掉了。

石條壘砌的甬道似乎越來越寬？再後來漸漸可以兩人並肩前行了。而兩邊夾著甬道的山峰，山勢也趨於低緩。

甬道的盡頭是主峰山腳下的絕壁，舉目望去前面豁然開朗出現一片開闊地帶。

四周都是山峰峭壁，所謂的開闊地不過是山間的一個雪谷，雪谷的另外一端隱在濃霧中。雪谷中彌漫的霧氣讓能見度驟降到僅僅只有幾米的距離，秦濤提高了警惕。

雪谷內開闊地被冰雪嚴冰覆蓋，秦濤在星羅棋佈的雪丘中尋找一條最近能到達對面谷口的通道。

曹博望著雪丘喃喃自語道：「怎麼這麼像墳地啊？」

郝簡仁瞪了一眼曹博：「別烏鴉嘴，這裡是貢嘎山，怎麼可能有亂葬崗出現，要說是古戰場遺跡還靠譜。」

一旁陳教授的眉頭深鎖，看著周圍的情況好像憂心忡忡的在擔心什麼。

陳可兒也覺得這個雪谷實在是太詭異了，如此之多這樣奇怪的雪丘確實很像一個墳場一般，但是卻沒有藏族人在墳包上設立的嘛呢旗（註10），還有就是土丘壘的太小了，也不符合藏區的喪葬傳統。陳可兒正在邊看邊猜想著，就感到一股莫名的刺骨寒風在谷中刮起。

寒風一起積雪冰碴飛揚，刮得人臉皮疼痛、睜不開眼睛，於是眾人紛紛扣緊衣服，戴好雪地鏡。然後頂著寒風繼續前行。

陳可兒一不留神被寒風一刮就覺得身形有些踉蹌，再加上走了一段山路屬實有些疲倦，竟然不由自主的跌倒。

陳可兒向前倒下，手按觸在一個土丘上，她下意識的手裡一握就感覺有一件東西入手。與此同時陳可兒被身後的父親和搶步上前的郝簡仁拉起，再看自己手裡赫然竟是根人腿脛骨。

陳可兒嚇得一喊，甩手將脛骨拋出。郝簡仁拉扯著陳可兒趕快走道：「姑奶奶就當沒看見，我們趕緊離開這裡。」

隊伍前進了一段距離之後，秦濤示意眾人停止前進，掏出指南針秦濤的眉頭緊鎖在一起，因為與猜測的一樣，指南針的指針在瘋狂的亂轉，這已經不是第一次了，自從進入貢嘎山脈之後電臺也好，指南針也罷，就幾乎沒正常過。

墨龍來到秦濤身旁低聲詢問：「秦連長怎麼了？」

秦濤疑惑的舉目四望：「我感覺我們在兜圈子，進入霧區之前我們是能夠看見雪谷大體出口方向的，如果按行進的時間和距離的話，我們早就應該走出雪谷了。」

此刻疾風卷著谷裡的雪花冰碴越來越猛烈了，迷失方向無疑是最糟糕的情況，況且雪谷中的濃霧似乎並沒有因為疾風有被吹散的跡象，反而更像是在迴圈？

墨龍摘下雪鏡擔憂道：「秦連長，我們還可能原路返回嗎？」

秦濤無奈的搖了搖，拿出指南針：「我們現在無法確定自己所在的位置，原路返回是不可能了。」

午時太陽移到雪谷的正上方，忽然，濃霧中似乎出現了一道光芒？秦濤下意識的一閉眼睛。似乎一陣清風帶著莫名的粉塵吹過，花田慶宗下意識的微微閉眼，覺得有一種頭暈目眩的感覺？

當花田慶宗再次睜開眼睛，卻被眼前的一切震驚了，站在花田慶宗面前不遠處有一支佇列整齊似乎整裝待發的軍隊。

整個隊伍悄無聲息的列隊背對著花田慶宗，方隊所有的軍人都穿著侵華初期的昭和五式軍服，軍官佩戴大盤帽，士兵清一色的佩戴十八式鋼盔，為首的一名軍官騎著一匹戰馬腰胯一柄武士刀端坐在馬背上？

花田慶宗揉揉眼睛，走到看似怪異的方隊側面，當他定睛一看頓時嚇得腿一軟，原來方隊中的官兵全部都是一具具的骷髏。

花田慶宗喃喃道：「諸君，幾十年前戰爭就已經結束了，還請魂歸九段坂吧！」

已經變成骷髏的日本軍官緩緩轉頭望著花田慶宗，抽出腰間雪亮的軍刀，勒馬咆哮道：「帝國不會戰敗，帝國忠勇的勇士不會失敗，迎著朝陽讓我們邁向勝利！」

軍官將軍刀在頭頂揮舞一周，刀背靠著肩膀上開始低聲吟唱道：「吾皇盛世兮，千秋萬代。砂礫成岩兮，遍生青苔。我皇禦統傳千代，一直傳到八千代。直到小石變巨岩，直到巨岩長青苔。皇祚連綿兮久長，萬世不變兮悠長！」

花田慶宗自然知道這名枯骨軍官唱得什麼歌，於是箭步衝到那名軍官面前，只見軍官骷髏白骨面目猙獰，馬頭和馬身也腐爛大半。

花田慶宗張開手臂攔住軍官目中含淚道：「戰爭已經結束四十一年了，諸君，你們都已經陣亡了，我們失敗了，不要再做蠢事了，回歸吧！」

那名軍官彷彿看不見花田慶宗一般，根本不搭理花田慶宗的阻攔，催馬向前。

花田慶宗反手抽出利刃寒光一閃劈向帶頭軍官道：「我不允許你們再犯當年那樣愚蠢的錯誤和罪行，休想！」

但讓花田慶宗詫異的是他這一刀竟然如同砍在空氣中一樣？眼前的日軍方隊就像是電影投影一般抽動了一下，花田慶宗手中刀一陣揮舞，就是在徒勞劈砍空氣而已。

那名日軍軍官也無視花田慶宗的存在，手中武士刀一揮帶領佇列開始行進，浩浩蕩蕩的開拔，整齊的腳步聲迴盪在花田慶宗的耳邊，似乎一名士兵在用低沉的聲音唱起了〈歸鄉〉。

花田慶宗追著行軍佇列的幻影，胡亂的揮刀道：「你們給我回來，戰爭已經結束了，戰爭已經結束了！你們聽見沒有？」然後無力阻止唱著〈君之代〉整齊前行的佇列消失在濃霧中，花田慶宗不由得跪在地上啜泣。

與此同時，胡一明則似乎回到了兒時，蹲在爺爺身旁看著爺爺給自己熬麥芽糖，忽然胡一明發現爺爺有些不妥，哼著小調的爺爺整個人竟然在腐爛？

秦濤則面對自己的護龍鐧，護龍鐧彷彿有了意識一般在與陳可兒交談？犧牲的那些戰友似乎聚集在一起爭論著什麼？而地點就是白山的第三重遺跡的祭壇。

這不可能，白山第二重遺跡都沒清理完成，怎麼可能進入垮塌的第三重遺跡？這一切都不是真實的。

這到底是什麼世界？我又是誰？又為什麼能袖手旁觀？我是真的明晰這個世界？還是只不過是在夢裡？秦濤忽然記起一位國學大師說過，世界上最快的速度不是光速。因為光速還有傳感距離，世界上最快的是思想。一念之間就千山萬水，一念之間就是百年光陰、思想的快捷。

當秦濤再睜開眼睛，幾乎所有人都神情茫然站在原地，有的滿臉淚痕，有的驚恐不已，還有人木訥無神。

秦濤掏出了法螺用力吹響，超低頻音波迅速擴散，救援分隊的眾人恍然驚醒？此時，太陽開始偏西，山谷的疾風已經停止，濃霧也散去了，唯有腳下的開闊地和兩端的雪谷都還是原來的模樣。

秦濤抬眼看周圍，就見不遠山峰上，一道反射白光在他的視線裡一閃，然後湮沒。

所有人都如夢初醒一般的恢復了自身存在感覺，這段恐怖的經歷讓每個人都心有餘悸，不寒而慄，每個人都覺得自己經歷過很大的悲愴，但是卻又絲毫不記得，那種無以言表的狀態，讓人心裡說不出的五味雜陳。

陳國斌眉頭緊鎖道：「我們很有可能被谷中的特殊強光刺激，陷入了記憶漩渦，特殊的磁場和特殊強度的光線能夠對人造成潛意識催眠，如果陷在自己的回憶中無法自拔，那麼這雪谷就真的會成為眾人的墳墓。」

陳國斌的猜測讓眾人心驚不已，秦濤再次檢查電臺，電池電量充足，信號、波段正常，就是無法與上級取得聯繫，秦濤無奈的搖了搖頭，恐怕現在總部基地方面比他們更加焦急。

秦濤的猜測是正確的，總部基地方面已經接到了地方的報告，有不明身份的武裝分子被救援分隊擊潰，但是自從救援分隊進山之後就失去了聯絡。

一天前李建業心急如焚，但呂長空還能穩坐釣魚臺，五天之後呂長空也坐不住了，加上徐建軍一天到晚圍在一旁給他們分析各種可能出現的情況，等於間接給呂長空和李建業兩人增添煩悶。

原本一次看似簡單的雪域營救任務，怎麼又橫生枝節了？

空軍航空兵部隊的幾架 Mi-17 直升機多次搜索無果，李建業相信秦濤憑藉著白山事件的豐富經驗是能夠應付各種突發狀況的。但是雪域高原的雪山誰又能打得了包票？

一次意外、一次不經意的雪崩就能夠讓救援分隊全軍覆沒，不同的環境需要應對不同的危機，李建業覺得秦濤等人接受的訓練還是太少了，七九六一部隊應該多進行各種環境下的適應性訓練。

呂長空站在窗口許久轉身斬釘截鐵道：「命令增援分隊進入戰備，隨時準備增援。」

面對突如其來的命令，李建業微微一愣：「要不要先派救援分隊跟進與救援分隊取得聯繫？」

呂長空搖了搖頭：「我們要信任秦濤同志的能力，另外，我們不能重蹈白山事件逐次增加兵力導致添油戰術的覆轍，集中使用優勢兵力，增援分隊讓徐建軍同志負責，他與秦濤配合度高，重複命令！」

「是！」李建業啪的一個立正道：「重複命令，增援分隊由徐建軍同志負責，進入戰備狀態，隨時準備增援。」

李建業離開後，呂長空依舊眉頭緊鎖，流年不利四個字讓他有些心煩意亂，革命軍人各個大無畏，但從白山事件到這次冰川國際科考隊遇險，呂長空就意識到了這個世界上還有一些現今科學難以解釋的現象存在，無論是史前文明還是外星遺跡對呂長空來說，無論是什麼，唯一的要求就是不能落入野心家手中造成不可挽回的破壞。

秦濤指揮的救援分隊每與總部基地失聯一個小時，呂長空的心情就會沉重一分，因為那就意味著救援分隊很可能遇險，遇險就會有人犧牲，而作為行動總指揮的自己卻只能在作戰司令部內束手無策。

一陣寒風吹過，呂長空打了一個冷顫！

◊

一堆堆的篝火似乎驅散了之前令人不安的恐懼，陳國斌望著不遠處抱著衝鋒槍來回巡視的秦濤大聲道：「秦連長過來休息一會，鐵打的身體也經不住久熬啊！」

秦濤猶豫了一下走到篝火旁，吳迪的值班機槍就在不遠的一處經過偽裝的岩石上居高臨下。

實際上，在篝火旁架設簡易帳篷是非常不明智的選擇，因為會成為敵方火力投射的指示目標。但是野外宿營如果沒有篝火，人很快就會被凍僵，簡陋的帳篷是陳國斌與陳可兒唯一的優待，胡一明幾個人都挖好了雪洞，雪洞內的溫度能夠保持在零度左右，人在裡面休息不會出現急性凍傷。

秦濤固定了一下四面漏風的帳篷，基本沒什麼效果，用郝簡仁的話說就是白費力氣，這個帳篷還不如雪洞靠譜，墨龍、花田慶宗、陳可兒、曹博等人圍在煤油爐前，煤油爐上看似滾開的肉湯用手一試竟然不到五十度。

實際上這種雪谷的可怕之處在殺人於無聲無息，異常磁場與光效的干擾下會讓人陷入昏迷，零下三十多度的溫度，人體很快會失去知覺。

陳國斌將手靠近煤油爐：「其實從科學的角度來闡釋我們遇到的所謂神祕現象，簡單的說就是我們遭遇了兩團因為磁場異常而具化的能量場，加之光效的干擾讓我們的視覺出現了偏離，進入了一種亞意識狀態，基本等同於昏迷，多虧了秦連長醒來的快，用法螺產生的超低音訊將大家喚醒，否則我們真的可能在這裡全軍覆沒。」

花田慶宗將他在雪谷拾到的一個破舊不堪的帆布背包打開，將裡面的東西全部倒了出來，一個GPS定位裝置引起了秦濤的注意，而且還是外國軍隊的軍用型號？

「GPS是什麼玩意兒？」郝簡仁好奇的湊上前。

秦濤將手持終端遞給陳國斌道：「GPS又稱全球定位系統，利用衛星進行引導定位，比地圖實用性高多了，尤其是尚未繪製地圖的未知，這玩意兒屬於絕對的高級貨，美軍從七十年代開始大批列裝GPS手持終端，現在美軍地面分隊也只配發到了營一級，海豹一些突擊隊和陸戰隊遠征軍才配發到小隊一級，看來這個背包的主人不一般啊！竟然能夠擁有GPS手持終端，我們還沒有自己的定位系統。」

郝簡仁看了一眼仍然在鼓搗電臺的鄧子愛歎了口氣：「人家衛星都上天了，地圖都有電子的，咱們的老電臺什麼時候能管用？」

秦濤微微歎了口氣：「大裁軍之後，國家全力改革開放發展民生讓老百姓富裕起來，軍隊要學會忍耐過苦日子。」

郝簡仁無奈的聳了聳肩膀：「那是不是咱們關閉了那個倒楣的干擾源就能恢復通訊了？」

秦濤微微一愣：「誰知道呢？」

花田慶宗沒能在背包裡面找到證明背包主人身份的任何相關東西，但是從打火機到軍刀很多東西都是外國軍隊的用品，這個背包也給了秦濤一個資訊，那就是似乎有人已經走到他們前面了，而且多年來似乎一直有勢力持續在貢嘎山脈搜索尋找？

這時正在猛抽煙斗的陳國斌劇烈的咳嗽起來，秦濤起身微笑道：「吸煙有害健康，陳教授你還是好好休息吧，明天一早出發。」

陳可兒裹緊大衣拉住秦濤，有些羞澀道：「晚上你能住在這裡嗎？」耳朵比狗還靈的郝簡仁當即回頭嘿嘿一笑，大嚷著什麼春夢了無痕去鑽雪洞。

秦濤看了一眼陳國斌教授，據說男女這事國外確實很開放，但是自己不能犯這種錯誤，談戀愛是要向組織報備的，結婚要打報告的，程序方面不存在先上車再買票的行為。

陳可兒像一隻靈活的小鹿一般鑽進睡袋道：「有你在身邊我才睡得安穩，我發現你比任何的安眠藥都管用，按國內的說法就是你比較鎮宅。」

第一次被人說自己鎮宅？秦濤有些無奈的裹緊大衣坐在煤油燈前，陳國斌則拿著筆似乎在不停的記錄和回憶？

突然，陳國斌放下了手中的鋼筆疑惑道：「可兒、秦連長，我們通過山頂石階的時候你們有沒有注意到上面的紋路？」
石階上的紋路？秦濤搖了搖頭，他當時只顧著清理石階上的積雪和冰層，確實沒注意有沒有紋路。
陳可兒從睡袋中露出頭似乎回憶一下：「好像有圖案，被侵蝕得十分嚴重所以相當模糊，大體很像一種植物。」
陳國斌若有所思的用鋼筆敲了敲筆記本：「在馮．霍斯曼．鮑勃提供的日記裡面是不是提到了某種神奇的植物擁有化腐朽為神奇的力量？」
陳可兒猶豫了一下：「日記中確實提到了相關內容，但是相關的記載十分簡短並不詳細，我認為很可能是某種藏藥，藏藥在老外眼裡就是植物，老外根本無法區分。」
陳國斌沉思了片刻，合上筆記本揉了揉太陽穴：「年紀大了就是熬不住了，我是不想錯過任何的發現，因為每一個發現都有可能震驚世界。」
秦濤也無奈的搖了下頭：「一群瘋子為了一個遙不可及的神話把命都留在了雪山，值得嗎？」
陳國斌深深的呼了口氣：「追尋未知就是如此，好奇是人類進步最大的原動力，而戰爭則是催化劑。」
秦濤不想與陳國斌爭辯，微微一笑：「陳教授你早點休息，我去看看哨兵。」
李健作為哨兵讓秦濤很放心，秦濤返回的時候陳國斌早已進入了夢鄉，陳可兒看到秦濤返回又把頭縮回了睡袋。
不知過了多久，秦濤正在熟睡，就聽到陳可兒一聲驚叫，陳可兒的驚呼讓秦濤立即驚醒。
秦濤起身就要摸槍但是入手卻是一條冰冷黏滑的玩意兒，舉到眼前一看，竟然是一條三角頭、通身黑色，身體上隱隱泛著綠光的毒蛇？
不遠處郝簡仁扯著嗓子叫嚷道：「大爺的，冰天雪地怎麼還有蛇？都是三角腦袋劇毒啊！」

秦濤面對泛著綠光的毒蛇紋絲不動，突然雷霆之勢出手如同鉗子一般捏住蛇七寸，用力一甩毒蛇就癱軟而亡。

秦濤再舉目看去，就見周圍都是一堆堆盤踞吐信的毒蛇。還有幾十條毒蛇在他的行囊上蜿蜒爬行。秦濤一按護龍鐧變成寬刃利劍，然後揮手一掄一削，行囊上眾多毒蛇齊齊被砍成兩截飛散空中。

不知從哪裡湧出密密麻麻的毒蛇鋪滿了山谷，就像黑綠色的地毯在地面上蠕動。

此時營地裡的眾人紛紛使用武器射擊，但是猛烈的火力根本無法阻止毒蛇的前進，眾多毒蛇散發出的腥臭味道令得人頭暈腦脹。

用火焰噴射器！及時反應過來的李健立即背起燃料罐，連接噴槍調試壓力，結果卻發現火焰噴射器的氣壓閥不知什麼時候被撞裂了無法使用。

情急之下，秦濤用槍托砸開了燃料罐的壓力閥，將罐體丟出對著外泄的燃料發射一枚信號彈，炙熱的火焰讓毒蛇群紛紛避讓，眾人幾乎拋棄了一切物資裝備狼狽而逃，秦濤帶著李健、胡一明等人使用護龍鐧、工兵鏟斷後，花田慶宗與橋本、墨龍也加入了斷後的行列之中，毒蛇雖然不堪一擊，無奈數量眾多。

不斷有蛇從山體的裂縫中如同泉水一般湧出，密密麻麻令人毛骨悚然，很快救援分隊被山崖擋住了去路。秦濤開始懊惱昨晚為什麼不堅持一下走出山谷再露營，世界上唯獨沒有後悔藥！

「大家沿著石壁的裂縫往上爬，快啊！」秦濤緊張得嗓子幾乎都變了聲。

突然，天空驟然似乎黑了一片？

空中傳來一聲響徹雲霄的巨禽鳴叫，聲音振聾發聵，但是卻無比的清朗。秦濤望向天空，天空卻什麼都沒有，只有朵朵白雲？

突然，一個大型飛禽的巨大影子從地面掠過，眾人頓時一驚！

一瞬間地面激起揚塵，巨大的陰影快速下降變成一片碩大的烏雲，再後來就如同遮天蔽日的蒼穹一樣覆蓋在山谷上空。

「這是什麼玩意兒？」郝簡仁一屁股坐在了地上，隨即被秦濤拽了起來。

一身金色摻雜著黑色羽毛的巨大猛禽直接落在蛇群之中，鳥喙一張一合，便將十幾條蛇叼入口中咬斷。跟著猛禽繼續舞動著翅膀，毒蛇就像被掀起的大風卷成一堆纏繞在一起。

巨大的猛禽張開巨喙不停的啄食蛇群纏成的大球，蛇群纏繞在一起沒法掙扎，只能被猛禽不斷的吞噬。

秦濤等人躲在石縫中一動不敢動，猛禽似乎意猶未盡的扇動了幾下翅膀，谷中大部分毒蛇都被牠當了腹中餐，剩下的毒蛇有的在角落裡躲藏，有的在岩石縫隙裡隱匿，算是逃過了一劫。

巨大的猛禽吃完群蛇，一聲長嘯身形又再飛起。

頃刻間那覆蓋山谷的巨大身姿，在空中又變成一個巨大的陰影逐漸離去。

墨龍一臉虔誠跪地禱告道：「金翅聖王，雪域神聖的主宰啊！」

陳國斌舉著望遠鏡神情激動的到處搜索巨大猛禽的身影，郝簡仁拽了一把陳國斌：「老爺子，你還盼著那玩意兒回來嗎？這哪裡是鳥啊？誰家鳥這麼大？簡直就是一架戰鬥機啊！」

陳可兒有些驚魂不定道：「之前那巨大的蝙蝠，如此巨大的猛禽，這些都完全突破了我們對海佛烈克極限的認知。」

救援分隊剛剛準備撤退，巨大的猛禽似乎又一次從高空俯衝而下，巨大的翅膀借著俯衝的速度扇起了谷中地面上的冰雪和小石子，形成了一陣颶風一樣的效果。

塵埃落定，秦濤有一種非常不好的預感，自己好像讓某個強大的生命源盯上了？

一隻足足有四米多高，翼展超過十餘米的巨大猛禽蹲在地上與人對視，帶給秦濤的壓力可想而知，秦濤不清楚這隻猛禽的來歷，但是如果僅僅憑藉手中的輕武器恐怕只能將其激怒，現在唯一的辦法只能是以不變應萬變了。

陳國斌戴上眼鏡認真的觀察面前不遠處的猛禽，如此巨大的猛禽眾人可謂是聽說都沒聽說過，如果與侏羅紀的翼龍相比這猛禽也許不算是體型巨大，而如今翼龍早已滅絕，如此巨大的猛禽鳥類似乎有些駭人聽聞？

猛禽傲視秦濤等眾人，跟著巨軀一動，挪動腳步換個角度觀察。

眾人感覺有一種窒息式的戰慄顫抖。猛禽喉嚨裡發出「咕嚕咕嚕」的聲音，擺頭晃腦好像十分好奇疑惑的看著眾人，不但眼裡打量，從牠嘰哩咕嚕轉動的眼睛裡，看得出牠在思考著什麼。

跟著猛禽驟然張開鳥喙巨口一聲鼓噪，似乎用一種極為擬人並且不屑的目光看了看秦濤等人，輕輕一扇巨大的羽翼，只見牠的身形破空而起，飛到谷旁一個山峰上盤踞，環視山谷。

郝簡仁一臉驚訝之餘喃喃自語道：「我竟然被一隻鳥給鄙視了？」

眾人躲在岩石後面注視著猛禽離去飛遠，十幾分鐘後秦濤才緩緩從巨石後面走出，望著遠處山峰上猛禽的巨大身量和攝人的眼中精光。

顯然秦濤剛剛也被這個大傢伙震撼到了，郝簡仁用哆哩哆嗦的手點燃了一根煙，望著墨龍心有餘悸的詢問道：「老墨啊！你說這個玩意兒是什麼？是猛禽類的？怎麼可能會有這麼大的鳥？比戰鬥機還大？就是吃化肥也長不了這麼大吧？」

同樣心有餘悸的墨龍看了郝簡仁一眼，望著山峰上的猛禽身影，然後用微微顫抖的聲音道：「我之前也只是聽說過，沒想到傳說竟然是真的？」

郝簡仁撇了墨龍一眼：「再見一次恐怕就要陰陽相隔了，我的老天爺啊！這麼大的鳥不得用防空炮打啊？」

秦濤不解道：「我現在就是納悶，這裡冰寒地凍怎麼會突然間出現這麼多的蛇，然後這麼多的蛇又引來如此巨大的猛禽？一切似乎來得太過蹊蹺了？」

陳國斌猶豫片刻道：「理論上鳥類的翼展極限大約為十米左右，我們剛剛所見的翼展至少有十六、七米，迄今世界最大的猛禽是安第斯兀鷹，體長可達一點二米，兩翅展開達三點五米。安第斯兀鷹有一個堅強而鉤曲的鐵嘴和尖銳的利爪，專吃活的動物，不僅吃狼、羊、鹿等中小型動物，甚至還捕食美洲獅等大型獸類，但是與今天我們見到的猛禽簡直是小巫見大巫，我可以負責的告訴諸位，我們今天非常有可能見證了一個新物種的發現。」

陳可兒也興奮道：「確實如此，史前鳥類中確實有翼展超過二十米的巨型翼龍和始祖鳥出現，但都是早已滅絕的物種，剛剛出現的巨大猛禽非常有可能屬於異種，非常具有研究價值。」

秦濤收起望遠鏡，巨大的猛禽似乎在給自己梳理羽毛，見眾人依然還是心神不定的模樣，於是道：「只要牠不對我們構成威脅，我們就繼續前進。」

聽說行動繼續，郝簡仁聽完愁眉苦臉道：「濤子哥，你是我親哥，那大傢伙虎視眈眈的在那兒看著呢。咱這能悄悄退回去就不容易了，還湊上前再找不自在？我估摸是牠現在吃飽了，消食呢，沒空搭理咱們，萬一待會人家再餓了，咱們這幾十人還不夠這大鳥塞牙縫呢，咱們還去研究那玩意兒？恐怕只能等著別人研究咱們的骨頭了。」

秦濤環顧眾人道：「你們大家什麼意見？」

墨龍猶豫一下道：「我們已經損失了大部分的物資和給養，原路退回不如奮力一搏。」

這時，山谷內怪石嶙峋，一陣山風刮過發出宛如怪獸般的嘶吼，片刻山風刮過怪石的聲音又似乎變成了一種吟唱？斷斷續續的飄蕩在每個人的耳邊，當你認真尋找聲音的來源方向的時候，卻發現聲音的來源似乎飄蕩在空中？

墨龍眉頭緊鎖道：「想必這裡就是游唱詩人傳唱的地獄谷了，相傳這裡有守護聖地的神鳥鎮守，一切心靈不淨者是無法通過的。」

花田慶宗聽了眉頭緊鎖道：「墨龍先生，你說的心靈不淨是怎麼回事？」

墨龍沒有理會花田慶宗，面對秦濤道：「相傳眼睛是心靈之窗，這是前往神殿的眾多考驗之一！虔誠的心！」

谷口就在不遠處，秦濤手持望遠鏡發現谷口竟然堆滿了大量的骸骨？那些巨大的骸骨顯然不是人類的，也不像一般動物的？

「會不會是龍骨啊？」郝簡仁一開口就被秦濤瞪了一眼。

秦濤猶豫了一下道：「很像蛇骨，蛇是四肢退化的爬行類動物。」

郝簡仁再次舉起望遠鏡喃喃自語道：「蛇怎麼可能長那麼大？」

陳國斌卻點頭確認道：「那些骨頭是蛇骨！」

第七章　佛塔疑雲

連接脊椎的肋骨直徑二米甚至三米的骸骨一節一節的散落堆積在谷口附近，很難讓人想像這種堪稱陸地霸王一樣的生物活著時候的模樣。

陳國斌放下望遠鏡看著秦濤疑惑道：「難道秦連長見過類似的巨大爬行動物的骸骨？」

面對陳國斌的詢問秦濤微微一愣，自己到底見沒見過？白山那些所謂的龍骨到底屬於什麼物種現在也沒有具體的定論，由於年代久遠現有技術已經無法準確檢驗複製其ＤＮＡ鏈條。

秦濤無奈的搖了搖頭反問道：「陳教授認為地球上到底可不可能存在如此巨型的爬行類生物？」

陳國斌猶豫了一下道：「巨大的猛禽是我們親眼見證存在的，全世界範圍內有記錄最大的蟒蛇是印尼捕獲的網紋蟒，長近十五米，重四百五十公斤左右，亞馬遜還有一種巨蟒森蚺平均都能長到八九米長度。」

郝簡仁望著谷口的骸骨：「那這玩意兒活著的時候恐怕要有三、四十米長，就算剛剛的大鳥恐怕也對付不了。」

陳國斌推了下眼鏡：「確實如此，我們對我們所生活的這個世界其實並不瞭解，我們自以為是地球的主人，實際上我們人類也不過是地球上的一個匆匆過客而已。」

郝簡仁拍了墨龍的肩膀一下道：「這可是你的地盤，不想告訴我們大家點什麼嗎？」

墨龍苦笑：「我們墨氏三代之前，在墜星堡折損了大批精英之後，就沒能力再大規模進山剿滅墨氏叛逆了，說實話我也還是第一次抵達這裡，貢嘎山中很多事情都是歷代鉅子口口相傳而已。」

秦濤指著猛禽身後方向道：「在猛禽所在的山峰隱約好像有一個類似塔的建築物所在，莫非這隻猛禽是保護那座塔？」

秦濤用手做了一個簡單的測距驚訝道：「那座塔正好在我們要尋找的信號源定位的三角區域內！」

陳可兒似乎想起了什麼，接過秦濤的望遠鏡：「還記得嗎？我們進山之前一直傳說有一座鎮壓邪靈的普賢金剛塔？因為貢嘎山地勢險要所以無法修建寺廟，才設立的這個浮屠寶塔。」

秦濤回憶了一下：「我也想起來了，是那天在草廬裡聽到的這個傳說，這隻巨大的猛禽應該就是守護浮屠寶塔的，所以不讓我們靠近寶塔。這也就符合了大鵬是佛門護法的傳說。」

陳國斌點頭道：「傳說終歸是傳說，傳說中這神塔立於雪峰之巔，但是從空中偵查傳回的資料和情報與航拍的照片來看，傳說未必是真的，因為這座所謂並不存在的普賢金剛塔不是立於雪峰之顛，而是埋於地下，如果不是此番地震冰架崩塌，恐怕普賢金剛塔永無現身之日。」

「普賢金剛塔會不會是一個入口？」花田慶宗的假設讓陳國斌十分興奮，但是興奮之餘遙望猛禽只能望洋興歎。

信號源處於無線電三角定位區域中心，恰好巨大的蝙蝠和猛禽，以及巨大爬行動物的骸骨都證明了似乎有一種能量在不斷突破海佛烈克極限，花田慶宗顯得異常的興奮，這證明他之前的推論是正確的，貢嘎山確實還有太多鮮為人知的祕密。

在損失了大部分物資的前提下，繞路前往信號源定位的三角區域還是撤退，對於秦濤來說確實是一個艱難的選擇。

趁著濃霧散去，秦濤帶領救援分隊迅速從山谷撤離，撤離過程中秦濤發現一些血跡和衣服裝備的碎片？還有一隻穿著厚重雪地靴的斷腳？物資有限加上時間緊迫，秦濤無暇顧及。

不經意間曹博被地面上凸起的石頭絆倒，順著谷口的斜坡滑了下去，秦濤抖開繩索準備救援卻意外的聽到了曹博的大聲呼喊？

眾人順著繩索抵達深坑被眼前的情景驚呆了，巨大的骸骨，只不過這些骸骨不是爬行類了，而是巨大的鳥類骸骨，而且至少是之前所見猛禽的兩倍大。

陳國斌用地質錘想敲下一小塊骸骨做樣品，結果地質錘與骸骨之間竟然蹦出火星發出了金屬般的回音？

陳可兒驚訝道：「看這些骸骨的比例，我們之前遇到的那隻該不會是幼鳥吧？」陳可兒的話把眾人嚇了一跳，那隻如同噩夢一般的猛禽竟然還是幼鳥？

陳國斌清點了一下山谷深坑中的頭骨：「一共兩個頭骨！也就意味著山谷盡頭那隻巨大的猛禽是牠這個物種的最後一隻？」

這時，郝簡仁在一旁大喊道：「濤子哥，這邊有一個溶洞入口。」

秦濤用手試了一下從溶洞中流出的溪水溫度，發現水溫竟然在四十五度左右？溶洞中有地熱存在？秦濤用手電筒照了一下水氣繚繞的溶洞內，手電筒的光柱僅僅能夠穿透幾米而已，地面上似乎有什麼東西？

秦濤用匕首挑動了一下紮了起來，一個帶有金屬質感的包裝袋？上面都是外文。

這是什麼玩意兒？秦濤將包裝袋交給了陳可兒，陳可兒看過後神情有些凝重道：「看來我們有新朋友了！」

「什麼新朋友？」曹博現在對新物種和新朋友同樣敏感，他現在終於能夠體會秦濤不願意提及白山事件的感觸了。

陳可兒將包裝袋遞給秦濤道：「這是一種美軍剛剛裝備的戰時B類高熱口糧，生產日期是三個月前，我們因為考古野外工作的需要也會訂購一些，不過價錢不便宜。」

秦濤望了一眼水氣蒸騰的溶洞入口，目光掃過陳國斌、花田慶宗與墨龍，顯然直到現在這三個人都還有屬於自己的祕密。

最讓秦濤有些擔憂的是花田慶宗，一個真誠的被揭露了兩次都能順利過關得到原諒的懺悔者，墨龍有屬於墨氏一脈的祕密，經歷過生死考驗的墨龍起碼不會危及救援分隊的安全，至於陳教授，秦濤礙於陳可兒也不好質問。

秦濤知道自己必須儘快做出選擇，是選擇前進還是選擇撤退，既然有了新朋友的遺棄物做指向，山谷中的血跡和斷腳很可能就是之前這夥身份不明者試圖通過山谷留下的，秦濤覺得可以一試，因為溶洞與山體的走勢方向大致相同，很有可能穿過山谷。

對於秦濤的決定，胡一明、李健等人選擇服從命令，得到了陳國斌與花田慶宗、墨龍的首肯。

進入溶洞開始，秦濤就在地圖上測算比例尺不斷的做標記，溶洞並沒有之前上山途中穿過的溶洞那麼巨大，寬的地方不足十米，狹窄的地方只容一個人穿行，但是更為曲折。給秦濤的圖上作業帶來了巨大的麻煩，加上指南針失靈，秦濤只能憑藉著自己的感覺在圖上勾勒行進線路。

地面一直是濕滑的，而且角度一直在向上延伸，秦濤手持護龍鐧走在隊伍的最前面，陳國斌和陳可兒走在中間，陳國斌手中的地質錘時不時的發出敲擊聲，秦濤知道那是在獲取樣品，而大部分樣品就裝在郝簡仁的背包中。

秦濤知道郝簡仁一路上沒少偷扔陳教授的樣品，一個是陳可兒的父親，一個是自己的兄弟，只能當做什麼也沒看到。

好在溶洞並沒有主要的分支岔路，大約行進了三公里，溶洞內驟然寬闊起來，一處溫泉赫然出現在眾人眼前，陳可兒用溫度計小心翼翼的試了一下溫度，又用測試紙檢測了一下泉水成分欣喜道：「四十三點五度，非常標準，典型的微礦物溫泉。」

「泡個溫泉？」郝簡仁眼巴巴的望著秦濤提出了要求。秦濤剛想訓斥郝簡仁，卻發現孫峰、胡一明等人都眼巴巴的望著自己，陳可兒也似乎在望著溫泉猶豫不決。

「孫峰、吳迪警戒，其餘人就地休整二十分鐘，張大發與胡一明十分鐘後換崗。」秦濤下達命令，郝簡仁第一個迫不及待的脫了衣服穿著內褲就要往霧氣繚繞的溫泉裡面跳。

秦濤在溫泉旁巡視，陳可兒狠狠的瞪了嬉皮笑臉的郝簡仁一眼，獨自走到一塊大石頭後面換衣服，郝簡仁則大呼小叫的衝向溫泉，孫峰與吳迪投來羨慕的目光。

郝簡仁縱身一躍卻被一隻有力的大手瞬間拽住胳膊扯了回來，摔在地上的郝簡仁身上擦傷了五、六處。眾人萬分不解的望著神情嚴肅的秦濤，隨著溫泉上的霧氣飄散，一具似乎被煮得面目全非的屍體漂浮在水面上，嚇得陳可兒發出一聲驚呼。

秦濤指了一下石縫中的衣物，郝簡仁心有餘悸的望著溫泉不知所措，陳可兒急忙穿好衣服，水溫、水質明明沒有問題啊？為什麼會有屍體？

屍體遺留下的衣物並不多，禦寒的衣物似乎被人取走了，沒有任何東西能夠證明溫泉中那具屍體的身份。

突然，平靜的溫泉瞬間沸騰起來，滾滾的熱浪與蒸汽幾乎讓人窒息，大約兩分鐘之後溫泉逐漸恢復了平靜，眾人面面相覷。郝簡仁也從陳國斌口中得知了所謂的間歇性溫泉，心有餘悸的眾人似乎也不願意多在溶洞內停留一分鐘，太多未知的危險讓人防不勝防。

突然，秦濤的筆在地圖上突然折斷……

秦濤的筆就停在地圖上標注的三角區域內！是驚人的巧合還是冥冥之中的命中註定？該不會有這麼巧吧？秦濤面帶疑惑重新測定計算了一下地圖上彎彎曲曲的行進路線和大致的方向，果然他們已經進入了信號源的三角區域內。

隨著溶洞的甬道越來越寬闊，一道水流湍急的地下河攔住了眾人的去路，地下河對面似乎有人造建築物的痕跡？

不足五米寬的地下河水流十分湍急，橋本嘗試徒步涉水差點被水流沖走，而且水中有一種線型蟲能夠鑽破人的皮膚，陳可兒用鑷子從橋本的頸部和手臂拽出了多條尚未鑽入皮膚的線形蟲，介於水中有不明的寄生蟲，無奈之下只好將攀登繩丟過河去，秦濤與墨龍等人先後一躍而過。

其餘人等搭建好滑索之後逐一過河，剛剛過河橋本就有些神情恍惚，陳可兒急忙為其注射了青黴素消炎，而花田慶宗竟然使用樣品採集瓶將未知寄生蟲取樣裝了起來。

地下河對面有一些零散臺階的痕跡，一座塔基出現在眾人眼前，塔基上刻滿了密密麻麻的墨氏符圖，陳國斌興奮道：「我們竟然抵達了普賢金剛塔的下面？簡直不可思議。」

陳國斌用地質錘敲擊了幾下溶洞的石灰岩壁發現其與塔基的其餘三面已經完全包裹融合成了一體？陳國斌喃喃自語：「這塔到底是如何建起來的？」

陳國斌非常清楚，石灰岩屬於沉降岩，有隨流水腐蝕延伸的特性，但是這種腐蝕延伸的速度是極為緩慢的，沒有任何人能夠將普賢金剛塔建造在石灰岩的山體之中。

信號源應該就在附近，電臺內接收的信號十分清晰，或許就在塔中，但是這塔根本沒有入口？鄧子愛拎著電臺不斷的來回奔跑試圖找出哪個方向信號更強一些。

「秦連長，能不能讓人把這裡給我砸開一下？」陳國斌指著包裹塔基的石灰岩部分詢問秦濤。

秦濤點了點頭抽出護龍鐧，攜帶的工具大部分遺失在山谷，眼下除了護龍鐧就只能用槍托和牙齒啃了。

噹的一聲，火星迸濺，護龍鐧不負所望將石灰岩砸出了一道大裂縫，秦濤的胳膊也震得發麻，連續猛烈打擊讓石灰岩大塊大塊的崩裂掉落，秦濤赫然發現原來石灰岩壁裡面與塔身竟然還有大約一米多寬的縫隙，能夠讓一個人通行。

沿著縫隙秦濤繞著塔基轉了一圈也沒有發現門的存在？塔基上的雕刻紋路大多被泥沙覆蓋，秦濤好奇的用手清理了一下泥沙結果被嚇了一大跳，陳國斌見秦濤從原路返回有些詫異道：「裡面什麼也沒有？」

秦濤也不知道該如何回答陳國斌這個問題，整個八面的普賢金剛塔的塔基上竟然都是一張張雕刻十分精美的人臉，陳可兒用刷子小心翼翼的將十幾張雕刻的臉清理乾淨才驚訝的發現在這十幾張臉中，竟然沒有一張臉是相同的？

秦濤粗略的估計了一下，普賢金剛塔的塔基上至少有上千張形態各異的面孔，每一個面孔都雕刻得惟妙惟肖，唯一美中不足的是眼睛的部分是兩個漆黑的洞，讓人有一種不寒而慄的感覺。

「普賢金剛塔的塔基上為什麼要雕刻如此多的人臉？」秦濤的問題把包括陳國斌、墨龍在內的所有人都問住了，沒人能夠解釋得清楚，因為這座所謂的普賢金剛塔本身就是傳說中的一部分，僅僅出現在一些藏傳的古籍中和游唱詩人的口中。沒有人真正見過這座普賢金剛塔，甚至有人說見過這座塔的人就等於一步踏上了黃泉路，見過這座塔的人的靈魂會留在這裡。

墨龍撫摸著一張張的人臉道：「一座普賢金剛塔為什麼要修建得如此的詭異？而且這也不像是佛塔的修建規制，最多只能是接近很像而已，傳聞是墨氏先人修建，但是墨氏卻並無類似記載。」

陳可兒用卡尺測量了幾個人臉之後驚訝道：「天啊！這些面孔竟然全部都是標準的黃金分割比例？」

「黃金分割？哪裡的黃金分割了？怎麼分割？」顯然郝簡仁更關注黃金這類的貴金屬，尤其分割兩個字，郝簡仁記得秦濤鄭重其事的告訴過自己，文物中貴金屬一類的反而是研究價值最低的，最高的是文獻、銘文，有秦濤盯著郝簡仁只能顆粒歸倉，公家的就是公家的。

秦濤瞪了郝簡仁一眼：「黃金分割是指將整體一分為二，較大部分與整體部分的比值等於較小部分與較大部分的比值，其間的一個比值被認為是最能引起美感的最佳比例，這就是黃金分割，回去多看看書！打麻將能建成社會主義？」

郝簡仁非常不滿的嘟嘟囔囔的離開了，秦濤望著那些神態各異的面孔道：「我們將要去的目的地黃庭，那到底會是一個什麼樣的地方？」

正在清理這些面孔的陳可兒略微猶豫道：「道教黃庭意指亦名規中與廬間，一指下丹田所在，而黃庭堅則錄有內中外三景也稱三境，而源自此地的黃庭應該是指化外之地，或者是起始之地。黃庭之源如果真的存在，那麼其重要性遠非白山史前遺跡所能比擬，或許能夠解釋人類突飛猛進的進化歷程和進化終止的原因，或許能夠解釋你我身上這些異於常人的表現。」

一旁陳國斌緩緩點頭道：「其實這個說法在科學上或者《進化論》上也說得通，科學上有一種說法，就是人的進化很大程度在於外界環境的變化，然後才能凸顯出一些基因突變的存在。」

在胡一明、李健幾個人的幫忙下，普賢金剛塔基上的面孔很快被清理出來了大半，在塔身上還發現了一些墨氏符圖的銘刻，陳可兒翻譯這些符圖之後顯得十分迷茫道：「這些符圖所組合的意思是開啟？但是卻沒有具體的開啟方式和過程？」

花田慶宗湊了過去徒勞的研究了半天，秦濤望著二十公分扁平的細縫也是束手無策，郝簡仁探頭過來嘿嘿一笑：「濤子哥，你說這玩意兒像不像建國門大飯店用的那種房卡，得插一下的那種！」

秦濤如同醍醐灌頂一般被郝簡仁一語驚醒夢中人，急忙來到陳國斌身旁：「陳教授，你之前的墨氏金屬刻板帶在身上嗎？」

陳國斌略微遲疑點了點頭，從背包中掏出了十幾塊墨氏金屬刻板，秦濤逐一比對細縫一旁的符號，一共三道細縫找到兩塊對應符號的墨氏金屬刻板。

郝簡仁急忙來到陳國斌身旁：「陳老先生，還有沒有？還缺一塊！」陳國斌十分無奈的將包中幾塊包裹得很嚴的墨氏金屬刻板交給郝簡仁，郝簡仁快步來到秦濤面前表功一般將刻板交給秦濤。

果然，秦濤找到了相應的墨氏符圖的符號，一個令他記憶深刻的符號，一個代表著龍的墨氏符圖印記！分別推入三塊金屬刻板，秦濤等人躲出了足足十幾米外，郝簡仁甚至還找了一個岩石當掩體，三十秒後眾人已經開始有些不耐煩了，因為普賢金剛塔沒有任何反應，原本就是嘗試一下也沒抱太大希望。

郝簡仁似乎並不死心道：「我們一起將金屬板推進去，不要分別推進。」秦濤點了點頭，難得郝簡仁這麼執著一次。

當三塊金屬板同時推入，秦濤敏銳的感覺到金屬板似乎觸碰到了什麼？

似乎什麼崩塌一般，地面微微震動了幾秒，塔身上似乎翻出了一個一米見方佈滿電路一樣紋路的金屬板。

僅此而已？沒有想像中開啟的入口，只有一塊不明用途如同大號電路板一樣的玩意兒，郝簡仁試圖拆卸無果而返，花田慶宗皺著眉頭用紙拓印金屬板上的紋路，似乎想另闢蹊徑尋找解決的辦法。

花田慶宗此刻已經完全忘記了渾身發燙，意識模糊的橋本了，在花田慶宗眼中橋本不過只是一枚用過的棋子。

似乎放棄了的郝簡仁來到地下河旁洗手，手似乎碰到了什麼？用手電筒一照，原來是一大片的死魚漂了過來？地下河中的魚大多沒有眼睛無鱗，有點類似鯰魚一般？

郝簡仁正好奇為什麼有這麼多的死魚？忽然隱約的發現一個人影似乎從地下河中走上岸？見鬼？任憑郝簡仁如何呼喚，也沒得到回應，只能隱約看到一個模糊的白影。

郝簡仁晃動著手電筒的同時給武器上膛，小心翼翼的準備靠過去查看一下。直覺告訴秦濤有危險，秦濤將一個火把逕自丟了出去，火把的火光閃動，郝簡仁頓時止住了腳步用屁滾尿流的方式逃了回來。

不僅僅郝簡仁要逃，幾乎所有人都開始沿著地下河逃出至少一百多米，郝簡仁甚至開始整理繩索準備過河了，普賢金剛塔的塔基前只留下幾個孤零零的火把。

冰魈鬼母，一個會移動的超強放射源，一個絕對惹不起的存在。

「這東西是怎麼從雪崩中活下來的？」花田慶宗疑惑的望著緩緩移動的冰魈鬼母。

李健看了一眼花田慶宗：「你確定那玩意兒是活的？」冰魈鬼母似乎對遠遠躲開的秦濤等人視而不見？陳可兒手中的放射性物質讀數儀在不斷更新著數字，顯然距離臨界點還有一段距離？陳可兒有些驚異道：「冰魈鬼母的放射性似乎有所減弱了？」

秦濤舉起望遠鏡仔細觀察冰魈鬼母的一舉一動，冰魈鬼母好像歸航一般，似乎不達目的誓不甘休。冰魈鬼母將兩隻手按在了塔身翻出的金屬板上，一瞬間那些如同電路一般的紋路亮了起來，冰魈鬼母的手掌似乎被什麼刺穿了一樣，普賢金剛塔的底部之前鑲嵌在地面上的一朵蓮花竟然形成了一個螺旋的下降通道？

墨氏金屬刻板開啟了普賢金剛塔的底部？開啟者竟然是冰魈鬼母？秦濤一時之間陷入了混亂，一旁的墨龍也目瞪口呆。

郝簡仁皺著眉頭道：「老墨，這塔是靠你們墨氏的金屬刻板開啟的控制裝置，但是能操控開啟普賢金剛塔底部的竟然是冰魈鬼母？而你們墨氏一直拼盡全力甚至修建了一個什麼隕石搭建的墜星堡？這到底是怎麼回事？你們和那打不死的移動放射源到底什麼關係？」

墨龍似乎有些氣結髮飆道：「你問我？我去問誰？墨氏符圖我認得還沒一個女人多？墨氏金屬刻板你們都見過，我反而是第一次見到，你們對我有坦誠相見嗎？憑什麼要求我對你們毫無保留？從我有記憶開始，我們的族人就竭盡所能阻止任何人靠近古祭壇遺址，無論是吸血巨蝠、冰魈鬼母以及那大鵬鳥，它們對我來說又何嘗不是傳說故事？」

墨龍說的女人指得就是陳可兒，陳可兒也一直糾結要不要將白山墨塚的一些事情告訴墨龍，但是秦濤曾經說過，很多事情不知道就算了，遠要比知道之後無能為力好得多。

墨龍發洩完情緒之後對秦濤一拱手：「對不住了秦連長，我實在是憋了太久，這可能是我們這一支墨氏最後一次行動了，我們已經無力阻止任何人靠近黃庭之源了。」

冰魑鬼母的身影已經消失了十幾分鐘，秦濤依然在猶豫不決，下面的情況可以說完全不清楚，冰魑鬼母那玩意兒就是一個特殊的放射源。

而且陳可兒判斷這個放射源與我們正常的放射源不相同，因為我們正常的放射源會隨著距離和隔阻物衰減，但是冰魑鬼母的放射源竟然只控制在一定範圍之內？

「那玩意兒會不會是一個機械人？做得很像那種？」郝簡仁又一次提出了自己的設想。

秦濤意味深長的看了郝簡仁一眼，他覺得郝簡仁有成為科幻小說家的潛質，陳國斌凝視著不遠處的螺旋下降通道沉默不語。

郝簡仁見沒人回應自己，不甘心補充道：「幾百年前飛天上月球不也是神話不可能的嗎？我們現在飛機滿天飛，衛星也上天了，誰敢保證未來沒有這樣的機械人出現？」

秦濤與陳可兒對視一眼，拍了一下郝簡仁的肩膀：「你的分析確實有道理，面對未知世界一切皆有可能。」

陳國斌突然起身道：「不能再等了，我先下去看看，沒有問題我再給你們發信號。」

陳可兒擋住陳國斌急切道：「爸，現在不是任性的時候，下面什麼情況都不清楚，怎麼能冒然下去？進入冰魑鬼母的放射源照射範圍幾秒鐘就足以使人喪命。」

秦濤深深的呼了口氣道：「下去勢在必行，但是我第一個下。」

胡一明聽秦濤要第一個下去急忙道：「連長，讓我第一個下去，你是救援隊的主心骨，你要出了意外救援隊怎麼辦？」

秦濤瞪了胡一明一眼：「我是幹部，犧牲在前是我的職責，知道嗎？在戰爭年代扛炸藥包是共產黨員的特權。」

秦濤經過陳可兒身旁將一個紙條遞了過去壓低聲音道：「如果我出了意外，你們立即原路返回，將這個紙條交給李建業政委。」

◊

漆黑濕滑的螺旋下降通道讓秦濤微微的皺了皺眉頭，經歷過白山事件的秦濤非常討厭地下世界，永遠是潮濕相伴著黑暗。人類最恐懼的就是黑暗與孤獨，手電筒羸弱的光亮好像螢火蟲一般，秦濤不想當靶子，最擔心的是冰魈鬼母突然從什麼鬼地方冒出來。

「哎呀！你大爺的！」儘管秦濤已經小心翼翼，但是仍然難防濕滑的臺階，在跌倒的一瞬間還不忘罵了一句。入口處幾道手電筒的光柱在晃動，陳可兒、郝簡仁都在焦急的呼喚，秦濤的手電筒摔得幾乎變了形，索性點燃了一支隨身攜帶的火把。

只能容一個人彎腰通過的狹窄通道，秦濤起身對上面回應道：「我沒事，下面是通道，我先查看一下。」

秦濤沿著大約二十度上行斜坡的通道前進了一段距離，發現這條通道竟然是環形的？也就意味著這條通道很可能通往塔的頂端？為了謹慎起見，秦濤返回取出了陳可兒的手持放射性探測儀。

冰魈鬼母好像完全消失了一般？完全檢測不到放射性物質的存在？陳可兒也十分奇怪，多次檢查手持檢測裝置的殘存電量，畢竟是性命攸關的大事疏忽不得。

大約行進了八、九圈之後，秦濤發現通道的內側牆壁似乎出現了變化，不再是石材壘砌而成，光滑堅硬的程度更像是一種金屬質地？

陳可兒撫摸著光滑冰涼的金屬質地內壁有些疑惑道：「這普賢金剛塔有問題？」

秦濤與陳可兒停住了腳步，後續的人全部被堵在了低矮的通道中，陳國斌費力擠了過來掏出放大鏡仔細查看驚訝道：「這是金屬材質，難道這普賢金剛塔是為了掩蓋什麼才建造的？」

當眾人小心翼翼的走出通道全部被眼前的情景震驚了！

一個看似光怪陸離的地下八角形大廳，中央是一座三米多高金字塔一樣的晶體，而他們之前一直擔心的冰魑鬼母竟然在晶體中央？晶體周邊的溫度有不斷升高的趨勢？

幾具乾屍倒斃在一旁，一部軍用電臺不停的在閃動，而軍用電臺的電源竟然連接晶體底座上的金屬？

鄧子愛嘗試著將軍用電臺關閉，果然信號源消失了，鄧子愛驚訝道：「這不明材質的金屬底座竟然具備導電和擴大信號兩個特點？」

郝簡仁檢查了幾具乾屍發現都是二戰時期的英國軍人？基本被屍水浸泡過褶皺不堪的證件成為了他們唯一的身份證明，加上之前巨型狐蝠洞穴發現了英軍的骸骨和裝備判斷，這支英軍小分隊歷經千難萬險之後的終點就是這裡了。

「這裡到底是什麼地方？」陳可兒好奇的環顧四周，花田慶宗深深呼了口氣道：「還記得墨龍曾經提及過，我們之前發現的那塊墨氏耀武殘碑，內容大致是墨氏先人在這裡進行了一場慘烈的大戰，戰勝了來自天空的惡魔最終取得了勝利，而冰魑鬼母可能就是來自天空的惡魔，這裡就是它們的老巢，建普賢金剛塔也是為了將其隱藏起來。」

陳可兒猶豫了一下道：「有這種可能，冰魑鬼母很可能是我們前所未見的另外一種形式的生命體，而後續墨氏叛逆正是根據冰魑鬼母大量製作帶有毒蟲的冰屍。」

陳國斌急忙用相機不斷拍照，一邊照一邊喃喃自語：「果然，這冰魑鬼母的本體就是一個巨大的能量源，所以才會有強烈的放射性存在，太神奇了，太不可思議了，竟然能夠控制放射性物質的擴散範圍並且不斷將能量實體化？」

墨龍驚訝道：「墨典曾經記載若是冰魁鬼母抵達祭壇就會引發天劫災難，世界將會被血與火湮滅。」

郝簡仁試圖靠近晶體，卻發現自己的頭髮幾乎全部豎立了起來？

秦濤一把拽住了郝簡仁：「好像有問題！」秦濤將身上的工兵鏟抽出來順手丟了過去，結果電弧連續閃動發出劈啪的響聲，工兵鏟應聲落地冒著青煙。

郝簡仁臉色蒼白：「大爺的，差一點就電糊了！這夥英國佬是怎麼發現這金屬底座有電的？」

陳可兒指了一下一具焦糊的乾屍：「用人試出來的。」

陳國斌則蹲在金字塔晶體附近研究地面上的幾個顏色不同的圓圈，突然，金字塔晶體開始緩緩轉動？

「誰動什麼了？」秦濤怒氣衝衝的環顧眾人，幾乎所有人都是一臉無辜，郝簡仁高舉雙手：「我什麼也沒動！」

在一陣晃動中，秦濤能夠明顯的感覺到似乎在上升？外面不斷傳來崩塌的聲音，似乎上升的速度越來越快？片刻之後，頂部分成三個部分層疊回收，原本的普賢金剛塔已經不復存在了，秦濤等人站在金屬柱頂端的平臺上。

秦濤茫然的看了一眼如同一座巨大天線一般的未知金屬物，而且在附近的山峰上也從地下破土而出了幾根金屬柱形成了一個矩陣。原來墨氏修建普賢金剛塔和不惜一切代價阻止冰魁鬼母，甚至將其冰封，為的就是阻止眼前發生的這一切。

花田慶宗望著發出刺眼光芒的晶體警覺道：「秦連長，我認為我們不應該在此繼續停留了，冰魁鬼母很明顯是在進行一種能量的補充，我們應該儘快離開。」

秦濤也注意到了，冰魁鬼母所在的晶石緩緩升起在陽光下顯得十分的耀眼，經過陽光的照射晶石的溫度似乎越來越高？而且冰魁鬼母的顏色也似乎從慘白色變得越來越紅？

這時，一直處於半昏迷狀態的橋本突然踉蹌的走向晶石，等秦濤發現，想阻止橋本伸出手去觸摸晶石為時已晚，一瞬間一股強大的電流貫穿了橋本的身體，一些手指粗細的蠕蟲竟然從橋本的身體內蜂擁鑽出，強大的電流讓橋本變成了一個發光體，驟然閃光下只留下一地的焦黑。

橋本似乎觸動了晶體周邊的某些裝置，晶體開始緩慢的旋轉，速度大有越來越快的趨勢？

秦濤見狀急忙固定繩索，眾人從高達二十餘米的金屬物體滑下，突然，地面崩塌，一個巨大的深坑出現在眾人眼前，距離坑邊最近的郝簡仁手腳並用爬離了坑邊，由於地質十分不穩定，深坑一直在不斷崩塌擴大，秦濤立即帶領眾人沿著山脊向主峰前進。

遙望九根排列成一個矩陣的金屬物，在秦濤看來似乎更像是巨大的發射天線或者是能量收集裝置，對於這些未知的金屬物沒有人能夠給出讓人信服的答案。

秦濤將全部的細節整理了一下，不同於白山事件有諸多專家隨行，大多數的未知事件都有一個基本能夠讓人接受的科學解釋，眼前這些從地下破土而出的巨大金屬物體已經突破了秦濤的接受範圍。

顯然，這些未知的金屬物體並不是單一的，而是以帶有冰魃鬼母晶體的金屬柱為核心形成了一個七十度角的矩陣。

墨龍對此也是一無所知，按照墨龍的說法墨氏叛逆帶走和毀壞了墨氏傳承的耀武碑和墨氏符圖的母本，很多非常重要的相關記載沒有能夠流傳下來。

秦濤發覺現有流傳的各種傳說故事中也似乎沒有能夠與其匹配的情景？墨氏先祖為了阻止冰魃鬼母建造了看似無比堅固的普賢金剛塔，這些未知的金屬物體是來自地下，那麼地下還有什麼？

現在墨氏先祖最擔心的事情發生了，後果是什麼？

墨龍只知道讓冰魃鬼母抵達普賢金剛塔重燃祭壇聖火，世界將被血水湮滅，但是這只是一個模糊的說法，祭壇聖火指的是什麼？

連將要發生什麼都一無所知，就更無從談起阻止了。

自從這些金屬物體從地下破土而出，整個貢嘎山脈全部被強磁干擾所覆蓋，即便剛剛關閉了所謂的信號源，此刻電臺裡充滿了沙沙的雜音和干擾。

忽然，天空中傳來一陣飛機引擎的轟鳴聲，秦濤舉起望遠鏡向聲音傳來的方向張望，由於雲層過低的關係沒能發現飛機。

秦濤立即命令李健準備信號彈，連續五發，只要飛機發現信號彈就能想辦法取得聯繫。

飛機的引擎轟鳴聲越來越大，似乎飛行員在降低高度試圖進行目視搜索，就在飛機鑽出雲層的一瞬間，眾人發出了歡呼聲，只有花田慶宗顯得有些寂寥。

突然，未知金屬物體頂端旋轉的晶體爆發出一陣連續的音爆，巨大的音爆衝擊力讓身在地面的眾人猝不及防，慌忙捂住耳朵張開嘴臥倒在地。

連續的音爆衝擊下，運五飛機冒出了黑煙，飛機的引擎也似乎停止了轉動，飛機調轉飛行方向一頭紮向山下，眾人無比擔憂的望著飛機消失的方向，過了大約十幾秒，飛機似乎重啟了馬達帶著黑煙飛離。

鄧子愛一臉迷惑的拎著電臺來到秦濤面前：「連長，剛剛不知道怎麼了，電臺所有的電子元件連電路板都燒穿了，電池也溶芯了。」

花田慶宗聽鄧子愛說電臺莫名其妙的燒毀了，於是看了看手腕上卡西歐的電子錶，摘下來聞了聞，發現有輕微的糊味，於是將手錶解下來往地上一丟道：「剛剛的音爆實際上就是強電磁脈衝，英文縮寫ＥＭＰ。」

「強電磁脈衝？」在秦濤的記憶中這玩意兒是屬於核武器爆炸後伴隨出現的產物，按核武器的當量能夠摧毀一定範圍內的一切電子設備。

郝簡仁急忙看了看自己手腕上的西鐵城電子錶果然毫無反應，反倒是曹博手上國產的機械表還正常走動，郝簡仁故意將手錶丟在花田慶宗身旁嘀咕道：「舶來的破爛就是靠不住！」

陳可兒擔憂道：「我們現在對外的一切聯繫都中斷了？即便有後援也無法支援到我們。」

秦濤點了點頭：「從現在開始我們只能一切靠自己了。」

花田慶宗望著依然在緩緩旋轉的晶體深深的呼了口氣道：「秦連長，我認為我們應該儘快抵達主峰的祭壇。」

秦濤有一種預感，所有發現的一切一定與墨龍反復提到過的祭壇有關，冰魈鬼母很有可能只是開啟祭壇的條件之一，只要摧毀源頭的祭壇或者阻止祭壇啟動，就能夠應對眼前的危機。

秦濤深深的呼了口氣，十分無奈的望著隱藏在雪霧中的貢嘎山主峰。

在遠處的山峰上，黑衣大祭司緩緩放下手中的望遠鏡，他幾乎控制不住自己激動的心情，四種天兆已經出現其中一種了。

一旦冰魈鬼母開啟九根圖騰神柱就意味著重啟神魔時代，黑衣大祭司用手按住懷中那記載有墨氏一脈起源的符圖，催促手下人丟棄物資加快行進速度，一定要搶在救援分隊之前抵達祭壇。

基地方面呂長空終於等來了他最不願意面對的消息，那就是空軍方面出動的一架載有電子偵測設備的運五飛機在貢嘎山地域飛行搜尋救援分隊電臺信號期間，遭到強電磁（ＥＭＰ）爆發式衝擊，飛機返回野戰機場實施迫降數人受傷，機載電子偵測設備全部被燒毀。

李建業對強電磁爆發衝擊波沒什麼概念，但是在空軍工作過的呂長空可不同，他非常清楚那意味著什麼，貢嘎山現在正處於季節交替極端氣候頻發的季節，而且其空域內連地面基站都沒有，突然出現大範圍大面積的強電磁脈衝爆發意味著救援分隊遭遇了突發事件。

「增援，立即增援，讓徐建軍的增援分隊立即出發，不惜一切代價增援秦濤的救援分隊。」呂長空下達命令之後李建業站在原地一動不動。

呂長空微微一愣，才意識到自己剛剛下達的命令有問題，問題非常簡單，增援很容易，向哪裡投送增援？

李建業猶豫片刻：「我們有沒有電磁監測設備？比如大功率的車載雷達？」

「大功率車載雷達？」在呂長空的記憶中，好像駐軍空軍殲擊師方面近期確實裝備了我國自行研製的新型大功率車載雷達。

呂長空向上級申請雷達配合，徐建軍猶如熱鍋上的螞蟻一般，秦濤的救援分隊出發進入雪山之後只與基地方面聯繫了兩次，距離上一次聯繫已經有三天之多了，基地方面不間斷聯繫救援分隊，但是無一得到回復，否則也不會派裝載電子偵測設備的運五飛機進行搜索。

沒想到又遇到了什麼強電磁脈衝，空軍方面迫降導致幾名同志負傷，在天上都尚且如此，更何況地面？

◊

北坡前往主峰路已經不能用路來形容了，亂石溝壑層出不窮，行進艱難而且速度相當慢，郝簡仁與墨龍一前一後聊著天，郝簡仁對反復提到的黃庭十分感興趣問個不停。

墨龍也耐著性子解釋：「所謂『黃庭』在我們中華文化裡有三個解釋，一個就是說我們人體的中丹田就是胃經，在中醫的角度來講脾胃屬土，是人身體的後天之本，而黃庭就是胃經的一種雅稱，黃土就是天堂地府中間的意思，庭是階前空地，也就是空的含意，所以黃庭就是中空的意思；第二個指的是一本古籍經書，相傳是大羅天仙傳授給南嶽魏夫人的《太上黃庭內景玉經》和《太上黃庭外景玉經》兩部道書；第三個所指的黃庭傳聞是神魔傳說終結之地，同時也是生命起源之地。」

陳國斌停住了腳步道：「墨龍先生認為黃庭是生命起源之地？」

墨龍微微一愣道：「丹經曾有詩云：『瑤池王母綺窗開，黃竹歌聲動地哀。八駿日行三萬里，穆王何事不重來？』這裡黃竹應該就是黃庭，因為竹子也是內部中空的。昔年周穆王去昆侖拜訪西王母，應該就是尋找中華文明的起源之地。這與秦始皇尋找海外的蓬萊、瀛州、方丈三座仙山求得長生不老目的相同。」

陳國斌停住腳步深深的呼了幾口氣，陳可兒立即遞過氧氣瓶，陳國斌擺了擺手示意自己沒事：「實際上我梳理了一下之前的線索，黃庭似乎對於所有人擁有不同的解釋，墨氏叛逆當年為何要毀壞所有相關的記載，他們到底想湮滅什麼？如果是生命的起源獲得永生，那麼德國人似乎得不償失，永生並不能幫助他們贏得戰爭，英國人、日本人都曾經到此試圖尋找什麼？我沒去過白山的地下史前文明遺跡，但是從剛剛冰魈鬼母抵達啟動不明設施的規模判斷，這個史前文明遺跡的規模要遠遠大於白山，我們現在掌握的所有線索幾乎沒有重疊之處。」

花田慶宗皺了皺眉頭：「陳教授你的意思是無論是德國人、英國人還是我們日本人，沒有人真正知道他們到底在尋找什麼？」

陳國斌點了下頭：「可以這樣認為，但是我們都忽略了被墨氏叛逆湮滅相關記載，墨氏叛逆手中的記載也許能告訴我們黃庭到底是什麼？」

墨龍欲言又止，最終長長的歎了口氣：「相傳墨氏一脈九支，先祖鎮魔於此拱衛蒼生，到了現今，我們連墨氏符圖都認不全，即便認得也還是簡化過的符圖，口口相傳難免有誤，之前進山也從未深入到此地。」

陳國斌望著主峰方向道：「在中國古代古人把數字分為陽數與陰數，奇數為陽，偶數為陰。陽數中九為最高。《黃帝內經》素問卷曾記載：『天地之至數，始於一，終於九焉。』九在中國古代被認為是一個極限數字，所以大禹治水天下並為九州，鑄九鼎，墨氏九支等等都與九有密切的關係，而且九這個數字的漢字寫法很像龍，龍代表著皇權，九五之尊。」

陳可兒一邊翻閱日記一邊道：「根據墨氏耀武碑記載，墨氏先祖確實在這裡與未知的史前或外域文明展開過激戰，而且我注意到了，白山墨典記載墨氏一脈九支相互之間似乎並無往來和聯繫？白山墨氏盡滅之後就徹底的銷聲匿跡了，雖然後續歷朝歷代不斷有人尋找，但是很難界定這些尋找之人就是墨氏一脈的遺族，反之貢嘎山這一支也十分相同。」

實踐是檢驗一切的真理，這一點秦濤堅信無疑，基於一切都是推斷和猜測的前提下，秦濤認為有必要快速抵達古祭壇遺址查明情況，控制古祭壇遺址等待增援。

陳國斌為的是追尋神話傳說史前文明發現的榮譽，但是秦濤不同，他有責任將一切控制在合理範圍之內，這個所謂的合理範圍就是消除一切未知的不穩定危險因素。

遠處從地下伸出指向主峰古祭壇遺址的未知金屬物體讓秦濤感覺到十分不安，陳國斌猜測冰魈鬼母是一個能量體，在沒有確切研究和分析之前，猜測只能是猜測。

由於強電磁脈衝的關係，電臺徹底報廢，導致鄧子愛算是真正的實現輕裝，整支救援小隊的建制還算是比較完整，但是裝備和隨行物資損失較大，秦濤決定步步為營。

由李健與鄧子愛返回地下設施營地，嘗試尋找一直未發現的電訊設備，同時做好接應增援部隊的準備，李健與鄧子愛返回後，救援分隊小歇了一會再繼續向祭壇方向前進。

高聳入雲的雪山與冰川絕壁，秦濤自己攀爬都沒有信心，花田慶宗見秦濤有些猶豫，揮動了一下冰鎬道：「其實早在一八七八年，奧地利人勞策就已經最先進入這片區域考察，時至今日，貢嘎山的登頂死亡率為百分之七十六，僅次於死亡之地的卡瓦格博峰，現在還不曾有成功登頂的記錄，尤其挑戰北坡，我可以負責毫不誇張的告訴你，秦連長，登山是一門嚴謹的科學，任何疏忽付出的都是生命作為代價，這裡的攀登難度絲毫不會低於阿爾卑斯山的北壁。」

郝簡仁不屑道：「嚇唬誰呢！冰川絕壁怎麼了？哥有壯志雄心，敢叫日月換新天的勇氣！」郝簡仁一轉身壓低聲音對秦濤道：「濤子哥，不行就等增援部隊來了再說吧，或者要一架直升機咱們上去也成，你能爬上去，我們也跟不上去啊！」

秦濤眉頭緊鎖點了點頭：「大家在這裡紮營原地等候，我在前面開路設置岩釘和保險鎖，花田慶宗跟著我配合。」

花田慶宗點了點頭：「這樣最好！」

在雲霧纏繞的山腳一支隊伍在艱難的沿著冰阪地帶攀行，這些黑衣人在幾乎埋沒大腿的雪地上困苦前行。大祭司在冰天雪地裡披髮赤著充滿肌肉的身體，坐在一頭巨大的白色毛牛，露著整個幾乎就是白骨的臉。

大祭司命令隊伍停止，然後呼吸著山川和冰雪間的氣息，過了半晌喃喃道：「他們還沒有來，我們就在這阻擊他們。」

一名手下猶豫道：「大祭司閣下，如果那些人選擇走北坡怎麼辦？」

大祭司頓時一愣，上山無路，走得通爬得上去的就是路，這個伏擊還確實不好打，猶豫了一下：「如果他們選擇走北坡就讓神山去收拾他們，我們就在這裡守株待兔。」

對宿營地的選擇秦濤一向十分謹慎，在距離絕壁幾百米外的一處小高地上，秦濤安排郝簡仁組織露營。就在眾人因為缺少宿營物資一籌莫展之際，從一旁的雪地中突然衝出十幾個身披獸皮的壯漢，拿著粗制劣造的棍棒、刀斧向秦濤衝殺了過來。

秦濤眼疾手快，抽出護龍鐗一下一個將壯漢打翻一地，

當郝簡仁等人持槍衝上來的時候，驚然發現短短十幾秒的時間，秦濤竟然將那十幾個蠻人都打的滿地找牙、哀鴻遍野。

吳迪端著機槍想喊：「繳槍不殺！」但是敵人都躺在地上不停呻吟。吳迪轉而準備喊：「舉起手來！」仔細一看四肢脫臼的居多，根本就不能舉手。

無奈之下踩住其中的一個胸部，厲聲質問道：「你們是什麼人，你們的目的是什麼？」結果吳迪發現了一個更為無奈的事情，竟然沒人懂漢語？

吳迪於是氣餒道：「秦連長你這也太厲害了，一眨眼的功夫全解決了。」

陳國斌試圖用藏語審問他們，但是這些人卻多半都聽不懂，就是根據手語還有零星的意思知道，他們是從尼布林雪山通路從貢嘎山外來盤踞在此的凱西人。

陳可兒用一種發音十分古怪的語言詢問頭上有豹骨配飾的壯漢，壯漢也十分吃驚，似乎能夠與陳可兒進行簡單的溝通，雖然有些牛頭不對馬嘴，但是已經能夠進行溝通。

片刻，陳可兒轉過頭對眾人解釋道：「他們說他們是以前古來格人的後裔，與尼布林的凱西人混雜一起，時間久了也分不出彼此。由於在這裡混居久了，資訊閉塞，與外界溝通不暢、所以現在的語言表達方式，也就和如今的藏語差距比較大了。」

陳國斌點頭道：「怪不得我說的藏語他們聽不懂呢！」

陳可兒歎道：「各地方言就是四十年一變，所以他們說的古藏語和來格語混合用語，我也是大半靠猜的。」

郝簡仁見陳可兒這麼說，慫恿了一下身邊的曹博道：「曹參謀，你老說你是軍校畢業的，那你認真聽聽看，看能聽懂不？和咱們陳可兒似的？」

曹博瞪著眼睛罵道：「人家陳可兒是雙料博士，你讓我聽懂？你這北京人怎麼不聽懂啊？老是調侃別人有意思嗎？」

郝簡仁擺手道：「你看你這還急了，我不是老認為曹參謀你的覺悟應該和我們秦連長差不多嘛！我這是關心你，真是狗咬呂洞賓，不識好人心。」

同時，秦濤也發現了這些來格遺民的後裔中根本沒有老人和孩子，連體質弱點的都沒有？

陳國斌告訴了秦濤一個殘酷的現實，因為是雪山地域又是邊境地帶，這些來格遺民游居不定，造成了他們封閉的現狀，同時也保持了原始社會形態下優勝劣汰的方式。

秦濤在陳可兒的陪同下與首領進行了簡單的溝通，卻沒想到意外獲得了重要情報，於是急忙集合救援分隊眾人：「這些遺民族人的祖輩被脅迫到貢嘎山主峰當工人，當地的呼圖克圖以及奴隸主花錢雇傭了大批的山民上山。由於是在頂峰施工，並且是在主峰背面，所以即便墨龍你們常年在山腳下也一無所知。」

陳國斌抽了口煙斗道：「我們猜測過建造如此龐大的設施需要上萬人，那幫身體強壯、正當壯年的人施工完後去了哪裡？我也在該區域考察過，並沒有遇到過講述參加過這樣工程的藏民，我最為好奇的就是施工用的材料從何而來？即便以今天的技術恐怕也無法將數量龐大的材料輸送上去，這根本就是一個不可能的任務。」

「可能的！」墨龍起身望著主峰道：「那裡不僅僅有祭壇遺跡，墨氏先祖在此曾經消滅過一個神祕恐怖的未知文明，墨氏利用了未知文明構建的地下迷宮的一部分修建了墨氏機關要塞，墜星堡的隕石城當年就是機關要塞的一部分，後來大明洪武年間機關要塞年久失修，後人已喪失了修理改建能力與技術，就將隕石城搬出機關要塞抵擋冰魈鬼母，那些人可能也是利用了未知文明龐大的地下迷宮。」

用食物和刀具向來格人換取了一些獸皮，叮囑眾人抓緊時間休息，秦濤自己卻睡不著，月光下遙望籠罩在雲霧之中的主峰，地面卻傳來微微的顫抖？

秦濤迅速將耳朵貼近地面，不像是地震，好像什麼巨大的物體在地下緩緩移動？

眾人感覺到了輕微的震動，郝簡仁揉著睡眼道：「濤子哥怎麼了？地震了？」

秦濤從懷中掏出望遠鏡借著月光向震源方向望去，只見之前那些衝破地面的不明金屬物體被山體崩裂的煙塵籠罩？

「好像什麼東西在移動？」郝簡仁臉露驚恐。

秦濤眉頭緊鎖，確實有東西在地下緩緩移動，崩坍的落石引起的煙塵將一切籠罩。

每個人的臉上都凝聚著擔憂，貢嘎山的祕密顯然並不是之前陳國斌預計的和墨龍掌握的那些，反而花田慶宗顯得十分的興奮。

秦濤轉身用目光巡視陳國斌與墨龍道：「都已經到這個份上了，大家也不用藏著掖著了，包括咱們的花田慶宗先生，我很想知道黃庭之源裡面到底代表著什麼？你們誰能告訴我？」

陳國斌與墨龍交換了一下目光，花田慶宗坐在一旁擦拭著自己的佩刀彷彿充耳不聞一般，墨龍猶豫了一下道：「一個全新的世界，僅此而已！」

秦濤一臉驚訝的望著陳國斌求證，花田慶宗反而起身道：「準確的說對於我們來說是一個全新的文明，一個來自外域曾經輝煌一度的文明。」

陳國斌點頭向秦濤確認道：「有權威組織的著名學者根據考古學家和人類學家關於人類直立行走的研究，確定現今人類形成於四百萬年前，而地球大約誕生於四十五億年以前。世界萬物從無到有，生生不息，地球上的高等物種及其智慧很可能也是從無到有、從有到無。據費羅德李倫推算，大約二十億年前，地球上存在過高度文明的生物，由於地球大災變以及億萬年的自然變遷，使這些文明成為殘存遺跡。古生物學家曾經推論地球大約在五億年前、三億五千萬年前、二點三億年前、一億年前以及距今最近的六千五百萬年前，經歷了毀滅性大災變，使當時創造的文明毀滅殆盡。」

秦濤面對陳國斌長篇大論的解釋有些頭疼，也正是這些史前遺存才在白山造成了科考隊與協同部隊幾乎全軍覆沒，白山墨氏遺跡被日本關東軍發現並且修建了祕密基地，而貢嘎山地下堡壘則是第三帝國的餘孽未雨綢繆的結果，無論這些人要尋找什麼，在秦濤看來都必須給予阻止，因為沒人清楚黃庭之源中到底隱藏著什麼驚人的祕密。

站在一旁的曹博滿臉擔憂皺眉道：「秦連長，現在我們怎麼辦？是要直接趕赴山峰北坡嗎？我怕我們這些兵力不足以應對？」

秦濤點點頭道：「有可能出現這樣的情況，但是我們需要做好最充足的準備，從戰術角度上來說，我們最終的目的是尋找黃庭之源加以保護，而搜尋殘餘敵人不過是次要目標，重點是保護黃庭之源，如果這個存在於傳說中的神殿真的存在的話。」秦濤補充了一句，實際上秦濤內心已經確認了黃庭之源的存在可能，白山的墨塚作為存在即為合理的例子，黃庭之源也好，這一切對於秦濤來說沒有半點吸引力，單純是為了完成任務。

白山事件之後，如果按秦濤的性格下半輩子都不願意與這些史前遺跡和傳說打交道了。

眾人紛紛點頭同意，秦濤猶豫了一下道：「我們先進行必要的偵查，探清情況，然後再根據實際情況相應反應。」

救援分隊沿著山脊越過一條峽谷，秦濤被眼前的景象驚呆了。

山谷中有一條深深的鴻溝，鴻溝裡密密麻麻遍布著無法計算的白骨，白骨將深深的鴻溝填滿，雖然多年的冰雪覆蓋，仍然掩蓋不了如此的慘景。

常言道：「人過一萬，無邊無際。」這裡累累的白骨著實讓人觸目驚心，秦濤長歎一口氣道：「這些人很可能就是當年被販賣到山中的勞工吧？」

陳國斌發現很多骸骨附近似乎都有各種武器，從刀劍斧頭到老式栓動步槍皆有，秦濤也發現了蹊蹺的地方，這裡竟然是一處古戰場？

巨大的昆蟲遺骸更讓眾人震驚不已，尤其這些昆蟲的遺骸還泛著金屬的光澤，很難相信昆蟲的殘肢竟然沒有腐化，還有金屬光澤？而且質地相當的堅硬。

很快，轉過一個山隘就發現一道周圍山壁鋪滿冰雪和植物藤蔓的殘跡，規格窄小僅僅留有能擠過一個人的縫隙，人工建造在山口的鐵門。

秦濤仔細看了看鐵門，又看了看周圍環境奇怪道：「這鐵門那麼窄，車和人是怎麼通過的？這裡只有一條路通往山前工事，到底是怎麼回事？」

陳國斌上前看了看琢磨了一下，然後道：「我們把鐵門周圍的石壁上冰雪，清除一下看看。」

聞言，秦濤指揮眾人用行軍鍬和手中的硬物清除石壁上的冰雪。

在眾人的努力下石壁上的冰雪逐漸被剷掉，尤其契洛手中的巨斧和秦濤掌中護龍鐧變成的寬刃劍，每一下都會剷掉大片的冰雪。

在除冰雪過程中眾人發現，冰雪下的不是石壁而是鋼鐵，那些枝蔓竟然是人工製成的。

當鋼鐵下的積雪厚冰被消除，一道恢宏的刻有納粹鐵十字架和雄鷹國徽的鋼鐵大門映入眾人眼簾。

郝簡仁看著十米多高的巨大鐵門，不由罵道：「這幫混蛋竟然在雪域高原建造這麼大的鐵門，這得消耗多少物資和人力啊？」

陳可兒氣喘吁吁的跟在後面看了看鐵門：「門是模組組裝起來的，並非整體安裝，我們要小心附近隱藏的防禦設施。」

陳國斌環顧左右走上前來，近距離仔細查看著鐵門的細節，然後在雄鷹國徽面前停下，拿手試探一下雄鷹的雙翼道：「秦連長你力氣大，過來試試看能不能扳動這對翅膀。」

秦濤走到雄鷹國徽前，雙手抓住雄鷹兩個翅膀用力一扳，被冰雪凍住經年的雄鷹兩翼出現鬆動，一陣陣「吱吱呀呀」的聲音過後，冰碴四濺，巨門沿著兩側滑道緩緩的打開了一道縫隙。

當大門被徹底打開時，眾人的眼裡都呈現出不可思議的表情。

◇

顯現在眾人眼前不是想像中陰森潮濕的隧道，而是一個微縮城市的巨大沙盤模型，目光所及是井然有序排列的街道與鱗次櫛比的建築房屋，有的看來更像是民居。高聳的建築也在不遠處聳立，有的像信號接收塔，有的是不知用途六七層高的樓房，更有的疑似發射架一樣的建築。唯一共同點就是：這些建築選材很多都是鋼鐵結構，只有少數的木材使用，看來跟建造者考慮該地域的地域氣候有關。

看到如此大的城鎮建築，秦濤也不由得暗暗驚歎，思索一下道：「曹博，你和花田慶宗組成一隊，我和墨龍還有陳教授父女組成一隊，剩下所有人分屬這兩隊，然後從這兩個街口開始，進行地毯式搜索。記住，不怕耽誤時間，要保證經過的每一棟建築都絕對安全，來格人幾個月前可能就在這裡受到襲擊，不能掉以輕心。」

秦濤又道：「孫峰上那邊的屋子制高點掩護行動，當孫峰攀到制高點傳來信號後我們就出發。」

孫峰接到命令後，立即進入最近設有鐘樓的一座教堂裡。大約五分鐘左右時間，孫峰探明了安全，將狙擊步槍架在建築物最高的鐘樓窗臺上。秦濤一揮手，救援分隊分成兩隊，進入不同的街口，呈一字隊形保持合理戰鬥距離，開始對未知城鎮進行地毯式的搜索。

城鎮街道十分規整，冷清死寂沒有絲毫活人的氣息。秦濤率領救援分隊魚貫而入，每到一個房屋門口都會先開門探清裡面大概情況，然後由李健和吳迪等人率領幾名隊員輪流進入偵查，確認安全後再進入下一間屋子進行搜索。

隨著搜索的進行，並沒有發現人的跡象。但是救援分隊眾人卻被這座城鎮裡一應俱全的生活設施所震撼。

陳國斌喃喃道：「這夥餘孽到底想幹什麼？這裡簡直什麼都有，甚至連電影院和教堂都不缺。」

「是啊，酒館、飯店、雜貨鋪，這裡都全齊備了。看來這幫傢伙們是真有安營紮寨的準備了，濤子哥，人困馬乏的休息一下？我剛才看酒館那屋的酒架上好酒可不少。」郝簡仁搭腔道。

秦濤一副不苟言笑的表情，讓郝簡仁不敢再說第二遍了，只能默默記住酒館地點，心有不甘地擦了擦嘴巴，打算等搜索完畢確認安全，返回來好好喝上幾杯。

兩支部隊蛇形交叉移動，經過大範圍徹底的搜索，基本將南面的建築全部都探查明白。

沒有發現有人居住和定居過的痕跡，雖然也有些足跡但看來是年代久遠的事了。而之所以說是南面，是以這個城鎮中心的一個三四百坪的圓形廣場為基準，四個方面都有為數不少的建築群，每個方面的建築群都有將近數百米距離的寬敞街道，估計是為了方便運輸車出入。

秦濤在離廣場還有不遠的一處民居的二樓上，用望遠鏡觀察著廣場的動靜。

除了被圍牆阻擋的微風卷起塵土，那個寬敞廣場顯得無比安靜。巨大的納粹黨徽卐字紀念碑樹立在廣場的中間，基座遠看彷彿是大理石製成。在紀念碑四角有四位手持弓箭、長矛、寶劍、盾牌的戰鬥女神雕像守護，而廣場周圍一圈是十二根羅馬柱拱衛，代表著黃道十二星並篆刻著十二星的符號和浮雕。

在秦濤身邊的曹博疑惑不已：「實在太安靜了，沒道理啊？像個大墓地一般。」

秦濤擺擺手道：「別急，還沒到時候，通知孫峰守住我們進來的大門。然後讓他們在教堂塔樓上輪班休息，加強東西兩個方向的監視。」

寂靜的可怕之處在於你不知道危機何時會突然降臨，祭壇遺址下竟然有如此龐大的地下設施，一座微縮城市確實非常出人意料。

秦濤命令曹博帶人佔據臨街高點防止東側進行防禦，又命令胡一明帶人佔據西邊臨街高點做好監視防衛工作，留下墨龍以及陳國斌父女，在這裡監視北邊的動靜。

基地方面，徐建軍與一個排的傘兵攜帶大功率電臺開始登機，四個小時之後在主峰附近冒險實施傘降，然後搜索救援分隊。

呂長空站在塔臺中望著兩架運五飛機升空離開，目光中充滿了擔憂，如果從軍事角度研判，這是一次非常不負責的行動，在幾乎沒有任何情報支持下，在完全陌生的地域實施高海拔傘降，無論是徐建軍也好，與他一同出發的傘兵也罷，這是第一次，就連傘降使用的呼吸器他們都是第一次嘗試使用。

在飛行的顛簸中，徐建軍深深的呼了口氣，心中默念，老秦啊！老秦，你可要堅持住啊！

城鎮蕭索，寒風嗚咽，救援分隊在黑暗中靜靜的等待，而黑暗中似乎隱藏著莫名的危險，秦濤有一種預感，危機似乎就近在咫尺。

在微縮城市的另外一端，一群穿著雪域迷彩的武裝分子正在悄然的進行滲透，似乎黑暗之中有東西讓他們十分顧忌，他們的行動顯得略微有些遲緩。

忽然，毫無徵兆的一聲槍聲響起！緊接著槍聲如爆豆一般，中間還夾雜著陣陣的榴彈爆炸聲？秦濤警覺的盯著交火的方向，因為交火的雙方似乎在快速的移動？幾乎全部的人都聚集到秦濤身旁等待命令。

從武器的聲音秦濤判斷大多是自動步槍，從槍聲判斷很多武器秦濤都不熟悉，秦濤想起了那個被遺棄的GPS和外國軍隊的高熱口糧。如果加上黑衣大祭司帶領的墨氏叛逆和現在出現的交火雙方，再加上救援分隊等於有了四方勢力，其中兩方完全情況不明，現況可謂是錯綜複雜，比秦濤預計的最壞可能還要令人擔憂。

突然，只見從街道裡跑出一群身穿雪地迷彩的武裝分子，這些人交替射擊掩護撤退。

隨即，一輛賓士卡車從街道中駛向廣場，卡車上的機槍在噴著火舌，卡車逕自衝上廣場臺階，在輪胎壓上臺階顛簸間，能看到帆布車廂裡滿滿坐著穿著第三帝國軍服的士兵？

載滿士兵的賓士卡車被打得千瘡百孔，一顆子彈打中油箱，驚天的爆炸驟然響起，濃煙滾滾、烈焰騰空，汽車被徹底燒毀。

讓秦濤目瞪口呆的是那些渾身是火的士兵竟然還在有條不紊的下車，不斷使用手中的武器還擊，被擊中的士兵彷彿擁有不死之身一般，秦濤甚至看到了一個被打掉了一條胳膊的士兵依然手持衝鋒槍不斷掃射前行，直到被轟掉整個腦袋才撲倒在地？

交火發生在一瞬間，因為大批身穿德軍二戰軍服的士兵試圖跨過防線，吳迪的機槍幾乎頂在一名士兵的頭部開火，一瞬間將其頭部打掉了大半。

面對這些幾乎是刀槍不入，只能轟掉頭部的德軍士兵，秦濤指揮眾人利用街區快速撤退，秦濤在與一名軍官近身格鬥的過程中發現對方的眼睛一片慘白色，根本沒有瞳孔，這樣慘白的眼睛讓秦濤想起了冰魈鬼母？

身穿雪地迷彩的武裝分子佔領了大教堂，而大教堂是唯一能夠集中火力防禦這些不死士兵的地方。

秦濤注意到一旁有一棟建築物可以通向教堂，於是指揮眾人向建築物移動，教堂內的武裝分子似乎發現了秦濤的意圖，似乎停頓了片刻，竟然給予秦濤等人側射火力支援，這讓秦濤大感意外。

其實城鎮南面的縱深並不大，再後退就意味著救援分隊需要進入教堂的核心防禦地帶。

趁著不死士兵暫停攻擊，秦濤一馬當先從教堂旁的建築物房頂進入教堂，剛剛還相互火力支援的雙方立即展開對峙，秦濤一方用漢語大吼放下武器，對方則用英語在聲嘶力竭的大吼，郝簡仁舉著一捆手榴彈瞪著眼睛嘶吼，雞同鴨講導致場面幾乎失控！

一個體型彪悍的武裝分子舉著散彈槍與秦濤對峙，秦濤趁其不備空手奪槍將壯漢勒住，壯漢拼命掙扎。

這時，武裝分子中走出一個戴著防寒頭套的傢伙，對方緩緩摘下頭套，示意身旁的武裝分子放下武器，陳可兒和陳國斌頓時目瞪口呆，陳國斌驚訝道：「你是馮．霍斯曼．鮑勃？你怎麼會在這裡？」

馮．霍斯曼．鮑勃微微一笑用流利的漢語道：「陳，我的老朋友，我為什麼不能出現在這裡？請你們的人放開我的傭兵隊長格里姆先生。」

陳可兒憤怒道：「是你故意設計引我父親來這裡的吧？你這個居心叵測的傢伙。」

馮．霍斯曼．鮑勃的目光越過陳可兒停留在了花田慶宗身上：「花田先生，沒想到我們在這裡又見面了。」

花田慶宗略微有些尷尬道：「是的，馮．霍斯曼．鮑勃先生我們又見面了，只不過這次的氣氛沒有上一次那麼友好。」

秦濤示意郝簡仁等人放下武器，自己也放開了傭兵隊長格里姆，用疑惑的目光審視花田慶宗和馮．霍斯曼．鮑勃，根據陳可兒說法，馮．霍斯曼．鮑勃年近六十歲，而站在他面前的馮．霍斯曼．鮑勃卻是一頭金髮四十多歲的模樣？

馮．霍斯曼．鮑勃望了一眼教堂外微笑道：「我們的敵人在外面，如果我們不選擇合作而是對抗的話，恐怕我們誰也走不出去。」

「外面是怎麼回事？」面對秦濤的疑惑，馮．霍斯曼．鮑勃一臉無奈道：「原本我們已經要通過微縮城市前往祭壇了，沒想到這個基地突然啟動，原本城市上空是有圓弧頂蓋的，頂蓋開啟後所有入口的大門全部被封閉了，我們被困在了這裡，而那些打不死的傢伙之前在北側的容器內冰凍保存，似乎某種裝置被啟動，這些怪物也被不斷啟動。」

一個老外說著非常流利的漢語，尤其還是指揮著一群武裝分子的老外，在秦濤眼中，馮．霍斯曼．鮑勃無論是哪國人都不重要，與馮．霍斯曼．鮑勃合作無異於與虎謀皮。

但是，馮．霍斯曼．鮑勃所說的那些不死士兵被啟動的時間點似乎與冰魈鬼母啟動圖騰柱矩陣相吻合。

「馮・霍斯曼・鮑勃先生，你必須給我一個合理的解釋！」陳國斌似乎顯得有些激動。

馮・霍斯曼・鮑勃卻很不在意道：「親愛的陳，我資助你追尋你的夢想有錯誤嗎？我還提供了我曾祖父馮・霍斯曼・西伯的日記給你，我有什麼錯誤？」

墨龍走到馮・霍斯曼・鮑勃面前上下打量驚訝道：「你去過了本源之地？」

馮・霍斯曼・鮑勃先是略微驚訝，隨即點頭道：「那裡什麼都沒有，沒有寶藏，沒有通往未來新世界的大門，那裡只有死亡，也沒有不朽之泉，傳說就是傳說！」

秦濤緊盯著馮・霍斯曼・鮑勃的一舉一動，馮・霍斯曼・鮑勃卻毫不在意繼續道：「不過那裡有一種植物，很奇怪的植物，根鬚似乎在冰川的深處，巨鷹和巨蛇甚至一些昆蟲都在咀嚼這種植物的葉子，也正是這些葉子中含有的特殊成分讓巨鷹、巨蛇等等快速一直成長到死亡。」

馮・霍斯曼・鮑勃眼中流露著一種異樣的狂熱道：「這就是貢嘎神山真正的祕密所在，這不僅僅是突破海佛烈克極限那麼簡單，這種特殊的成分能夠讓這些動物擁有非比尋常的壽命，正常飼養的鷹類最多能活到七十歲左右，而野生條件下的只能活到二十歲左右，我們檢測了那巨鷹的羽毛，那傢伙三百多歲了，竟然還是一隻幼鳥？你們知道那代表著什麼嗎？」

墨龍轉身微微的歎了口氣道：「看來關於本源之地的傳說是真的了。」

秦濤不解道：「本源之地與黃庭之源不是一回事嗎？」

墨龍搖了搖頭：「本源之地並非黃庭之源，本源之地代表的是生命；黃庭之源代表的是力量；星河之源代表的是未來，三者之間存在非常微妙的關係，沒人能夠說得清楚，除非……」

「除非我們一探究竟！我非常好奇到底是什麼神奇的物質孕育了那神奇的植物。」馮・霍斯曼・鮑勃微微一笑。

馮・霍斯曼・鮑勃的笑容在秦濤眼中無比邪惡，一個瘋狂的富翁科學家是最危險的，因為這些瘋子發起瘋來連自己都敢毀滅。

陳國斌剛想質問馮．霍斯曼．鮑勃，這時不死士兵又開始發動進攻，這一次不死士兵似乎用盡了全力，秦濤等人也加入了戰局，面對不死士兵的猛攻，馮．霍斯曼．鮑勃的雇傭兵死傷相藉。

不死士兵擁有非常驚人的力量，行動方面也不算過於遲緩，兩名雇傭兵使用火焰噴射器交叉燒灼不死士兵，在超高溫度下，不死士兵身體焦灼變形，身上攜帶的彈藥也開始不斷殉爆（註11）。

附近的建築物被火焰噴射器點燃，冒出濃濃的黑煙飄向天空！

很快，兩名火焰噴射器手被不死士兵發現，子彈命中了火焰噴射器的燃料罐，一瞬間兩名雇傭兵成為了兩團火球，發出撕心裂肺的慘叫聲，馮．霍斯曼．鮑勃掏出手槍迅速擊斃了兩名雇傭兵。

雇傭兵隊長格里姆一把拽住馮．霍斯曼．鮑勃的衣服憤怒道：「該死的傢伙，看看你幹的好事，我的人都死光了，我不會饒了你的。」

馮．霍斯曼．鮑勃會意一笑：「格里姆，錢還是一樣的多，人少了難道不是好事嗎？完成任務之後你有花不完的錢。」

格里姆竟然意外的鬆開了馮．霍斯曼．鮑勃：「千萬不要騙我，否則我會讓你死得很難看的。」

馮．霍斯曼．鮑勃無所謂的聳了聳肩膀，忽然，天空中傳來飛機引擎的轟鳴聲？

第八章　祭壇遺址

前方雲量十到十二，雲高九百，側風三，下降高度。經過兩次猛烈氣流影響，劇烈的顛簸，高度下降了超過一千五，即使是經驗豐富的飛行員也開始有些緊張了。

「儀錶誤差，修正！」飛行員聲嘶力竭的提醒副駕駛。在正常情況下，飛機上的地平儀和其他儀錶可以提供飛機所處的確切狀態，但在極端條件下，儀錶的顯示受到不穩定因素的影響，會出現明顯誤差，這是由於空氣壓力受感器處在非計算工作狀態，輸入給氣壓高度表的信號延遲導致，兩秒鐘往往就是生與死的界限。

徐建軍乘坐的運五飛機終於穿過了亂流，剛剛準備進行傘降，駕駛員發現狹長的山谷中似乎有黑煙升起？

無法判斷下面的具體情況，高海拔氣流顛簸十分嚴重，飛機所剩的油料只允許進入航線一次，否則就無法返航，留給徐建軍思考的時間只有短短幾秒鐘。

拼了！徐建軍第一個躍出機艙，後面的傘兵魚貫而出，這輩子第一次跳傘的徐建軍並不清楚，他實際上出艙的一刻就決定了與死神伴行。

高原空氣稀薄，下降速度快，著落衝擊力大，而且徐建軍根本沒有傘降經驗，憑藉著一股勇氣，被動開傘後，徐建軍知道自己已經把這一輩子的勇氣都用完了，混帳傘降！老子再跳就是……

下降與旋轉道理相同，只要旋轉得夠快夠猛，人的大腦就會供氧不足而停止運作。足夠的離心力會使人體的血液往下沖，而不是湧向大腦。徐建軍感覺耳邊風聲呼呼作響，視線開始變得模糊起來，周圍一切都會變成灰色，視野會越來越小，好像聽覺和視覺都要完全喪失一般。

實際上徐建軍並不清楚，這種急速下降還會伴隨著迷失、焦慮、困惑和刺激興奮，重力加速度引起的意識喪失。

傘在打開的一瞬間，徐建軍彷彿從混沌中歸來一般，二十餘名傘兵沿著山谷的縫隙降落在教堂附近，不死士兵反而十分詭異的停止了行動，似乎在等待什麼？

徐建軍見到秦濤的一瞬間緊緊的握住了秦濤的手激動道：「你大爺的，誰再讓老子跳傘，老子跟他拼命。」

剛剛激烈的戰鬥中，墨龍因為掩護陳國斌父女被流彈擦傷，還好傷勢不嚴重。徐建軍警惕的盯著馮．霍斯曼．鮑勃一行人詢問秦濤：「老秦，這是怎麼回事？」

被稱之為老秦的秦濤已經習慣了這個稱謂，指著外面道：「敵人的敵人就是我們暫時的朋友，我們現在恐怕遇到了一個比白山還要糟糕的情況，白山起碼還在可控範圍之內，而現在可以說幾乎是完全失控。」

徐建軍沒想到事態竟然會如此糟糕，這顯然也超出了呂長空的估計，一個排二十六名傘兵的增援也似乎杯水車薪。

佔據有利位置的傘兵一邊對教堂外警戒，一邊還要提防馮．霍斯曼．鮑勃一夥不速之客。

突然，外面表情僵化的不死士兵退去，一輛老式賓士越野車停在了教堂門前，一個身穿黑色皮大衣的中年人對教堂裡面揮了揮手用德語說了些什麼，馮．霍斯曼．鮑勃的臉色頓時變得蒼白起來？

緊接著中年人摘下墨鏡用漢語大聲道：「裡面的中國朋友，請出來吧！我相信我們之間一定有誤會存在。」

馮．霍斯曼．鮑勃急切的快步走出教堂，秦濤猶豫了一下叮囑徐建軍組織好防禦，一旦有問題就立即開火。

馮・霍斯曼・西伯？

馮・霍斯曼・鮑勃目瞪口呆的站在原地望著似乎比他還年輕的曾祖父？

他還記得老照片中那個意氣風發的中年人，而且他曾祖父的日記已經作為遺物被發現，如果人活著怎麼可能會遺失帶有家族徽章的重要日記？

馮・霍斯曼・西伯毫不在意用德語道：「我知道你們有太多太多的疑問了，但是這裡顯然不是談話的地方，讓我們換一個地方吧！」

馮・霍斯曼・西伯每說一句，陳可兒給秦濤翻譯一句，秦濤非常不信任馮・霍斯曼・鮑勃，更不信任這個突然冒出來的所謂馮・霍斯曼・西伯，如果陳可兒手中的日記是真的，那麼馮・霍斯曼・西伯就應該是馮・霍斯曼・鮑勃的曾祖父。

陳國斌卻顯得異常的淡定道：「秦連長，我們現在還有什麼選擇嗎？」

秦濤微微一愣，確實沒有什麼太多的選擇，不死士兵已經將教堂合圍，就算是突圍恐怕代價也會非常大，秦濤絲毫不懷疑在場每一個戰士戰鬥到最後一顆子彈的決心，但是毫無意義的犧牲是沒有任何價值的。

秦濤壓低聲音詢問了徐建軍傘兵分隊攜帶電臺的情況，和預料的情況幾乎一模一樣，電臺受到了強烈的干擾。

馮・霍斯曼・西伯也沒有提出解除武裝，之前那些圍困教堂的不死士兵則悄然的消失在黑暗之中，秦濤發現馮・霍斯曼・鮑勃手下那些傭兵的眼中閃爍著恐懼，顯然那些不死士兵給他們留下了太深刻的恐怖記憶。

馮・霍斯曼・西伯沿著石壁上的小徑走向山谷絕壁高處的一處非常不顯眼的洞口，秦濤與徐建軍商量在小徑下方部署警戒線，將攜帶的地雷全部埋設下去，另外在洞口也要部署警戒火力，畢竟敵情不明。

馮・霍斯曼・鮑勃一夥的傭兵卻發生了內訌，因為一部分人不信任馮・霍斯曼・鮑勃，也開始懷疑他們的隊長格里姆，無奈之下格里姆只好將所剩無幾的人員分為兩隊，一隊跟隨自己進入洞穴，一隊留在外面等待。

郝簡仁望著用各種語言相互對罵的傭兵嘿嘿一笑：「建立在利益基礎上的關係說掰就掰啊！看來還是咱們的革命友誼更牢固不可分。」

徐建軍瞪了一眼郝簡仁：「下次讓你跳傘，你就知道厲害了！」

郝簡仁滿不在乎道：「跳就跳，哥們白山闖三關眼皮都不眨一眨。」秦濤停住腳步望著郝簡仁點頭確認道：「確實如此，因為昏過去了！」

一陣哄堂大笑中，郝簡仁剛想埋怨秦濤，秦濤就被陳國斌扯住了衣服，陳國斌急切道：「秦連長，你怎麼能不讓我們進入呢？」

秦濤望著洞口方向道：「敵情不明，我們現在就連我們要阻止什麼都不知道，如果你們再出了問題，我們更難以完成任務。」

陳國斌深深呼了口氣：「生與死不過是一線之隔，就算我不進去，誰又能保證我們絕對安全？馮・霍斯曼・鮑勃與馮・霍斯曼・西伯都有問題，我有一種預感，祕密不在山頂的祭壇，而在這山脈之下隱藏著更加驚人的祕密。」

秦濤發覺當前的情況真的已經複雜到了極點，隊伍內花田慶宗與墨龍都是不確定因素，之前是墨氏叛逆襲擊干擾救援分隊，現在又多了馮・霍斯曼・鮑勃與馮・霍斯曼・西伯，雖然徐建軍的增援及時趕到，似乎呂長空和李建業對於危機態勢的判斷還是出了問題。

誰能想像沉寂多年的貢嘎山脈的另外一側竟然隱藏著如此之多的祕密？

進入洞口走了一段，秦濤在石壁上發現了墨氏符文，陳可兒也是邊走邊記。

馮・霍斯曼・西伯發現陳國斌與陳可兒似乎在研究記錄墨氏祭文，於是停住腳步用流利的中文道：「這些我們早就研究過了，等到了地方你們會知道一切。」

秦濤驚訝道：「你怎麼會說如此流利的漢語？」

馮・霍斯曼・西伯微微一笑：「如果你寂寞的時間長了，想學會什麼都很容易。」

陳國斌幾步追上馮・霍斯曼・西伯急切道：「你說到了地方？是黃庭嗎？」

幾乎所有的人都停住了腳步，全部的目光都集中在了馮・霍斯曼・西伯的身上，馮・霍斯曼・西伯不屑的輕歎了一聲：「人類的勇敢來自於自身的無知，難道你們真的相信永生嗎？得到的同時也會失去，甚至會失去更多，你們口中的黃庭也好、香格里拉也好，其實叫什麼真的很重要嗎？」

馮・霍斯曼・西伯轉身離去，眾人緊跟其後，秦濤驚訝的發現他們似乎進入了某種人造的巨大金屬設施內部？

巨大的空間幾乎能讓直升飛機起降，空間的底部有幾座佈滿螺紋的三面金字塔，這些金字塔竟然與冰魈鬼母進入的那個金字塔十分相似？

秦濤的第一反應就是望向墨龍，認為墨龍很可能知道什麼隱情，結果墨龍也是一臉的茫然和震驚。

馮・霍斯曼・西伯指著三面金字塔道：「這些類似一種能量轉換器的設施，不同於我們已知的任何一種能源，具有核物質的放射性特徵，卻不同於發射性物質。」

陳可兒疑惑道：「我們之前見到冰魈鬼母進入金字塔的晶體內，並且啟動了一些類似圖騰柱一樣設施，那些設施是什麼？」

馮・霍斯曼・西伯微微一笑：「應該是某種通訊裝置，你們口中的冰魈鬼母應該是起源於這裡的第二批主人，墨氏，至於冰魈鬼母實際上簡單的講是某種特定的能量儲存體，你們剛剛經過的設施其實是一艘巨大的外星飛船殘骸的一部分，一艘外星的殖民飛船遭遇捕獲的奴隸起義墜毀地球，起義的奴隸與地球史前文明墨氏爆發一場慘烈的激戰，最終墨氏獲勝。」

墨龍皺著眉頭望著馮・霍斯曼・西伯道：「你還知道什麼？」

馮・霍斯曼・西伯微微一笑拍了一下馮・霍斯曼・鮑勃的肩膀，看都不看墨龍一眼：「我知道你們所不知道的一切！」

眾人一臉茫然的跟隨馮・霍斯曼・西伯穿越金屬設施後，眼前豁然開朗起來，秦濤一直尋找的祭壇遺址就出現在不遠處的山坡上。

憑心而論，秦濤並不相信馮・霍斯曼・西伯，但是他們之前確實經過了一個巨大的金屬設施的內部，陳可兒站在秦濤身旁驚訝道：「從我們這裡到之前圖騰柱起碼有二十多公里？真難以想像墜落的外星飛船有這麼大？」

郝簡仁一旁賣弄道：「我怎麼記得六千多萬年前一顆十公里直徑的小行星撞擊地球，導致恐龍被一鍋踹了？這麼大的玩意兒可不止十公里，還不把地球撞兩半了？」

略微有些氣喘的陳國斌扶住郝簡仁的肩膀，語重心長道：「多看書的同時要認真看書，隕石撞擊論是恐龍滅絕假說之一，大陸板塊漂移說、酸雨說、地磁變化說、物種鬥爭說、氣候變遷說等等，正是為了解開這些不解之謎，所以我們才要不斷的探索？」

郝簡仁有些不服氣，卻也只能低聲嘀咕：「什麼考古，不就是換個名頭挖墳掘墓嗎？現在厲害了，地球的都不挖了，改挖外星人的了，這是造的什麼孽啊！」

殘破的祭壇只能夠從倒塌損毀的石刻上看出當年堪稱宏大的工程量，儘管很多石刻已經完全模糊不清，但還是能夠依稀辨別出一些墨氏符圖的痕跡。

陳國斌有些痛心疾首：「太可惜了，太可惜了，這可都是史前文明的遺跡啊！」

馮・霍斯曼・西伯微微歎氣道：「原本是被冰雪覆蓋保存尚且完好，非常可惜這些年似乎氣溫越來越高？雪線後退的速度也越來越快，這些遺跡再過幾十年恐怕就會煙消雲散。」

馮．霍斯曼．鮑勃攔住馮．霍斯曼．西伯道：「你真的是我的曾祖父？我們已經去過了裂谷，雖然裡面石筍分泌的液體具有一定的身體強化能力，但是絕對無法達到你這種程度，你甚至比當年的照片更加年輕了。」

馮．霍斯曼．西伯望著馮．霍斯曼．鮑勃唏噓感慨道：「我的孩子，你不應該來！」

馮．霍斯曼．鮑勃當即反駁道：「為了家族的榮譽！」

馮．霍斯曼．西伯來到秦濤身旁輕輕撫摸祭壇的殘垣斷壁：「我在這裡見到過英國人的骸骨、日本人的乾屍、美國探險家營地的遺跡，人們以種種理由作為藉口悄悄的翻越雪山來到這裡，最終不過是平添更多的亡魂。你們是中國軍人，從你們身上我看到了一些不一樣的東西，想必中國早已不再是當年的睡獅了，你們也是為了榮譽吧？你們想要找的地方就在這下面。」

陳國斌等人剛想詢問，馮．霍斯曼．西伯擺手阻止眾人：「你們有太多的問題了，到了下面你們自然會明白一切，在此之前，我會帶你們去見能夠回答你們問題的人。」

馮．霍斯曼．西伯轉動祭壇遺址上一根大體基本完整的石柱，隨著石柱的不斷轉動，祭壇的中央出現了一條下行的通道，通道內竟然有微光燈照明？

一條佈滿斧鑿痕跡古老的通道，卻亮著帶有現代氣息的微光燈，這一切讓秦濤覺得有些匪夷所思錯位的感覺。

在馮．霍斯曼．西伯介紹下，眾人看到了不可思議的很多新奇機械製造。圓形的飛碟飛行器、新型坦克設計的原型車、能提高單兵作戰能力的機械骨骼，還有據說是準備登月用的火箭發射架，各種琳琅滿目的新奇機械，這裡簡直就是一個屬於科幻夢想的世界。但是現在這裡已經成為了一個巨大的科技墓地，被冰雪覆蓋冰凍的裝備，顯露出來的地方也露出了斑斑鏽痕。

◊

在通道的盡頭是一個巨大的圖書館一樣的地方，巨大的扇形書架擺滿了各種墨氏古籍，從金屬刻板到石刻和不知名的皮革古卷等等，扇形書架在緩緩的轉動，彷彿歷史在轉動一般。

一位老者站在中央笑望著眾人，老者看上去已經八十多歲了，雖然身體還是很挺直，精神也很矍鑠，但是能看出手在不時的顫抖，應該是有輕微的帕金森氏症。

秦濤與徐建軍等人對視一眼，秦濤深深的呼了口氣道：「不入虎穴，焉得虎子。」

墨龍癡癡的望著扇形書架上的墨氏典籍，誰能想到墨氏與叛逆之間那場百年之前的大戰後，雙方都失去了對祭壇的控制權，短短百年時間這裡已經面目全非，墨氏已經不再是這裡的主人了。

馮・霍斯曼・西伯為眾人介紹道：「這位是約瑟夫先生，我的摯友，當年第三帝國陸軍的上校，負責這裡的一部分工程研發和監督工作。」

郝簡仁好奇道：「你的朋友？為什麼他這麼老，而你這麼年輕？」

約瑟夫轉身看了一眼馮・霍斯曼・西伯，微微一笑對郝簡仁道：「孩子，每個人都有自己的選擇，在這個世界上沒有任何東西能夠抵擋時間，更無法阻止時間的流逝，如果你眼看著自己的家人與朋友一個個離你而去，獨活是一種折磨，一種原罪！我有我的選擇。」

秦濤疑惑道：「這幾十年你們一直都在這裡，未曾離開基地和貢嘎山？」

約瑟夫搖頭歎氣道：「我一直都在等待著領袖的到來，但是隨著時間的消逝，我知道元首不會再來了，我們第三帝國早已灰飛煙滅了。」

秦濤點點頭道：「正義對抗邪惡的戰爭中，你們被徹底擊敗了，但是你們依然帶給了人類巨大的災難，造成了九千多萬的傷亡和滿目的廢墟。」

馮・霍斯曼・西伯搖了搖頭：「年輕人，一個時代有一個時代看待問題的角度和處理方式，那場戰爭前的金融危機席捲了全世界，每個國家都在岌岌可危的邊緣徘徊，每個國家和民族都有為生存一戰的權力，這個世界的本質永遠是弱肉強食。」

花田慶宗對約瑟夫鄭重的行禮：「請問您有沒有見過一隊日本探險隊的蹤跡？」

約瑟夫想了一下：「當年我們到達祭壇的時候發現過一隊探險隊的遺骸，他們沒能找到進入的方式，遭遇了暴風雪全軍覆沒，從遺物上看是明治時期的日本陸軍勘探隊。」

花田慶宗深深的呼了口氣，眼圈微微泛紅：「之後還有日本探險隊來過嗎？」

約瑟夫點了點頭指著蛇谷的方向：「幾十年前有一支探險隊誤入幻境谷，這些年來的探險隊很多，但是沒有一支能夠抵達祭壇。」

花田慶宗對著蛇骨方向緩緩下跪，秦濤記得花田慶宗提起過他的爺爺和曾祖爺爺都曾經來過貢嘎山探險。

約瑟夫按動一個開關，四周圍的牆壁開始緩緩升起，露出一個個充滿淡黃色液體的巨大容器罐，罐體內浸泡著巨大的昆蟲、沒有眼睛卻有著鋒利牙齒的怪物，或者是怪異的植物等等。

約瑟夫微微一笑：「所有的祕密都在這裡了，這艘數千萬年前墜毀地球的外星飛船，歷經無數歲月通過地熱和太陽能補充了少許能量，啟動了部分船員，這些船員開始試圖將當時的地球環境變成適合他們居住的星球，因此與史前文明墨氏發生了激烈衝突，最終，墨氏將這些外星人建立的全部據點傳送裝置摧毀，並且徹底將其一切的痕跡從歷史中抹去，但是依然有漏網之魚試圖死灰復燃，值得一提的是，這些外星人與我們人類碳基生命體不同，他們被墨氏稱為晶體文明，擁有強大的精神力量，能夠通過不斷更換人類的肉體延續存在下去。」

秦濤將疑惑的目光投向正在巨型容器前仔細觀察的陳國斌，陳國斌尷尬的一笑：「我是古語言、歷史考古專家，古人類基因這方面你得問可兒。」

陳可兒皺了皺眉頭道：「完全有可能，畢竟我們人類還沒能走出太陽系，宇宙之大是我們無法想像的。」

馮・霍斯曼・鮑勃悄悄的挽起袖子，發覺自己的手臂上出現了一塊一塊的小黑斑？他疑惑的望著容器內那些奇形怪狀、尖牙利齒的怪物道：「裂谷不是黃庭？也不是什麼香格里拉，你們的不死士兵就是在裂谷製造出來的吧？」

約瑟夫微微一愣歎了口氣：「沒想到你們竟然去了裂谷，說實話這裡有太多太多未知的事物，裂谷那邊是一處污染源，最初我們也把那裡當成了永生之地，那些從遺跡中滲出的液體能夠讓動物和昆蟲變大和產生異變，但是對人類來說卻是噩夢，變成行屍走肉一般的存在。」

馮・霍斯曼・鮑勃與雇傭兵隊長格里姆頓時面露驚恐，馮・霍斯曼・西伯看了一眼格里姆臉上開始浮現的小塊黑色斑點無奈的搖了搖頭：「你們知道我們為什麼不離開嗎？因為這裡全部被特殊的電磁場所籠罩，那些不死士兵無法脫離這種特殊的電磁場範圍，除了約瑟夫之外，沒有人能夠離開這方寸之間，明白嗎？沒有什麼永生，這是該死的牢籠！」

馮・霍斯曼・西伯面部表情扭曲到了猙獰的地步，最後一句幾乎是狂吼而出。

秦濤從見到馮・霍斯曼・西伯開始，馮・霍斯曼・西伯就是一副一切無所謂的表情，那種超脫般的淡然讓人感覺是那麼的不真實？

馮・霍斯曼・西伯的情緒爆發也在秦濤的意料之中，而且馮・霍斯曼・西伯的眼睛似乎開始快速的充血？從血紅變成了完全黑色，甚至分不出瞳孔。

嘩啦一下，郝簡仁先端起了衝鋒槍，一瞬間幾乎所有的武器全部上膛指向了馮・霍斯曼・西伯。

馮・霍斯曼・鮑勃則將槍頂住郝簡仁的胸口惡狠狠道：「放下武器！」

郝簡仁舉著一枚手榴彈，尾指勾著拉火環回敬道：「有本事開槍啊，大家一起完蛋，老子光腳不怕穿鞋的。」

馮・霍斯曼・鮑勃大吼一聲：「格里姆你的人在幹什麼？」

結果在場的幾個雇傭兵的槍口反過來指向了馮・霍斯曼・鮑勃，讓馮・霍斯曼・鮑勃一臉震驚和憤怒。

一旁的約瑟夫歎了口氣道：「西伯，當初一切都是你自己的選擇，不對嗎？你讓來格人帶走你的日記，就是希望你的族人來尋找你，他們的確來了，卻誤飲了裂谷的污染源，污染源裡的寄生體很快會把他們變成外面那些傢伙，日復一日的挖掘山體。」馮・霍斯曼・西伯喘著粗氣似乎很快恢復了理智，眼睛也逐漸變回了正常。

馮・霍斯曼・西伯冷眼看著周圍一圈瞄準他的武器不屑道：「這些東西對我沒有任何用處。」

秦濤微微一笑：「去年也有人和我這麼說過。」

馮・霍斯曼・西伯好奇道：「後來怎麼樣了？」

秦濤聳了下肩膀：「他灰飛煙滅了，我還活的好好的。」

馮・霍斯曼・西伯似乎有些動怒，約瑟夫打斷了秦濤與馮・霍斯曼・西伯的口舌之爭，扭動開關緩緩升起一面石壁，一扇巨大的幕牆讓雪山之下一覽無遺。

約瑟夫猛烈的咳嗽了幾聲，扶著幕牆道：「多麼先進的科技，比鋼鐵還堅固百倍，品質卻只有鋼鐵的不到百分之一，耐高溫到了超乎我們想像的地步，人類的壽命實在太短暫了。」

馮・霍斯曼・西伯冷聲道：「你也可以選擇走我這條路。」

約瑟夫微微一笑：「當囚徒嗎？其實不論是進化還是被污染源的寄生體寄生，一旦完成了進化，也就意味著我們永遠不可能離開這個特殊磁場範圍，一旦離開就會迎接死亡。」

墨龍望著約瑟夫謹慎道：「如果要終結這特殊磁場就會變成你們的敵人？那你們為什麼要讓我們進來？你們到底有什麼陰謀？有什麼企圖？」

「陰謀？企圖？」馮．霍斯曼．西伯似乎覺得墨龍說得十分可笑，一邊搖頭一邊譏諷道：「我對你們能有什麼陰謀？什麼企圖？漫長歲月，實際上從你們踏入這特殊磁場範圍之內就決定了你們的命運，要嘛變成一具枯骨，要嘛變成外面那些行屍走肉，僅此而已。」

馮．霍斯曼．西伯的話讓秦濤頓時警覺起來，看來電臺信號被遮罩並非是信號源阻塞了頻率，而是有一個更為強大的特殊磁場干擾源存在。

約瑟夫用拐杖敲了敲地板，自嘲的笑了笑：「我們當時懷著無限的渴望抵達這裡，以為這裡就是文明的起源，結果我們非常失望，因為這裡的主人墨氏並非我們雅利安人要尋找的神聖起源亞特蘭提斯，『地球之軸』更是一個天大的笑話，沒有什麼力量能夠逆轉時間。」

恢復了正常的馮．霍斯曼．西伯也歎了口氣：「當年我們在一批自稱墨氏後裔的人幫助下，探索和研究破譯墨氏密碼，才知道原來這裡是史前文明與外域文明大戰的古戰場，兩個發展方向不同，卻又都擁有強大力量的種族的一場大戰，我們將其稱為造物主的力量，非常可惜，我們在研究這強大力量的過程中走入了極端。」

陳國斌眉頭緊鎖道：「你們認為如果擁有了這種力量第三帝國就可以永遠統治世界，而雅利安人將成為上帝的選民，變成世界最優秀民族和統治者？」

約瑟夫表情黯淡地喟然歎了一聲道：「是理想和信念支撐我們堅持到現在，我們誤將污染區當成永生之泉，寄生體可以讓猛禽變得巨大無比，可以讓昆蟲一直生長進化直至死亡，但是對人類來說，那些寄生體卻是致命的，它們在賦予人類強悍快速癒合的機體同時，它們也剝奪了人最重要的東西，那就是思維、情感與記憶。」

陳可兒恍然大悟：「原來這就是永生的祕密？那污染源到底是什麼？」

約瑟夫轉動一台老式放映機，將一盒膠片裝好，很快牆壁上出現了許多科學工作者忙碌的身影，大批的樣本被從祭壇下運出，一些瘋狂的傢伙甚至開始利用活體進行各種實驗？

根據影片記錄顯示貢嘎山脈之下似乎有一個巨大的空間，大量墨氏遺跡圍繞著戰艦斷裂散落的殘骸，一棵巨大的植物引起了秦濤的注意。

一旁的馮·霍斯曼·鮑勃有些激動道：「那就是那棵植物的根部，該死的，我們喝的就是那植物與石筍間分泌出的液體。」

突然，影片中的植物如同蔓藤一般的枝條忽然將幾名工作人員勒住拖到液體中，人很快在植物根部的液體中溶化，一旁似乎有防化兵使用火焰噴射器噴燒植物，但是很快被旁人阻止。

約瑟夫看了一眼他身上、臉上的皮膚越來越多和越來越大的黑斑：「那就是本源，這艘外星飛船的核心所在，你們所說的冰魈鬼母實際上就是一個充能體，在外星飛船的重要部位似乎都有三面金字塔結構的晶體，我們稱呼她為異體，我們一直懷疑異體還有導航等其他用途，只是無法證明，非常可惜，異體大部分被史前文明墨氏消滅，我們未能捕獲樣品進行研究。」

馮·霍斯曼·西伯點頭道：「啟動飛船的異體很可能在當年墜毀時被冰川凍結，得以保存。」

馮·霍斯曼·鮑勃看著身上越來越多的黑斑，一步來到約瑟夫面前驚恐道：「我們會怎麼樣？你們一定有辦法的。」

約瑟夫看了一眼馮·霍斯曼·西伯，馮·霍斯曼·西伯歎了口氣：「孩子，你不會選擇活下去的，那是一種煎熬和折磨，反而死才是一種解脫。」

「我要活下去！誰也阻擋不了我！」馮·霍斯曼·鮑勃發瘋般的舉起了一捆炸藥，起爆裝置就握在他的手中。

一瞬間，馮．霍斯曼．鮑勃的頭部與身體分開了，沒看見任何的鮮血噴濺，馮．霍斯曼．鮑勃掉落在地的頭顱眼睛還在轉動。

陳可兒嚇得躲到了秦濤的懷中，馮．霍斯曼．西伯擦了擦手上的黑色粘稠液體，將白色沾滿黑色粘稠液體的手帕丟掉。

格里姆一瞬間也捂住了自己的脖子，緩緩倒在地上，一秒鐘？或許兩秒鐘？反正沒人能夠看清馮．霍斯曼．西伯的動作，毫不猶豫的殺了自己的親人？而且還是在自己佈局之下被引誘而來的親人？

馮．霍斯曼．西伯面無表情：「他們已經被寄生體感染了，我不想我的族人和外面那些行屍走肉一般，如果他們沒有被感染，也許還有機會離開這裡。」

秦濤覺得馮．霍斯曼．西伯就是一個不折不扣的神經病患者，約瑟夫一點不在意道：「小插曲而已。」死了兩個人是小插曲？在場的所有人都感覺到人人自危，花田慶宗卻好像毫不在意一般擋在馮．霍斯曼．西伯面前道：「如果這飛船的殘骸再次啟動會有什麼後果？」

「後果。」約瑟夫望著仍然在播放的紀錄片道：「也許會有更多的異類前來，也許什麼也沒有，這飛船墜毀不止幾百萬年，沒人能夠知道會有什麼後果。」

墨龍嚴肅的望著秦濤道：「墨氏不僅典籍中記載並且口口相傳，不惜一切代價阻止冰魈鬼母登上祭壇恐怕就是這個原因了。」

墨龍轉身詢問馮．霍斯曼．西伯道：「你說曾經協助過你們的自稱墨氏後裔的那群人在哪裡？」

馮．霍斯曼．西伯微微一愣望著約瑟夫道：「從一九四〇年那些人就盤踞在這裡，他們經常與山下的墨氏族人為了祭壇的控制權相互廝殺，我們相互幫助之下取得了巨大的進展，但是在十幾年前，墨氏中有人掌握了墨氏最為核心的祕密，發動叛亂殺死了墨氏長老會的成員，最終我們靠著變異士兵將其叛亂鎮壓並驅逐。」

秦濤想起了那個戴著鷲面頭盔的墨氏叛逆大祭司，秦濤將目光轉向墨龍，因為馮．霍斯曼．西伯提到了墨氏的核心祕密，而這一點墨龍卻從未給自己透露過半分。

墨龍表情為難道：「秦連長，墨某並無欺騙之意，之前墨氏的核心祕密都是歷代鉅子口口相傳，直到精英進山與叛逆決戰試圖奪回祭壇一去不返，我墨氏此番進山就是為了尋回祕密，已然抱定不歸之決心。」

在陳可兒的陪同和翻譯下，看了許久書架上展示的墨氏圖文的陳國斌摘下眼鏡，一邊擦著鏡片一邊道：「其實，說是祕密也沒什麼祕密，這些墨氏的金屬刻板記錄得非常清楚，史前文明墨氏是以基因進化配合物理科技雙向發展的文明，而墜毀的外域文明則是一種被墨氏稱之為精神體的文明，兩種都極為先進的文明相遇，結果必然是一方消滅另外一方，或許同歸於盡。」

約瑟夫略微有些驚訝：「你們竟然也破譯了墨氏密碼？」

紀錄影片什麼時候終結都沒有人注意到，郝簡仁在不停翻著一大堆膠片，搞得亂七八糟。因為陳國斌的話帶給眾人太多的震撼了。

陳可兒轉身對約瑟夫微微一笑：「一年前我們在白山發現了一個巨大的墨塚，墨塚的核心是極為先進的史前文明基地，墨氏一脈九支其中的一支似乎在那裡為了阻止什麼恐怖的東西來到我們這個世界，並且進行了一場曠日持久慘烈的激戰，我們從墨塚中提取的墨典符圖母本，成功的破譯了百分之九十的墨氏符圖。」

「白山？」約瑟夫心中暗自沉思，這些年自己似乎過於裹足不前、坐井觀天，對於很多事根本不求甚解。於是，約瑟夫沉思了片刻道：「確實如此，實際上，叢林法則不僅僅適用於我們人類，對於外域種族來說同樣適用，大航海時代人類文明的飛速發展與財富的積累實際上與血腥的掠奪是分不開的，屠殺印度安人為的是黃金和土地，哥倫布屠殺的印第安人不計其數，在哥倫布這些劊子手眼中印第安人就是劣等動物，同樣在先進的外域文明眼中，我們一樣是獵物。」

「非常可惜這些入侵者選錯了物件，史前文明的墨氏文明是另外一種利用本體DNA基因不斷強化與進化發展的單獨個體強大的文明，兩個強大的文明相遇碰撞的結果就是共同毀滅。」約瑟夫環顧眾人道：「我們最開始來到貢嘎山脈是為了挽救帝國，隨即發現了貢嘎山脈真正的祕密所在，隨著研究的不斷深入，我們人員的損失也越來越大，尤其將污染源視為永生之泉，幾乎讓我們損失了全部的人手。」

馮・霍斯曼・西伯歎了口氣道：「那些寄生體繁衍分裂的速度極快，很快會遍佈人體的每一處，不斷修復人體瀕臨死亡的細胞，但是這些寄生體卻吞噬了作為人類最為重要的情感與記憶，從某一種角度上來說，這確實是一種永生，永無安寧！」

陳可兒好奇道：「這些寄生體難道沒有出現異化或者異變嗎？」

約瑟夫微微一愣：「他們受到的傷害也是有一定承受範圍的，一旦超出這個範圍他們的細胞重生就會放慢，彷彿能夠進入自我冬眠一般。實際上，隨著研究的不斷深入，我們也越來越害怕，因為無論是墨氏的基因進化還是外域文明的寄生擴展，哪一種對我們人類來說，結果最終都將迎來毀滅。」

墨龍歎了口氣道：「人類的毀滅來源於其無度的野心和欲望，能夠毀滅人類的只有人類自己，潘朵拉的魔盒就是人類內心欲望最真實的鏡子。」

「可兒妳是不是有什麼發現？」秦濤疑惑的望著眉頭緊鎖的陳可兒。

陳可兒猶豫了一下道：「秦濤，你難道沒有發現貢嘎山遺址實際上與白山遺址有很多的共同點嗎？而且兩個遺址的時間段也不盡相同，貢嘎山遺址要早於白山遺址，墨氏最早在貢嘎山脈消滅入侵的異族，部分異族逃遁試圖在白山地下利用地熱能開啟某種裝置，最終被墨氏所阻止，可以說雙方在白山都耗盡了最後一滴血。」

秦濤回憶起了白山遺跡那九個失蹤的設施？墨典中關於敵人的記載並不多，顯然即便是取得勝利的墨氏也不願意留下太多記憶，由此可見墨氏付出的代價之巨大。

陳可兒頗為無奈的望著書架上眾多的金屬刻板道：「這不過是我的推論而已，還缺乏實質的證據支持。」

秦濤望著約瑟夫道：「約瑟夫先生，你剛剛的話似乎並未說完？」

約瑟夫剛要張口，突然，已經關閉的放映機突然亮了起來？擴音器中發出一陣陣刺耳的電磁干擾聲？秦濤等人將疑惑的目光投向約瑟夫和馮・霍斯曼・西伯兩人，只見兩人似乎都有些緊張的盯著正在倒數的放映機。約瑟夫大吼道：「把那玩意兒停下來，快！」

不知所措的郝簡仁手忙腳亂的去拽放映機的膠片盒，不料膠片盒意外散開，膠片亂成了一團，一旁花田慶宗見狀直接將膠片全部抽了出來。

放映機的倒數還在不緊不慢的進行，沒有了膠片的放映機依然在放映著，投射燈不停閃動。

忽然，整個房間天棚和石壁湧出無數的光線，一名身穿老式軍服，戴著眼鏡面容消瘦，似乎有些神經質的雅利安人形象浮現在螢幕上。

郝簡仁試圖用手捂一下鏡頭，結果被靜電擊打得頭髮都豎立了起來。

消瘦的人影似乎環顧眾人滿意道：「約瑟夫，看起來我們的隊伍又一次壯大了，我親愛的馮・霍斯曼・西伯，還在妄想離開這裡嗎？你的瘋狂舉動只會讓你的家族更多的人陷進來。新來的朋友們，你們不是日本人，是中國人？嗯，也有日本人，現在中國人和日本人都成為朋友了？這世界變得真快啊！」

秦濤以及眾人不敢相信自己看到的一切，於是謹慎道：「你是誰？你在和我們溝通嗎？」

約瑟夫不屑道：「他可以是任何東西，一個比我和西伯加起來還要瘋狂上百倍的傢伙。」

花田慶宗面帶疑惑道：「海格力夫？」

約瑟夫和馮・霍斯曼・西伯用十分詫異的目光望著花田慶宗，約瑟夫一臉難以置信的表情道：「沒想到竟然還有人記得海格力夫，我以為這個名字早已隨著帝國煙消雲散了。」

「海格力夫是什麼人？」秦濤眉頭緊鎖等待花田慶宗給出答案，不料一旁的陳國斌卻歎了口氣道：「他是歐洲神道學的開創者，最瘋狂的史前文明遺跡搜尋專家，從一九一〇年到一九四二年失蹤，他的足跡遍佈全世界幾乎所有的史前文明遺跡。」

影片中的海格力夫摘下軍帽，微笑道：「沒想到竟然還有人記得我這個老傢伙。」

陳國斌冷哼一聲繼續道：「我差點忘記了，你還是最瘋狂的史前文明破壞者，南極洲的維諾亞文明、婆羅洲的失落神殿、墨西哥的三面金字塔都被你徹底破壞。」

海格力夫摘下墨鏡的一瞬間，眾人才發現原來海格力夫的雙眼已經變成了兩個猶如黑洞一般漆黑的窟窿。

郝簡仁驚呼道：「這傢伙是個瞎子？」

海格魯夫不屑：「人類就是這麼膚淺，很多事情你睜著眼睛也未必能看清楚，當你什麼時候能夠超脫自身的感官，你才會明白一切。」

花田慶宗奇怪道：「傳聞你在一九四二年的一次探險中失蹤，怎麼會出現在這裡？你到底是一種什麼形式的存在？」

約瑟夫盯著海格力夫道：「所謂的失蹤不過是他釋放的煙霧彈，海格力夫被派來貢嘎山脈研究墜毀的外星飛船和史前文明遺跡群。」

螢幕上的海格力夫笑道：「我們的世界擁有太多的神話系統和傳說故事，非常可惜的是這些神話傳說大多經不起檢驗，腐朽的遺跡、骸骨的碎片、破爛的陶器，更不是那些根據理論推測臆想出的史前文明遺跡，我要的是一個奇跡，猶如貢嘎山脈這樣的奇跡，外域文明與史前文明在這發生了激烈的對決，他們其中的一方就是我們雅利安人的祖先亞特蘭提斯人，我們傳承了神，造物主最優秀的基因，只有我們才配擁有這個世界。」

約瑟夫無奈的歎了口氣道：「最開始海格力夫試圖研究出超級武器扭轉西線戰局，但是隨著研究的深入，外星飛船可怕的感染和寄生幾乎威脅所有人的安全，這種感染幾乎無處不在，而且似乎這些幽靈一般的病毒還擁有思維意識？於是他們又想到了用墨氏文明的史前遺跡中的基因技術對抗感染和寄生。」

「結果就是我們人類賴以生存脆弱的肉體毀滅！」秦濤的一槌定音讓約瑟夫十分詫異，只能點頭默認。

陳可兒驚訝道：「肉體毀滅而意識精神得以存在？這怎麼可能？」

馮．霍斯曼．西伯卻皺著眉頭道：「一群瘋子圍繞一個瘋子，結果所有人都陷入了瘋狂，他們不是為了治癒感染寄生體，他們是從一個極端走向另外一個極端。」

投影中的海格力夫的面部表情突然扭曲起來，歇斯底里的叫喊道：「你們這些無知的碳基生物，你們根本不瞭解生命存在的意義，人類這種充滿毀滅性的物種不配存在。」

花田慶宗歎了口氣：「看來海格力夫已經成為了外星感染體寄生的傀儡了，如果我們把異變的巨型昆蟲、猛禽，擁有改變細胞分裂重生極限的植物等等全部結合一起分析，外星飛船墜落之後，正在悄無聲息的適應地球的環境，同時也在悄悄改變地球的環境？」

約瑟夫一時表情凝重將目光投向馮．霍斯曼．西伯，馮．霍斯曼．西伯沉思片刻：「非常有這樣的可能，物競天擇，首當其衝的就是生存。」

秦濤對陳可兒壓低聲音道：「一會兒妳要緊緊的跟在我身後，寸步不離！」陳可兒微微有點緊張的點了點頭，突然，一團火從膠片中燃起，迅速形成了一個火團熊熊燃燒。

郝簡仁一臉無辜的立即退後幾步道：「自己燒起來的，與我沒關係，完全沒關係！」

海格力夫的影像徹底消失了，秦濤環顧四周眉頭緊鎖，墨龍則警惕十足的將長杖橫在胸前。

約瑟夫微微歎了口氣：「每一個時代都有每個時代的理想，或許當年我們選擇錯了方向，但是在那種狂熱的年代，沒有人敢於去質疑。」

片刻之後，海格力夫的影像再次出現在牆壁上，而且似乎在閒庭散步一般。

馮．霍斯曼．西伯眉頭緊鎖一言不發，海格力夫卻恨恨道：「你們並不懂得生命存在的意義，跨越時空與維度之後，或許生命會成為另外一種形式的存在，如果我說地球也是有生命的，你們會相信嗎？」

地球有生命？

郝簡仁一臉疑惑的望著神色凝重的眾人，不好意思問別人，於是湊到秦濤身旁壓低聲音道：「濤子哥，地球不就是咱們腳底下的土石頭，海裡的水嗎？再往下什麼地函、岩漿、地核，地球有生命？是活的？」

陳國斌深深的呼了口氣：「這是一種比喻，不同形式的生命體的延伸，地球確實已經被我們人類破壞得千瘡百孔了，工業化帶來文明便利的同時也帶給我們生存的環境巨大的破壞，污染和垃圾是最為簡單的，由於熱帶雨林被大規模破壞，去年南極考察隊已經在其上空發現了臭氧層破洞，這一切都是一種警示。」

海格力夫滿意的點了點頭：「那是一種預兆，當地球忍耐人類到了極限的時候，就會進行一場徹底的浴火重生，將無知狂妄的人類徹底抹殺，無論是大洪水還是冰河期，甚至是太陽粒子風暴，一切的一切最終都會降臨，而這裡萬物之源就擁有著這樣的力量。」

徐建軍一腳將放映機踹倒在地，眾人驚訝的發現投影中的海格力夫並未受到任何的影響？

馮．霍斯曼．西伯搖了搖頭道：「這裡曾經有我們從飛船上拆下的一些設備，這些設備擁有昆蟲複眼一樣的功能，只要有一隻複眼還在工作，這個只剩下大腦的瘋子就可能隨時出現在我們面前，甚至在你小便的時候！」

「沒有辦法徹底消滅這傢伙？」郝簡仁盯著海格力夫的影像來回打量。

約瑟夫無奈的搖了搖頭：「如果可以我們早就把他消滅了。」

徐建軍向前一步道：「不可能，只要是物質的存在就能夠被摧毀，不存在什麼永恆，我是一名堅定的唯物主義者，你們這些幻象是欺騙不了我的，這不過是一種錄影或者電影技術而已。」

誰見過會交談與螢幕外觀眾互動的電影人物？

但是徐建軍有一點提醒到了秦濤，那就是對方也並非鐵板一塊，而且，海格力夫似乎在計畫某種大計畫，而這個計畫又似乎將馮．霍斯曼．西伯和約瑟夫排除在外？

史前時代墜毀的外星飛船在貢嘎山悄然的形成了一個特殊的小氣候區域，而且這個氣候區域似乎在悄然的擴大，尤其近些年擴大的速度倍增，秦濤將擔憂的目光投向陳可兒，陳可兒似乎在計算什麼根本沒注意到秦濤的目光。

陳可兒面前有一組從未見過的墨氏祭文刻在金屬刻板上，可能是見過的墨氏金屬刻板太多，秦濤並未在意。

反觀，海格力夫注視著陳可兒的一舉一動道：「我還是很懷念與馮．霍斯曼．西伯和約瑟夫共事的那些日子，我們為之奮鬥的目標一個又一個被實現，沒想到最終迷失的卻是我們！」

馮．霍斯曼．西伯不屑道：「他已經死了，他的肉體已經消滅了，只剩下一個不知藏在哪裡的大腦。迷失才是一種可悲，永生不死只是相對而言。」

陳可兒突然驚呼一聲道：「我明白了！墨氏金屬刻板上最後的提示了，我終於明白了！」

海格力夫的圖像似乎猛的一抖動，約瑟夫也急切道：「妳發現了什麼？」

從興奮中清醒過來的陳可兒用警惕的目光環顧眾人，陳國斌也在郝簡仁的攙扶下站了起來，用微微顫抖的手摘下眼鏡道：「可兒，這裡的每一個活著的人都有權知道，告訴大家的，不是哪個人、哪個民族、哪個人種的事，關乎著全人類的命運。」

陳可兒將目光轉向秦濤，秦濤堅定的點了點頭，白山事件的異化病毒基因如果當時得不到扼制，那麼根據推斷只需要九個月時間就能夠讓人類文明徹底滅亡，只留下那些僅僅能夠存在不足百年鋼筋混凝土森林成為短暫存在的遺跡，甚至塑膠都比那些人類文明的建築物存在的時間要長。

陳可兒深深的呼了口氣道：「這艘墜落的外域飛船的墜落時間我們現在根本無法考證，只能有一個大致的估計範圍，我通過墨氏的金屬刻板記載天象記錄推斷大約在六十五萬年前，也正是距離我們最近的冰河期的消退週期，而此時的墨氏文明也恰好經歷了冰河期處於恢復階段，雙方經歷了一場生死存亡的大戰，最終墨氏文明取勝，這個勝利也讓墨氏文明付出了無比巨大的代價。」

約瑟夫與馮．霍斯曼．西伯交換了一下目光，陳可兒所說的他們早已得知了，並不是什麼祕密，約瑟夫相信陳可兒所說的絕對不只這些。

陳可兒微微停頓了一下道：「外域飛船是墜落還是降落我們很難考證，但是在以飛船為核心的區域確實有激戰的記錄和痕跡存在，我們此前發現的晶體化沙礫就是最有力的證明，因為只有高能、高熱的武器才能在瞬間將石頭變成沙礫並且出現晶體化。外星飛船在墜落之後就開始緩慢的形成一個特殊的小氣候區域，這也是貢嘎山脈近期極端氣候頻發的一個因素，而且這個特殊的小氣候範圍和形成的速度也越來越快，如果對比永凍層冰中的古氣候殘留，一定會發現這種氣候形成是一種漸緩並且越來越快的趨勢，我雖然現在無法斷定空氣中微量成分的變化，但是我可以肯定這種變化是存在的，貢嘎山當年是墨氏文明固守九大的核心區域之一，外域飛船也可謂是來者不善，墨氏文明是察覺了外域飛船試圖改造環境的企圖，所以引發了雙方的激戰，至於墨氏文明固守的九個核心區域到底有什麼樣的存在，我們現在還無法從得到的資料中獲知。」

海格力夫突然開口道：「以你們的思維是無法理解生命的形態的，徹底清除地球上的人類才是最有效的辦法！」

郝簡仁看著海格力夫的囂張樣子就手癢，端起衝鋒槍對著牆上海格力夫的影像掃射，打得牆上遍佈彈孔，但是海格力夫的身影又在另一面白牆上浮現。

秦濤阻止了正在更換彈夾準備繼續射擊的郝簡仁，轉身詢問陳可兒道：「這不過是一個影像而已，他無法實際干擾到我們的任何行動。如果我們不阻止這種環境氣候的擴大倍增，需要多少時間才能擴散到影響全球的氣候？」

陳可兒猶豫了一下道：「這種漸變經過了幾十萬年的變化，我懷疑一經發動會在一瞬間爆發，或者是幾十個小時內覆蓋全球。」

秦濤將目光轉向約瑟夫和馮·霍斯曼·西伯，馮·霍斯曼·西伯與約瑟夫交換了一下目光，約瑟夫深深的歎了口氣道：「三十年前我們還能進入飛船墜毀的核心區域，但是現在已經無法進入了，特殊的能量磁場造成了大面積的異變，這種異變不僅僅存在人類和動物，甚至連植物也開始異變。」

陳國斌望著約瑟夫和馮·霍斯曼·西伯道：「人類或許有很多錯誤，但是誰也不能決定我們的命運，我們的命運一定要由自己掌握！」

馮·霍斯曼·西伯與約瑟夫陷入了沉默，墨龍則起身手握竹杖：「我們的先祖曾經為我們戰鬥過，現在這份榮譽屬於我們。」

徐建軍拉動了衝鋒槍的機柄上膛，用無言的行動表示自己的決心，秦濤望著眾人尤其那一張張年輕稚嫩的戰士面孔：「從來就沒有什麼歲月靜好，只因有人替我們負重前行！」

◊

地下遺址前往飛船墜落核心地域的通道已經無法通過，連馮·霍斯曼·西伯和約瑟夫都無法通過的話，那麼救援分隊就更加無法通過了。

未知的寄生危機讓每一個人都感到岌岌可危，不知不覺間包括徐建軍、曹博、郝簡仁等人的心理也在悄悄發生著變化。

秦濤非常能夠理解這種內心的變化，畢竟救援分隊出發的明確目的是搜救陳國斌教授一行人，現在人找到了，但是任務反而更加危險和艱巨了，尤其是在陷入絕境得到一個排的傘兵增援之後，雖然危機得到了暫時的緩解，實際上危機卻比之前更加迫切了。

墨氏叛逆在虎視眈眈，墜毀的外星飛船殘骸意外被啟動，固化形成的小氣候很可能在數月內擴散遍及全球，人類生存的基本環境和生態將發生天翻地覆的劇變，或許人類即將成為下一個滅絕的物種。

如此巨大的危機已然威脅到了全人類的生存，沒有人能夠置身事外，更沒有人能夠獨善其身，秦濤望著沉默不語的眾人，或許之前都在各自不同的利益驅使之下你爭我奪，卻沒能料到結果竟然是這樣的？

墜毀的外域飛船用了一種極為緩慢的策略，如同溫水煮青蛙一般，悄然的形成改變環境，當年的墨氏一族似乎也正是發現了外域種族的陰謀，墨氏也以極大的代價延緩了這場災難的降臨，真正終結這場即將降臨的災難的重任落到了面前所有人的身上，在面對巨變之際，包括墨氏叛逆、馮·霍斯曼·西伯、花田慶宗，甚至墨龍等等，人類是否能夠團結一致，尚且還是一個未知數。

秦濤猶豫了片刻，環顧所有人道：「我希望我們能夠團結一心。」

墨龍沉吟道：「你說的所有人也包括墨氏叛逆？」秦濤點點頭，眾人也都心情沉重起來，這一路墨氏叛逆雖然被救援分隊屢屢挫敗，但是他們卻一直死纏爛打的沒有停止過對救援分隊的追擊。

面對秦濤的默認，墨龍皺了皺眉頭，幾次欲言又止。

陳國斌略微思索一下：「我這估算一下時間，墨氏叛逆最終目的也是要返回地下遺跡，估計他們也快到貢嘎山頂峰下面了，所以我們前往途中很可能與其遭遇，如果他們一意孤行怎麼辦？」

秦濤深深的呼了口氣：「如果他們一意孤行，那麼我只能狹路相逢勇者勝，將他們徹底消滅。」

馮·霍斯曼·西伯與約瑟夫交換了一下目光道：「說實話，我很擔心他們就算抵達也無法進入遺址的核心區域。」約瑟夫點頭道：「確實，幾十年了，裡面也許早就不是我們熟知的情況了。」

望著馮・霍斯曼・西伯和約瑟夫的背影，秦濤意識到一個非常嚴重的問題，那就是馮・霍斯曼・西伯和約瑟夫是這個特殊磁場和小環境漸變的受益者也好，生存者也罷，一旦自己破壞了這一切，那麼馮・霍斯曼・西伯與約瑟夫也就意味著被自己消滅了？所以馮・霍斯曼・西伯和約瑟夫能夠真心的幫助自己嗎？秦濤心中打了一個巨大的問號。

約瑟夫似乎看穿了秦濤的想法，微笑拍了拍秦濤的肩膀：「不要擔心，在全人類命運面前，我們都是微不足道的，我也想嘗試能否結束這種毫無知覺感官的日子，一個人所面對的並非是死亡，而是當你失去了所有感知，那才是真正的恐怖。」

秦濤下令立即出發，搶在墨氏叛逆之前佔領有利地形，望遠鏡中墨氏叛逆的小股分隊似乎也正在意圖輕裝強登。但是，登山不是兒戲，高原更不是平原，所有人都要面對體力和生理極限的考驗，看山路遠，秦濤預估按對方分隊的行進速度，差不多兩個小時就會被追上，也就意味著可能要在主峰的祭壇附近選擇有利地形作為談判合作的籌碼。

主祭壇就在眼前，墨氏叛逆應該不敢肆無忌憚的使用武器，怕引起雪崩。

突然，山峰兩側響起了巨大的轟鳴聲，接著雪霧隨風飄了過來，墨龍眉頭緊鎖道：「這些瘋子，竟然為了能使用武器，提前引爆了雪崩，看樣子這些傢伙已經瘋了。」

郝簡仁無奈的點了下頭：「這夥傢伙根本就沒想和我們談判。」

隨著坡度越來越陡峭，秦濤等人向主祭壇前進的越發艱難，忽然，陳可兒注意到徐建軍等人似乎放慢了速度，並且開始利用附近裸露的岩石和石塊壘砌掩體？

陳可兒拽了秦濤一下，秦濤當即明白了徐建軍等人到底想幹什麼，於是大吼道：「立即前進，這是命令！」

徐建軍看著秦濤嘴角含笑，眼睛裡卻是濕潤的道：「老秦，我接到的命令是增援掩護你的救援分隊撤退，在我未接到上級命令之前，我要優先執行這個命令。」

秦濤眼睛一紅道：「不行，我從來沒拋棄過一個戰友，我們一起殲滅敵人。」

馮．霍斯曼．西伯望著一直在向主峰緩緩移動的九座金屬柱搖了搖頭：「那應該是飛船遺跡在啟動能量裝置，恐怕留給你們的時間不多了。」

徐建軍深深的呼了口氣：「我們最終是要一步一步走向勝利的，我是來幫你們締造勝利條件的，所以去貢嘎山頂峰的黃庭之源是你的使命，也是你的宿命。我的責任就是不惜一切代價掩護你完成任務，現在似乎又跟人類的命運牽扯上了，讓我壓力巨大啊！我們不能讓那些犧牲的戰士白白犧牲，每個人都有自己的職責，明白嗎？」就聽徐建軍手下的空降兵一起喊道：「堅決完成任務！」

徐建軍一揮手道：「利用有利地形構築掩體和工事，禁止讓他們前進一步。」還有一句話是徐建軍小聲嘀咕給自己聽的，那就是只要老子還活著。

秦濤猶豫道：「不要做無謂犧牲，老徐你分散兵力和火力會陷入包圍的。」

徐建軍爽朗的一笑道：「老秦你不知道，我也是來之前才知道的，傘兵就是天生要陷入重圍的兵種，在最艱苦的敵後、在最艱難的環境，搶佔要地、守住關隘、斬首奪旗、狙擊頑敵，這就是空降兵的基本任務。」

徐建軍面色一沉道：「你們還不快走，別浪費我給你們爭取的時間！」

張大發突然立正敬禮：「連長，讓我留下吧！這裡太美了。」

秦濤深深的呼了口氣：「從當兵的那天起我們就知道早晚有一天會有犧牲出現，不要太自責。」

張大發一臉發自內心的笑容：「我代表我們救援分隊，留下來和空降兵兄弟一起共同戰鬥好嗎？這個四面漏風的防禦陣地太需要人了。」

秦濤猶豫了一下，確實正如張大發所言，徐建軍固守寬度接近三百米的陣地雖然居高臨下，但是兵力太少了，以防禦兵力來說確實是四面漏風。

秦濤和救援分隊眾人向空降兵弟兄們和張大發敬禮，曹博、陳可兒都泣不成聲。徐建軍和張大發他們還禮後，轉身嚴陣以待再也不回顧救援分隊眾人。

秦濤轉頭看看救援分隊眾人咬咬牙道：「我們出發，一定要對得起，為我們拼命掩護的兄弟們，一定要完成任務。」說完大步流星的向貢嘎山頂峰挺進。

秦濤他們一邊走一邊回頭，眼見空降兵眾人的身影越來越小，而耳畔聽著零星的射擊聲，而且似乎越來越多武器射擊聲不斷傳來，秦濤意識到戰鬥已經進入了白熱化階段。

突然，耳邊的槍聲不見了？

徐建軍望著之前還在視線內的分隊背影疑惑道：「剛剛還在山坡，這一會兒就翻過去了？」一旁的戰士也都莫名其妙，但因為緊張的戰鬥讓大家無暇注意秦濤等人的身影。

◊

行進中，墨龍忽然停住腳步四下觀望後喊住秦濤道：「秦連長、大家等一下，我們現在就在九宮八卦陣裡，我們從生門進來的，你去的方向是杜門，你再走就會和我們失散的。」

秦濤幾步來到墨龍身邊問道：「什麼陣？」

墨龍亮出掌中的降魔辟邪鏡：「其實我剛才就注意了一下張大發他們的身影，發現他們似乎突然之間已經杳無蹤影，這讓我想起了一個墨氏的傳說，結果我拿著鏡子一照卻發現我們是在一個九宮八卦陣中，這就是當年墨家先祖為了攔截冰魈鬼母所設。」

陳國斌和花田也紛紛湊了過來，陳國斌仔細觀察墨龍的降魔辟邪鏡，就見鏡子反射著藍色、綠色和紅色的光線，其中藍色的光線組成一個八卦的圖案，綠色的光線在其中八卦的幾個爻口處，而紅線也佈置在幾個爻口處。無論藍色的八卦還是綠線、紅線都在不停的變化，就像是迪斯可舞廳裡的雷射搖擺燈一樣。

花田慶宗奇怪道：「這是在哪反射過來的圖案，怎麼還在不停的變換？」說完他看著周圍一片白茫茫的雪景，沒有任何顏色可以映入鏡中的參照物，花田慶宗臉上露出百思不得其解的表情。

墨龍拿著鏡子歎口氣道：「這就是九宮八卦陣的威力，『功蓋三分國，名成八陣圖。江流石不轉，遺恨失吞吳。』這首詩就是說諸葛亮八卦陣的神奇，其實這個九宮八卦陣是我們中華民族的傳統先民文化，從伏羲造八卦就有了。佈陣時候是按照實際的地理條件，依著地勢和氣運以及氣候而設立。這裡就是九宮八卦陣按照奇門遁甲分成了『杜、景、死、驚、生、傷、休、開』八門，也就是畫面上的紅線和綠線。綠線就是生、景、杜、開，這四門是活門；而紅線就是休、死、傷、驚、四門，是死門；而藍色八卦就是乾、坎、艮、震、巽、離、坤、兌對應東、南、西、北和西北、東北、東南、西南；中間的就是黃庭，也叫五黃。而這一切都是在不斷變化的，所以走的稍微不慎，我們就可能萬劫不復。」

郝簡仁一臉無奈道：「墨大師，請說大家都聽得懂的人話好嗎？」

墨龍苦笑道：「簡單的說，我們進了一個失傳已久的迷魂陣，其實在此之前我也不確定真的有這個九宮八卦陣的存在。」

花田慶宗沉思片刻問道：「那墨先生，我們現在安全嗎？或者說這個九宮八卦陣是否非常的危險？」

墨龍揚一下手裡的鏡子道：「這個鏡子應該就能指引我們走出這個八卦陣。但是我們需要耐心，還有就是得根據這個九宮八卦陣的變化，而不斷的變更行走方向。不然的話一步走錯，就會困死在這裡。」

陳國斌感慨道：「這真的是上古文明的高超智慧啊！能夠借助地形的走勢和天氣的變幻，就能將一個不高的山坡變成能容納千山萬水的空間。」

墨龍點頭道：「其實你帶來的畫的照片，洞前面的地上隱約就露出了八卦的圖案，但是畫的很不清晰。我當時是有疑問，可是也沒太在意，現在卻在這裡印證了。」

秦濤想起來道：「照老墨你這麼說，我們趕快返回去把徐建軍他們接應進這個九宮八卦陣裡，這個迷宮同樣可以用來阻敵。」

墨龍微微歎了口氣：「現在隨著八門的變幻，徐建軍他們具體的位置已經不知道挪到哪裡了，要找他們就得挨個門都嘗試，但是每個門都會有無窮的變化。這一刻是可以通過的生門，也許下一秒就是必死或者被困的死門，我們自顧不暇，真的沒有能力再接他們進來了。」

眾人這才知道自己和隊伍，只不過是才出險境又入陷阱，所以都默不作聲看著墨龍。

墨龍看著眾人期盼的目光點頭道：「我這就帶領大家出發吧，我們走一步看一步。上天保佑我們能脫離這個陣，到達中心黃庭。」說完他仔細的看著降魔辟邪鏡，帶領眾人緩慢的在九宮八卦陣中移動尋找可能的出口。

郝簡仁垂頭喪氣道：「我是徹底服了，真是一波未平，一波又起啊！」

此時此刻，阻擊戰線正在激烈交火，墨氏叛逆利用人數上的優勢很快的滲透了阻擊陣地，張大發等人紛紛與墨氏叛逆近距離接戰，無暇更換彈夾的眾人用刺刀、工兵鏟近距離拼殺。

徐建軍單用右手持刺刀轉過身，看背後用槍偷襲自己的敵人。就見赤身裸體、長髮淩亂，臉龐露骨宛如骷髏的大祭司，單手端著槍口冒煙的恩菲爾德步槍，沖著徐建軍獰笑。

仇人相見分外眼紅，徐建軍大喊一聲：「殺！」振奮疲憊的身體，利用僅存的力氣單手端著刺刀向大祭司衝去。

大祭司將步槍背在身後，右手正握骨柄匕首，輕鬆躲過筋疲力盡身受重傷的徐建軍攻擊，匕首一揮在徐建軍的後背劃出一道深深的傷痕，徐建軍受此重傷跪倒在地。

一名墨氏叛逆發現徐建軍負傷，急於強攻撲向徐建軍。卻被大祭司直接開槍擊斃，大祭司嘿嘿的猙獰笑道：「你不是讓我過來然後告訴我嗎？我現在就過來看你，告訴我什麼？」說完他緩緩走到搖搖欲墜的徐建軍身後。

此時張大發端著步槍衝向徐建軍，試圖解救徐建軍。

大祭司來到徐建軍身後道：「你好好和我說說，到底要告訴我什麼？是不是你會死無葬身之地？是不是你的靈魂會永遠獻祭給雪山魔女？」

就在大祭司舉刀準備割開徐建軍喉嚨的一瞬間，身負重傷的張大發引爆了事先埋下的炸藥，一瞬間猛烈的爆炸和積雪碎石傾斜而下吞噬一切。

深入九宮八卦陣的救援分隊的眾人發現地面好似地震一般在微微的顫動？絲毫不受影響的墨龍一邊看著鏡子一邊掐算著時間方位，然後來到一個方向道：「我們從這裡進！」

眾人都呆呆的看著墨龍，因為在所有人的眼裡他們就是在原地打轉，壓根也沒離開目光所及的雪地空間。

秦濤毫不猶豫的從墨龍指的方向進入，其他人也就將信將疑的跟著走。

就見救援分隊一行人在雪地裡消失了。

當他們進入墨龍所指的方向，眼前看到的景象讓所有人都毛骨悚然。

因為現在眾人眼前呈現的是一派死亡的景象。就見這裡遍地都是身穿納粹制服的屍體骸骨，而且每個納粹德國人死的都是異常淒慘。

他們幾乎都是叫利刃斫碎，不是身首分離，就是被劈成兩半，或者被攔腰截斷、大卸八塊。因為頂峰異常寒冷，所以很多納粹屍體還沒有腐爛，他們死前驚恐淒厲的表情還是那麼的清晰可見。

陳國斌看到如此恐怖的場景不禁用手在胸口劃著十字道：「我是沒見過地獄，但是這裡卻比我想到的地獄淒慘萬倍。」

花田慶宗見到此情此景也是滿面愁容，他推推眼鏡皺眉道：「這裡就是人間地獄，但是我們總算弄清楚，那三個營的納粹士兵到底去哪了？怪不得基地裡沒有守衛的身影呢，原來他們都葬身於此了。」

郝簡仁驚訝道：「以牙還牙，以血還血，倒是沒錯，但是用這種虐殺的方式也似乎太過殘忍了。」

畢竟眾人還沒有體驗過冷兵器時代的戰爭，這種場面著實讓人有些毛骨悚然。

約瑟夫與馮・霍斯曼・西伯站在隊伍的最後幾乎是一言不發，對於守衛部隊失蹤一事，應該心知肚明的兩人似乎有難言之隱？

陳國斌搖頭道：「真的弄不清到底是什麼武器如此銳利，竟然能把人砍的那麼的齊整。我想也就是法國大革命時期的三角刀刃斷頭臺能有如此的效果，這裡簡直就是修羅場。」

墨龍在前邊上上下下，繞著滿地遍布的屍體走著，一邊看著寶鏡一邊道：「你們發現最詭異的一點沒有？」救援分隊眾人都搖頭看著腳下驚心動魄的屍體。

墨龍接著道：「很多槍支也被砍斷了，那可是金屬啊，但是這些都不算什麼，最詭異的是光有納粹德國人的屍體，而沒有殺他們人的屍體。這不合情理啊？」

所有人聽到此處，猛然注意到，真的如墨龍所說。能用利刃把這裡上千名納粹士兵全部砍殺，但是自己還能全身而退，這實在是太不合情理的弔詭了。

花田慶宗蹲下捏起一枚子彈殼道：「而且在這裡納粹德國人曾經激烈的還擊過，你們看除了骸骨就是遍地的子彈殼，但是卻沒有一個屍體留下來。實在是太讓人奇怪了？要說都和墨氏叛逆一般能用強酸藥物把人化了，可卻沒看到任何的痕跡。這裡冰天雪地所有的狀況就是處在保鮮狀態，就是說一切都是當時戰場的寫真。看來真的是用鋒利冷兵器『十步殺一人，千里不留行』的消滅第三帝國精銳，然後全身而退。那就……」說完花田慶宗不可思議的搖頭。

陳國斌喃喃道：「能把二戰時單兵作戰素質排名第一，還是精英部隊全部消滅，自己還絲毫無損的使用冷兵器的部隊，恐怕這個地球上還沒有吧？難道真是神鬼的報應？」

郝簡仁聽到這兒接話道：「難不成真有刀槍不入？」

秦濤皺了皺眉頭將目光投向馮・霍斯曼・西伯和約瑟夫道：「刀槍不入是不可能的，而且從交戰的戰場來看這是一次伏擊戰，因為大多數屍體都集中在溝底，是行軍的狀態遇襲，我相信馮・霍斯曼・西伯先生和約瑟夫先生一定有話說，當年你們的人到底遭遇了什麼？」

約瑟夫微微歎了口氣：「關於這次襲擊我和馮・霍斯曼・西伯先生都沒經歷，我們當時在實驗室，記得當時因為地下出了事故才緊急調動部隊，具體發生了什麼我們確實不清楚。」

馮・霍斯曼・西伯點了下頭：「確實如此，因為事發突然，又是全軍覆沒，所以沒人清楚到底發生了什麼，不過至此以後地下實驗室部分就徹底關閉了，大多數的科研人員也一同被封閉其中。」

陳可兒看著腳下屍橫遍野的屍體，強忍住才沒吐出來：「墨先生，你確定我們走的是生門？如果是生門為何這麼多人死在這裡？」

墨龍回過頭苦著臉道：「剛才顯示真的是杜門，可誰想到是這樣情景啊？我這不一直緊盯著鏡子嗎？一旦看到轉到活門路線我們立即就離開這裡。但是還是得耐心的走著，大家都跟緊些。」

郝簡仁自言自語道：「老墨，我看你是一本正經的胡說八道吧，這還杜門？還杜撰呢！我看你這就是沒眼睛的小貓——瞎虎（瞎糊）吧。」

郝簡仁的風涼話才出口差點被腳下的屍體絆了一個跟頭，一具頭部裂開猙獰的凍屍與郝簡仁幾乎面對面，被嚇了一跳的郝簡仁急忙閉上了嘴，心有餘悸的叨咕著滿天神佛保佑的同時，眼睛一直往上看，絲毫不敢看一眼腳下。

救援分隊在形態各異的冰凍屍體中不停的前行，猶如進入了沒有盡頭的末日戰場一般。墨龍始終低頭看著鏡子，忽然看到什麼了，驚呼一聲立即加快行進速度：「趕緊跟上。」

眾人緊隨其後，穿過死亡，如墜霧裡雲中，稍縱即逝的薄薄雲霧之下，別有一番洞天！

芳草萋萋，柳林樹影，仙鶴翱翔，麋鹿呦呦，山石俊秀，青山挺黛，小溪潺潺，說不出的旖旎，道不盡的曼妙景致，大家不禁驚歎：莫非到了桃園仙境？

陳可兒看得心曠神怡：「真的是美和仙境呀！能在這裡終老該多好呢？」

前面有個慈眉善目的老翁，拄著青藤拐杖仙風道骨，向陳可兒招手：「來吧孩子，我給妳和妳的如意郎君找個優雅的所在，以後你倆在這裡就只羨鴛鴦不羨仙了。」

陳可兒聽著句句入心入耳，不由得拔步走向老人。

郝簡仁一進入這裡就嗅到一陣陣的飯菜香氣，這種香氣勾起無底的原始欲望。郝簡仁再定睛一看，就見眼前浮現的是一片炒勺叮咚、案板剁響、煎炒烹炸、燜煮熬燉的熱鬧繁忙景象。

就見眾多大廚將一道道琳琅滿目、色香味意形俱佳的川、魯、粵、蘇、浙、閔、湘、徽的八大菜系名菜流水般的上桌，一會兒功夫，滿桌都是八大碗、十六碟的堆積如山。

郝簡仁看著直咽口水心道：「天啊！還有這樣的口福呢？我這得都吃了，還得喝茅臺，唉對了我家鄉的烤全羊要是再有，那就真無敵了。」福至心靈，就見郝簡仁才想到，一個長鬚慈祥老者在眾人的掌聲中推出上擺著烤全羊的小車隆重登場。

只見老者亮出鋒利的尖刀，一刀刨開羊腹從裡面掏出一隻烤得金黃的肥鵝，跟著刀又一劃從鵝腹裡掏出一隻嫩雞，然後又從雞肚子裡掏出一隻鵪鶉，又從烤得鬆嫩的鵪鶉裡掏出一個鴿子蛋。

當眾人都一起撲向自己看到的幸福彼岸的時候，就覺得腰裡一緊，整個人被攔住。就見這群人掙扎著怒吼著罵罵咧咧著，就要掙脫枷鎖奔向幸福的那邊。

跟著每個人包括陳可兒都覺得臉上一熱，被著實摑了兩個大耳光。

眾人搖頭猛然發現剛才的良辰美景奈何天，變成了滿腔憤怒的盯著秦濤。再往下看看，自己竟然被護龍鐧的銀索和眾人都圍聚成一圈了。

秦濤一隻手握著護龍鐧和銀索，警惕的觀察著周圍的情況。

郝簡仁看著這情況指著秦濤不禁急哭了：「我這輩子就趕上這一回好事，還讓你給攪和了，你這太不仁義了……」要不是怕秦濤摑他，他早就破口大罵了。

秦濤拿護龍鐧一鐧揮落將一塊石頭打得粉碎，發出石破天驚的巨大聲響，立即將眾人的怨聲載道弄停了。秦濤心有餘悸指著身後道：「差一點咱們就真的全軍覆沒了。」

眾人擦擦失去幸福的悲痛眼淚，往前一看。就見一具凍餓而死不知道多少年，全身發黑的白髮白鬚的老者屍體依偎在一塊岩石上，雖然他的身體早已經僵硬，但是仍擺著招手狀。

而他的身後是一道懸崖。

郝簡仁驚訝的看著老者屍體，怎麼也不相信剛才場景裡那位和藹可親、和顏悅色、和風細雨的老者竟然是一具冷冰冰的屍體。

秦濤伸出護龍鐧遞給郝簡仁道：「你握住護龍鐧，去那邊懸崖向下看看你就明白了。」

郝簡仁將信將疑的握著護龍鐧小心翼翼的向懸崖湊去，就這樣在路上因為冰滑還摔了個狗吃屎，要不是秦濤拿銀索拉著他，真就滑下去了。

郝簡仁來到懸崖邊探頭向下一看不免心膽俱碎，就見懸崖底下是皚皚的白骨堆積成山，由於摔下去濺出的熱血瞬間被冰凍所以一灘灘都是血色結晶。

郝簡仁看到此情此景，不由一時憤怒激動得嚇尿褲子了。

秦濤抖手銀索把郝簡仁拉回來，看看在鬼門關走了一圈的他在哪兒哇哇的吐。對眾人道：「還有想看你們幸福方向的真實情況的嗎？有就拽著護龍鐧再去參觀一下。」

吳迪和幾個人也去看看懸崖下情況，回來有嘔的、沒吐的也是面如白紙一臉的惶恐。因為剛才要是沒有秦濤攔住，所有人就得被積冰滑倒，跌落進懸崖和底下的凍屍為伍了。

第九章　九死一生

冰雪覆蓋的一切彷彿靜止了一般，巨大的雪崩將原本還在廝殺交火的戰場徹底抹去了，在大自然面前人類的力量顯得是那麼的微乎其微。

突然，一隻手從雪層下面伸了出來。

有些驚魂未定的曹博咳嗽道：「墨先生你這是盲人摸象嗎？在溶洞裡你帶隊走的很順當的，在這你說走的是生門正確路線，我們這一回差點就全軍覆滅了。你這鏡子是不是應該反著看啊？」

墨龍一臉歉意道：「我真的沒想到，剛才我不也看著前面是滿滿的道書和經卷也走過去了嗎？九宮八卦陣我也是頭一回走，這個鏡子用法是打小和師傅學的，真的就是這樣教的，我也不知道有什麼紕漏。實在是抱歉諸位。」

花田慶宗無奈笑道：「我覺得墨先生是可以信賴的，至於鏡子裡面的反映嗎？我們慢慢的再研究找出端倪，想來不是像你說的那麼簡單。就是別像陸遜困在裡面出不來就行，因為估計真沒有黃石公來救我們。」

秦濤凜然道：「革命也不是一次就成功的，別失敗了就垂頭喪氣的。我們黨不就是從失敗裡百折不撓的走出來的嗎？你就放心的走，我們信任你。」

墨龍歎了口氣：「那我就還按著師傅教我學的辦法走啊？老秦你到時候像這樣給我把關好嗎？都是我的朋友，真要是因為我有個三長兩短的，我豈能安生？」

「別有思想包袱，下一個入口我在前面給大家開路，讓大家都小心一點，提高警惕。」秦濤拍了拍墨龍的肩膀笑道。

墨龍感激的看一眼秦濤，然後低頭看著手中的寶鏡，接著在滿是光滑積冰的地上行走。雖然拄著長杖，但是秦濤提著護龍鐗在他的周圍目不轉睛的看著跟著。

不多時，墨龍忽然眼睛一亮，跟著揮手道：「從這裡生門走，這回顯示的估計就是生門沒錯了。」秦濤讓眾人都看著腳下別打滑，儘量快點進去生門。

在最後的鄧子愛進去後，秦濤揮手抖出銀索護龍鐗，將皮笑肉不笑的老者屍體打落懸崖以防再蠱惑害人。跟著以迅雷不及掩耳的速度，竟然躍過眾人超過墨龍第一個閃進生門。

進入生門後眾人眼裡是一片肅殺的感覺，只有一座座四處漏風，殘頹荒廢破爛的古營帳和行軍灶的遺跡，營門已經坍塌破損，圍欄早就被風蝕雪侵。

胡一明作為偵察兵和秦濤道：「連長我去裡面偵查一圈。」

秦濤搖頭道：「不用去，這裡雖然不是一覽無餘，但是看來也是古代的營盤，裡面估計沒有活人。就是真要是有什麼也不用我們過去，對方自然會找來的。」

聽到秦濤的話，所有人立即警覺掏出武器戒備。孫峰看看竟然有個鐵鑄的營門旗鬥還沒有破敗。於是他背著狙擊步槍，戴著手套雖然艱難但是也攀爬到頂上，然後在四米見方的旗鬥裡架起狙擊步槍俯瞰著荒涼的營地，跟著對秦濤喊道：「一切都在控制範圍內。」

陳國斌看著這個營盤的架勢驚奇道：「秦連長，我覺得這個營盤好像是唐朝的營盤，那就是說和你們那時候堅守，我在野史上看過相關的記載，據說哥舒翰將軍麾下一支精銳唐軍曾經在貢嘎山駐紮過。一是為了成為對付當時吐蕃的奇兵羽翼；二是據說要守護唐朝在隴西發祥延伸到此的龍脈。沒想到野史也是真實的，確實有一支唐軍曾經來到過貢嘎山駐紮。」

秦濤點點頭道：「一路上都在印證我們的猜測，是為了尋找真正的中華上古文明。冥冥中的糾纏和伏筆，可能就是為了我們的探索發現。老墨你密切看著九宮八卦陣的轉動方向，我到裡面看看情況，孫峰做好應對突發情況的準備。」

秦濤緩步小心翼翼的在蕭索古營盤裡行走，到處都是各種破敗道景象，心裡不由湧起兩句唐詩：「瀚海闌干百丈冰，愁雲慘淡萬里凝。紛紛暮雪下轅門，風掣紅旗凍不翻。」

感慨當年的井然有序、當年的都護鐵衣、胡琴琵琶與羌笛，都化成了斷壁殘垣、塚中枯骨、斷弦啞音，人再英雄也抵不過時間這個最大敵人。

想到這秦濤不免一愣，懷疑道：「為何沒看到一絲唐兵的痕跡呢？活著一定是沒人了，但是死也沒見到屍體啊？在這種嚴寒天氣下屍體被冰封風化成為枯骨也不至於一點痕跡不留下？就算枯骨留不下，那些兵器和鎧甲的殘片也總該有吧？」

正在他納悶的時候，突然間出現了一個異乎尋常的變故。

就見營地的地面忽然一陣陣的翻動，就像地底下有東西在遊走般，高低起伏不定，沒有地震的感覺，卻有覆地的變化。

秦濤左手持著衝鋒手槍，右手緊握護龍鐧，眼睛緊緊盯著地面下的變化。

猛然就見一大團東西在底下像是奔騰般快速湧到秦濤腳下，孫峰在旗門中看到，手中狙擊步槍立即射擊，卻阻止不了土下那團東西快速向秦濤腳下襲來。

秦濤眼見那團東西在土下極端快速的奔向自己，他一邊急退一邊拿著衝鋒手槍扳機勾到底連發，很快就將一彈匣三十發子彈全部打了出去。

槍管因為連續發射散發著熱氣，但地下那團東西，速度幾乎絲毫不受影響。

秦濤見狀就要掄圓護龍鐧將那個東西從土裡抽出來。

突然就聽「嘭」一聲那東西掀起巨大的土浪破土而出，跟著一道寒光閃電般的劈向秦濤面門。

與此同時，大祭司聚攏墨氏叛逆望著一覽無餘皚皚白雪的大斜坡納悶道：「對方到底逃到哪裡去了？就算插上翅膀飛，我也能看到蹤跡啊？難不成他們躲了起來？」

大祭司想了想揮手命令一小隊墨氏叛逆探路，看看身後所剩不多狼狽不堪的墨氏叛逆，大祭司也心有餘悸，他非常清楚不可能如同以往一般肆意妄為了，大雪崩幾乎葬送了他全部的手下。

幾隻倖存的狼犬被大祭司派了出去追尋氣味和痕跡，但是沒跑多遠就開始狂吠，不願身處險境的大祭司猶豫之後，將目光轉向身後。

幾名被挑選出來的墨氏叛逆小心翼翼的行走在積雪上，他們也非常清楚自己的處境，他們等於在用自己的命在探路，對方的子彈可不是吃素的。

那隊黑衣人不敢怠慢，鼓足勇氣往大斜坡狼犬狂吠處跑去，一邊跑一個黑衣人憤恨道：「不把我們當人，把我們看的連畜生都不如。我們是恢復先祖的榮耀，不是當這個怪物的送死鬼的，逼急了老子一槍斃了這個活骷髏。」

另一個黑衣人也道：「我早就想這麼辦了，很多兄弟都想殺了他。和他在神山上就是在送死，他壓根不把我們當兄弟，我們就是給他墊背替死的。」

剩下黑衣人有的隨聲附和、有的暗暗點頭，仇恨和反抗的種子在蔓延茁壯。

這方面九宮八卦陣中。

眼見寒光劈來，秦濤反應神速舉起護龍鐧格擋劈下的寒光。耳聽「鐺」一聲巨響，秦濤雖然有無窮力量，卻在此次任務中頭一回被震的虎口發麻，不由得連連倒退幾步，險些護龍鐧脫手。

對方的力大無比還不讓秦濤震驚，秦濤最震驚的是面前那人的造型。

只見那人騎在一匹高頭大馬上，一身明光鎧頭戴兜鍪（註12），手持一把雪亮的三尖兩刃陌刀。雖說看上去馬如龍、人似虎，但是秦濤仔細端詳那人的臉卻是面色發黑、顴骨深陷、肌肉萎縮的僵屍臉，再看那匹戰馬也沒有呼出絲毫的哈氣，馬頭馬身也現出乾癟露骨的腐敗之相，這一人一馬竟是古代的乾屍騎士。

秦濤還沒想明白，就見一陣窸窣破土聲此起彼伏的響起，再看剛才空空如也的營盤現在已經站滿在土地裡冒出來的乾屍兵團。

就見這幫乾屍士兵都是唐朝軍隊的打扮，雖然盔甲都已經斑駁生鏽，但是手中的武器卻大多依然嶄亮。他們或手持據說三年才能打造出的馬槊，騎在骷髏戰馬上好不威武；或拿著雪亮的長柄斫馬陌刀颯爽而立；或者背著長箭手持硬弓，即將力挽長矢射天狼般勃發。一個歷經千年的唐兵團就這樣的從地府裡甦醒了過來。

救援分隊眾人都看呆了，郝簡仁恐怖的看著眼前的乾屍唐兵團，牙齒打顫道：「墨龍老哥，你是不是出門從來不看黃曆啊？」

秦濤也不回頭一邊盯著那個馬上手持陌刀的乾屍將軍動態，一邊道：「大家都注意了，敵不動我不動，看到旁邊的那個高丘沒有？一會我吸引這些乾屍的注意力，你們向高丘衝。」

秦濤話音未落，那個將軍馬上陌刀一展使出個橫掃千軍，陌刀攔腰砍向秦濤。秦濤拿護龍鐧一磕陌刀，就見火星四冒，但是這回秦濤沒有被陌刀磕得跌跌撞撞，而是穩穩的攔回了乾屍將軍的攻擊。那馬上將軍悶哼一聲也不答話揮刀就砍，秦濤舉鐧相迎。

秦濤與乾屍將軍都是大開大合的打發，護龍鐧與陌刀不時碰撞的火花四濺，兵刃相交的震耳欲聾，「哐哐」聲震得人心神不寧。

乾屍將軍嫌撥馬耽誤時間，於是一按馬身飛身倒躍下馬，扭身將陌刀背在身後提刀緊追秦濤。

那乾屍將軍穿著厚重的明光鎧，身形絲毫不遲緩，幾個箭步就堪堪追到秦濤，見距離合適他將陌刀在頭頂掄圓，就要立劈秦濤於刀下。

就在千鈞一髮間，就見秦濤陡然轉身。手裡一道白練電般拋出，正好打中明光鎧護心鏡。就聽「噹」一聲脆響。那乾屍將軍被秦濤轉身拋出的「殺手鐧」給仰面擊倒在地。

看到自己主將被秦濤擊倒，那些乾屍士兵一起咆哮，揚起手中武器就要動作。

秦濤見狀一抖護龍鐧銀索就要收回護龍鐧，沒曾想到那個乾屍將軍竟然隨著銀索的拉力，竄到秦濤面前。秦濤反應機敏一抖護龍鐧銀索，護龍鐧刃割開鎧甲回到秦濤手中。

秦濤剛一接到護龍鐧立即上刺，鐧尖正好頂在身材高大的乾屍將軍下顎上。與此同時乾屍將軍手中的陌刀也逼在秦濤的脖頸旁。

秦濤眼睛看著乾屍將軍那深深凹陷死魚一般的雙眸，乾屍將軍那雙死灰色的眼睛也緊緊盯著秦濤閃亮的雙眼。這時剛才咆哮的骷髏軍團也沉寂的看著兩人的互相挾持。

陳可兒見狀急切道：「你們快去幫幫秦濤。」

陳國斌卻阻止道：「我們現在過去就是添亂，一旦秦濤攪亂乾屍軍陣，我們就趁機向高丘突圍，我相信以秦濤的能力是可以應付的。」

陳國斌的話傳到秦濤耳中，秦濤是暗自叫苦，老陳怎麼就這麼信任自己？這玩意兒可遠非白山那些行動遲緩的關東軍病毒感染僵屍可比。

墨龍快速的衝到秦濤面前，從懷中掏出降魔辟邪鏡翻了過來，似乎給乾屍將軍看了鏡子背後的星芒圖案？

秦濤見墨龍這種舉動欲哭無淚，這些變異的乾屍能看懂什麼？如果能講理就不會上來直接掄刀了。

忽然，乾屍將軍似乎看懂了降魔辟邪鏡背後的圖案，退後了一步將陌刀收了回去，丟下莫名其妙的秦濤轉身離開，身上的甲冑發出嘩啦、嘩啦的響聲，幾十名乾屍士兵也緩緩退散。

秦濤擦了一下額角的汗水疑惑道：「老墨，你給乾屍看得是什麼？」

墨龍頗為無奈道：「我就是賭一賭，因為我也不清楚這個九宮八卦陣到底是什麼時候創設的，但是這塊降魔辟邪鏡卻是唐代之前的，我賭的就是這些乾屍實際上就是九宮八卦陣的陣眼所在。」

秦濤皺了一下眉頭追問道：「如果你賭錯了呢？」

墨龍嘿嘿一笑：「刀可是架在你秦連長的脖子上的，不過我相信你能應付得了。」

「我應付你大爺！」就算脾氣再好的秦濤也被墨龍的賭一下驚呆了，頓時暴了粗口。

轉身工夫，乾屍將軍拖著一大塊青銅鑄造的青銅瓦來到秦濤面前噹啷丟在地面前，乾屍將軍後退幾步手拄陌刀似乎沉寂了下來？

秦濤看了一眼青銅瓦上的篆體無奈的轉頭對陳國斌和陳可兒搖了搖頭，好奇心極強的陳可兒再也按捺不住，與陳國斌來到秦濤身旁，兩人不看不知道，一看確確實實的被嚇了一跳。

就連馮・霍斯曼・西伯與約瑟夫也湊了過來，因為剛剛的戰鬥讓所有人都意識到了之前第三帝國的基地護衛部隊很有可能是誤入了九宮八卦陣而全軍覆沒。

陳可兒讀完銘文萬分驚訝：「天啊！他們竟然是自願接受輻射和感染的倖存者，留在這裡的目的就是守護通往黃庭的大門。」

陳國斌緊接著透露一個更加令人震驚的消息，那就是這乾屍將軍名叫李嗣基，是唐朝赫赫有名的陌刀將李嗣業的同族兄長，而且這支隊伍真的就如眾人猜測的那樣是當年哥舒翰手下一支勁旅。但是他們不但是作為一支精銳偏師在貢嘎山駐守，而且準備隨時包夾當時藏區反對唐王朝的吐蕃政權，並且還肩負著守護在貢嘎山中無意發現的黃庭龍脈寶鼎。因為當時由於安史之亂的爆發，唐王朝的政權岌岌可危，而發現龍脈寶鼎對於風雨飄搖的大唐王朝無疑是一針強心劑。

雖然根據記載和當地蛛絲馬跡的線索，李嗣基所率的部隊發現了貢嘎山頂峰是黃庭之源的祕密，但是想要在當時的科學技術和物質情況下，登頂找到龍脈寶鼎是一項無比艱難的任務。

李嗣基統率精兵與墨氏叛逆連場血戰，但人員的損失和糧草的消耗卻很難補給，最終在墨氏一族與名噪一時的術士明崇儼聯手設置了九宮八卦陣用來阻敵。

九宮八卦陣確實起到了效果，但是為了長期運轉此陣，李嗣基等人做出巨大犧牲，以被輻射感染異變代價成為為數不多的守護者。之後一切進犯者都被斬殺一空，如果今天不是降魔辟邪鏡上墨氏一族的星芒，恐怕生死難料，而這降魔辟邪鏡恰恰是通過陣眼的憑證。

忽然，地面微微顫動，乾屍將軍的目光轉向另外一個方向，墨龍皺了皺眉頭：「好像又有人闖入了，恐怕是那群墨氏叛逆，這群叛逆賊心不死，他們闖陣經驗肯定比我們豐富，我們先走。」

墨龍的話讓秦濤心底咯噔了一下，大祭司等人闖進來就意味著阻擊分隊的全軍覆沒，戰友的犧牲讓秦濤覺得心頭似乎壓上了一塊巨大的石頭，一次原本簡單的救援任務竟然觸發了如此嚴重的危機，這是秦濤所沒能預料到的。

乾屍將軍將陌刀投擲到秦濤面前，調轉馬頭與士兵很快消失在眾人視線之中，陳國斌感慨道：「正所謂：北斗七星高，哥舒夜帶刀。至今窺牧馬，不敢過臨洮。」

郝簡仁在一旁用鄙視的目光望著陳國斌，嘴一撇道：「又開始不說人話了，老秦，俺們趕快繼續行動吧！」

陳可兒猶豫了一下道：「我猜測是因為病毒存在的時間長短，和隨著環境變異的結果。你想李嗣基將軍他們被感染的時間是千年前，那時候病毒應該還處於異變綜合期，所以不但能夠將屍體起死回生，還能保留宿主的一定思想。後來在白城被感染的日軍不過離現在四十多年，也就是說歷經千年的病毒可能也進入了成熟期，能起死但是卻不能保留大腦裡的記憶，也就是說我們所面對的這種病毒很可能是活的？並且有思維和意識。」花田慶宗拿手一指秦濤讚賞道：「也就是說不能還原腦細胞，只能控制肢體的行動力。」

秦濤點頭道：「我要說的就是這個意思。至於說我們吧？我覺得是被更加進化的這個病毒感染了，像陳可兒就沒顯露出太神奇的地方，也許是病毒針對個體也有異的選擇吧？」

陳國斌也點頭道：「秦連長你這個假設還是站得住腳的。至於一切到底怎麼回事，希望能帶回些標本，我們任務完成回到總部再進行研究研討。對了，墨龍你有沒有找到下一個出口？」

馮・霍斯曼・西伯與約瑟夫互視了一眼，陳可兒的推測讓他們有些心驚膽戰，因為根據他們之前的研究，這種病毒異變成熟的速度似乎在一日千里的加快，原本需要幾十萬年的進化歷程似乎在近百年內被極速的縮短？

郝簡仁皺了皺眉頭：「老墨，這次不會再走偏了路吧？」

墨龍笑了笑道：「其實乾屍將軍已經給我們指明了道路！」

眾人看著墨龍都不禁面面相覷，不明白他說的話。

墨龍徑自將青銅瓦翻了過來，果然一幅九宮八卦時辰對應的圖案出現在眾人面前。墨龍看著眾人都抱著對自己懷疑的態度和目光，他將目光盯著秦濤道；「秦連長你相不相信我？」

尋找救援分隊下落的墨氏叛逆束手無策的看著不停咆哮狂吠的狼犬，他們是跟也不是，不跟也不是。跟著怕反噬自己，不跟著退回去擔心大祭司下毒手，幾個人之間在悄悄的交換著眼神。

正在群狼和黑衣人漫無頭緒時，黑衣人們就覺眼前一花，一道白光掠過。跟著一陣狼狗哀嚎，三四隻狼犬被砍成兩段，一匹高頭大馬矗立在面前。

馬上端坐著一位身材魁梧的乾屍將軍，手持長杆雪亮的三尖兩刃刀，緩緩策馬逼向群狼犬和墨氏叛逆。嚇得幾個人連滾帶爬的向山坡下逃去，那些惡狼猛犬此刻也被乾屍將軍氣勢震懾，夾著尾巴奪路而逃。

大祭司看到乾屍將軍，臉頰上的肌肉也不自覺的抽動了幾下，用自己的手下拖住乾屍將軍，自己趁機通過這個該死的迷陣，大祭司的打算似乎也被他剩餘的手下看穿了。

而與此同時，九宮八卦陣內的眾人都用疑惑的目光望著墨龍。

墨龍尷尬的咳嗽一聲道：「你們可以不相信我，但是這個脫離八卦陣的辦法乾屍將軍不但指明了，還留下了線索。」

眾人努力在腦海裡回憶剛才秦濤和李嗣基的對話，冰雪聰明的陳可兒眼睛一亮道：「難不成你的意思是，要我們也同李將軍一樣砍開這個陣的空間壁壘，然後像乾屍將軍一般走出去。」

墨龍長吁一口氣道：「我就是這個意思。既然乾屍將軍能這樣出去，我們也能如此走出去。」

陳可兒看著秦濤手握的陌刀道：「這個就是鑰匙嗎？」墨龍微笑的點點頭。然後墨龍道：「不破不立，還記得在幻境晶林嗎？我們看見的並非是真實的，用心去感受真實。」

秦濤看著墨龍道：「現在只能死馬當活馬醫了。」

墨龍點頭道：「陌刀就在你手中！九宮八卦陣的時辰方位轉化就在這青銅瓦後。」

面對石壁的秦濤掂量一下手中的陌刀道：「就用這把陌刀嗎？」忽然，陌刀一下粘到了武器上，秦濤驚訝道：「這陌刀竟然還有很強的磁性？」

如果換作以往，秦濤肯定不會幹用刀去劈山這麼傻的事情，但是今天他似乎已經沒有了選擇。

墨龍又將懷裡的鏡子掏了出來道：「有了陌刀和九宮八卦陣的時辰方位轉化座標，我們可以不用再隨著六十四卦的門口出入了。當我們轉到一個時辰的生門所在，我們就可以砍開無形壁壘，然後從那裡出去。」

花田慶宗不解道：「你早先引領我們走的就是每個卦象的爻口，這會兒怎麼又不從爻口出去了？」

墨龍解釋道：「剛才確實用爻口的辦法走的，但是就如同李嗣基將軍說的，這個八卦陣已經經歷千年風雨殘破了。裡面的方位和走向有一點偏差就差之千里。爻口的位置已經變化了，所顯示的地點已經不精確了，我們再走很可能還會遇到危險。」

眾人聆聽一下，外邊確實有金戈鐵馬的喊殺聲，顯然墨氏叛逆已經與乾屍將軍和部下交上了手。

花田慶宗點頭道：「如你所說，爻口已然變化。我們何不走顯示的死、杜等門，反者道之用嘛，也許我們能反其道而行走出八卦陣。」

墨龍微笑道：「沒見過乾屍將軍前我也這麼想過，但是這個辦法還是不太保險。因為我們怎麼知道是不是所有的卦象爻口都改變了呢？要是真失足走到死門，估計大羅神仙也難逃出去了。」

郝簡仁鬱悶道：「老墨你這就別賣關子了，到底我們怎樣才能走出去啊？你給個痛快話，郝爺這一百幾十斤都交給你了。」

墨龍苦笑道：「九宮八卦陣的時辰方位轉化與陌刀、降魔辟邪鏡都在秦連長手中，現在只有秦連長能帶我們走出去。」

秦濤深深的呼了口氣，用盡全力揮刀砍向堅硬的岩壁，結果這一刀卻如同石沉大海一般，秦濤點燃了打火機，火苗似乎感受到了絲絲的風？

秦濤用陌刀探路，不料一下摔了出去，不見了蹤影，眾人跟著秦濤身影消失的位置魚貫而出。

◊

就見光景驟然變化，眼前是一個寬闊的山洞口，兩扇幾十米高的大門緊閉。

秦濤和眾人不禁回眸，聽見似乎就在山坡下傳來的喊殺聲和槍聲。

秦濤望了一眼他們出了一道石縫的兩側都是降魔辟邪鏡的鏡面一樣的晶體，似乎被人為的細緻打磨過，反射出來的景象恰恰是石壁？

「這是人為的視覺障礙設置啊！需要角度配合得非常完美才行，太驚人了！」陳國斌驚訝古人的智慧。

墨龍微微一笑道：「我們還是趕緊進黃庭之源。」

秦濤不由點點頭，然後仰頭看著兩扇禁閉的巨門。

就見巨門雖然飽經風霜但是仍然威武雄壯。每扇門都刻著一條巨龍，兩條巨龍圖案一騰空一潛海上下有致，刻得栩栩如生、惟妙惟肖。

秦濤兩手各按一道巨門手中運起千鈞之力，用力推門，沒想到巨門竟然堅如磐石紋絲不動。秦濤皺眉左右看了一眼，眾人會意一起上前幫忙。眾人分開左右，喊著口號用力的推門。但是卻宛如蜻蜓撼柱一般，巨門巋然不動。

秦濤和眾人試了很多下，眼見眾人都臉紅脖子粗傾盡全力也沒法推開巨門，於是喊停道：「這巨門好像不是硬推的，看來需要什麼機關或者工具來打開。」

吳迪呼哧呼哧喘著粗氣道：「死沉死沉的，看來不是光有勁就能推開的，不行我們把門炸開個口子。」

郝簡仁撇嘴道：「搭手就知道這是金屬門了，不是鐵的也是銅的。多少炸藥能炸開啊？不然我們找個薄弱地方填滿炸藥，別死心眼就和門較勁。」曹博點頭附和道：「老郝頭一次說回人話，咱們還是找找別的地方炸個口子進去吧？」

秦濤輕蔑笑道：「老郝這也是餿主意。這是頂峰你們看積雪皚皚深厚，真要是用炸藥必然會發生雪崩。到時候我們偷雞不著蝕把米，沒進門先把自己給埋了？」

花田慶宗點頭道：「秦連長說的在理，我們不能來硬的。就算不雪崩炸開缺口也容易損傷裡面的結構，還有就是這裡的積雪厚度，我們要找到薄弱地帶也難若登天。」

就見陳國斌沒有搭理他們的對話，而是在不斷的看著、摩挲著大門。墨龍納悶道：「陳教授你有什麼發現嗎？」

秦濤將目光轉向馮・霍斯曼・西伯與約瑟夫，約瑟夫無奈的搖了搖頭：「以往我們是從地堡的地下通道來往，現在那條通道崩坍了許多年，對於這裡我們同樣是一無所知。」

聽了約瑟夫的話，郝簡仁不悅的皺了皺眉頭：「敢情你們兩個是跟著溜達來了？什麼事都沒有，什麼忙也幫不上？」

馮・霍斯曼・西伯瞪了郝簡仁一眼：「別忘記了是你們邀請我們一起行動的，到了實驗室你就知道我們的重要性了。」

陳國斌不理眾人一心繼續研究大門，忽然陳國斌欣喜叫道：「你們快看這裡。」眾人急忙圍到陳國斌的身旁，就見他拿著登山杖在不停的剔除巨門上的冰霜。

就見一個圓圓的孔洞，在除冰下漸漸的呈現出來。

陳教授不愧資深考古學者，在他小心翼翼的動作下圓孔漸漸的全部露出。陳國斌又拿著登山杖緩緩的探入孔洞，慢慢的將裡面的雜物清出。然後他手中的登山杖緩慢的在孔洞裡探觸了半天，然後將登山杖抽出。

陳國斌轉身看著眾人道：「這就是設置在門上的機關所在。應該是插進某種東西才能打開這兩道大門。但是我剛才探觸了，這個大門最神奇的是沒有機關插銷和彈簧措施，裡面好像有個像是喇叭口的東西。我覺得是聲音觸發開門的一種機關設計。」

郝簡仁喪氣道：「切！也不知道是哪路神仙設計的這個機關，還是聲音觸發的？這真奇了怪了，難不成對著裡面唱一段京韻大鼓（註13），它就能開了？還是念唱兩聲西皮二黃（註14）？」

陳國斌對郝簡仁的揶揄也不言語，而是從懷裡掏出鮑勃的日記緊張的翻看著。眾人眼底斜坡上此時正殺聲震天，眾人不由得被下面的戰鬥場景分神。

陳國斌抽著煙斗一籌莫展，吧嗒吧嗒的冒著煙霧。陳可兒看到父親的狀況，不由得拿出水壺遞給父親。陳國斌接過水壺喝了一口，看到包裹水壺苫布上有殷殷血跡，隨口問道：「女兒妳什麼時候受傷了？這水壺的血跡是哪裡來的。」

陳可兒接過來端詳一下道：「啊，這是那時候遇到狐蝠侵襲，花田他們砍殺狐蝠時濺上的血跡。」

陳國斌眼睛一亮，急忙起身道：「秦連長，我記得你說過有一支呼圖克圖大喇嘛給你的唐東傑布法螺，必須非常用力才吹得響？現在還在身上嗎？要是有的話借我一下。」

秦濤點點頭從行軍包裡掏出那只包裹著八寶鑲嵌的法螺遞給陳國斌，陳國斌如獲至寶般雙手接過法螺，轉身將法螺就要塞進圓孔裡。

但是法螺的尺寸大了一圈竟然無法塞進孔洞。陳國斌拿著法螺略一思索，毫不客氣的從兜裡掏出小的瑞士軍刀，將法螺包裹的黃金和鑲嵌的八寶層層剝下。

郝簡仁看著心疼道：「不讓我破壞文物，你倒開了個好頭，你這是在破壞文物。陳老頭，這都是金子和寶石還有玳瑁和硨磲，你這敗家玩意兒。別扔下去，你不要給我，這些寶貝值好多銀子呢。在北京說不定有多少老外上趕著拿外匯劵買呢！」說完手忙腳亂的把陳國斌剝下來的黃金寶石，撿起來趕緊揣在兜裡。

陳國斌剝完法螺外邊的裝飾，看著光禿禿的法螺讚歎道：「秦連長你看出這個法螺是用什麼製成的嗎？」

花田慶宗納悶接話道：「一般藏傳佛教的法螺不都是用大海螺做成的嗎？長的是用銅製作的。」

陳國斌搖頭笑道：「這只法螺是用絕跡的中華犀牛角做的，也叫作兕角。這個法螺本身就是史前動物角化所制，後來也許是機緣巧合被唐東傑布大師變成了法螺。」

陳國斌審視著法螺忽然就見他臉色一沉，對秦濤道：「秦連長這個法螺一共用力吹響了幾回？」

秦濤思索了一下道：「王老漢拼命救鎮民一回、覆滅狐蝠一回、溶洞裡驅趕阻止塞壬追擊一回等，用力吹過四回吧？據說唐東傑布活佛，為大渡河鋪設鐵鍊運用內力吹過一回，還有我給海螺溝的飛禽走獸輕輕吹過一回，至於唐東傑布活佛常常給這些動物吹奏佛音，就不知道多少回了。」

陳國斌點點頭道：「輕輕吹奏不算，你看這犀角法螺上有很多牛毛紋。」說完用手指著犀角。

秦濤等眾人都好奇的觀看，陳國斌擔憂道：「象牙和犀角這些角質品，都會有一些自然存在的裂紋。你看這裡的裂紋還有這裡就很深，幾乎要透過犀角了，而且就像你說的用力吹過四回一樣，同樣有四條深透入骨的皸裂。」

秦濤不得其解道：「我吹動法螺是要耗費很大體力，但是怎麼還會對法螺有所傷害呢？」

陳國斌思考道：「既然吹響法螺需要很大的力量，對你們自身本來就有傷害，同樣超低音訊對犀角也是有損傷的，就是和法螺發出最大響聲的契合共振頻率，所以會免於被強烈的低頻音波震傷自己。而唐東傑布法師作為一代高僧，用如此豪華精美包裝法螺，不是因為要炫耀法螺的珍貴，而是為了固定法螺的裂痕，防止因為裂痕造成音色的損失。」

郝簡仁奇怪道：「陳教授，按你那麼說，你剛才就是搞破壞吧？把保護層給剝離了，法螺不就音色損失了嗎？也許吹不響或者再吹就壞了。」

陳國斌聳聳肩道：「但是不剝離就打不開黃庭之源這道大門啊？我之所以問秦連長吹了幾回，就是我看這犀角的裂紋和整個的結構，這犀角法螺也就只能再勉強，不失音色的強力吹響一回。希望我想的是對的。至於外邊的包裹保護層，只能抵抗為百獸飛禽吹奏時候的小面積裂損，對於石破天驚的大聲吹響的保護效果就微乎其微。」

秦濤看著陳國斌問道：「陳教授你確定這法螺真的是打開黃庭之源的鑰匙嗎？」

陳國斌搖頭道：「對於未知的猜測誰也不可能真正有把握，但是我們來到這裡，法螺一直跟隨著你來到這裡。我覺得就是冥冥中自有天意，所以我覺得可以一試。」

秦濤點點頭道：「那你就試試吧，首先能塞進去，我們再研究下一步。」

陳國斌把法螺緩緩的插入圓孔洞。就見法螺嚴絲合縫很是契合的進入，直到將法螺犀角插到底兒，將犀角尖做的吹奏口露了一截在外邊。陳國斌將犀角緩緩的一扭就聽輕輕一響，犀角法螺牢牢的卡在圓孔洞裡。

陳國斌欣慰的笑道：「也許我真的沒有猜錯。秦連長，下面就請你最後一次吹響法螺吧？」

秦濤緩步來到法螺口前，心裡默念綠度母真言：「薩達咧、杜達咧、嘟列、薩哈！」跟著用力吹響法螺。秦濤的臉很快憋紅了，但是在大門外的眾人聽不到秦濤吹響法螺的聲音。

面紅耳赤的秦濤氣竭一屁股坐在地上，大家再看看鐵門仍然紋絲未動。

郝簡仁喃喃道：「這喇叭白吹了，啥效果也沒有啊？喂！陳老頭，我把法螺抽出來了，犀牛角的也值不少錢呢，別卡裡面白糟蹋了。」郝簡仁捏住法螺尖口要抽出法螺，當他手剛一用勁，就見裡面的法螺立即隨力崩散，變成一堆齏粉。

郝簡仁嚇得一縮手道：「我的媽啊？碰瓷嗎？我這一碰就碎成粉了。」

話音未落，就見兩扇鐵門像是被通電了一般，先是緩慢的晃動，跟著就是大幅的搖擺，然後就是急速的抖動，那兩扇金屬鐵門現在就像是風吹塑膠片一樣顫抖不止。

眾人看到這樣奇異景象，不由得紛紛後退，害怕被千斤鐵門倒下砸到。

郝簡仁更是嚇得四仰朝天跌倒，連滾帶爬的躲到眾人後邊。

跟著就聽「砰」一聲巨響，兩扇鐵門坍塌粉碎，一時間煙霧彌漫，鐵屑飛濺。眾人急忙閃避開夾雜著鐵屑的煙霧團迸射，但還是被籠罩在漫天煙塵內。

半邊臉如同骷髏一般的大祭司不顧部下的死活，執意在陣眼堆積炸藥，要一勞永逸解決一切，但是部下卻擔心再度引發雪崩，雖然大祭司連續殺死幾名部下，卻因為長期的暴虐激起了部下們的反抗。

大祭司詐死逃過了部下的黑槍，同時也驚出了一身冷汗，沒想到在最危機關頭，他看似忠誠的部下會反戈一擊？而劇烈的爆炸也炸毀了九宮八卦陣的陣眼，不遠的山頂竟然出現了一道大門？

地面上傳來輕微的顫動，大祭司殘存的部下以為又要雪崩紛紛狼狽逃竄。

之前那些手持利刃的乾屍也隨著陣眼的崩坍消失得無影無蹤。

站在巨門之前的眾人眼見兩扇千斤重巨門顫抖如篩糠般頃刻崩塌，秦濤等救援分隊眾人立即臥倒分散。好在所有人都處變不驚立即閃到兩邊。而陳氏父女也被秦濤一手一個抱著滾到門側面，躲開漫天噴湧的金屬鐵屑。

秦濤抱著陳氏父女匍匐在地，屏住呼吸，還能開口言語，清晰聲聲入耳的囑咐眾人道：「都捂住口鼻，不要讓灰塵呼吸進身體裡，重金屬塵霧有毒素。」

當暴起的大門煙塵散盡，秦濤就覺得洞口頂上忽然出現搖晃，跟著見積雪在不斷坍塌。

秦濤猛然覺醒，兩手一攢將陳氏父女拋進洞口，跟著高呼道：「大家趕快進洞裡躲避，要雪崩了。」

眾人才經過爆噴又聽說雪崩，急忙起身跑步、魚躍、翻滾、輕功，用盡各種辦法儘快的跳進洞中。

最後秦濤看眾人都進入了，才看著眼前山崖如雪瀑般的滾落下積雪，然後疾步後退進洞中，再看洞前探出的山崖，就像掛著一道疑是銀河落九天的雪白瀑布一樣，帶著萬噸的積雪連綿快速下落。

而眾人耳畔中就聽著下面雪崩咆哮宛如驚濤駭浪般的墜地聲響。

所有人不由得神馳混淆，有的人愣然想到真要是還在那九宮八卦陣裡，豈不是被這雪崩給吞沒了？雖然頂峰寒冷，仍然嚇出了一身透汗。

由於洞口有前崖還處於頂峰，所以落雪雖大但是卻不猛烈，越往下才越是多米諾的快速效應呢。所以眾人所在洞口還是很安全的，就是看著川流不息的雪流順著山崖流下一直不停歇。

墨龍看看秦濤道：「恐怕法螺吹動引發的如此天災，下面所有人都不能倖免吧？」

秦濤有些氣喘道：「我也沒想到法螺會有如此大的力量。」

墨龍拍拍秦濤的寬闊肩膀道：「我們找到黃庭之源，阻止災難降臨，是我們唯一能夠做的事情了，也對得起之前的種種犧牲。」

秦濤點點頭，且心有不甘的躍過眾人，身先士卒的進入洞中。

◊

進到洞中就見眼裡一暗，跟著睜開雙眼卻發現一片明亮。洞口有個類似於影壁的雕龍石壁，繞開它就見裡面是一片的絢爛輝煌。

在眾人腳下的石階下，兩排高大的盤龍石柱像是兩行衛士在守候，每個柱子上都有一盞盛放著夜明珠的明燈閃亮，中間過道地磚上雕刻著精美栩栩如生的圖案，過道悠遠寬闊深邃，像是沒有盡頭一般。

秦濤看看前面場景拾階而下道：「大家都跟在我身後，不要偏離在夜明珠照射的範圍外。我走一步你們跟一步，別中了腳下機關埋伏。」說完他拿著護龍鐧，緩緩一步一腳印的穩重向前。眾人覺得秦濤說的有道理，也亦步亦趨的在後邊跟隨。

唯獨郝簡仁一雙鼠眼看著每根柱子上高懸的夜明珠心裡合計道：天啊！這要是有一顆拿回去，回去不得換個四合院？但是想歸想，初來乍到他也不敢邁雷池一步，只能謹慎的跟著大隊人馬慢慢前行。

秦濤帶領眾人穿過長長的走廊，來到又一個大門口，就見大門金碧輝煌刻著九條盤龍，眼見就是黃金鑄成。秦濤看看陳國斌道：「這裡還有什麼機關嗎？需要什麼鑰匙嗎？」

陳國斌攤手道：「這個我確實沒有什麼研究，實在不行嘗試一下爆破？」

秦濤看著陳國斌笑道：「陳教授，沒想到你也有簡單粗暴的一面。」

陳國斌苦笑道：「西太后那陵寢結實吧？不也逃不過孫殿英的炸藥嗎？我們現在是和時間在賽跑，非常時刻當用非常之法。」

秦濤點頭道：「這門會不會沒有封閉？畢竟這不是什麼古墓，而是傳說中的黃庭神殿，用來供奉和祭祀之用的場所。」陳國斌點頭道：「可以嘗試一下，但是要注意安全。」

秦濤不想用炸藥的原因非常簡單，因為炸藥原本就不多了，如果用在這裡，後續再有需要就真的沒辦法了。秦濤招呼人喊著口號用力推大門，那兩道九龍盤踞的大門竟然「吱呀呀」的被推開了？

幾乎所有的人全部被眼前的景象驚呆了，一派的瑤池仙境景象，雲霧彌漫、花草盛開，中間一個清池碧波蕩漾。

在清池的雕欄畫棟、蜿蜒路徑的盡頭，一處巨大的平臺上竟然擺著數十尊寶鼎。

秦濤與救援分隊眾人看著這絢麗的景象感覺不可思議，以秦濤為首的他們緩步進門，就聽頭上忽然一陣鶴鳴。

秦濤等人連忙舉頭仰望，就見一隻仙鶴好像在鏡子裡翱翔，在他們的頭上飛舞掠過。看著影像清晰，但是讓人一望就知道是浮光掠影。

眾人看著不明所以，真的覺得太神奇了，能有那麼立體和虛渺又清晰的影像在這裡浮動。

秦濤瞄了一眼頭頂，打了個手勢，孫峰舉起狙擊步槍看著頭頂的影像變幻，以防有埋伏衝下來；秦濤兩手一擺，眾人立即找隱蔽持槍對著池塘裡警戒，防止再有人鮫這樣的魔鬼殺出。

墨龍拿著長杖在後邊警戒，花田慶宗時刻不離秦濤的身後，大家謹慎小心的要渡過清池回廊。

忽然就聽一聲高歌道：「頂峰靜坐一爐香，終日凝然萬慮忘。不是息心除妄想，只緣無事可商量。」眾人聽到驟然的詩歌聲，立即將槍口一起對準傳來的方向。

就見一個白衣長袍人從放置諸鼎的平臺黑暗處顯現出來。但見那人白色長髯過胸，劍眉朗目、膽鼻闊口，高髻牙釵，身穿黑衣，手持龍頭拐杖，一看就是位極重修飾的修道真人。

秦濤他們見到在這裡竟然還有一位異人在守護？心裡暗暗納悶，猜疑這位異人難道是神仙？

這時墨龍看著倒身就拜道：「不知道是哪位鉅子前輩在此，晚輩是墨七星的長子墨龍，是墨氏的第八十代傳人。」

只見那異人站在平臺上捋鬍微笑道：「起來吧小子，你父親還是我的重孫輩往後呢。我在此守候幾千年，終於再次看到有人來開啟此處龍脈寶鼎了。想來你這帶路功勞也不小吧？」

墨龍急忙磕頭道：「只不過按照祖訓，切切實實的帶著這些英豪，順應天意機緣來到貢嘎山探訪龍脈寶鼎。沒有什麼功勞，只是完成我墨氏的宿命任務而已。」

那老者點點頭道：「不居功自傲，還能保持我們墨氏麻衣長杖的風範，為道義和民族不辭辛苦的風骨，就是我們墨氏的好子孫。」

墨龍被自己老祖誇獎不由得感激涕零，想起一路的艱辛，跪在地上情不自禁的抽泣。

秦濤眺望觀察一下，遠遠對道人抱拳道：「這位墨氏前輩不知道如何稱呼，你在這裡守護千年，就是為了要保護我們中華龍脈寶鼎的祕密嗎？所以敢問前輩這裡有什麼祕密？」

那墨氏老祖哈哈一笑也不回答自己的姓名，對秦濤道：「好個冰雪聰明的娃兒，看出端倪了吧？既然見到你們就足以慰我老懷了，有幾句話交代你們一下，你認真聽著：『龍脈寶鼎，變化多端。非實非虛，非圓非缺。如我中華，渾然而成。諸子教化，淳淳其中。上可天闕，下潛地中。龍脈莫測，寶鼎何蹤？』既然來了就是和龍脈寶鼎有緣，但是還是需要你們自己的選擇。我在此經年累月，也算不負使命。」

就見老者說完這幾句話，身形忽然模糊跟著竟消失在空氣中。

墨龍急忙起身大喊道：「老祖你到哪裡去了？孩子們還沒弄清這裡的情況，希望你老人家指點迷津呢！你老人家怎麼先隱去身形了？」

秦濤攔住要跑向高臺的墨龍道：「你剛才沒察覺嗎？老祖只不過是影像而已。」

墨龍轉頭驚訝的看秦濤道：「不會的，我明明看到他和藹的教導我們，你怎麼說他就是一個影像？」

秦濤道：「沒有不死的神仙，也沒有什麼陸地神仙，李將軍他們也不過就是行屍走肉而已。墨氏前輩剛才的影像就和我們看到的投影一樣，只不過是借用高頻傳輸器傳輸的影像留存，而墨氏前輩是靠自己修煉的煉精化氣、練氣還神、練神還虛，將自己的影像留存了下來。而且這種留存沒有希姆萊有電力傳輸的支持，所以成像時間持續不了太久。剛才老祖甫一現身我就發現了。」

陳國斌點頭附和道：「這個道理就和北京故宮的著名鬧鬼甬道牆一樣。據說每到雷雨交加的時候，在電光火石的映照下就會呈現出過去太監宮女走路的『鬼影』，按照科學來說，那兩面牆含有金屬，在某天下雨打雷的時候，將路過甬道的太監宮女的身影像錄影機一樣的攝入在牆壁裡，然後再遇到相同的情況，就像錄影機通電一般就會呈現出當時的錄影。我要是沒猜錯的話，你老祖的能量分子是寄居錄製在高臺上這些青銅寶鼎上。」

墨龍點點頭道：「要是這樣，我們上前看看那些寶鼎的情況。眼前寶鼎得有幾十尊，難道都是龍脈寶鼎嗎？」

這時就見胡一明很警覺的快速轉身，跟著端槍對著大門方向緊張的看著，鄧子愛見狀也回身緊盯著身後。

眾人覺得詫異卻也都條件反射的跟著向後警戒張望。秦濤不回頭反而對墨龍道：「我們現在還不急著看這些鼎，有客人要來！」

秦濤微笑望著陳國斌道：「陳教授，麻煩現在就讓你的雇主現身吧？」

陳國斌見秦濤這樣的質問，頓時語塞，支支吾吾道：「秦連長你開什麼玩笑？我沒有什麼雇主，鮑勃先生最多只是我的資助人，尋找貢嘎山的終極祕密是我畢生的願望，而且馮・霍斯曼・鮑勃先生已經在地堡被殺死了，這些都是你們親眼所見。」

秦濤微笑道：「陳教授，其實從我進入雪域我就開始懷疑你們這一次探險的主要目的，我看到山峰上有亮光一閃，那是望遠鏡的鏡片反射光，就是說在那時候就有人在暗暗偵查我們了。」

陳國斌同樣微微一笑：「但是不能作為我是內應的證據。」陳可兒眉頭緊鎖盯著秦濤與陳國斌一言不發。秦濤眼睛暗淡下來，歎口氣道：「其實到了這一步，繼續隱藏下去還有意義嗎？」

陳國斌冷眼望著秦濤道：「你有證據嗎？」

秦濤唉了一聲又道：「那法螺的事和日記失去的章頁是怎麼回事？為什麼你就知道法螺是進入這裡的鑰匙？失去的章頁也正好掩蓋了法螺和第三帝國基地的祕密。這些也都太巧合了吧？金屬門倒塌爆裂引發的雪崩一切都在你的設計之中。」

這時幾聲掌聲不適時宜的響起，一個衣著很有品味，精幹的雅利安老者帶著八名全副武裝的彪形大漢從金龍門走了進來。那老者笑看著用流利的中文對秦濤道：「辛苦了。秦連長？請允許我自我介紹一下，我是馮．霍斯曼．鮑勃，也就是你猜測的陳教授雇主。」

郝簡仁疑惑道：「你之前不是在地堡被西伯殺死了嗎？」

秦濤冷眼看著馮．霍斯曼．鮑勃道：「你這個幕後老闆終於現身了。我剛才說的沒錯吧？為了貢嘎山的龍脈寶鼎你這也真嘔心瀝血的設局，也真的肯於下本投錢啊？這一路的艱辛困阻還真是拜你所賜。」

馮．霍斯曼．鮑勃奸笑道：「你們中國有句古話叫螳螂捕蟬，黃雀在後，我花了這麼多的錢和人力物力，為的就是找到龍脈寶鼎的終極祕密。你們這隊人我原來就想用墨氏叛逆這幫烏合之眾就可以應付了，沒想到你們這些傢伙真的太頑強了，給我添了許多麻煩，還把我最好的替身搭了進去。」

秦濤笑道：「真是遺憾，沒把您都搭進來。」

馮．霍斯曼．鮑勃擺手道：「年輕人，這不是詭計這是策略，犧牲總是在所難免不是嗎？黃庭本源的祕密竟是來自外太空。我親愛的曾祖父，馮．霍斯曼．西伯，你的所作所為還真讓我出乎意料，馮．霍斯曼家族竟然有您這麼品德高尚的人存在，真是值得慶幸。」

秦濤微微一笑：「我們中國也有一句古話，叫做天網恢恢，疏而不漏。」

馮・霍斯曼・鮑勃眼光一轉看著陳國斌道：「麻煩陳先生為我開啟未來之門吧！」

馮・霍斯曼・西伯擋在陳國斌面前：「他不是尋找什麼黃庭本源，他要的是外星病毒引發的基因突變，黃庭本源就是異變基因病毒，而且這種強大具有群體意識的病毒一旦成長起來，甚至可能成為精神體存在。陳先生你清醒一下，那是會毀滅整個人類的，你應該知道基因突變有多麼的可怕，一旦你開啟那扇門，人類就等於失去了未來。」

陳國斌低頭躊躇著，抬頭看看面部毫無表情的秦濤和一臉殷切不敢相信的陳可兒。

陳可兒和父親的目光對上，眼裡含淚道：「爸，這一切是真的嗎？你告訴我這一切是真的嗎？」

陳國斌猶豫道：「可兒，妳知道呢，如果一切是真的，我能夠讓妳媽媽復活！」聽到令母親復活，陳可兒也一下愣住了。

馮・霍斯曼・鮑勃看著他訓斥道：「陳教授，你忘了我們給你的那筆鉅款，和你對我的承諾了嗎？祖國對於你來說不過就是個名稱而已，我們能夠給你所需要的一切，你也清楚如果要復活你的太太是需要大量的金錢，你要是現在反悔，你就是雙方共同的猶大了，哪一方都不會原諒一個雙面叛徒的。」

陳國斌聽到這番話身體一顫就如同過電一樣，就見他手腿發抖，努力在平復自己，再看看拉著自己手一臉殷切搖頭流淚的陳可兒。

陳國斌深深的呼了口氣，清清嗓子看著馮・霍斯曼・鮑勃道：「我既然收了你的錢，就是把自己的靈魂賣給魔鬼了。但是我這個猶大也有尊嚴的，可以誰都瞧不起我，但是我不能讓我的孩子看不起我。我一直都是我女兒的自豪和驕傲。我不能因為我的行徑讓我的女兒一輩子蒙羞。」

馮・霍斯曼・鮑勃聽陳國斌如此說不由得惱羞成怒，他乾笑道：「你個唯利是圖的下流學者，以為沒有你我就進入不了黃庭？」

約瑟夫一把拽住馮・霍斯曼・鮑勃：「下面的生態環境早已異變，你看過的日記不過是幾十年前的記載，這些年沒人知道核心實驗室到底發生了什麼變化，你這個該死的瘋子，野心家。」

馮．霍斯曼．鮑勃用力將約瑟夫甩開，約瑟夫的頭重重的磕在石頭上隨即一動不動。馮．霍斯曼．鮑勃將手一揮狠狠道：「把所有人都給我消滅，一個不留！」

那八名超級戰士得到命令立即發動。就見他們快速向眾人襲來，手中的長短槍支在移動中連發射擊。秦濤他們早就有了防備，立即同時掏槍邊還擊邊尋找掩護。

那八名超級戰士身穿防彈衣，居然有恃無恐般，毫不影響他們拉近進攻距離的速度。就是「侵略如火」般的不顧安危衝鋒，只有在輕機槍近距離射擊下才會暫時躲避，一般步兵手槍和衝鋒槍的子彈，對他們很難造成直接的威脅。

一般人都清楚一個常識，就算是穿著防彈衣也不能硬抗子彈的射擊，真要被打中就和被重磅大錘擊打一樣的效果，輕者倒地不起，重者會筋斷骨折。可注射過D4藥物的超級戰士，就不像是血肉之軀一樣，子彈的擊中不會讓他們畏縮後退，哪怕頭盔面具被子彈打的火光飛濺，也延緩不了他們挺進的速度。

救援分隊眾人被這群超級戰士火力壓制，只能沿著池中的廊橋步步後退。由於敵我優勢懸殊，所以不一會兒胡一明和鄧子愛就受了不同程度的槍傷。

秦濤見子彈無法穿透身著防彈衣的超級戰士，自己毫不含糊的拔出護龍鐗閃動身形就衝了過去。眾人看秦濤孤身犯險都停止射擊，就見秦濤瞬間來到一個超級戰士身前，還沒等對方動作，護龍鐗斗然伸出，幾招就把那位超級戰士打得槍飛甲卸，跟著被秦濤一腳踹出十米遠。

突然，馮．霍斯曼．西伯猛的搬動金龍旁邊看似裝飾的雲紋，在超級戰士合圍秦濤之前兩人縱身跳入了一個黑漆漆下滑的洞穴，馮．霍斯曼．鮑勃見狀急忙帶著人也紛紛跳了下來，等陳可兒眾人趕過來的時候地面上的洞穴已經閉合了？

郝簡仁幾乎掰了所有的金龍雲紋都毫無作用，無助的坐在一旁發呆。

秦濤與馮．霍斯曼．西伯兩人相互抓緊，在下滑的過程中秦濤發現下滑的並非一個洞穴，而是期間竟然有無數岔路？如同迷宮一般，而且中間很多洞穴似乎都被一種藤蔓給堵住了？

快速滑落的過程中秦濤似乎產生了一種錯覺，好像有某種力量在引導自己兩人的下落？

足足三分鐘兩人才落進了一個水潭中，馮．霍斯曼．西伯帶著秦濤迅速上岸，秦濤疑惑的望著馮．霍斯曼．西伯詢問道：「你為什麼知道開啟通路的方法？」

馮．霍斯曼．西伯面無表情道：「約瑟夫也知道，不過這是死路一條，我的目的就是將馮．霍斯曼．鮑勃帶入這亡靈地帶，你和我都是他的誘餌。」

秦濤微微一愣，並沒有埋怨馮．霍斯曼．西伯的意思，畢竟這也是一種化解危機的方法，但是沒有自己，剩下的人還能否及時阻止黃庭本源中的外星遺跡重新啟動？往好的方向想，起碼拖住了馮．霍斯曼．鮑勃這個瘋狂的混蛋。

龍壁下，曹博看了陳國斌一眼哼了一聲道：「還好你及時幡然悔悟，現在是你戴罪立功的時候，秦連長現在生死未卜，但是卻給我們引開了強敵，我們不能辜負秦連長的犧牲，我們要儘快抵達黃庭本源，阻止外星遺跡的啟動。」

墨龍點了點頭：「曹參謀說得非常對，我認為開啟的關鍵在龍壁上，或者在這些鼎上，我建議我們分成兩組找線索。」

曹博看墨龍說的在理，於是按照墨龍說的，帶領救援分隊眾人繼續查看嚴絲合縫的金龍屏壁；而墨龍也帶著花田他們四人，開始認真檢驗審視高臺上的幾十個寶鼎。

郝簡仁打著手電筒詢問一臉認真表情的曹博道：「你認識這些字？還是你知道哪裡有機關？」曹博搖了搖頭，郝簡仁一臉無奈：「那我們找什麼？」

曹博用力拍了一下郝簡仁的肩膀道：「三個臭皮匠能頂一個諸葛亮。」郝簡仁一臉憤怒丟下一句想得美，也打著手電筒去找所謂的線索了。

在手電筒光亮下，陳可兒發現這些寶鼎尊尊都看著古樸珍貴。

眾多寶鼎有高、有低、有大、有小，上面都鐫刻著銘文，銘文有甲骨文、有大篆、有石鼓文，雖然陳國斌對於這些文字都有研究。但是想在短時間內明確讀懂上面的內容，也是不可能的事情。

墨龍他們四人開始集中在一起研究，後來就漸漸的走散開來。因為寶鼎數量真的很龐大，看起來十分的困難。走到一座寶鼎前每個人都會駐足很久，然後緊鎖著眉頭參悟上面的銘文天機。

那邊曹博、郝簡仁他們大呼小叫的摸索和撬動金龍壁，但是卻絲毫不影響已經研究入迷的墨龍等四人。

陳國斌越想越奇怪道：「大禹九鼎按理說就是在遠古文明時，由於共工和祝融兩個神仙爭鬥，結果水神共工失敗了，一怒之下撞倒支撐天空的不周山，跟著天塌地陷氾起了漫天大水。後來多虧女媧娘娘砍了巨龜的四條腿撐住天空，又拿五彩神石補天，恢復蒼穹。而地下蔓延的大水是由大禹的父親鯀來治理，結果治理無方被斬首。後來才有兒子大禹神帝治水不輟，用疏通的方法來替代鯀堵塞的辦法，才徹底的治理好水患。大禹為了鎮住九州的地勢和區分九州的疆界，於是採納世間九州之金鑄造了九鼎。但是看這裡的鼎的制式幾乎什麼朝代的都有，而且我有一個疑問，九鼎到底是九個鼎還是一個鼎叫做九鼎？」

陳國斌的話讓眾人一愣，墨龍也一邊查看這些鼎一邊道：「也許大禹治水只不過是個傳說，因為那是上古的事情了，誰能知道真偽。很多時候我們中華的神話，就是傳說而已。也許是後來人為了紀念大禹鑄造了龍脈寶鼎，然後託名偽稱的吧？」

陳可兒也邊看邊道：「墨先生你還真別這樣說。大禹治水現在在史學界可不是孤證了，據現在科學家和歷史學家考察，當年在上古大禹時代，全球確實發生過覆蓋世界的洪災。譬如聖經裡記述的為抵抗洪災修建的諾亞方舟，其時間就是和大禹治水的時間吻合。所以說神話不一定是神話，很有可能就是事實。特洛伊木馬還是希臘傳說呢，近幾年不也被挖出特洛伊戰爭的真實文物和古戰場遺址嗎？所以我覺得大禹九州寶鼎還是存在的，而且在白山我們確實見到了在一個史前祭壇上有多個巨大鼎器足印的痕跡。」

花田慶宗也道：「我也相信陳可兒的說法。對了你們有沒有查一查這些大大小小的寶鼎數量。不管什麼朝代的，我們也應該知道，為什麼它們被不約而同的擺在這裡？一定是它們具備我們無法找出來的共同點。」

其它三人聽了花田慶宗的話深以為然，於是陳可兒心思細膩負責清點鼎的數目。

在陳可兒的反復盤點下，陳可兒說出了確切的數目，這些來自於各個朝代的寶鼎有八十一座。

墨龍聽到報出的數目沉吟道：「這個數有玄機啊，九九歸一八十一座。三條龍脈化作九條，九條又能演變成八十一條。而九州寶鼎也會隨著龍脈變化？」

鼎的數量是八十一尊，以及墨龍懷疑這個數量是根據九鼎演化出來的猜測，說了一遍。

陳可兒嘴裡念道：「非圓非缺，這是指的什麼呢？難道指的是半弦月？」想到這她不禁眼睛裡一亮，立刻拿著手電筒在各個鼎身上尋找。

眾人看到陳可兒有查找方向，都瞪大眼睛看她身法快速的在各個鼎旁邊遊走觀看。

最後陳可兒突然在中間一支巨大寶鼎前駐足，她看看寶鼎上的圖案若有所得的點點頭，眾人見狀急忙湊了過來。

只見陳可兒用手電筒晃照著寶鼎上的紋飾道：「你們看這座寶鼎上雕刻著上弦月。現在時間也是農曆的初七、初八月。」

陳國斌恍然大悟驚訝道：「這時候月亮處於太陽東面的大約九十度，就是這樣的大寫D字形，顯出的是月亮正面西半部分。和這座寶鼎的圖案是一致的。」

墨龍繞著這座至少得好幾百斤甚至上千斤的銅鼎轉圈道：「那這座上弦月的鼎有什麼祕密呢？」

郝簡仁扒著銅鼎的耳朵幾步攀爬就來到鼎口，站在鼎沿上用手電筒往鼎中看去，不禁大失所望：「裡面是空的，啥也沒有。」

陳國斌也在認真看著鼎上面的甲骨文和紋飾，好一會才推了推眼鏡道：「鼎上甲骨文記載的是收穫糧食的場面，看來建造這座鼎是為了慶祝豐收。連同當時的天象、氣候、人文都記錄了。別的倒是沒什麼，說的是殷商期間羑里附近的情況，就是殷紂王當年囚禁周文王的地方。」

墨龍也沉吟半天道：「羑里就是周文武推出周易的地方，而最早的周易據說是伏羲所創，是以連山卦開頭的。連山卦和這裡的黃庭是不是有點什麼關係呢？」

陳國斌眉頭緊鎖道：「我想我們要找的通路很可能就在這些鼎的下面！」

郝簡仁等人面面相覷，在這麼多鼎當中搞爆破？而且炸藥所剩無幾，陳國斌見眾人有些遲疑急切道：「你們到底還要不要救秦濤？要不要阻止外星遺跡的啟動了？」

馮・霍斯曼・鮑勃掉落在一片枯骨上，只有一名基因戰士與他匯合，馮・霍斯曼・鮑勃立即意識到自己上了馮・霍斯曼・西伯的當，這老傢伙竟然用他自己和秦濤做了誘餌，環顧四周圍，馮・霍斯曼・鮑勃竟然發現了一些電線？

秦濤與馮・霍斯曼・西伯兩人漫無目的走在地下世界中，宛如在叢林中穿行一般，地下竟然有能夠發出微光的植物？這是秦濤從未看見過的，但是秦濤知道，越是外表美麗的東西就越是危險的原則。

突然秦濤踢到了一個鋼盔發出噹啷的響聲，拾起鋼盔秦濤看了一眼遞給馮・霍斯曼・西伯，因為鋼盔上有一個非常明顯的彈孔，而且鋼盔已經嚴重腐蝕。

馮・霍斯曼・西伯接過鋼盔看了看，用手電筒四處照，然後急切的蹲下來用秦濤佩戴的工兵鏟猛的挖地，沒挖多深就聽到了金屬碰撞的聲音，經過秦濤的簡單清理，一行還算完整的德文顯露出來。

馮・霍斯曼・西伯目瞪口呆的指著那行德文道：「核心實驗室？這裡是核心地帶？這怎麼可能？」

秦濤再度擴大清理範圍，果然他們似乎就站在某一種設施的上面，而他們的頭頂上則是一片水晶礦層，沒人知道水晶礦層上面是什麼。

馮・霍斯曼・西伯深深的呼了口氣道：「我可能犯了一個非常嚴重的錯誤，這麼多年下面的環境早就變得陌生了。我們竟然被帶到了核心區域？也就是所謂的生命之樹存在的地方，更是墨氏與外域文明激戰的古戰場。」

而守護在樹下的三名穿著鎧甲的超級戰士處於休眠狀態，秦濤絲毫不懷疑，一旦自己接近，這些休眠的怪物很有可能被啟動。

三名超級戰士的出現讓秦濤頭疼不已，以一敵三秦濤完全沒有把握，因為馮・霍斯曼・鮑勃的這些基因戰士完全沒有任何的痛感，也沒有情感，完全不知道什麼是恐懼，除非打碎他們的腦袋，否則很難將這些傢伙徹底殺死。

◊

隨著轟隆一聲巨響，秦濤疑惑的抬起頭，不斷有晶體落下，秦濤與馮・霍斯曼・西伯急忙逃走躲避，兩人剛剛找到隱蔽處，一堆巨型金屬鼎發出刺耳的聲音不斷墜落崩裂，破碎的水晶體也四處迸濺，命懸一線的秦濤看見站在原地仰頭向上望的三名基因超級戰士被砸成了肉泥。

炸開的大坑讓所有的鼎全部跌落下去，郝簡仁也在大坑的周邊發現了一圈極為狹窄下行的階梯，於是眾人沿著階梯小心翼翼的來到坑底準備一探究竟。

光線照射下，萬年翠石現碧綠，玉樹瓊枝做煙蘿。鐘乳潔白滴岩乳，水晶如鏡影婆娑。

人工雕飾很少，古樸韻味更多。最讓所有人驚奇的是，墜到坑底的八十一尊銅鼎全部摔得粉身碎骨，讓陳國斌頗為痛心疾首。

秦濤見到了罪魁禍首的郝簡仁，剛剛的爆破差一點把秦濤和馮・霍斯曼・西伯一同活埋，誰也無法想像他們竟然誤打誤撞進入了遺跡最為核心的地帶，當年的實驗室所在，無論是感染病毒還是生命之樹等等全部源自於這裡，或者可以說這裡就是黃庭本源。

眾人沿著馮・霍斯曼・西伯指出的道路前行並未發現其所說的生命之樹的痕跡？用郝簡仁的話說，一棵樹還能長腿自己跑了？

在實驗室與遺跡的分界點，秦濤發現了數條電纜竟然連接著大量的炸藥？

馮・霍斯曼・西伯告知秦濤這些炸藥的起爆裝置當年就被神祕的破壞了，大規模的感染後也就無人再顧忌這些了，遺跡中的溫度似乎一直在升高。

郝簡仁發現了一塊發出藍色螢光的石頭似乎在漂浮狀態，認為這塊石頭可能價值不菲的他竟然用槍托試探。結果，他沒發現這是兩塊藍色螢光石一上一下的組成，上面的藍色螢光石脫離萬有引力竟然在空中漂浮。

眾人遙遙的看到這樣場景，恍然夢回仙境般。細心的陳可兒發現這裡的光亮是由很多塊巨大的黃色螢光石發出的，那石頭的巨大讓人歎為觀止，散發出柔和黃燦燦的光線映得這裡生輝熠熠。

郝簡仁好奇的又往前走了兩步，結果就覺得一股巨大吸力讓他不由自主的就要前行，開始還是踉蹌，後來就是連滾帶爬，最後靠近點竟然身體已經騰空，「嗖」一下就要撞向玄石處。

那就彷彿雞蛋碰石頭一般，就算郝簡仁戴著鋼盔，這麼強大的吸力也得撞個頭顱崩裂。

眾人見狀都發出驚呼，但是誰也不敢越雷池一步。

說時遲那時快，就見秦濤如影般躍出猿臂一伸，正好攔在郝簡仁和磁石中間。用手緊緊扣阻住郝簡仁頭上的鋼盔，讓他橫著身體在半空不能動彈。

跟著秦濤手法俐落的摘掉郝簡仁身上帶鐵的東西，最後脫下鋼盔。沒有磁鐵吸力，郝簡仁從空中落下，嚇癱倒在地上。郝簡仁身上脫下來的兵器鋼盔，變魔術般「嗖」的貼在兩塊磁石上。

秦濤轉向馮・霍斯曼・西伯道：「告訴我們怎麼樣才能阻止遺跡繼續啟動？我們是否已經全部被感染了？」秦濤的詢問讓眾人瞬間緊張起來，馮・霍斯曼・西伯猶豫了一下道：「當年這裡確實充滿了病毒，所以在生命之樹失控之後，我們開始安裝炸藥，但是始終沒能得到起爆命令，導致大批人被感染，只有留在地堡中的極少數人倖存，那些人開走了最後幾架運輸機。如果你們要阻止遺跡重啟，我認為你們就必須摧毀生命之樹。」

秦濤猶豫了一下繼續詢問道：「之前遺跡已經開始啟動了，並且開始有收集能源的意圖，摧毀生命之樹？難道您認為這個生命之樹和遺跡都是有生命獨立意識的存在？」

馮・霍斯曼・西伯深深的呼了口氣道：「恐怕當年我們最為擔憂的事情成為了事實，遺跡已經形成了一個微型世界，這個微型世界不同於我們人類生活的地球，如果按這個速度倍增的話，或許這個微型世界用不了幾個月就能夠覆蓋全球，那時才是真正的末日，因為沒人能夠預料到會發生什麼？」

「也許什麼也不會發生？」陳可兒的疑問馮・霍斯曼・西伯並未解釋，而是微微一笑。

秦濤來到馮・霍斯曼・西伯身旁：「我們應該如何阻止，告訴我如何實施？」

馮・霍斯曼・西伯微微一笑：「當年的炸藥都是軍用級的烈性炸藥，其實我們並不用全部引爆，因為我們所在的位置下方有流動的熔岩，我們當年曾經試圖利用地熱發電，因為核心實驗室爆發病毒最終才耽擱。」

馮・霍斯曼・西伯停頓了一下繼續道：「我們雖然失敗了，但是你們的先祖墨氏似乎已經開始利用某種設施導引地熱了，雖然我們一直沒弄懂這種設施的原理。」

地面上巨大的金屬盤上有三個非常明顯的支點，這個支點與白山遺跡中的很相似，秦濤皺著眉頭詢問墨龍與陳可兒：「開啟某種古老設施的會不會是一個鼎？」

墨龍看著滿地的碎片無奈的搖了搖頭：「之前我們可以一個一個的嘗試，但是現在這些鼎都成了碎片，我們就是想嘗試也不行了。」

秦濤猶豫了片刻道：「曹博與你、花田去收集還能使用的炸藥，我們其餘人留在這裡尋找生命之樹，中斷遺跡的重啟。」

秦濤抱著雙臂做思索狀，看著這些各式各樣鼎的碎片突然詢問道：「陳教授你們剛才看了半天，有沒有看出這些鼎有什麼共同點？」

陳國斌見秦濤如此發問也不知道怎麼回答，他一邊看著銅鼎碎片一邊道：「剛才光線昏暗，我們也就只看到不同年代、不同鍛造手法的鼎，但是真的沒瞧出來有什麼共同點。」

墨龍聽出秦濤話裡有話，也知道他在底下這麼久會有所發現，於是一起開始審視這些銅鼎。

陳可兒不但麗質而且心細如髮，冰雪聰明，她對照了幾座銅鼎後對秦濤道：「是不是每一座鼎上都有一塊不同材質的金屬？」

眾人見可兒如此說都看向銅鼎，才發現每座鼎的碎片上面都鑲嵌有一塊似乎不同的材質。

由於每尊鼎最少都歷經幾千年的時間積澱，所以都是泛著青鏽的模樣。但是幾乎每塊不同形狀的金屬碎片都保持著一種光澤？

秦濤看著陳可兒欣慰的點頭道：「我對於這些銘文字體真的沒有什麼研究，但是我看著這些鼎的碎片表象忽然發現這處可疑點，但是為什麼每尊鼎上面都有不規則的不同材質的金屬？而且不被磁石吸引，到底是什麼材料的呢？」

陳國斌從懷裡掏出放大鏡，仔細看看鼎上發光金屬塊的材質，然後狡黠的問秦濤道：「那秦連長你的護龍鐧為什麼沒有被磁石吸走呢？」

墨龍接過話回答道：「陳教授，這柄護龍鐧是我們墨氏祖傳的寶兵刃。是由純銀和比鑌鐵還珍貴的海底精鋼龍火鍛造的，不是什麼凡鐵，所以怎能被磁石給吸走。」

陳國斌頷首道：「那就對了，這塊金屬屬於一種特殊比例的合金。大家知道我們國家六幾年出土的，在地下幾千年都沒有腐蝕，不但光可鑒人還能夠斬鐵劈鋼的『越王勾踐青銅劍』嗎？這個金屬塊的材質就和那把寶劍的材質一樣，所以磁石也吸不上來這樣的金屬塊。」

秦濤思索著墨氏老祖曾說：「非實非虛，非圓非缺。如我中華，渾然而成」的話，忽然秦濤眼裡一亮道：「可能是這麼回事。」說完就見秦濤用手摳著銅鼎這塊特殊的金屬，就見他的小臂肌肉凸起，青筋迸出，跟著就見那塊特殊發亮金屬應手而下，被秦濤握在手中。

眾人看到特殊金屬塊竟然能被從鼎上摳下來不由得大為奇怪，都紛紛湊了過來。

秦濤攤開手讓眾人觀看。但是沒曾想過，說是不會被吸走的金屬，在秦濤的掌中「呼」的一下被吸走飛出，但是沒有被吸附在兩塊磁鐵上，而是懸浮在磁鐵中間。

秦濤等眾人不禁奇怪，然後秦濤對陳國斌道：「陳教授你不是說這是由青銅和黃金製成的嗎？怎麼會被吸走？」

陳國斌一臉尷尬道：「我剛才也是猜測，看著金屬的構造好像是這樣。但是也許裡面摻雜了別的金屬物質，所以才會有這樣的變化。」

秦濤不介意的笑笑道：「那也無所謂，這就和我想的差不多。」

墨龍道：「老秦你是不是在我們老祖那話裡參悟了什麼？」

秦濤頷頭道：「如我中華，渾然而成。非實非虛，你們想金屬片鑲嵌在這些銅鼎裡，就是一個非實非虛的狀態；而渾然而成，我想應該是這些鼎上的金屬片會組成一個真正的寶鼎吧？而載體就是這兩塊巨型的玄鐵磁石。」

墨龍恍然大悟道：「那這些銅鼎就是承載著龍脈寶鼎的組成分支，被各個七葷八素鼎盛的朝代熔煉在這些銅鼎裡，然後散落在中華各地，用來守護鎮衛著每一條龍脈。由於中華九州並不是固定的經常有些改變，所以這些金屬塊也就是整合過或者分化過。」

陳國斌略有所悟道：「要是這樣解釋的話，《禹貢》裡分為冀、兗、青、徐、揚、荊、豫、梁、雍，應該是龍脈寶鼎特殊金屬的第一次大的分裂。後來呢也許按照重新的地理格局而再次的細化這些金屬，最後演變成藏於九九八十一尊銅鼎中。」

陳可兒道：「這麼解釋是很合理。難解釋的就是，到底是什麼人將這些各個朝代的銅鼎，都彙聚在這裡呢？還有他們出於什麼目的呢？」

墨龍道：「也許是我們墨氏祖輩將這些寶鼎收集起來的，也許是其它的機緣。現在老祖已經暇仙升天，我們就沒辦法知道到底是誰把這些銅鼎收集起來的。但是我想目的就是，貢嘎山的黃庭之源是供奉中華龍脈寶鼎的殿堂，而黃庭、中丹田、中宮應該就是我們華夏文明的起源之地吧？更是史前墨氏封印入侵者之地。」

秦濤道：「既然這樣，我就先把銅鼎上的特殊金屬都拆下來，然後我們看看是不是真的能揭開這裡的祕密。」說完秦濤快速來到各個銅鼎旁，用手將一塊塊鑲嵌在銅鼎上的特殊金屬，用力拔了下來。然後每塊金屬塊都會被兩塊磁鐵吸附在中間，並且懸浮圍繞甚至還能遊動。

金屬塊越來越多漸漸構架成一個璀璨的寶鼎形狀，一座精光閃閃的寶鼎在空中懸浮轉動。

隨著秦濤最後掰下一塊金屬被吸附在中間，就聽一陣「喀喀嚓嚓」的機樞運轉動靜，這些特殊金屬塊竟然自動拼裝變成一座嚴絲合縫的寶鼎。寶鼎上篆刻著文字和九條神態姿勢各異的游龍圖案，並且如同走馬燈一般不停的在轉動。

隨即，地面上的金屬盤裂開，一股熱浪頓時噴湧而上，眾人不約而同的避讓開。果然，炙熱的熔岩順著巨石下面的U形狀管被吸上來，其熱度似乎在給鼎充能。隨著熱能的不停彙聚，眾人身不由己的被如此奇異的景象吸引，不約而同的走近玄鐵磁石間的寶鼎旁邊。

就見寶鼎突然開始自己拼動，各個金屬塊就如同魔術方塊裡的方塊般快速拼接，然後寶鼎表面被拼製成一個圖案，隨即便華光四射，如同電視螢幕一般開始呈現圖像。

救援分隊眾人待看到圖像不由得傻了，原來這些圖像裡呈現的就是中華文明的起源和流傳，以及遠古時期上古時代傳說中的人物場景。

而且寶鼎金屬片在不斷的重組和變換，每一次重組就是一個場景，宛如電影的換幕蒙太奇一般。眾人在裡面看到了伏羲、盤古、女媧、黃帝、炎帝、顓頊、大禹等諸多的神話傳說人物和他們的事蹟。中華上古的文明和神話原來都是真實存在的，沒想到還有那麼高的科技文明。而其他人都被寶鼎呈現的《山海經》裡的怪獸，還有夏人遷徙、漫天洪水吞噬九州等等，寶鼎映出的場景竟然使華夏文明的神話時代一覽無餘。

陳國斌想要揉揉雙眼又不舍畫面，睜著通紅的雙眼道：「我們的祖先真的是太偉大了，中華上古文明科技堪稱偉大！」

寶鼎在一陣的拼接下，影像消失恢復了原來的樣子，然後緩慢的在玄石的空間裡轉動。秦濤走近前去看著旋轉游龍的寶鼎，忽然想到自己的特殊際遇。

陳國斌不由得老淚縱橫道：「這寶鼎簡直就是百寶囊，它涵蓋了我們中華所有的文明和科技，以及上古文明的啟示，我這輩子能見到真是死也瞑目了。」

正在此時，一聲槍響，花田慶宗望著自己胸前滲出的鮮血發呆，手中的炸藥掉落在地。

秦濤舉起護龍鐧將一名基因超級戰士砸倒，不料又是一聲槍響，曹博倒在血泊之中，秦濤當即意識到對方有狙擊手潛伏，而且不止一名。

馮．霍斯曼．鮑勃笑笑道：「怎麼樣，還要不要賭？你每一次出手都會導致一個同伴的犧牲。對了，你們叫志同道合的同志，所以你立即放下武器投降，你現在沒資格和我討價還價。」

馮．霍斯曼．鮑勃不屑的看看隱蔽在附近的救援分隊眾人又道：「不管他們隱藏到哪兒，能躲避過子彈還能躲過槍榴彈嗎？」

說完他揚了揚手中的雪茄，一名超級戰士抄起手中的榴彈發射器對著坑壁「轟」的擊發一枚槍榴彈，頓時坑壁被炸出來一個大洞，灰土四處彌漫。

秦濤等的就是這樣的機會，看到灰土揚塵他縱身就衝了上去。但是沒想到被槍榴彈炸出的大洞裡也快速竄出一條奇特甚至有些發藍的巨大三足白色蟲子。

就見那大蟲迅疾蛇行，飛速來到發射榴彈那名基因超級戰士面前，迅猛的一下子將那超級戰士撲在身下。那名超級戰士還沒機會反抗，就被大蟲一口咬去了腦袋撕成幾塊。大蟲背後如同裝甲般的硬殼完全不懼普通子彈，利牙咀嚼下那名超級戰士的屍塊，然後被大蟲生吞活咽在肚中。

秦濤趁機行動，用護龍鐧順勢一撥抽在馮．霍斯曼．鮑勃的身上，那個討厭的老傢伙一聲慘叫被抽得飛了出去。

這時馮．霍斯曼．西伯攔住他道：「秦連長，這蟲子似乎是基因異變形成的，趕快炸了這地方，用炸藥把整個遺跡底層都沉入熔岩之中才能一勞永逸。」

秦濤焦急道：「那你說的生命之樹在哪裡？」

馮．霍斯曼．西伯環顧四周無奈的搖了搖頭：「生命之樹是我們幾十年前最後見到時候的一種生命形態，經過幾十年的進化異變，恐怕現在整個遺跡都充滿了它的意識，我們唯一最有效的解決方式就是將整個遺跡底層全部沉入流淌的熔岩中。」

秦濤心領神會，再看此刻一隻大蟲似乎張開了如同大鐮刀般的前爪，已經爬上金屬平臺。眼見郝簡仁就支援不住了，子彈也要告罄。秦濤從上一跳正好踩到了大蟲的頭部，大蟲感覺身上有人，又被頭上踏腳，急忙掙扎就要甩掉秦濤。

秦濤哪能讓它再放肆，就見秦濤雙手高高舉起護龍鐧猛的插入彭質（註15）大蟲的頭顱內。

那大蟲一聲驚呼，開始扭動身軀劇烈掙扎。

秦濤死死的按住護龍鐧柄，直到彭質大蟲的頭部開始流淌出白色漿液，跟著就如同被強酸腐蝕一般頭顱開始融化。創口由最開始的鐧洞慢慢擴大到臉盆大小，彭質大蟲嘴裡絲絲發聲，身體雖然在抽搐但是越來越無力，最後低頭墜在黃土中。但百足之蟲死而不僵，屍體猶自緩慢的挪動。

秦濤處理完大蟲還沒等緩手歇氣，就見陳可兒一聲驚呼，他急忙順著陳可兒的手指方向望去。就見馮·霍斯曼·鮑勃提著一個沉重的布袋來到龍脈寶鼎旁邊，在呆呆的看著。

秦濤咬牙道：「忘了這個始作俑者的禍害了。」他抽出護龍鐧躍下蟲身，向龍脈寶鼎衝去。

馮·霍斯曼·鮑勃聽到動靜轉身對秦濤斷喝道：「不許過來，過來我就按動炸藥按鈕和寶鼎同歸於盡。我要是得不到你們誰也別想得到。」

秦濤確實怕玉石俱焚，於是放緩腳步道：「鮑勃你冷靜點不要衝動，現在你方就剩下你一個人了。認清形勢投降吧！你放下手中的炸藥，我保證你的人身安全。」

陳國斌、陳可兒等人全部被困在金屬平臺上，秦濤不擔心馮·霍斯曼·鮑勃炸飛神鼎，他擔心的是爆炸會傷害危及到陳可兒等人的人身安全。

馮·霍斯曼·鮑勃叫囂道：「我不允許你們任何人摧毀遺跡，遺跡是屬於我的，我已經跟遺跡談過了，我會成為神，重新開啟人類進化之路。」

沒等馮・霍斯曼・鮑勃說完，只見一道銀光直接貫入其口中，護龍鐧在對方按下按鈕前擲出，從口到後腦貫穿。

馮・霍斯曼・鮑勃口中貫穿著護龍鐧滴答著鮮血，緩緩的跪在地上，炸彈上的十秒計時器亮了起來。

原來老奸巨猾的馮・霍斯曼・鮑勃根本不想同歸於盡，他手裡的遙控器是混淆視聽的用途。而真正的遙控器被他放在腳下，他跪下癱倒的同時膝蓋壓在遙控器按鈕上觸發爆炸。

電光火石間秦濤抖手收回護龍鐧，眾人紛紛跳下金屬平臺躲避。

就見強烈的爆炸炸毀了兩塊藍色螢光石構成的磁場，龍脈寶鼎被迸上半空中，由於爆炸的強大威力，竟然將地面的金屬平臺炸出了一道深深的裂縫，寶鼎落下直接掉入裂縫口中。

秦濤在銅鼎的掩護下避開爆炸衝擊波，再抬頭看到寶鼎落入裂縫。秦濤不假思索揮手將護龍鐧釘在離裂縫就近一塊岩壁上，跟著人縱身一躍準備跳入裂縫拯救寶鼎。

救援分隊眾人都被爆炸氣浪拋推的東倒西歪，等明白過來，看到秦濤已經毫不猶豫的跳進裂縫。所有人心裡焦急，立即跑到裂縫邊查看秦濤的情況。

一看才知道秦濤遇到的情況險峻。就見裂縫裡竟然蘊含著萬古不化的寒冰，寒冰覆蓋著裂縫光滑入境。而秦濤單手握著護龍鐧銀索已經放到極限，人懸浮在半空中。

由於裂縫壁上覆蓋著積冰沒有立足和攀爬的地方，秦濤只能憑著單臂的力量支撐懸空的身體。

墨龍拉住銀索道：「老秦別急！我現在就拉你上來。」其他人也扯住銀索要一起用力將秦濤拉上來。

就聽秦濤大喊道：「先別拉我上去，寶鼎就在不遠的地方。你們拔下護龍鐧用人力拉我縮短距離，就差不遠我就能搆到寶鼎了。」

原來寶鼎掉落下去，正好落在一個剛好能容納其的突兀石臺上。而這個石臺離秦濤現在的距離，也不過才五米左右。秦濤用力試試就差不遠就能撈回龍脈寶鼎，所以才喊眾人這樣做。

眾人聽秦濤吩咐由墨龍和吳迪奮力拔下護龍鐧，然後順著銀索又放長了一大段。

秦濤試了試就差不遠的距離了，他看自己的胳膊長度不夠，於是擺動腰力用自己的雙腿去夠寶鼎，將將就差不到一米多的距離。

咫尺天涯，秦濤看到唾手可得的寶鼎不由心裡焦急：「抱住一個人的腿，讓他握著銀索順下來拉住，這樣可以再增加點長度，就差一點點就碰到寶鼎了。」

墨龍看看身邊諸人還是自己的身量和力量能勝任，於是對郝簡仁大喊道：「抱住我一條腿把我倒立順下去，我拉著銀索看看老秦能不能夠著寶鼎。」

眾人沒辦法只好按著墨龍的說法，由花田慶宗和吳迪抱住墨龍的腿將他倒掛放了下去。雖然距離又縮短一塊，但是秦濤仍然就差一點就搆到寶鼎，現在他和寶鼎的距離就差了一個腳掌的距離。

秦濤用力試試還是未果，他發狠道：「給我扔下來一把軍用鍬，我弄出一個落腳點就能拿到寶鼎了。」

突然，岩漿噴射的巨大爆發力，推動秦濤他們藏身的寶鼎。

隨著熱流的向上湧動整個空間內的空氣彷彿都被點燃一般，呼吸已經開始困難的秦濤被墨龍、郝簡仁強行拽回。

此時身後不止熱浪，岩漿也噴湧追來，秦濤轉身發現馮．霍斯曼．西伯並沒有走，面帶微笑站在原地，好在金龍壁擋住了大部分岩漿的去路，而順著缺口湧出的岩漿由於局部阻力的作用，也延緩了湧動速度。

◊

這時，整個遺跡中傳出了一種近乎原始的嘶吼聲？似乎整個遺跡都復活了一般？

秦濤雖然率領眾人虎口脫險，但是並沒有立即向下面大斜坡逃命，而是帶著眾人反而向頂峰上攀爬。

眾人死命的攀爬了幾百米，應該是熔岩融化了金龍壁和兩重大門，就見岩漿剛開始還是涓涓細流從洞口緩慢流出，慢慢變成一條火龍，接著立即形成了兇猛的火海，穿出黃庭洞口瀑布般的向大斜坡傾蓋下去。

白色的瀑布如銀河直下九天和地火瀑布交融一起，頓時泛起「劈啪」宛如爆炸的巨響和漫天的水汽。

在大鵬鳥的不斷扇動撥動下，二次噴湧雪崩的白色瀑布越來越寬廣越來越湍急，寒風也形成旋轉氣流包裹冷卻著地火熔岩。漸漸的冰雪瀑布冰封了熔岩火龍，火龍從熊熊烈火，變成通紅、暗紅、焦炭，最後被白色的瀑布逐漸淹沒。

在此期間救援分隊的隊員們，在秦濤的銀索圈圍保護下冒著大鵬鳥扇起的餘風，艱難的在避風處躲藏雪瀑的威力。

郝簡仁及時發現了馮·霍斯曼·鮑勃的飛機，陳可兒和陳國斌都有駕駛經驗，穩穩地坐在駕駛位置，試著按動啟動開關，竟然將飛機啟動了。

眾人不禁發出喜悅的歡呼，但是隨之而來的是飛機雖然開動了一段，但是沒有滑翔距離，再冒險開動會直接墜下山峰，而眼前的大斜坡卻是最佳的飛機滑翔起飛場所。

所有人一籌莫展之際，突然隨著引擎的轉動機身開始出現劇烈的抖動，緊接著飛機開始大角度傾斜，眾人一瞬間產生了失重的感覺。

短短一秒的失重後，眾人被緊繃的安全帶拽回狠狠的砸在了座位上，陳國斌不顧一切的推動拉杆，只見飛機動作遲緩的擺脫冰層沖出頂峰的平緩地帶。

飛機先是一頭墜下頂峰，跟著被上升氣流給穩穩的托起，飛機被颶風裹挾著穩穩的落在大斜坡上，跟著開始接著山勢向下滑行，在足夠滑行速度時，陳國斌拉動操縱桿，飛機一飛沖天。

飛機運行平穩地在空中盤旋兩圈，給大鵬鳥致敬。

大鵬鳥也護衛著飛機穿越茫茫貢嘎群山，直到眼看飛機駛離貢嘎山，才揮動著翅膀返回普賢鐵塔繼續護衛鎮守著群魔。

飛機上現在一片祥和，秦濤和救援分隊眾人為了死裡逃生而彈冠相慶。他們竟然翻出了美酒和香煙，於是愉悅的喝著抽著，放鬆的慶祝。

秦濤由於將衣服給孫峰蓋上了，這一路都是赤膊穿著短袖背心領著眾人逃脫。

陳可兒現在有暇心疼的把一件飛機上找來的上衣披在秦濤身上。陳可兒忽然看到秦濤的左邊小臂上浮現著一條九龍的紋身圖案，那個圖案栩栩如生好像鮮活一般。

陳可兒不禁驚訝的問道：「秦濤你什麼時候在胳膊上紋身的呢？這個紋身太漂亮、太生動了。」

秦濤一看不禁愣住道：「我沒有紋身啊？」

機艙裡的所有人一臉疑惑的望著秦濤。

注釋

1 哈達：用長方形絹布製成的禮敬法器。

2 袍哥：即哥老會，與洪門、青幫為清朝三大秘密結社。在辛亥革命之後，長期成為四川大多數成年男性直接或間接受其控制的公開性組織，對四川、重慶、湖南社會各方面都有極為重要的影響。

3 鬥茶陣：幫會派系為了解決爭端、平息矛盾或商議機密事宜，往往相約到茶鋪擺茶陣。

4 仙人板板：川貴鄂渝地區常用罵人詞，也用作驚歎、無奈的意思。

5 九段坂：靖國神社所在處。

6 國際歌：國際共產主義運動中最著名的歌曲，歌曲頌讚了巴黎公社成員們的共產主義理想和革命氣概，之後獲翻譯成世界上的許多種語言，受共產主義者傳唱。

7 潘家園：相傳是清末的落魄貴族拿家中收藏品出來變賣的地方，如今成為古玩舊貨市場。

8 黑索金：一種高能炸藥，起爆容易，是綜合性極佳的炸藥。

9 耳房：中國傳統建築設計中在主房屋旁邊加蓋的小房屋。

10 嘛呢旗：又稱經幡，指有書寫或印刷佛經或陀羅尼的幡布。

11 殉爆：炸藥受到其它炸藥爆炸影響而起爆。

12 兜鍪：一種古時戰士戴的頭盔，形如鍪，用以防禦兵刃。

13 京韻大鼓：中國曲藝曲種之一，清朝末年由河北省滄州、河間地區流行的木板大鼓經改革後而來。

14 西皮二黃：戲曲腔調之一，西皮起源於秦腔，明末清初秦腔經湖北襄陽傳到武昌、漢口一帶，同當地民間曲調結合演變而成了西皮；二黃則是由吹腔，高拔子演變而成。

15 彭質：道家的一種豢養古屍的稱呼。

國家圖書館出版品預行編目(CIP)資料

龍淵 中卷 鬼母冰魈 / 驃騎作. -- 初版. -- 臺北市：臺灣東販, 2021.01
320面；14.7X21公分
ISBN 978-986--511-262-2(中冊：平裝). --

857.7 108023435

龍淵　中卷 鬼母冰魈

2021年01月01日初版第一刷發行

著　　者　驃騎
封面插畫　變種水母
編　　輯　鄧琪潔
美術設計　黃瀞瑢
發 行 人　南部裕
發 行 所　台灣東販股份有限公司
＜地址＞台北市南京東路4段130號2F-1
＜電話＞(02)2577-8878
＜傳真＞(02)2577-8896
＜網址＞http://www.tohan.com.tw
郵撥帳號　1405049-4
法律顧問　蕭雄淋律師
總 經 銷　聯合發行股份有限公司
＜電話＞(02)2917-8022

授權自廣州阿里巴巴文學

TOHAN